From Zero to Hero

매장꾼의 아들 2

샘 포이어바흐Sam Feuerbach | 이희승옮김

글루온

Der Totengräbersohn

Der Totengräbersohn : Buch 2 ⓒ 2017 Sam Feuerbach
All rights reserved.

Korean language edition ⓒ 2022 by Silence Book
Korean translation rights arranged with Sam Feuerbach through EntersKorea Co., Ltd.,
Seoul, Korea.

매장꾼의 아들 2

지 은 이 | 샘 포이어바흐(Sam Feuerbach)
옮 긴 이 | 이희승
펴 낸 이 | 박동성

펴 낸 곳 | **사일런스북** | 경기도 수원시 장안구 송정로 76번길 36
전   화 | 070-4823-8399   팩   스 | 031-248-8399
홈페이지 | www.silencebook.co.kr

2022년 5월 29일 초판 1쇄 발행
I S B N | 979-11-89437-33-6 (04850)
I S B N | 979-11-89437-31-2 (세트)
가   격 | 15,000원

요한나와 베네, 그리고 야스민에게 특별한 고마움을 전하며

목차

명당

쾅! 쾅! 공성퇴 소리? 누군가 작은 방의 무거운 나무문을 부수려고 해! 아니, 공성퇴라면 이렇게까지 시끄럽진 않을 텐데. 한참이 지나서야 파린은 꿈이 아니라는 사실을 깨달았다. 잠이 덜 깬 상태에서 몸을 일으켰지만 눈앞엔 어둠뿐이었다. 좁은 창문으로는 달빛도 햇빛도 스며들지 않았다. 흐릿한 단어들만이 그의 의식 속을 파고들고 있었다.

"문을 열어 주십시오!"

"무슨… 일이지요?" 파린이 간신히 물었다.

나무문 너머의 목소리가 대답했다. "성주님께서 찾으십니다. 급한 용무이니 곧바로 모셔오라고 하셨습니다."

파린은 저도 모르게 물었다. "벌써 닭이 울었나요?"

"어떤 닭 말씀이신지요?"

"아니에요, 잠깐만 기다려 주세요."

에미코 기사님을 기다리게 할 수는 없었다. 단숨에 윗옷과 바지를 챙겨 입은 뒤 빗장을 풀고 문을 열었다. 제복 차림의 하인이 초조한 얼굴로 기다리고 있었다. "서두르시지요. 성주님께서 '당장' 데려오라고 말씀하신 건 벌써 '어제' 모셔왔어야 한다는 뜻이니까요."

"아무리 서둘러 봐야 어차피 '어제' 기사님 방에 도착할 수는 없는데요, 뭘." 파린이 대답하고는 양손으로 졸린 눈을 비비며 하인의 뒤를 따랐다. 대체 무슨 일로 이렇게 서두르시는 걸까?

잠시 후 도착한 기사의 서재에는 벌써 다른 손님이 양손으로 의자 등받이를 짚고 서 있었다. 밀사이자 전령, 그리고 스파이인 리암이었다. 그의 가죽 갑옷은 예전보다 더 낡았고 그의 얼굴은 오늘따라 더욱 평범해 보였다.

"이제야 오는구나." 기사가 큰 소리로 나무라듯 파린을 반겼다. 그리고 하인에게는 인자하기 그지없는 말투로 연달아 **"나가!"**와 **"문 닫아!"**를 외쳤다. 그리고는 하인이 문을 닫고 나가기가 무섭게 쩌렁쩌렁한 목소리로 말했다. "리암! 어서 시작해!"

"방금 하우펜 마을에서 전갈을 받았습니다." 그의 목소리가 낮아지더니 파린 쪽으로 고개를 돌렸다. "안 좋은 소식을 전하게 되었네. 아버지가 돌아가셨대."

가슴이 철렁했다. "어, 어떻게 된 일이죠?"

"그, 그게… 집 앞에서 낯선 이에게 고문당한 후 살해되셨다고 하네."

까마귀! 에미코의 말대로 그는 다른 사람을 학대하고 죽이며 쾌감을 느끼는 끔찍한 살인마였다. 파린은 자신도 모르게 앞에 놓여 있던 의자에 털썩 주저앉았다. 깊은 슬픔이 엄습했다. 이건 모두 내 탓이야! 나로 인해 이 끔찍한 일이 일어났고 고향 마을이 파멸하고 있어!

파린의 생각을 읽기라도 한 듯 에미코가 말했다. "까마귀가 처음 나타난 건 계룬다의 장례식 때였어. 그때부터 마을 전체가 위험에 빠졌다. 그는 자신의 사악한 계략을 위해 수단과 방법을 가리지 않고 악령을 손에 넣으려고 해. 그게 악령과 까마귀를 죽여야 할 또 하나의 이유지." 이번에는 리암을 보고 그가 말했다. "까마귀가 원하는 것을 찾았나?"

"매장꾼을 그렇게 처참하게 살해한 걸 보면 아무래도 찾지 못한 것 같습니다." 스파이의 얼굴이 일그러졌다. "이런 소식을 전하게 되어 미안하네, 파린."

"파린의 소재를 알고 있는 사람이 마을에 또 있는가?" 에미코가 물었다.

"그건 알 수 없지만 저는 파린의 부친에게만 그 사실을 알렸습니다."

파린이 갑자기 고개를 들었다. "제 소식을 듣고 아버지께서는 뭐라고 하셨죠?"

리암은 잠시 생각에 잠겼다가 대답했다. "생각지도 못한 반응을 보이셨어. 지난번에 약속한 대로 다시 하우펜 마을로 돌아가 아버지를 찾아갔지. 처음엔 내 말을 하나도 믿지 않고 쫓아내더군. '스콰이어? 그 아무짝에도 쓸모없는 녀석이? 웃기지도 않는군! 천하의 게으름뱅이에다가 빤질거리기만 하는 놈이 뭐가 어째?'라고 하면서."

리암의 생생한 묘사를 들으니 흥분한 아버지의 모습이 눈앞에 그려지는 것 같았다.

"아들이 슈투름바흐트 성에서 기사님의 스콰이어 수련생이 되었다고 재차 설명하자 그제야 진정이 되었는지 연신 고개를 저으며 '미친놈' 하고 중얼거리셨지. 설명을 마치고 떠나려고 할 때에는 목이 멘 듯 말씀하셨어. '내 아들놈이 자랑스럽군요. 하지만 그 아이에겐 말하지 마쇼.'라고." 리암은 헛기침을 하고 파린의 눈치를 살폈다. "하지만 자네도 알아야 할 것 같아서."

파린의 눈에 눈물이 고였다. 목이 잠겨 아무 말도 할 수 없었다.

잠시 셋은 아무 말도 없었다. 마침내 기사가 중얼거렸다. "마을 사람 모두가 위험에 처해 있어. 그리고 까마귀는 계속해서 널 추격하겠지."

순간 도서관에서 자신을 공격했던 병사가 떠올랐다.

기사는 넓은 턱을 긁적이며 다시 혼잣말을 중얼거렸다. "계룬다의 몸속에 숨어 있던 악령은 어디론가 사라진 게 분명해. 어머니 말씀에 따르면 악령이 어떤 장신구 안에 숨어 있다고 아버지께서 말씀하셨다더군. 그러니까 반지나 팔찌, 아니면 펜던트일지도 모르지."

리암이 어깨를 으쓱하며 말했다. "저희도 그 이상은 알아내지 못했습니다."

슬픔을 누르며 파린이 말했다. "기사님, 제, 제가 하우펜 마을로 가서 직접 아버지의 장례를 치러야 할 것 같습니다. 아버지의 최후를… 제가 모시고자 합니다."

"할 수만 있다면 네 청을 거절하고 싶구나. 위험한 일이니까. 어쩌면 까마귀가 바로 그걸 노렸을지도 몰라." 에미코가 생각에 잠겨 턱을 앞으로 내밀었다. "가는 데 이틀, 하우펜에서 이틀, 그리고 돌아오는 데 이틀. 좋아, 그렇다면 슈툼멜과 드로그단, 그리고 플라우디우스를 너와 함께 보내마."

"감사합니다."

"그렇다면 오늘 곧바로 떠나거라."

파린은 자리에서 일어났다. "그렇게 하겠습니다."

넷은 곧장 길을 떠났다. 그들의 여정은 어느새 절반도 남지 않았다. 벨텐 제국의 북쪽엔 겨울이 맹위를 떨치고 있었다. 눈 덮인 세상은 고요하고 평화로웠다. 인적 없는 눈길엔 그들이 남긴 말발굽 자국만이 길게 이어졌다. 발굽 소리마저도 흰 눈에 파묻혀 기이한 적막감이 감돌았다.

아버지를 묻어 드리기 위해 고향 마을 하우펜으로 가는 길이 스콰이어로서의 첫 여행이 될 줄이야, 파린은 생각에 잠겼다.

예정에 없던 여행에 다소 들떠 있던 세 명의 기사들도 추위에 사기가 꺾인 듯 더는 아무 말도 하지 않았다. 그래도 지금까지는 운이 좋은 편이었다. 바람은 잠잠했고 맑은 하늘에 떠 있는 흰 구름으로 미루어 보아 눈이 내릴 것 같지는 않았다. 곰의 털로 만든 외투를 입은 슈툼멜을 선두로 플라우디우스와 파린이 따르고, 드로그단이 맨 뒤를 지켰다.

슬픈 사건만 아니었다면 충분히 설레는 여행이었을 텐데. 어쨌든 무 자루를 뒤집어쓴 채 말의 등에 묶여 슈투름바호트 성으로 향했던 첫 번째 여행에 비하면 지금은 백 배, 아니 천 배는 몸이 편했다. 무슨 영문인지 파린의 말 리젤도 이번만큼은 비교적 얌전하게 굴었다. 딱 한 번 파린을 물어뜯으려고 했을 뿐. 어쩌면 망상이 놀라우리만치 꼭꼭 숨어 버린 탓일지도 몰랐다.

하지만 파린은 분명히 느끼고 있었다. 망상이 그의 머릿속 어딘가 저 깊은 곳에서 평화로운 한때를 즐기고 있을 뿐임을.

바로 그거야, 벌레. 걱정하지 마, 내가 여기 있으니까!

리젤이 가만히 있을 리가 없었다. 말은 반사적으로 앞발을 눈 속에 파묻고는 뒷발을 쳐들어 파린을 그대로 머리 위로 날려 보냈다. 한참을 날아갔다. 바위 위에서 큰 호수의 물속으로 다이빙할 때보다 더 긴 시간이었다. 그리고 마침내 팔을 앞으로 뻗은 채 눈 속으로 곤두박질쳤다. 착지는 호수로 다이빙할 때만큼 쉽지 않았다. 우아하게 내동댕이쳐진 채 4미터쯤 더 미끄러지고 나서야 그의 비행은 끝났다. 파린은 신음하며 일어나 머리끝에서 발끝까지 온몸에 묻은 눈을 털어 냈다. 다행히 눈 덕분에 다친 곳은 없었다. "괜찮아요." 승마의 대가 파린이 일행을 안심시켰다.

셋은 일제히 말을 멈추고 파린을 내려다보았다.

플라우디우스는 양손으로 고삐를 쥐고 소리쳤다. "어이쿠, 구경거리를 놓쳤잖아. 이제부터 내가 뒤에서 따라갈게, 파린."

"나는 봤지. 브레이크 잡는 기술이 굉장했어. 실력이 보통이 아니던걸. 한 번만 더 보여 줄래?" 드로그단이 물었다.

슈툼멜은 나무라지 않고 파린을 격려하는 듯 "흐르음." 소리를 냈다.

"동료의 고통이 나의 기쁨이다, 이거죠? 흥, 난 참 복도 없어!" 파린은 한숨을 쉬며 몸을 부르르 떨었다. 마침 녹은 눈이 등줄기를 타고 흘러내렸기 때문이었다. 세 기사는 피식 웃었다. 이런 인정머리 없는 사람들 같으니라고. 이런 추위에 길을 떠났으니, 그를 원망한다 해도 할 말은 없었다. 파린은 허리를 구부려 털외투의 옷깃에 붙은 눈을 털어 냈다.

"우리의 임무는 너를 보호하는 거라고 기사님이 말씀하셨다." 드로그단이 중얼거렸다. "그런데 말을 타고 가다가 목을 부러뜨리면 우리보고 어쩌란 말이냐?"

파린은 장갑을 벗고 리젤의 등을 쓰다듬었다. "괜찮아, 리젤. 우린 해낼 수 있어."

리젤은 귀를 쫑긋 세우고 눈 크게 떴다. 알겠다는 뜻일까, 아니면 싫다는 뜻일까? 파린은 다시 씩씩하게 말 등에 올랐다. 그렇게 다시 여행은 계속되었다.

저 멀리 나무 위로 솟은 붉은 교회 종탑이 보였다. 친숙한 풍경이었지만 낯선 감정이 그의 가슴을 파고들었다. 달라진 건 뭘까?

"거의 다 왔어요!" 교차로가 나타나자 잔뜩 긴장한 목소리로 파린이 외쳤다. "이쪽으로 가면 하우펜 마을이에요. 하지만 제가 살던 집은 저쪽이에요." 그의 손가락이 마을 반대 방향을 가리켰다.

그들은 곧 파린의 집에 도착했다. 먼저 말에서 내려 긴장한 다리를 풀며 주위를 둘러보았다. 파린의 시선은 작업대 쪽으로 향했다. 흰 천 아래로 보이는 건 시신의 발가락뿐이었지만 작업대에 누운 사람이 누구인지 곧바로 알 수 있었다. 아무 말도 없이 덮개를 들췄다.

"망할 놈들!" 옆에 서 있던 플라우디우스가 소리쳤다.

추위가 시신의 부패 속도를 늦췄는데도 아버지의 모습은 처참했다. 두 귀는 사라지고 없었고 눈은 뒤집혀 흰자위만 보였다. 얼굴은 고통에 일그러진 채 얼어붙어 있었다.

파린은 잠시 눈을 감았다. 분노와 충격에 복수심이 끓어올랐다. 언젠가는 까마귀가 자신이 저지른 만행을 후회하게 해 주겠어. "고통을 견디느라 많이 힘드셨죠, 아버지." 파린이 속삭였다. 슬픔을 주체할 수 없었지만 그의 목소리는 이상하리만큼 차분했다. "들어가서 난로에 불이라도 지펴요. 일단 몸을 녹이고 쉬는 게 좋겠어요."

드로그단이 잠시 파린의 어깨에 손을 올린 채 고개를 끄덕이고 플라우디우스와 슈툼멜을 따라 오두막 안으로 들어갔다.

파린은 절차에 따라 아버지의 시신을 닦고, 꾸미고 마을 공동묘지에 묻어 드리고 싶었다. 조심스럽게 찢어진 리넨 셔츠부터 벗겼다. 때와 엉겨 붙은 피를 닦아 내려면 깨끗한 물이 필요했다. 물통 두 개를 들고 수풀을 지나 계곡으로 향했다. 멀리서 개울 물소리가 그를 반겼다. 마음을 편안하게 해 주는 익숙한 소리. 그러면서도 어딘가 다르게 느껴지는 소리. 파린은 얼음처럼 차가운 개울물을 물통에 채웠다. 물에 비친 자신의 모습은 오늘따라 유난히 나이가 들어 보였다.

그동안 시간이 꽤 흘렀으니 나이가 들어 보이는 것도 당연하지, 애써 위로했다.

헛간으로 돌아와 대야에 물을 옮겨 붓고 장갑을 벗었다. 그리고 조심스럽게 아버지의 몸을 씻기기 시작했다. 발끝까지 꼼꼼하게. 좋은 아버지는 아니었지만, 자신만의 거칠고 무뚝뚝한 방식으로 자식을 사랑한 것만큼은 분명했다. 속마음을 드러내는 데 인색했던 아버지였기에 그 마음을 읽을 수 있었던 단 몇 번의 순간들이 그만큼 더 소중하게 다가왔다. 너무나도 갑작스러운 죽음이었다. 아버지의 잘린 손가락을 어루만지는 그의 눈에 눈물이 고였다. 누구라도 이런 가혹한 죽음을 맞아야 할 이유는 없었다. 게다가 그의 아버지라면 더더욱. 까마귀는 게룬다의 펜던트를, 파린의 몸속에 있는 망상을 손에 넣기 위해 수단과 방법을 가리지 않았다.

까마귀! 지금부터라도 너에게 진 빚을 갚아 줄게, 파린은 다시 한 번 굳게 다짐했다. 이젠 두려움에 물러서거나 숨지 않을 거야.

어디에서 그런 용기가 솟아난 걸까? 머릿속의 망상 덕분일까? 그는 결심을 굳히고 고개를 흔들었다. 악령의 힘과 능력은 엄청난 것이었지만 그는 거기에 기댈 수 없고, 또 기대지 않을 것이다. 30년 전 어느 날, 망상은 뜨거운 석탄을 던져 버리듯 제1기사였던 에미코의 아버지 피고를 버렸다.

몸속을 파고드는 추위에 가슴이 얼어붙는 것 같았다. 파린은 양손으로 대야를 들고 성큼성큼 걸어가 붉은 가시나무 덤불 아래에 회색빛으로 탁해진 물을 쏟아부었다. 그리고 망치로 대야를 힘껏 내리쳤다. 드디어 매장꾼의 원칙을 지킬 수 있게 되었군.

"파린. 일단은 좀 쉬는 게 어때?" 드로그단이 문을 열고 말했다.

"네, 금방 갈게요!" 그는 일에 몰두한 나머지 잠시 동료들의 존재를 까맣게 잊고 있었다. 굴뚝에서 뿜어져 나오는 연기를 보자 벌써 친숙한 온기가 느껴졌다. 안 그래도 방 안으로 들어가 아버지에게 입힐 셔츠를 찾아야 했다. 피로 물든 얼룩이야 어떻게 지워 볼 수 있겠지만 이미 너덜너덜해진 옷을 다시 입힐 수는 없었다.

오두막에 들어서는 순간 기이한 감정이 엄습했다. 새 삶의 일부인 그의 동료 셋이 옛 삶의 한가운데에, 난로를 가운데 두고 둘러앉아 있는 익숙하면서도 낯선 광경.

플라우디우스가 말했다. "어서 와서 몸부터 좀 녹여. 아버님이 정말 애통하게 돌아가셨어. 놈들이 집안도 엉망으로 만들어 버렸구나. 차라리 네가 보지 않는 편이 나았겠다."

"아니에요. 집 안은 원래부터 이랬어요." 파린이 방안을 둘러보며 말했다.

신참 스콰이어의 과거를 마주한 세 사내는 놀란 표정을 감추지 못했다. 아버지의 다른 셔츠는 구겨진 채로 아버지의 잠자리에 놓여 있었다. 파린은 그것을 집어 들어 문 옆에 비죽 나온 고리에 건 뒤 지친 얼굴로 난로 앞 진흙 바닥에 주저앉았다. 한참 동안 누구도 아무 말도 하지 않았다.

편안한 정적이 흘렀다. 파린이 조용히 입을 열었다. "모두들 함께 와 줘서 정말 큰 힘이 돼요. 고마워요!"

드로그단도 작은 목소리로 말했다. "다시 좋은 날이 올 거야, 파린. 이제 어떻게 할 생각이지?"

"내일 아침까지 장례 준비를 끝낼 수 있을 거예요. 날이 밝으면 곧바로 공동묘지로 가서 아버지를 묻어 드리려고요."

세 사내는 말 없이 고개만 끄덕였다.

파린은 하우펜 마을까지 리젤을 몰고 갔다. 리젤의 등 위에는 씻기고, 꾸민 뒤 천으로 감싼 아버지의 시신이 실려 있었다. 거친 서리가 풀과 나뭇가지를 온통 하얗게 뒤덮은 아침이었다. 말들도, 사람들도 하얀 입김을 뿜어냈다. 정적을 깨는 것은 말발굽 소리, 시신과 함께 말 등에 묶인 삽과 곡괭이가 덜거덕거리는 소리뿐이었다.

언제나처럼 술집의 빛바랜 간판이 끼익 소리를 내며 그들을 맞았다. 하지만 파린은 귀를 기울일 여유도, 위를 올려다볼 힘도 없었다. 그는 곧바로 술집 앞을 지나 풀밭을 가로질러 성당으로 갔다. 그리고 주위를 빙 둘러보며 아버지를 묻을 만한 장소를 찾았다.

여기가 좋겠어, 파린이 마침내 결심했다. 아멘 신부의 바로 옆자리. 아멘 신부의 무덤보다 교회의 제단과 1미터 더 가까운 자리. 그곳이 아버지를 모시기에 딱 좋은 자리였다.

"여기에 묻어 드릴 거예요. 아버지가 쉬시기에 딱 좋은 곳이네요."

드로그단이 고개를 끄덕였다. "신부는? 성당 종소리는?"

"마을 신부도 까마귀에게 살해당했어요. 그리고 살아 있다 해도 매장꾼의 죽음 따위엔 아무도 관심이 없을걸요. 그러니 종도 울리지 않을 거예요."

"흠." 드로그단이 생각에 잠겼다.

플라우디우스와 슈툼멜도 그와 같은 표정으로 파린을 바라보았다.

파린은 연장을 내리고 무덤을 파기 시작했다. 한 뼘 깊이까지는 흙이 딱딱하게 얼어 있어 곡괭이를 사용해야 했지만, 그 아래로는 삽질만으로도 충분했다. 무릎 깊이까지 파 내려갔을 때 인기척이 들렸다. 이장 하막과 그의 아들 토르프가 교회 근처를 산책하는 중이었다. 하필이면 마을에 돌아와 처음으로 마주친 사람들이 저 둘이라니.

"좋은 아침입니다."라고 인사를 건넸지만 하막의 말투는 조금도 친절하지 않았다. 오히려 그는 의심 가득한 눈길로 세 사내를 훑어

보고 있었다.

슈툼멜, 드로그단, 그리고 플라우디우스가 그를 향해 고개를 끄덕였다.

"나는 하우펜 마을의 이장이고 이곳에서 일어나는 모든 일에 대한 책임이 나에게 있소." 하막은 거만한 얼굴로 파린에게 다가가 애도 대신 불쾌한 기색을 드러내며 "고인의 명복을 비네."라고 말했다. 그리고 곧바로 아버지의 시신 쪽으로 시선을 돌리더니 구덩이를 가리키며 매섭게 쏘아붙였다. "그런데 네 녀석, 지금 여기서 무슨 수작인 게야?"

참을 만큼 참았어, 파린은 생각했다. 결심한 듯 단번에 삽을 땅에 꽂아 세우고 무덤에서 나와 이장 앞에 섰다. "여기 '네 녀석'이라는 사람은 안 보이는데 누굴 말하는 거지, 하막?"

하막이 눈을 휘둥그렇게 뜨며 말했다. "갑자기 무슨 일이야? 네 녀석이 나한테 지금 뭐라고 한 거지?" 벌겋게 달아오른 얼굴로 그가 덧붙였다. "네 아비 일로 충격을 받아 정신이 온전치 못한가 보구나."

"지금 이 순간처럼 내 정신이 온전한 적은 없었지."

경멸과 혼란이 뒤섞인 표정으로 이장이 말했다. "이 매장꾼 놈아, 여긴 네 아비가 묻힐 자리가 아니야. 저기 울타리 뒤에다가 묻어라."

파린은 고개를 저으며 파 놓은 구덩이를 가리켰다. "바로 여기가 아버지의 안식처가 될 거야. 아버지는 충분히 그럴 자격이 있지.

아멘 신부보다 더 나쁘지도, 더 타락하지도, 더 음흉하지도 않았으니까."

이장은 씩씩거리며 말했다. "당장 이것들을 다 가지고 다른 데 가서 땅을 파. 무슨 일이 있어도 여긴 안 돼!"

"내 말이 안 들려? 바로 여기에 아버지를 묻을 거라고 말했다!"

"안 돼!" 하막은 큰 전쟁에 나가는 장수처럼 비장하게 말하며, 그보다 더 비장하게 두 팔을 가슴 앞으로 가져가 팔짱을 꼈다.

파린이 그를 내려다보며 말했다. "누가 나를 막아서겠다는 거지?"

"네, 네놈이 아주 미쳐 버렸구나." 하막은 다급하게 파린의 곁을 지키고 서 있는 세 명의 사내 쪽으로 시선을 돌렸다. "나리님들께 뭐라고 말했는지는 모르겠지만 이 녀석은 매장꾼의 아들입니다요." 다시 시선을 파린에게 돌린 그가 마치 잔뜩 곰팡이가 핀 빵을 보았을 때처럼 얼굴을 일그러뜨리며 덧붙였다. "그저 미천한 매장꾼의 아들놈일 뿐이지요."

드로그단은 이장을 똑바로 쳐다보며 말했다. "우리는 이 아이에게 아무 말도 못 들었어. 그런데 네 녀석이 이장이라고 했나? 매장꾼과 이장 사이에 무슨 차이가 있지?"

슈툼멜도 화난 얼굴로 "에름!" 하고 거들었다.

파린의 가슴 속에서 깊은 감사의 마음이 우러났다. 불과 몇 시간 전, 눈 속에 곤두박질친 자신을 놀려 대던 그들이 이제 든든히 그를 지켜 주고 있었다.

하막은 사내들도 자신의 편이 아니라는 사실을 눈치채고는 파린에게 말했다. "여기 이… 외지인들을 믿고 네가 그렇게 겁 없이 주둥이를 놀리는구나."

드로그단이 싱긋 웃었다. "우린 그냥 빠질게."

파린은 주저하지 않고 하막에게 한 발짝 다가갔다. "마지막으로 말한다! 아버지는 이곳에 묻히실 거고, 내 맘이 변하지 않는 한 여길 떠나지 않으실 거야."

"마을 사람들이 허락하지 않을걸?"

파린의 슬픔은 점차 분노로 변해 갔다. "닥쳐! 마을 사람들 핑계는 집어치워."

이장은 더는 파린을 똑바로 쳐다보지 못하고 웅얼거렸다. "가, 감히… 누, 눈을 뜨고 봐 줄 수가 없군." 그가 화를 삭이지 못하고 얼굴을 붉히며 주먹을 불끈 쥐었다.

그때 토르프가 조금 떨리는 목소리로 끼어들었다. "아버지 그만하세요. 매장꾼이 어디 묻히건 그게 무슨 상관이에요. 이제 됐어요. 아버지는 아직 저 녀석을 잘 모르셔서 그래요."

하막은 어리둥절한 얼굴로 토르프와 파린의 얼굴을 번갈아 보더니 결국 시선을 바닥으로 돌렸다. 마치 잃어버린 자신의 얼굴이라도 찾는 사람처럼.

"대답이 없으니 동의하는 걸로 생각하겠다. 다른 할 말이라도 있나?" 파린이 물었다.

이장은 아무 말도 없이 고개만 흔들고, 뒤도 한 번 돌아보지 않은 채 자리를 떴다. 토르프도 말없이 그의 뒤를 따랐다.

　"대체 뭐 하는 놈들이야?" 플라우디우스가 황당하다는 듯 물었다.

　파린은 아무런 대답도 없이 하던 일만 계속했다.

대장장이의 딸

신부가 없었기 때문에 파린은 아버지의 무덤가에서 추도사를 했다. 마을 사람은 아무도 나타나지 않았다. 파이프 담배 모임에 속한 사내들 가운데 몇 명이 교회 모퉁이에서 묘지 쪽을 바라보고는 황급히 자리를 떴다.

한 삽, 한 삽, 흙을 덮을 때마다 아버지의 시신이 검은 흙 아래로 사라져갔다.

"이제 거의 다 됐어요!" 파린이 세 동료를 바라보며 말했다.

"저 앞에 술집이 있던데? 거기서 요기도 좀 하고 목도 축이는 게 어때?" 플라우디우스가 물었다.

파린이 고개를 들고 손을 이마에 얹어 태양의 위치를 가늠해 보고는 대답했다. "주인은 벌써 일어났겠네요. 집으로 돌아가기 전에 뭘 좀 먹고 가는 게 좋겠어요."

갈색 흙으로 덮인 새 무덤은 온통 눈으로 덮인 주변 풍경과 대조를 이루며 존재감을 드러내고 있었다. 이만하면 됐어.

"이제 편히 쉬세요, 아버지!" 파린은 작별 인사를 하고는 삽과 곡괭이를 리젤의 등에 다시 고정했다.

넷은 '따뜻한 맥주'로 향했다.

"지금은 겨울이니 맥주가 차갑겠지?" 플라우디우스가 물었다.

"너무 기대는 마세요." 파린이 문을 열며 말했다. 손님은 아무도 없었고, 당연히 술집 주인 게오리히도 보이지 않았다.

파린은 문 뒤쪽, 아버지가 늘 앉던 자리에 앉았다. 다른 세 사내도 겉옷을 벗어 입구 옆 옷걸이에 걸고 파린 쪽으로 가서 테이블에 둘러앉았다.

창고 쪽에서 손님들의 인기척을 들은 게오리히가 걸어 나왔다. "어서 오십시오." 그는 검은색과 황색 매가 그려진 슈툼멜의 가죽 제복을 보고는 한층 더 굽실거렸다. 왕의 문장은 단순한 그림에 불과했지만 대단한 영향력을 발휘하곤 했다. 게오리히가 비굴한 말투로 말했다. "귀하신 분들께서 이곳에 앉으시다니요. 여긴 저놈이 앉는 자리입니다." 그는 파린에게 눈길도 주지 않으면서 징그러운 벌레라도 본 듯한 표정을 지으며 말했다. "저기 창가 쪽 난롯가가 높으신 분들을 위한 자리입니다."

드로그단이 평소에 들어본 적 없는 날카로운 말투로 분명하게 말했다. "우리 모두는 벨텐 제국 최고의 기사, 슈투름바흐트의 성주, 노르덴 왕국의 지배자, 그리고 그라쿠스 폐하의 두터운 신임을 받는 에미코 님의 스콰이어와 동석할 수 있어 자랑스럽다."

어리둥절한 표정으로 게오리히가 말했다. "뭔가 오해가 있으시거나, 속고 계신 겁니다. 이자는 그저 매장꾼의 아들일 뿐입니다."

"그게 뭐가 어쨌다는 거지? 중요한 건 그가 그 이후에 무엇이 되었는가다. 그러니 그 가벼운 입을 조심하라." 드로그단이 군인다운 날카로운 말투로 경고했다.

"물론입니다요." 손님의 말에는 무조건 맞장구를 치고 보아야 한다는 걸 술집 주인인 게오리히는 누구보다 잘 알고 있었다. "그렇다면 고귀하신 손님들… 모두를 저희 가게의 가장 좋은 자리로 안내하겠습니다."

"내 자리는 여기요!" 파린이 단호하게 말했다. "아버지는 늘 이 자리에 앉으셨지. 이제 내가 그 자리에 앉겠소. 내가 매장꾼의 아들이라는 사실은 내가 죽는 날까지 변치 않으니."

게오리히는 입을 다물지 못하고 파린을 응시했다.

"주인장! 우리의 인내심이 다하기 전에 마지막으로 묻겠다. 멍청이처럼 그러고 서 있을 건가, 아니면 먹을 것과 마실 것을 가져오겠는가?" 드로그단이 소리쳤다.

"아이고 죄송합니다! 물론입죠. 흑맥주 네 잔을 드릴까요?"

"뭐가 되었든 차가운 걸로." 플라우디우스가 덧붙였다.

"아… 예 알겠습니다." 게오리히가 종종걸음으로 물러났다.

"직접 와서 겪어 보니 그동안 마을에서 네 삶이 내가 상상했던 것보다 더 고단했던 것 같구나." 드로그단이 말했다.

"그래도 뭐, 딱히 불만은 없었어요." 파린이 짧게 대답했다. 새로 사귄 동료들에게 자신의 과거의 삶이 알려지면 얼마나 부끄러울까, 파린은 막연히 생각했다. 하지만 막상 현실이 되고 보니 아무렇지도 않았다. 파린은 장인으로서 성실하게 기술을 배웠고, 배운 기술을 성실하게 사용했을 뿐이었다. 마을 사람들의 경우 없는 행동은 파린이 어쩔 수 있는 게 아니었고, 따라서 그 때문에 파린이 부끄러워할 필요는 없었다.

게오리히가 맥주잔 네 개를 가득 채워 왔다.

아무 일도 없었다는 듯 파린이 물었다. "선술집 주인에겐 드나드는 손님의 숫자만큼이나 많은 귀와 눈이 있지. 마을에 일어난 일들에 대해 말해 주시오. 특히 아버지의 일에 관해서."

게오리히는 생각을 정리하는 듯 잠시 뜸을 들이다가 입을 열었다. "거기에 대해서는 별로 아는 바가 없어. 밧줄공이 매장꾼의 집 근처에서 웬 사내 셋을 보았다고 했어. 그중 하나는 게룬다의 장례식에 나타났던 그 무시무시한 검은 사내가 아니었을까 싶어. 그로부터 이틀 뒤에 하막이 자네 집 마당에서 죽은 자네 아버지를 발견했어. 오두막 바로 앞에 누워 있었다고 하더군."

"그 뒤에 검은 사내를 다시 본 사람이 있소?"

"아니!" 게오리히는 자신 있게 고개를 저었다. "마을에 낯선 사람이 나타나면 얼마나 눈에 띄는지 자네도 잘 알지 않는가. 2주 동안 잠잠했어."

"내가 어디 있는지에 대해 아버지가 얘기하는 걸 들은 적이 있었소?"

게오리히는 파린의 말투와 단어가 거슬리는 게 분명했지만, 드로그단과 슈툼멜을 바라보고는 소심한 목소리로 대답했다. "아니, 자네에 대해서는 아무 말도 하지 않았어. 그래서… 내가 지금 이렇게

놀란 거고. 다만 일이 터지기 며칠 전부터 유난히 기분이 좋아 보인
다 생각했지.”

다시 슬픔이 파린의 심장을 짓눌렀다. 자신의 소식을 듣고 기뻐
했던 아버지. 그런 아버지에게 미처 못다 한 말들이 갑자기 떠오르
기 시작했다.

제길! 왜 항상 깨달음은 뒤늦게 찾아오는 것일까? 어떻게 하면
앞으로는 후회하지 않을 수 있을까?

그러자 곧바로 누군가의 얼굴이 떠올랐다. 아직 살아 있는 사람,
그리고 그의 말을 들어줄 수 있는 사람. “일단 드실 걸 주문하고 계
세요. 저는 잠시 볼일이 있어 대장간에 다녀올게요.”

“널 안전하게 지키는 게 우리 임무인데 우리랑 같이 가는 게 좋지
않을까?” 드로그단이 물었다.

“아니에요. 대장간은 여기서 멀지 않아요. 그리고 아까 주인장도
말했잖아요. 아무 일 없을 거예요.”

슈툼멜이 고개를 끄덕였다. 게오리히의 두 눈은 동그래지다 못해
굴러떨어질 기세였다. 매장꾼 아들의 변신이 도무지 실감 나지 않
는 게 분명했다.

“주인장, 메뉴는 뭐지?”

“오늘의 추천 메뉴는 토끼고기 굴라쉬입니다.” 드디어 대화의 주
제가 바뀌자 게오리히가 반색하며 대답했다.

“그것 말고는?” 플라우디우스가 물었다.

"에…엠, 토끼고기 굴라쉬가 있습니다." 게오리히는 양손을 바깥으로 펼쳐 보였다. 결단코 숨기는 메뉴 따위는 없다는 항변이었다.

"그럼 난 토끼고기 굴라쉬로 하지." 플라우디우스가 음식을 골랐다.

"늦어도 두 시간 안에는 돌아올게요." 파린이 말하고는 자리에서 일어나 털외투를 입었다.

"그럼 나도 내 친구 플라우디우스와 같은 걸로." 드로그단이 말했다.

슈툼멜도 고개를 끄덕였다.

"그럼 세 개 주문받았습니다요." 게오리히가 확인했다.

파린은 '따뜻한 맥주'를 나섰다. 그리고 묶여 있던 리젤의 고삐를 풀고 등에 올라탔다. 뱃속에서는 꼬르륵 소리가 들렸다. 뭘 좀 먹고 출발할 걸 그랬나?

대장간까지는 채 10분도 걸리지 않았다. 목적지가 가까워져 올수록 배고픔도 점점 줄어들었다. 멀리에서부터 대장간 특유의 냄새를 맡을 수 있었다. 화로에서 뿜어져 나오는 연기 냄새였다. 대장장이는 커다란 처마 아래서 거대한 풀무로 바람을 불어넣는 중이었다.

시커멓게 땀으로 얼룩진 그의 얼굴은 파린을 보자 못마땅한 기색을 감추지 않았다. "네가 여긴 웬일이냐? 말은 어디에서 났고 그 검은 또 뭐야? 도둑질이라도 한 게냐?"

직업에 대한 고정 관념은 얼마나 잽싸게 작동하는지.

"안녕하세요, 대장장이 아저씨. 아니에타를 만나러 왔습니다."

대장장이가 손등으로 이마를 닦자 시커멓게 그을음이 묻어났다. "내 딸은 아무도 만나지 않아! 그러니 돌아가거라."

전에 들어본 적 없는 단호한 말투로 파린이 답했다. "내일 아침 일찍 다시 마을을 떠납니다. 그 전에 꼭 따님을 만나야 해요."

"귓구멍이 막힌 게야? 아니에타는 널 만나지 않는다니까?"

예기치 못한 돌발 상황이었다. 인제 어쩌지? 갑자기 자신이 바보처럼 느껴졌다. 이럴 줄 모르고 여기까지 온 거야? 파린은 그 자리에 멍하니 서 있었다. 그의 내면에서 이대로 물러설 수 없다는 목소리가 들리는 것 같았다.

그때 문이 열리고 아니에타가 밖으로 나왔다. "죄송해요 아버지, 하지만 손님을 만날지 말지는 제가 결정하게 해 주세요."

"이… 녀석이랑 나가는 건 절대로 안 된다." 대장장이가 으르렁거리며 주먹을 쥐었다. 억센 팔뚝에 힘줄이 불거졌다.

"물론이에요, 아버지. 집안에서 잠시 얘기만 할게요. 들어와 파린."

방금 눈앞에서 일어난 일인데도 실감 나지 않았다. 아니에타가 그를 내쫓지 않고 아버지에게 정면으로 맞서다니. 알면 알수록 놀라운 여자! 그녀는 오늘도 언제나처럼 비범해 보였다. 주름이 많은 하얀 치마와 붉은 허리띠, 그리고 머리에 쓴 하얀 보닛 아래로 긴 머리가 물결쳤다.

갑자기 불안함이 고개를 들었다. 잔뜩 화가 난 대장장이 때문은 아니었다. 그가 화가 났든 말든 그건 아무 상관 없었다. 그의 마음을 헤집고 있는 사람은 다름 아닌 아니에타였다. 이제는 돌아설 수가 없었다.

이번엔 내가 도와줄게. 안 그러면 또 우스운 꼴이 될 거야.

파린은 묵묵히 리젤을 말뚝에 묶었다. 머릿속으로는 **제-발-참-아-줘!**라고 힘주어 말하고 있었다. 너의 힘을 빌려 아니에타를 속이지는 않을 거야. 난 그런 사람이 아니야.

그놈의 고고한 척 정말 못 봐 주겠네. 징글징글의 고까워하는 목소리가 들렸다. **그럼 어디 더듬더듬 한심하고 촌스러운 매력을 실컷 뽐내 보시지. 흥, 내가 도와주나 봐라!**

좋아, 속으로 생각하며 파린은 아니에타에게 미소를 지어 보였다. 그리고 그녀를 따라 안으로 들어갔다.

아니에타가 상냥하게 말했다. "어머니는 수선집에 가셨어. 앉아서 얘기하자." 그녀가 돌아서서 식탁 앞에 앉았다.

파린은 무언가에 홀린 사람처럼 자리에 앉았다. 어색한 분위기, 하지만 물러서지는 않을 것이다. 그는 굳은 결심을 했으니까! 하지만 무엇 때문에? 대체 여기 와서 뭘 어쩌려고 했던 거지?

"들어오게 해 줘서 고마워. 너희 아버지, 화가 많이 나셨을 텐데."

"아버지는 어차피 평소에도 거의 항상 화가 나 계시니까 괜찮아." 아니에타는 고개를 들고 보닛을 만지작거렸다. 그녀의 시선은 파린을 똑바로 응시하지 못하고 묘하게 비껴갔다. "아버님 일로 맘고생이 크지? 뭐라고 위로해야 좋을지…. 장례는?"

"벌써 치렀어."

"우리 집엔 무슨 일로 온 거야?"

그녀가 대뜸 물었다. 뜸 들이지 않고 단도직입적으로 묻는 아니에타의 태도에 파린은 당황했다. "에… 그러니까… 다시 떠나기 전에 네가 어떻게 지내고 있는지 궁금했어."

"아하!" 그녀가 의자 등받이에 몸을 기댔다. "고마워."

침묵이 흘렀다. 뒤통수에서 들리는 낄낄거림에 파린은 하마터면 자신의 목표를 잊을 뻔했다. 목표? 애당초 목표라는 게 있었나?

아니에타의 미간에 예전에 한 번도 보지 못한 보일 듯 말 듯 한 주름이 잡혔다. "파린, 넌 지난 몇 주 동안 흔적도 없이 사라졌었어."

"응, 그동안 북쪽에 있는 어느 성에 머물렀어. 예전에 갑자기 마을에 나타나서 게룬다의 무덤을 파라고 했던 그 기사님, 너도 기억할 거야. 그분이 스콰이어 자리를 제안하셨거든."

그녀의 눈썹이 올라갔다. "이장의 목을 베려고 했던 그 기사?"

파린은 고개만 끄덕였다.

"블로삭이 끔찍한 낯선 사내에 대해서 이야기하는 걸 듣고서야 간신히 진정했다던 그 기사?"

커다란 덩어리 하나가 뱃속에 들어와 배고픔도 느끼지 못할 지경이 되었다. 블로삭, 이 거짓말쟁이, 그리고 허풍쟁이. 지금이라도 아니에타에게 사실대로 말해야 할까?

하지만 파린은 생각과 달리 힘없이 고개만 끄덕였다.

"블로삭이 게룬다 사건을 밝혀내서 놀라게 했다는 그 기사 말이지?"

생각과 달리 파린은 이번에도 힘없이 고개만 끄덕였다.

아니에타는 자리에서 일어나 선반에서 컵 두 개를 집어 들었다. 그리고 화가 난 듯 입술을 비죽 내밀었다. "궁금한 게 하나 있어. 그럼 그 기사가 왜 똑똑한 블로삭이 아니라 너를 스콰이어로 삼았을까?"

파린은 고개만 끄덕였다.

"사건을 밝힌 건 블로삭이 아니라 너였으니까."

파린은 고개만 끄덕였다.

"딱따구리처럼 고개만 까딱이지 마. 내 말이 맞아?"

파린은 고개를 끄덕이지 않고 잠자코 있었다.

부드러운 목소리로 아니테타가 말을 이었다. "바보. 내가 그걸 믿을 만큼 멍청하다고 생각한 거야?"

"하얀 두건을 쓴다고 머릿속까지 밝아지는 건 아니니까." 파린이 미소를 지었다. 아니에타에 대한 진심이 담긴 따뜻하고 사랑스러운 미소였다. "그래, 그건 나였어."

그녀 역시 입가에 미소를 머금었다. "남자들이란! 정작 필요할 때에는 유치해지고, 엉뚱한 때에 명예롭게 행동하지. 명예로운 멍청이도 똑같은 멍청이야." 그녀는 고개를 젓다가 끄덕였다. 아니 반대로 끄덕이다가 고개를 젓는 건지도 몰랐다. 그리고 그 순서야 어떻건 간에 파린은 숨이 멎는 것 같았다.

"사실은 처음부터 알고 있었어." 아니에타는 잠시 사라졌다가 손잡이가 달린 항아리 두 개를 들고 다시 나타났다. "포도주? 아니면 물?"

파린은 숨을 한 번 깊이 들이마시고는 대답했다. "포도주로 건배를 하자. 내일 다시 마을을 떠나야 하거든."

"네가 모시는 기사님께로?"

"응, 까다롭긴 하지만 좋은 분이셔."

"하우펜 마을과 매장꾼이었던 네 과거는 다 버리고?"

"아니, 나는 매장꾼 아들이야. 그건 내 일부고 영원히 그럴 거야. 앞으로 무슨 일이 일어나도 그 사실은 변하지 않아."

아니에타는 포도주잔을 들었다. "매장꾼의 아들이자 스콰이어인 파린을 위해서. 그리고 그의 앞날을 위해서."

"대장장이의 딸을 위해서. 계속 내 얘기만 했네. 네 얘기도 듣고 싶어." 파린이 물었다.

"무슨 얘기를 듣고 싶어?"

"그냥 네 목소리." 파린이 작은 목소리로 대답했다.

아우, 속이 니글거려.

아니에타가 고개를 들고 파린을 정면으로 응시했다. 몇 년 동안 본 적 없는 진심 어린 눈빛이었다. 둘의 시선이 마주치며 잠시 서로를 부드럽게 어루만졌다. 그리고 아니에타의 시선이 다시 아래로 향했다.

그녀의 뺨이 장밋빛으로 변한 걸까? 한 번만 더 그런 눈빛으로 자신을 바라본다면 다시는 일어나지 못하고 남은 생을 이 자리에서 보내게 될 거야, 파린은 생각했다.

파린은 헛기침을 하며 다시 잔을 들었다. "하우펜에서 가장 그리워하게 될 사람, 아니에타를 위해서." 파린도 시선을 아래로 떨어뜨리고 말을 이었다. "많이 보고 싶을 거야. 그 말을 꼭 해 주고 싶었어."

아니에타의 얼굴이 다시 침착해졌다. "예전에 선술집 앞에서 그렇게 행동한 것 부끄럽게 생각해." 그녀의 눈이 반짝였다.

이번엔 또 뭐지?

"예전부터 널 좋아했어, 우리가 함께 놀던 어린 시절부터. 하지만 아버지는 항상 신분을 강조하셨고, 나 또한 매장꾼의 사회적 위치에 대해 알게 된 때부터 스스로 그 이상의 감정을 허용하지 않았어."

뱃속이 간질거렸다. 아니에타는 무슨 말을 하고 싶은 걸까?

"그리고…" 그녀가 잠시 멈췄다가 말을 이었다. "블로삭이 나에게 청혼을 했어."

"그, 그러면…"

화끈 달아오른 파린의 머릿속이 새하얘졌다.

"블로삭은 분명 나쁜 사람은 아니야. 그리고… 그의 아이가 지금 내 배 속에 있어." 그녀가 작은 목소리로 말했다. "그래서 청혼을 받아들였어."

충격적인 소식에 파린은 최소 열 잔의 포도주를 들이켜고도 남았을 것이다. 그의 사랑이 굉음과 함께 무너져 내렸다. 아무 말도 듣고 싶지 않았고, 귀를 막고 싶은 충동을 억지로 참아 냈다. 대체 뭘 기대한 거지? 아니에타가 달려와 그의 품에 안기기라도 할 줄 알았나? 탈 줄도 모르는 말 등에 앉아, 휘두를 줄도 모르는 칼을 차고 왔다는 이유만으로? 그녀가 황홀해하며 함께 말을 타고 함께 슈투름바흐트 성으로 갈 줄 알았나? 얼마나 순진하기 짝이 없는 생각인지. 그는 자신을 원망했다. 왜 그렇게 오랫동안 머뭇거렸던 걸까? 특히 블로삭이 아니에타를 홀리기 위해 거짓말을 한 걸 알았을 때, 파린이 한 일을 자신의 행동으로 포장한 걸 알았을 때 왜 거짓을 밝히고 그녀에게 사랑을 고백하지 않았을까? 주먹을 꽉 쥐었다. 그랬더라면 지금은 모든 게 달라졌을까? 아무리 애를 써도 결론을 내릴 수가 없었다. 특히 지금 이 순간에는. 앞으로는 목표가 생기면 머뭇거리지 않고 무조건 돌진하겠다고 그는 맹세했다. 오늘 아침 아버지의 무덤 앞에서 그랬던 것처럼.

파린이 씩씩하게 말했다. "널 다시 만났으니 됐어. 네가 나한테… 소중한 사람이라는 걸 꼭 말해 주고 싶었어." 그리고 자리에서 일어났다.

아니에타가 파린에게 다가가 왼쪽 뺨에 입을 맞췄다.

파린은 멍한 눈으로 문 쪽만 바라보았다. 마지막 힘이 남아 있을 때 여기에서 나가야 한다. 한 발짝 한 발짝 문이 가까워지고 있었다. 마지막으로 다시 한번 뒤를 돌았다. "행복해라, 아니에타." 그의 목소리는 썩은 나무처럼 버석하게 들렸다.

"너도, 파린. 넌 그럴 자격이 있어." 그녀가 뒤를 돌아 손수건을 꺼내어 눈가를 훔쳤다.

밖으로 나오자 대장장이가 흡족한 눈빛으로 파린을 바라봤다. 그의 눈빛은 '매장꾼 주제에 감히 내 딸을 넘보다니.'라고 말하고 있었다.

한 발 한 발 나락으로 떨어지는 것 같은 걸음을 옮겨 리젤의 등에 겨우 올라탔다.

징글징글이 한 번도 들어보지 못한 부드러운 목소리로 말했다. 힘을 내! 절망할 필요 없어. 아직 끝난 게 아니라고. 그녀는 블로삭보다 너를 더 좋아해. 그것도 훨씬 더 많이. 다만 그걸 스스로 인정하고 싶지 않을 뿐이라고.

악령의 위로라니, 정말이지 징글징글에게 어울리지 않는 행동이었다. "그걸 네가 어떻게 알아?" 그가 힘없이 물었다.

관찰. 그리고… 잘 들어봐. 그녀가 아직 식탁에 앉아 흐느끼고 있어.

"뭐라고? 그걸 네가 어떻게 알아? 지금 울고 있는 사람은 나야."

아니에타의 울음소리가 들려. 넌 이제 서서히 내 존재에 익숙해지고 있어. 그래서 난 이제 네가 놓아 버리지 않아도 네 감각을 쓸 수가 있지….

대체 무슨 말일까? 하지만 지금은 그 어떤 말도 믿을 수 없었다. 자신의 감정과 싸우느라 아무 생각도 할 수가 없었다. 빨리 여기를 떠나야 한다. 징글징글의 등장에도 리젤은 웬일인지 순순히 파린의 말을 따랐다. 주인의 한없는 슬픔을 읽은 게 분명했다.

전반적으로 기대했던 것보다 훌륭하게 해냈어.

조롱 대신 묘한 칭찬을 받은 이례적인 상황이었지만 파린에겐 기뻐할 힘도 남아 있지 않았다.

아니에타가 임신을 했고 블로삭과 결혼한다. 그것 말고는 아무 생각도 떠오르지 않았다.

이방인

심장이 마구 뛰기 시작했다. 좋은 징조가 아니었다. 그녀의 눈길이 사방으로 바쁘게 움직였다. 아로스는 3번 부두와 4번 부두 사이에서 상인들이 버린 생선을 찾는 중이었다. 하지만 이른 아침의 평화로운 분위기에 속아서는 안 되었다. 그녀는 얼른 가슴 쪽으로 손을 가져가 옷 안에 들어 있는 작고 딱딱한 감촉을 확인했다. 1쿠퍼와 어금니.

생각하지 마! 일단 움직여!

아로스는 재빨리 몸을 웅크렸다가 선착장 아래로 뛰어내렸다. 엄밀히 말하면 바닷물 속으로 뛰어든 건 아니었다. 그녀는 널빤지 가장자리를 붙잡고 아래쪽 들보를 디딘 채 매달려 있었다. 바닷물이 찰랑거리며 엉덩이를 스쳤다. 몸을 위로 당겨 널빤지 사이 틈으로 주위를 살폈다.

바로 그때 병사 다섯이 시장 건물 뒤쪽에서 나타나더니 사방을 두리번거렸다.

"항구 책임자가 분명 어린 여자애 하나가 혼자 돌아다니는 걸 봤다고 했는데." 그들 중 한 명이 중얼거렸다.

"그 멍청이는 거의 항상 술에 절어 있으니 믿을 수가 없지. 아무도 안 보이는걸, 뭐." 다른 한 명이 대꾸했다. 병사들이 반대쪽으로 사라지는 게 보였다.

우와! 이번엔 정말 아슬아슬했어. 그녀는 선착장 아래에서 기어 나와 남쪽을 향해 내달렸다. 정찰병들이 사라진 곳과 반대 방향이었다. 병사들은 벌써 며칠째 윗선의 명령이라며 그녀를 찾고 있었다. 누구의 명령인지는 분명했다. 고아원 소년 그람이 죽고 난 뒤 나벤슈타인의 대주교는 그녀의 가장 큰 적으로 등극했다. 고아원 헛간 다락에서 엿보았던 위선 가득한 성직자의 모습이 자꾸만 떠올랐다. 그녀를 잡아서 어쩌려는 거지? 아로스는 최대한 눈에 띄지 않게 행동하느라 한순간도 긴장의 끈을 놓을 수가 없었다.

어제도 병사들이 어부들에게 아로스에 관해 묻고 다니는 걸 직접 목격했다. 그렇게 집요하게 그녀를 쫓는데도 아직까지 그들의 눈에 띄지 않을 수 있었다는 게 놀라웠다. 그들이 회색 고아원 원복을 입고 모자를 쓴 열네 살짜리 소녀를 찾는 데에만 열중해서였을까? 펠트 모자는 벗어 던진 지 오래였다. 아끼는 물건이었지만 어쩔 수 없이 거지에게 줘 버렸다. 어쩌면 모자가 행운을 불러와 지나던 행인들이 동전 몇 닢을 던져 줄지도 모를 일이었다.

오버슈타트 구역에서 받은 예쁜 갈색 원피스도 도움이 되었다. 뚱뚱한 아주머니에게 또 한 번 감사하며 아로스는 손바닥으로 입고 있던 옷을 부드럽게 쓰다듬었다.

하지만 그동안 가장 큰 공을 세운 건 무엇보다도 그녀의 직감이었다. 길을 걷다가도 갑자기 이상하게 불안한 마음이 들 때가 있었다. 우연이었을까? 아니면 육감일까? 어찌 되었건 그럴 때마다 그녀는 재빨리 골목길로 달아나거나 담벼락 뒤, 또는 선착장 아래에 몸을 숨기곤 했다.

일어나고, 살아남고, 잠자리에 들고. 그게 그녀의 일상이었다. 쥐의 본능으로 살아남기. 얼마나 오랫동안 버틸 수 있을까? 아로스는 생각했다.

붙잡히지 않는 가장 확실한 방법은 최대한 시내에 가지 않는 것이었다. 하지만 지금은 어쩔 수가 없었다. 언제나 그녀를 따르는 인생의 동반자 배고픔이 그녀를 괴롭혔던 것이다. 일단 마지막 남은 동전으로 먹을 것을 사고, 어디에서 어떻게 돈을 구할 수 있을지 생각해 보는 수밖에.

그녀는 마침내 나벤슈타인의 남쪽 해변에 다다랐고 바닷가를 따라 뛰기 시작했다. 배가 고팠지만 다시 시내로 갈 수는 없었다. 벌써 며칠째 아무도 살지 않는 바닷가에서 시간을 보냈다. 계속해서 걸어 다니며 해변을 탐색했는데 특히 썰물 때 바위의 층이 어떻게 달라지는지 유심히 관찰했다. 그러다가 어느 갈라진 바위틈에 커다란 구멍 하나를 발견했다. 해적들의 비밀 동굴과 지하 수로가 떠올랐다. 조수의 차이가 커서 밀물 때는 바닷물이 바위 꼭대기까지 닿았다.

약 30분 후면 간조여서 수면이 가장 낮아질 테니 물속에 들어가지 않고도 구멍을 좀 더 자세히 살펴볼 수 있을 것이다. 그러니 우선 바위가 있는 곳으로 가자. 30분 후 그녀는 목적지에 도달했다. 입구는 마치 작은 문처럼 보였다. 동굴 입구일까? 호기심에 아로스는 머리를 들이밀고 안으로 한 발을 디뎠다. 그러자 위쪽으로 둥근 공간이 나타났다. 폭은 꽤 넓었지만 높이가 낮아서 발을 들면 물기로 반짝이는 천장에 손끝이 닿을 정도였다. 밀물 때는 천장까지 물이 차오른다는 걸 뜻했다. 거처로 쓰기엔 적당치 않겠군. 이곳에 있다가는 밀물에 익사하고 말 것이다. 아쉬워하며 뒤를 돌아 나가려던 찰나 바닥에 희끄무레한 빛의 흔적이 눈에 띄었다. 저건 뭐지? 물에 젖은 모래를 밟으며 목을 웅크리고 더 깊숙이 들어가 보니 그건 천장의 구멍에서 새어 들어오는 빛이었다. 위쪽을 향해 가파르게 난 좁은 통로가 있었다. 바위 내부는 뒤집힌 깔때기를 연상케 하는 공간이었다. 간신히 기어올라 좁은 벽에 몸을 끼워 넣었다. 2미터쯤 올라가자 다시 동굴이 나타났다. 어림잡아 고아원의 헛간 다락만 한 공간이었다. 이곳은 바위가 말라 있었다. 밀물 때의 수면보다 높다는 뜻이었다. 위쪽으로 이어지는 좁은 통로에서 빛이 새어 들어왔다. 그리고 빛보다 중요한 공기! 이곳엔 신선한 공기가 통하고 있었다. 아로스는 조금씩 몸을 끼워 넣으며 위로, 위로 올라갔다. 그러자 바위와 관목으로 둘러싸인 바닷가의 경사면 위쪽에 다다랐다. 바깥에서 보면 입구는 여우 굴처럼 보였고 구멍은 성인의 몸이 통과하기엔 너무 좁았다. 안성맞춤이군. 여기가 쥐들의 여왕이 은신할 새 집이야, 아로스는 결심했다. 해변에서는 썰물 때에만 들어올 수 있고 유사시엔 도망칠 수 있는 뒷문이 있었다. 저 멀리에 무언가가 반짝이고 있었다. 10분쯤 걸어가면 강이 나왔다. 그곳에서 물주머니를 채울 수 있었다. 숨을 수 있고 잠을 잘 수 있는 곳, 최소한 얼마 동안은 이곳에서 지낼 수 있을 거야. 나중에 가까운 농가에 가서 안장깔개를 구해와야지.

그녀는 이 작은 쥐구멍에서 안전하게 지낼 수 있기를 간절히 바랐다. 지난 몇 주간 벌어진 너무 많은 사건의 기억들이 여전히 뼛속 깊은 곳에 스며 있었다. 그리고 머릿속 깊은 곳 어딘가에도. 생각해야 할 일들이 너무 많았다. 그중에서도 특히 시장에서 만난 기이한 노파에 대한 생각은 좀처럼 머릿속을 떠나지 않았다. 불타는 장작더미에서 지옥 같은 고통을 겪으면서도 소리 한 번 지르지 않다니. 아로스는 잿더미에서 발견해 치마 안쪽 주머니에 넣어 둔 노파의 어금니를 꼭 쥐었다. 그녀가 어디에서 왔는지, 어떻게 살아왔는지 더 자세히 알아내리라. 뻔뻔하고 사악한 대주교가 뭐라고 말했더라? 노파가 붉은 수염과 함께 바다를 건너왔다고 했어. 한 번도 들어본 적이 없는 이름이었지만 어쨌든 중요한 단서인 것만큼은 분명했다.

배고픔이 엄습했다! 허리춤에서 무언가가 매달린 줄을 꺼냈다. 조갯살 조각이 달려 있는 갈고리 모양의 낚싯바늘이었다. 해안 가까이 청어 떼가 지나가는 길목이 어디인지 잘 알고 있었지만 볼품

없는 생선 한 마리를 잡는 데 반나절이 걸렸다. 오늘 그녀의 유일한 식사는 차가운 날생선 한 마리였다.

내륙 쪽으로 걸어가면 농가가 한 채 있었다. 그곳엔 말을 여러 마리 키우는 커다란 마구간이 있었다. 날이 어두워지자마자 아로스는 농가 근처로 가서 한참 동안 꼼짝 않고 숨은 채 내부를 살폈다. 그녀가 훔치려는 건 고작 안장깔개 하나였지만 그래도 도둑질은 위험천만한 시도였다. 그보다 훨씬 보잘것없는 물건을 훔치다가 붙잡혀 사형 집행인의 도끼에 오른손을 잘린 좀도둑들도 많았으니까.

사람들이 모두 잠든 걸 확인한 뒤 그녀는 바람을 맞으며 농가 쪽으로 다가갔다. 적어도 개 두 마리가 있다는 사실을 알고 있었다. 하지만 사방은 조용했다. 얼른 곰팡내 나는 깔개 하나를 훔쳐 다시 그녀의 동굴로 돌아왔다.

벌써 물이 들어오기 시작했기 때문에 이번엔 언덕배기의 뒷문을 이용해야 했다. 아로스는 담요로 몸을 돌돌 만 채 새 거처에서의 첫날밤을 보냈다.

다음날 새벽같이 눈을 떠졌다. 마지막 남은 동전을 털어 빵을 사야겠다고 생각하자 아침부터 심경이 복잡 미묘해졌다. 그녀는 은신처에서 빠져나와 새로운 하루에 인사를 건넸다.

하루야, 오늘은 나에게 친절해 줘.

나벤슈타인으로 가는 길, 멀리에서 그를 보았다. 한 사내가 항구의 뒤쪽 작은 선착장에 등받이가 없는 의자를 놓고 앉아 있었다. 나룻배나 작은 돛단배들만 정박하는 곳, 아로스가 가장 좋아하는 그곳에서 저 사내는 대체 뭘 하고 있는 걸까? 아로스는 의심스러운 사내의 등 뒤로 다가갔다. 그가 앉은 의자는 가느다란 다리가 한 개뿐이었다. 어떻게 저런 의자에 앉아 있는 거지? 사내의 앞에는 캔버스를 올린 이젤이 놓여 있었고, 그 옆에 놓인 주석 잔에는 굵기와 길이가 다른 목탄이 스무 개도 넘게 들어 있었다. 그의 오른손은 부드럽게 이리저리로 움직였다. 사내는 잠시 동작을 멈추고 하늘과 바다와 방파제를 바라보더니 다시 목탄을 쥔 손을 움직였다.

아로스는 이젤 옆에 잠자코 서서 곁눈질로 그림을 훔쳐보았다. 그리고 깜짝 놀라 눈을 껌벅였다. 이건 대체 뭐야?

"니하오, 좋은 아침이야. 화가가 자란 곳에서는 사람들이 이렇게 아침 인사를 나누지." 사내가 가느다란 눈으로 아로스를 보며 말했다.

"난 낯선 사람에게 인사 따윈 하지 않아!"

"모든 우정은 인사에서 시작되는데?"

"여긴 내 친구가 없는걸."

"그럴 리가. 세 명이나 있잖아. 남자 한 명, 화가 한 명, 그리고 예술가 한 명."

그리고 정신병자 한 명. 그런 식으로 따지면 그녀의 적은 기하급

수적으로 불어나고 말 것이다. 좋은 셈법이 아니야.

사내는 다시 등을 돌려 바다 쪽을 바라보았다. "화가는 지금 항구를 보고 있어. 그가 고개를 돌리면 뭐가 보일까?"

"쥐들의 여왕." 이번엔 그가 말귀를 알아들었기를.

그녀는 다시 한번 황당한 그림 쪽으로 시선을 돌렸다.

사내가 뒤를 돌았다. "그렇다면 쥐들의 여왕은 화가가 아니라 이젤을 만나러 온 걸까?"

아로스는 생각에 잠겼다. '대답할 게 마땅치 않으면 되레 질문을 해.'라고 누군가 그녀에게 말했었다. 혼란스러운 마음으로 캔버스를 바라보다가 아로스가 입을 열었다. "어떻게 여기 앉아 바다를 바라보면서… 나무를 그릴 수가 있지?" 그녀는 손을 이마에 얹고 보란 듯이 한 바퀴를 빙 둘러보았다. "어디를 봐도 나무는 없잖아."

자신의 작품을 바라보는 사내의 이마에 주름이 잡혔다. "쥐들의 여왕은 왜 화가가 나무를 그린다고 생각하지?" 그의 목소리에 실망이 담겨 있었다.

이 사내는 내가 멍청이인 줄 알고 있군! 게다가 이 이방인은 말하는 것도 이상하네. 아로스는 회의적인 얼굴로 바다와 낯선 사내와 그의 그림을 보았다. 나무들! 그림 속에는 열한 그루의 나무가 있었다. 군데군데가 뼈마디처럼 불거진, 검고 흰 점들로 얼룩덜룩한 자작나무 열한 그루. 캔버스에 물이나 배, 갈매기 같은 건 찾아볼 수 없었다. 그림만 놓고 보면 정말 굉장한 작품이긴 했지만.

"나무가 아니면 이게 대체 뭐지?" 아로스가 자신만만한 얼굴로 그림을 가리키며 물었다.

"맙소사! 아가씨가 나무 한 그루가 보인다고 하네. 그렇다면 화가는 그림을 망친 거로군."

아침부터 멍청이의 농담이나 듣고 있을 기분이 아니었다. "아니, 나무 여러 그루야."

화가의 표정이 밝아졌다. "아, 이제 화가도 같은 게 보이네."

미친 사람이구나, 아로스는 생각했다. 어쩌면 위험한 사람일지도. 나벤슈타인은 미치광이들과 인간쓰레기로 가득 찬 도시였다. 그리고 그중에서도 가장 위험한 건 포주인 쇠사슬을 두른 개나 대주교처럼 미치광이 인간쓰레기들이었다. 얼른 여기를 떠나야겠다고 생각했지만 이상하게도 보이지 않은 끈이 그녀를 잡아 두고 있었다. 무언가에 홀린 듯 그곳을 쉽게 떠날 수 없었다. 쥐들의 호기심일까?

화가가 자리에서 일어났다. 아로스는 흠칫 놀라 도망칠 준비를 하며 재빨리 한 걸음 뒤로 물러섰다.

그리고 꼼짝 않고 서서 화가의 행동을 관찰했다. 화가의 시선은 작은 배를 따라 움직이고 있었다.

기이한 모습의 사내였다. 가르마 탄 검은 머리. 가닥가닥 뭉친 머리카락이 오른쪽 눈썹 위로 흘러내려 있었고 코는 유난히 펑퍼짐하고 짧았다. 그중에서도 가장 낯선 건 가늘고 기다란, 섬뜩해 보이는 검은 눈이었다. 이제 그는 아로스 바로 앞에 서 있었다. 다리가 하나뿐인 작은 의자는 그의 엉덩이에 붙어 있었다. 사내는 키도 덩치도 아로스와 별 차이가 없어 보였다. 게다가 마치 가시처럼 튀어나온 의자 다리 때문에 그의 모습은 더욱 기괴해 보였다. 그제야 허리와 의자를 동여맨 띠가 눈에 들어왔다.

말투로 봐도 이곳 출신이 아닌 게 분명해, 아로스는 생각했다.

그가 다시 자리에 앉았다. 넘어지지 않는 게 신기했다. 항구의 풍경에서 영감을 얻은 화가는 열두 번째 나무의 뿌리와 줄기를 그리기 시작했다.

"숲을 그리려면 숲을 보면서 그리는 게 낫지 않아?" 아로스는 반드시 대답을 듣고 싶었다.

"쥐들의 여왕은 화가가 나무를 그린다고 말하지 않았나?" 그는 고개를 살짝 뒤로 하고 회의적인 시선으로 캔버스를 바라보았다.

하! 이건 또 무슨 잘난 척이람! "나무가 여러 그루 있잖아. 그러니까 숲인 거지." 아로스가 새침데기 아가씨 같은 말투로 대답했다.

"흠, 나무 몇 그루가 있어야 숲이 되지?" 화가는 마치 모든 삶의 의미를 알아내기라도 하려는 듯한 얼굴로 물었다.

"열두 그루! 그러니까 넌 지금 숲을 그리고 있는 거지." 아로스가 단호하게 말했다. "내 질문에 아직 답하지 않았어. 여긴 숲이 없어, 나무 열두 그루도 없어. 아니 단 한 그루도."

"어디에서 오는 성급함일까? 화가가 눈에 보는 것 그대로를 똑같이 그린다면 사람들은 그 그림을 현실과 비교하느라 열을 올리지. 그러면 화가는 피곤해져. 저기 저 뒤에 보이는 탑이 더 높아야 하는 건 아닌지, 담장은 더 낮게 그려야 하는 것 아닌지, 물은 더 파란색이어야 하고 아침놀은 더 붉어야 하는 건 아닌지. 하지만 화가가 이곳에서 숲을 그리면 사람들은 투덜거리지 않거든."

"아하," 아로스는 잠시 생각하다가 말을 이었다. "하지만 네가 숲 말고 다른 건 그릴 줄 몰라서일 수도 있잖아?"

"의심투성이 아가씨로군." 사내는 작은 소리로 웃었다. "지금 네 앞엔 뭐든지 그릴 수 있는 화가가 있어. 그가 제일 좋아하는 건 숲을 보고 항구를 그리는 일이지. 내 말을 믿어도 좋아."

그래도 아로스는 의심을 거둘 수 없었다. 어쩌면 그녀가 원래부터 어른의 말을 믿는 데 익숙하지 않아서일지도. "음, 그럼 얼굴도 그릴 수 있어?"

"물론이야! 특별한 얼굴들을 그리지." 사내가 말했다. "며칠 전에는 왕비의 얼굴을 그렸는걸."

"왕비라고? 말도 안 돼!"

"모든 걸 그릴 수 있는 화가가 예술가의 명예를 걸고 맹세하지!" 그는 손을 가슴에 얹고 말했다. "그라쿠스 왕의 부인이신 왕비님을 그렸어."

"하지만… 그렇다면 네가 본 대로 그렸어야 할 것 아니야. 그리고 모두 다 네 그림이 실제와 같은지 비교할 수 있었겠지. 아니면 네가 왕비를 그릴 때 왕이 앉아 있기라도 했단 말이야?"

다시 작은 웃음소리가 들렸다. "아니. 왕비가 정말로 세 시간 동안 내 앞에 앉아 모델을 섰어. 그럴 필요는 없었는데. 안 그래도 완성된 그림은 어차피 같았을 테니까. 하지만 여왕님이 뿌듯해하시는 게 중요하니까 화가는 그렇게 할 수가 없었지." 화가는 허리를 굽히고 마치 반역이라도 꾀하는 사람처럼 왼쪽, 오른쪽, 그리고 위쪽을 번갈아 보더니 눈을 가느다랗게 뜨고 속삭였다. "화가가 아가씨에게 비밀을 한 가지 말해 줄게. 하지만 아무한테도 말하면 안 돼. 그림은 거울처럼 똑같지 않았어. 화가는 주름과 검버섯 몇 개를… 음… 무시했지. 눈은 조금 더 크게, 그리고 코는 조금 더 작게 그렸고. 그림 속 왕비님은 실제보다 서른 살 정도 젊어 보였는데, 왕궁에서 그림을 본 사람들은 하나같이 화가가 머리카락 한 올까지도 똑같이 그렸다고 칭송을 했어. 실제로 왕비는 최소 열두 그루의 나무가 있는 그 어떤 숲보다도 늙었음에도."

아로스는 그만 웃음을 터뜨리고 말았다. 그것도 큰 소리로. 이렇게 짧은 시간에 그녀의 호감을 얻다니 이 사내의 비결은 무엇이었을까?

"그림을 그리면 돈을 많이 벌어?"

"많이? 얼마만큼이 많은 걸까? 화가는 그 두 단어를 개념 없이 조합해서 쓰는 사람들을 많이 알고 있지." 그리고는 아로스를 바라보며 말을 이었다. "돈을 많이 버냐고? 뭘 할 만큼 많이 버냐는 질문이야?"

"생존."

"응! 생존하기는 충분해." 그는 만족스러운 표정으로 다시 자신의 이젤 쪽으로 몸을 돌렸다.

"멋진 숲이야." 그때 아로스의 머릿속에 떠오르는 생각이 있었다. 그녀도 여왕이니 자신의 초상화를 그려 달라고 해 볼까? 하지만 이내 생각을 바꿨다. 병사들에게 쫓기는 소녀의 모습을 영원히 남기다니, 그건 위험한 생각이었다.

"그런데 아가씨는 여기서 뭘 하고 있지?" 사내는 두 눈을 캔버스에 고정한 채 물었다.

"항구에서 숲을 그리는 화가를 보고 있어." 아로스는 둘러댔다. 자신에 관한 이야기는 하고 싶지 않았다.

"흠, 아가씨는 그렇게 하면 돈을 많이 벌어?"

오늘 아침, 그녀는 벌써 두 번째로 소리 내어 웃지 않을 수 없었다. 오랫동안 일어난 적 없는 일이었다. "나 돈 많아." 아로스는 갈색 원피스 안주머니에 손을 넣었다. 노파의 어금니와 동전이 만져졌다. 주머니 밖으로 동전을 꺼냈다. "여기, 이게 내 마지막 동전이야. 지금 가서 먹을 걸 좀 사려고."

"정말이네!" 화가가 눈을 동그랗게 뜨고 아로스의 동전을 바라보았다. "좋은 생각이야! 아가씨가 나에게도 먹을 걸 좀 나눠 줄 수 있을까?"

아로스는 잠시 망설였다. 1쿠퍼로는 전날 구운 빵 반 덩어리밖에 살 수 없었다. 그리고 그건 그녀의 이틀 치 식사였다. 하지만 단 한 번도 인색해 본 적이 없었던 그녀는 고개를 끄덕였다. "그럼 내가 가서 뭘 살 수 있을지 한번 볼게."

작은 사내는 고개를 끄덕이고 나뭇가지 몇 개를 더 그려 넣었다. 자작나무 숲은 빠르게 자라나고 있었다.

아로스는 이른 아침에 항구를 돌아다니는 걸 좋아했다. 어제 같은 예외적인 경우를 제외하고는 이 시간엔 정찰병들을 만날 일도 없었다. 창녀와 포주들이 아직 잠자는 시간, 어부들은 바다에서 물고기를 잡고, 상인들은 장사할 채비를 하느라 분주했다. 오랜 흥정과 빵 가게 주인의 투덜거림을 들은 뒤 아로스는 1쿠퍼를 내고 전날 구운 빵 반 덩어리를 받아 들었다. 그녀가 의기양양하게 작은 선착장으로 되돌아왔을 때 화가는 열심히 그림에 매진하고 있었다. 숲 위에는 어느새 태양이 떠올랐고 까마귀 두 마리가 허공을 가르고 있었다. 나무들은 그림자를 드리웠다. 어느덧 굉장한 작품이 완성되고 있었다.

"여기!" 아로스는 빵 한 움큼을 떼어 내 화가에게 건넸다.

그는 턱 아래에 양손 바닥을 포개고 잠시 고개를 숙인 뒤 빵을 받았다. 감사의 인사처럼 보였다.

화가는 빵을 입으로 가져갔다. "그림을 그리다 보면 화가는 먹고 마시는 걸 잊어버릴 때가 많아." 그의 입안에서 딱딱한 빵이 부러지는 소리가 났다. "맛있는걸!"

아로스도 간신히 빵을 베어 물었다. 망할 놈의 빵 가게 주인 같으니라고. 어제가 아니라 지난달에 구운 빵을 팔다니.

둘은 잠시 말없이 빵만 우물거렸다. 편안한 침묵이었다.

"아가씨의 이름은 뭘까?" 정적을 깨고 화가가 물었다.

"아로스." 소녀가 망설이지 않고 대답했다. "넌?"

"내 이름은 키야."

"키… 뭐?"

"키 뭐가 아니고 그냥 키. 흔한 이름은 아니지." 그가 살짝 미간을 찌푸리며 말했다. "아로스처럼." 이번에는 그의 얼굴이 부드럽게 미소 지었다.

아로스는 세 번째로 웃음을 터뜨렸다.

나의 끔찍한 하루야, 오늘은 나에게 믿을 수 없는 선물을 주는구나. 엉덩이에 가시가 돋친 어른이라니.

"키는 아주 편리한 이름이야." 그가 설명했다. "화가는 항상 자기가 그린 그림 아래에 이름을 써넣는데, 내 이름은 아주 간단하거든."

정말 그렇겠구나.

"여기 선착장 위는 정말 놀라운 곳이야." 그가 말했다.

뭐가 놀랍다는 거지? 아로스는 어리둥절했지만 곧 이해했다. "맞아, 나벤슈타인을 통틀어 가장 멋진 곳이야. 난 여기가 정말 좋아."

"화가는 아침 해가 뜨는 시간의 빛을 가장 좋아해. 아주 특별한 빛이지. 신선하고 향긋한." 키 작은 사내는 자리에서 일어났다. "오늘은 할 일이 있어. 화가랑 아가씨가 내일 같은 시간에 다시 만날 수 있을까?" 그가 제안했다.

"좋아, 약속했어! 바로 이 선착장에서 보자." 아로스도 신선하고 향기로운 빛에 관해 생각하며 대답했다.

키는 익숙한 동작으로 이젤을 접어 옆구리에 끼고 의자를 묶은 끈을 풀었다. "그럼 내일 봐."

소녀는 고개만 끄덕였다.

몇 시쯤 되었을까? 은신처인 동굴에서 맞이한 두 번째 아침이었다. 약속이 있었지! 뭐든지 그릴 수 있는 화가가 정말로 약속을 지킬까? 아로스는 낡은 안장깔개를 벗어던지고 기지개를 켰다. 여기서 그녀가 가장 좋아하는 선착장까지는 대략 20분쯤 걸렸다. 바다에 몸을 담글 시간이 있을지 한번 볼까? 치마가 찢어지지 않게 조심하면서 좁은 통로를 가만히 빠져나왔다.

바닷가로 가서 옷을 벗고 파도치는 바다에서 잠깐 수영을 했다. 이제 먹을 거라고는 얼마나 오래됐는지 알 수 없는 딱딱한 빵 한 조각뿐이었다. 마지막 동전을 모두 써 버렸으니 굶어 죽지 않으려면 방법을 찾아야 했다.

어제와 마찬가지로 키는 아로스가 제일 좋아하는 선착장에 앉아 명상에 잠긴 듯 바다와 배와 갈매기들을 바라보고 있었다. 그림 속의 숲은 점점 빽빽해지고 신비로운 분위기마저 자아냈다. 이젤 아래에는 어제는 못 본 보자기 꾸러미가 있었다.

화가는 상냥하게 고개를 끄덕이며 소녀를 맞았다. "니하오! 아가씨는 어디서 오는 길이지?"

구름 한 점 없는 하늘이었지만 아로스는 자신의 얼굴 위로 그림자가 드리우는 것 같은 느낌을 받았다. "무슨 말이야?"

화가는 목탄을 쥔 손으로 해변을 가리켰다. "저쪽엔 마을이 없어. 그러니 아가씨가 어디 사는지 물은 거야."

"난 네가 어디 사는지 묻지 않았는데?" 아로스는 의도한 것보다 훨씬 더 날카로운 목소리로 되물었다.

화가는 양손을 턱 아래에 모으고 고개를 숙였다. 그 모습은 마치 '처음부터 다시 시작해 보자.'라고 말하는 것 같았다. "화가는 그 물음에 대한 대답에 아가씨의 비밀이 있다는 걸 알아. 그리고 그 아가씨는 더 이상 그것이 비밀이 아니게 될 때까지 비밀을 간직하겠지."

아로스의 기분이 조금 누그러졌다. 누구든 자신에 대해 캐묻는 건 끔찍한 일이었다.

캔버스 위의 목탄 그림은 점점 더 세밀해지고 있었다. 나뭇가지엔 나뭇잎이 자라났다. 수백 개의 작은 자작나무 잎들이. 화가는 엄청난 끈기와 집중력으로 작품에 매진했다.

"그림이 점점 더 굉장해지고 있어." 아로스가 칭찬했다.

화가는 다시 손바닥을 턱 아래에 마주 대고 짧게 고개를 숙였다. 그 모습은 고맙다고 말하는 것 같았다.

아로스는 한참 동안 넋을 잃고 자라나는 자작나무 잎들을 바라보았다. 목탄이 놀랍도록 빠르게 캔버스 위를 움직였다. "나도 그림 그리는 걸 배울 수 있을까?" 아로스가 물었다.

"아가씨는 이미 그림을 그릴 수 있어. 누구나 그릴 수 있지."

"하지만 내 그림은 정말이지 형편없는걸." 아로스가 투덜거렸다.

"흠, 그걸 누가 결정하지?"

아로스는 깜짝 놀랐다. 키라는 이름의 화가는 어딘지 모르게 시장의 노파를 연상시켰다. 물론 노파의 말들이 훨씬 더 아리송하긴 했어. 그런 생각이 들자 노파가 던졌던 여러 가지 질문들이 머릿속을 맴돌았다. "키, 너도 바다를 건너왔어?"

"응, 다른 대륙에서 출발한 긴 여행이었지."

"그럼 깨달은 노파를 알아?"

화가는 어리둥절한 얼굴로 아로스를 바라보았다. "아니, 그런 이름은 들어본 적이 없어."

우와, 아로스. 이렇게 보기 드문 멍청한 질문을 하다니.

"에… 그러니까 내 말은 그 마녀라는 노파 말이야. 대광장에서 몇 주 전에 화형당한."

"그 얘긴 들어서 알고 있어." 키의 표정이 굳어졌다. "하지만 그런 걸 직접 보러 가진 않아."

"흠, 여기까지 어떻게 왔어?"

"거대한 배, 바르바로사를 타고. 왕궁의 망루만큼 높은 돛대가 네 개에, 돛은 시장을 덮은 천막만큼이나 커다랬지. 배의 방향키는 물레방아만큼 컸고. 바르바로사가 아니었으면 그 어떤 배도 대양을 건너오지 못했을걸. 여기까지 오는 데 3주가 걸렸는데 바다는 호랑이만큼이나 거칠었어."

"그런 얘긴 들어본 적이 없어." 아로스가 놀라서 대답했다. 그런데 호랑이는 또 뭐지?

"바르바로사는 나벤슈타인 항구에 들어오는 일이 거의 없어. 사람들은 그 배의 선장을 붉은 수염이라고 부르지. 그는 정말로 위험한 사람이야. 해적이거든." 키는 고개까지 끄덕이며 힘주어 말하고는 다시 캔버스 쪽으로 시선을 돌렸다. "화가는 나무들을 사랑해. 나무는 고요하고 아름다운 생명체야." 그가 말했다.

아로스의 머릿속에서 노파의 말들이 집요하게 떠다니고 있었다. "뼈를 보는 사람이 뭔지 알아?"

키는 움직이던 손을 멈추었다. "특이한 표현이군. 시신을 보고 그 사람이 어떻게 죽었는지를 알아내는 사람들이 있어. 그런 사람들은 상처와 뼈, 심지어는 몸속의 기관들까지 살펴보고 판단을 하지. 그러니까 고도의 기술이 필요해. 타고난 재능도 있어야 하고. 그뿐만 아니라 시신들을 많이 봐야 경험을 얻을 수 있지. 내가 온 그곳에선 그런 사람들이 인정을 받아."

"죽은 사람들을 많이 접한다니 어떤 이들을 말하는 거지?" 아로스가 물었다.

"염꾼들과 매장꾼. 그리고 돌팔이 의사들."

"그러니까 매장꾼 말이구나."

"매장꾼은 이곳에서는 전혀 대우받지 못해도 거기에 해당되는 직업이 맞아."

대주교와 그날 헛간에서 본 기이한 사내가 어느 성에서 스콰이어 교육을 받는 매장꾼의 아들을 쫓고 있다고 말하지 않았었나? 그 성 이름이 뭐였더라? 하지만 아무리 애를 써도 허사였다.

잠시 정적이 흘렀다. 키가 자리에서 일어났다. "난 이곳의 공기도 정말 좋아해."

아로스가 웃으며 말했다. "응, 이곳의 공기는 정말 밝고 찬란하지."

키는 고개를 끄덕였다. "우리 등 뒤에서 불어온 바람이 나벤슈타인의 거친 숨결을 막아 주지." 그가 괴상한 방식으로 설명했다.

좀처럼 쉽게 판단할 수 없는 사내였다.

"키, 저 하얀 보자기 안에는 뭐가 들어 있어?" 아로스가 물었다.

화가의 이마에 그늘이 드리웠다. "그건 아주 굉장한 비밀이야." 그리고는 아랫입술을 내밀고 자신의 얼굴을 향해 숨을 내뿜어 머리카락을 날렸다. "이제부터 너랑 나누게 될 비밀. 아가씨는 내 친구니까."

그는 몸을 굽혀 보자기의 매듭을 풀었다. 그러자 신선한 빵과 소시지, 달콤한 도넛 두 개, 말린 사과와 자두가 나타났다. 아로스는 그것들을 물끄러미 바라보았다. 무척 배가 고팠던 터라 그것들은 자작나무 숲보다도 더 멋져 보였다.

"이, 이건…" 그녀는 할 말을 잃고 중얼거렸다.

"…맛있을 거야. 어제는 친구가 화가에게 아침을 대접했으니 오늘은 화가가 대접할 차례야."

둘은 한참 동안 신나게 그것들을 먹었다. 물론 먹는 속도에서 키는 아로스를 따르지 못했다. 그녀는 바닷물에 발을 담그고 앉아 뽀드득 소리와 쩝쩝 소리를 연발하며 소시지를 입안 가득 밀어 넣었다. 정말이지 아가씨라는 호칭에 조금도 어울리지 않는 모습이었다. 드디어 음식물을 모두 삼킨 뒤 그녀가 말했다. "고마워, 제대로 된 음식을 먹은 지가 너무 오래돼서." 그리고는 발가락을 물속에 첨벙거리며 웃었다. "이렇게 맛있는 음식은 고아원에서는 상상도 못하거든." 오! 무심코 말실수를 해 버렸다.

"많이 먹어." 키는 고아원에 관해 더 언급하지 않았다.

한동안 어색한 침묵이 흐른 후 아로스가 다시 입을 열었다. "그런데 키, 넌 몇 살이지?"

"내 나이? 뭐랑 비교를 할까?"

그냥 몇 살인지 숫자로 말하면 될걸.

"나랑 비교하면? 난 열네 살이야."

"오! 거기에 비하면 화가는 아주 많이 늙었네. 아마도 할아버지쯤 되려나?" 키가 인상을 찌푸리자 갑자기 얼굴에 여러 개의 주름이 생겼다.

"키 할아버지." 아로스가 말했다.

오전 내내 둘은 선착장에서 시간을 보냈다. 목탄은 캔버스 위에서 바삐 움직이고 아로스는 바다에 다리를 담그고 앉아 있었다.

"내일이면 드디어 그림이 끝나." 키가 미소를 지으며 말했다.

"그다음엔?" 아로스는 키 작은 사내와 더 오래 같이 있고 싶다고 생각했다. 이틀 만에 그는 낯선 사람에서 그녀가 좋아하는 사람이 되어 있었다. 그리고 그녀는 벌써 어느 아가씨가 아니라 키의 친구가 되어 있었다. 이런 걸 우정이라고 말해도 좋을까? 친구나 우정은 아로스가 잘 알지 못하는 단어였지만.

주최자

슈투름바흐트 성으로 돌아가는 길은 침울했다. 드로그단의 농담에도, 격려에도 파린의 가슴은 뻐꾸기 둥지처럼 텅 빈 것만 같았다. 아니에타에 대한 생각을 멈출 수가 없었다. 그녀를 영원히 잃게 되었다는 사실을 믿을 수가 없었다. 물론 아니에타가 그에게 달려와 안길 거란 기대는 처음부터 하지 않았다. 하지만 그녀의 결혼 소식에 그의 꿈은 산산조각이 났다. 지난 몇 년간 그저 꿈일지언정 얼마나 행복했었는지.

멀리 언덕 위에 슈투름바흐트 성이 나타났다. 회색 하늘은 성벽과도, 그리고 그의 마음과도 잘 어울렸다. 두 개의 탑이 구름 속으로 녹아들어 가고 있었다. 멀리에서 바라보는 요새는 둔탁하고 볼품없었다. 전략적으로는 분명 좋은 위치였지만 매력이라곤 찾아볼 수 없고 살 만한 곳이라는 느낌이 전혀 들지 않는 삭막한 성.

언덕 발치에서 나무를 베던 사람들이 슈툼멜을 반기며 손을 흔들었다. 슈툼멜도 상냥하게 인사했다.

모두가 제대로 된 식사와 따뜻한 벽난로를 기대하며 들떠 있었다. 하지만 파린의 마음은 벽난로 앞에 앉아 있어도 녹지 않을 만큼 꽁꽁 얼어붙어 있었다. 재빨리 도개교를 건너 말에서 내린 뒤 고삐를 쥐고 성문을 통과했다. 마구간 주변에는 평소보다 훨씬 많은 병사와 하인들이 서성이고 있었다. 4두 마차 한 대가 성의 안마당에 세워져 있었다. 귀한 손님이 도착한 게 분명했다.

"고리안 폰 지게스문트 대공과 그의 수행단입니다." 문지기가 말했다. "내일 카이문트의 시신을 싣고 남쪽으로 돌아가실 예정입니다."

마구간을 관리하는 소년 둘이 나와 말을 데리고 들어갔다. 파린은 리젤의 머리를 가볍게 쓰다듬으며 작별 인사를 했다. 두 귀 사이를 쓰다듬는 걸 유난히 좋아하는 리젤은 얌전히 코를 앞으로 내밀었다. 녀석도 어느덧 징글징글의 존재에 적응하고 있는 것 같았다.

셋은 마구간을 떠났다.

"기사님께 우리가 돌아왔다고 말씀드릴게." 드로그단이 말했다.

플라우디우스가 대답했다. "그럴 필요 없을 것 같은데…."

곧이어 익숙한 쩌렁쩌렁한 목소리가 들리고 마침내 에미코가 나타났다. 큰 체구에 호화로운 차림을 한 남자와 함께였다. 하늘엔 해도 달도 없었지만 그가 입은 튜니카는 마치 밤하늘의 별처럼 반짝였다. 옷깃과 소매, 그리고 아랫단에는 화려한 아라베스크 무늬가 수놓여 있었다. 폭이 넓은 허리띠에는 상어 문양의 문장이 장식되어 있었다. 그 위에 입은 어두운 빛깔 외투는 오른쪽 어깨 위에 금단추가 빛났다. 그의 길게 땋은 머리와 근엄한 얼굴은 고귀함을 발산하고 있었다.

그들 뒤로 무리 지어 따르는 사람들이 보였다. 하인 넷이 굳게 잠긴 관을 들었고, 그 뒤로 제복을 입은 또 다른 사내들과 여자들이 따랐다. 그들 가운데 단연 눈에 띄는 귀부인이 있었다. 마가레타 폰 지게스문트. 자수로 장식된 화려한 짙은 녹색 드레스는 발끝에 닿아 있었다. 소맷자락은 얼마나 치렁치렁한지 옷자락을 밟지 않으려면 손을 배꼽 높이까지 치켜들어야 할 정도였다.

피곤함이 몰려왔지만 그 자리에 서서 지켜보는 수밖에.

"고리안 대공, 대체 무슨 근거로 저를 비난하시는지 모르겠군요." 에미코가 날카롭게 말했다.

"그대가 어찌 내 아들의 죽음에 아무런 책임이 없다고 말할 수 있겠소, 에미코?" 고리안이 버럭 화를 냈다. "나의 장남을 그대의 스콰이어 자리에 보냈소. 그런데 그대가 뻔뻔하게도 그 아이를 책임지고 돌봐야 할 의무를 다하지 않은 것이오."

파린의 뱃속에서 무언가가 끓어올랐다. 그랬다. 사람들은 더러운 거짓말을 정치라고 불렀다. 고리안의 아들은 파렴치하게도 자신이 섬기는 기사 곁에서 첩자 노릇을 했고, 기사는 그를 무참하게 살해했으며 그의 죽음을 사고사로 위장했다. 고리안은 절망에 빠진 결백한 아버지처럼 보였다. 아니면 그는 아들의 배신에 대해 다 알고 있을까? 혹시 그가 자기 아들에게 사주한 거라면? 기사의 적인 네코르인들의 사교 조직은 고리안의 고향, 그러니까 벨텐 제국의 남쪽에서 특히 맹위를 떨치고 있었다. 그러니 어쩌면 고리안의 가문 전체가 네코르인일지도 몰랐다. 대체 누가, 어떤 음모에 대한 책임이 있는 걸까?

제길! 그에 대한 답을 찾고 싶지만 나와는 너무 동떨어진 세계야.

그게 네가 사는 세상이야. 너한테 다른 세상은 없어.

암, 똑똑이 망상은 물론 항상 나보다 더 잘 알고 있지. 짜증과 피로가 동시에 몰려왔다.

관을 든 행렬은 드로그단과 슈툼멜과 플라우디우스, 그리고 파린의 옆을 지나갔다. 고리안 폰 지게스문트도, 에미코도 그들이 거기에 서 있는 것을 눈치채지 못한 것 같았지만 파린은 알고 있었다. 에미코가 진작 부하들이 돌아온 걸 보았지만 지금은 그의 신경이 온통 분노하는 고리안에게 쏠려 있음을.

"한 가지만 묻겠네. 도대체 왜 내 아들이 죽은 뒤 후임으로 매장꾼을 뽑아 그 아이의 명예를 더럽히는 거지? 혹시 그런 모욕적인 행동으로 나를 자극하려는 건가?"

"그것 때문에 이렇게 화를 내시는 겁니까?" 에미코가 물었다.

고리안이 발끈하여 소리쳤다. "란조르그 대공이 그대의 일탈에 대해 내게 말했지. 그대는 자신의 행동에 대해… 좀 더 깊이 생각해 보아야 할 것이오."

"대공의 슬픔은 충분히 이해합니다만, 저의 생각과 저의 행동에 대해 이래라저래라 지시하지는 말아 주십시오." 에미코가 고리안을 노려보며 말했다. 대공이 얼마나 깊숙이 네코르인과 결탁되어 있는지 알아내려는 게 분명했다. 카이문트가 독단적으로 네코르인들을 돕고 있었다고 보기엔 분명 석연치 않은 구석이 있었으니까.

"한때 그대는 벨텐 제국에서 가장 뛰어난 검술을 자랑하는 기사

중 한 명이었지. 살아 있는 전설이 될 뻔했으니까. 하지만 이제는 아무도 관심을 두지 않는 지방의 별 볼 일 없는 성에서 잊혀 가는 존재일 뿐. 그러다가 이제는 고집불통으로 유명해지고 있지." 그는 거만한 동작으로 뒤를 돌았다. "오늘 이 성을 떠나겠네." 어느새 그의 목소리 톤은 다시 낮아졌지만 혈관을 흐르는 뜨거운 피는 여전히 끓어오를 듯했다.

"좋을 대로 하시지요." 에미코는 더는 고리안을 자극하지 않기로 한 모양이었다.

"먼저 내 아들의 영예로운 장례식을 마칠 것이오. 하지만 몇 주 뒤 대회 경기장에서 다시 만나면 온 천하에 그대가 패배…"

"그만!" 에미코가 외쳤다. "오늘은 이쯤에서 끝내지요. 대공 말씀대로 밝혀야 할 문제가 남아 있다면 언젠가 밝히게 될 날이 올 것이오."

파린은 숨이 멎을 것만 같았다. 아차 하면 목숨을 건 대결로 치달을 게 분명한 아슬아슬한 순간이었다. 에미코가 자신의 신하와 하인들 앞에서 이런 식의 무례함을 그냥 둘 리 없었다.

대공도 자신이 선을 넘어 버린 걸 알아차리고는 냉정함을 되찾았다. "그럼 마상 창 시합에서 봅시다. 직접 주최하는 시합에선 숨을 방법이 없을 테니 시합에 나서시겠지." 그의 말은 협박이자 작별 인사였다. 고리안은 에미코에게 눈길 한번 주지 않고 그대로 사라져 버렸다.

64

드로그단과 슈툼멜, 그리고 플라우디우스는 심각한 얼굴로 눈빛을 교환했다.

파린이 들릴 듯 말 듯 한 목소리로 물었다. "저건 또 무슨 말이에요?"

"기사님은 지난 다섯 번의 시합에 참가하지 않으셨어. 그래서 실력이 예전만 못해 일부러 피하는 거라 말하는 사람들이 많아. 이젠 기사님이 시합의 주최자가 되셨으니 경기에 나서야 하거든." 드로그단이 속삭였다.

에미코가 묵묵히 돌아섰다. 발걸음을 옮기려던 그가 곁눈질로 파린 일행을 보고 말했다. "스콰이어, 한 시간 뒤 내 방으로."

"역시 집에 돌아오니 좋아." 드로그단이 에미코가 듣지 못할 만큼 작은 소리로 말했다.

그들은 에미코가 사라지는 모습을 말없이 바라보았다.

"목욕 어때?" 플라우디우스가 물었다.

모두 고개만 끄덕였다.

한 시간 뒤 파린은 기사의 서재에 들어섰다.

평소와 달리 에미코는 뜸 들이지 않고 곧바로 물었다. "해야 할 일은 모두 마무리하고 왔는가?"

"네, 기사님. 예법에 맞게 아버지의 장례를 치러드렸습니다. 이제… 하우펜 마을과는 모든 것이 정리되었습니다." 그동안 자신의 머릿속에 아버지보다 아니에타 생각이 더 많았다는 걸 깨닫는 순간 조금은 부끄러운 마음이 들었다.

"좋아!" 에미코는 곧바로 주제를 바꿨다. "그 밖에 또 다른 소식이 있었는가? 검은 사내나 악령에 대해서."

"아니요, 이렇다 할 소식을 듣지 못했습니다."

기사의 날카로운 눈빛이 파린을 불안하게 했다. 얼마나 오랫동안 숨길 수 있을까?

에미코는 왼손 손바닥으로 책상 위에 펼쳐진 책 위를 세게 내리쳤다. "기억하는가? 도서관을 지키던 클레멘스가 너를 공격한 날. 그의 팔뚝에 나의 옛 스콰이어 카이문트와 같은 문신이 새겨져 있었다."

감히 부를 수 없는 존재의 낙인이 파린의 머릿속에 떠올랐다. 파린은 그만 얼빠진 표정을 짓고 있었다. 에미코에게 그 낙인에 대해 사실대로 얘기해야 할까? 하지만 악령의 존재를 언급하지 않고 대체 어떻게?

기사는 어두운 가죽 표지의 책을 들더니 한가운데 불꽃이 그려진 별 그림을 가리켰다. "여기에 바로 그 상징이 있다. 그리고 문지기가 창으로 공격해 오던 순간, 나의 스콰이어가 바로 이 책을 들여다보고 있었지." 그는 골똘히 생각하는 듯 자신의 넓은 턱을 문질렀다. "그게 그냥 우연이었을까?"

제길, 당황한 나머지 책을 제자리에 가져다 놓는 걸 깜빡한 것이었다.

"저, 저는 카이문트의 팔에 있던 것과 같은 기호를 발견해서 그 의미를 찾아내고 싶었습니다."

기사가 아래턱을 앞으로 내밀며 말했다. "불가능해. 벌써 몇 년째 가장 중요한 부분을 해석하기 위해 그 언어와 싸우다시피 했지."

기사의 의심을 피하려면 어디까지 말해야 할까? 초조함이 몰려왔다. 에미코의 눈썹이 아래로 내려갔다. 파린의 표정을 살피는 그의 눈이 뭔가 미심쩍다고 말하고 있었다. "카르탄어는 그렇게 어렵지 않아요." 무언가를 말해야 한다는 생각에 얼떨결에 내뱉은 대답이었다.

그게 얼마나 멍청한 대답이었는지를 깨닫는 데는 망상의 한숨 소리도 필요 없었다. 슬픔에 짓눌리고 긴 여정에 지친 나머지 자기도 모르게 어처구니없는 실수를 한 것이었다.

기사의 덥수룩한 눈썹이 한순간 위로 솟아올랐다. "이 성에서 나 말고 어느 누구도 '카르탄어'라는 단어 자체를 모른다. 그건 이미 수백 년 전에 사라진 언어니까. 그리고 그 당시에도 바다 건너 먼 땅에서만 쓰던 말이고. 그런데 나의 박식한 스콰이어만큼은 예외인가 보구나." 그는 잠시 숨을 쉬기 위해 멈췄다가 다시 말을 이었다. "그리고 그 스콰이어가 지금 카르탄어가 그렇게 어렵지 않다고 말하고 있구나." 낮은 음성이 동시에 그렇게 날카로울 수 있다니 놀라울 뿐이었다. "그럼 너는 천재인가?"

난 어쩜 이렇게 멍청한 거지, 파린이 생각했다.

넌 어쩜 그렇게 멍청한 거야?

"에… 그러니까 제 말은 단어 몇 개 정도는 안다는 뜻이었어요. 어머니가 가르쳐 주셨거든요."

기사의 눈썹이 다시 제자리로 돌아왔다. 그리고 평정심을 찾은 사람처럼 의자 등받이에 등을 기댔다. "그래? 어머니가 그렇게 똑똑한 분이라니, 넌 정말 좋겠구나. 그분을 만나 뵙고 어떻게 카르탄어를 배웠는지 여쭤보고 싶은데?"

"오래전에 돌아가셨어요."

"미안하구나." 그는 자리에서 일어났다. "그런데 왜 놀랍지 않은 걸까? 이리 와서 여기에 뭐라고 쓰여 있는지 한번 보겠는가?"

파린은 침을 꿀꺽 삼키고 다가가 책을 들여다보았다. 무슨 말을 해야 하지?

"어떤가?"

"저… 아는 단어가 딱 두 개뿐이에요. 악령에 관한 것이고 불과 혼돈과 관련이 있어요."

"믿을 수가 없다." 에미코가 낮은 목소리로 속삭였다. 그리고 손가락으로 어딘가를 가리키며 말했다. "정말로 카르탄어를 알고 있군! 여기 이건 불이야. 거기까지는 나도 이해했다. 그리고 그 옆이 혼돈이라고?"

파린은 말없이 고개만 끄덕였다.

깊은 침묵이 내려앉았다. "빌어먹을! 이제 이해했어." 분노의 눈길이 파린을 쏘아보았다. 노려보는 것만으로도 마귀와 악령을 쫓아내거나, 신들린 사람을 낫게 할 수 있을 것 같은 눈빛이었다.

징글징글과 그의 실체에 대해 알아챈 게 분명했다. 처음부터 기사에게 모든 걸 고백했더라면! 그랬더라면 아버지를 죽음으로 몰아간 악령에 대한 복수심에 불타 그 자리에서 나를 죽였을까? 온갖 끔찍한 생각들이 파린을 사로잡았다.

에미코가 그에 대한 답을 이미 말하고 있었다. "네코르인들의 사교 집단이 악령을 벌써 손에 넣은 게 분명해. 그래서 다시 하우펜 마을에 나타나지 않는 거지."

네 기사님은 악령이 하나뿐이라고 믿고 있어.

파린은 온몸이 마비된 사람처럼 잠자코 듣기만 했다.

"문신처럼 보이지만 사실 그 상징은 악령에게 물린 자국이야. 그런 식으로 악령은 인간들을 손아귀에 넣지." 기사는 혼잣말을 중얼거렸다. "이 모든 건 좋은 조짐이 아니야."

"네, 에… 정말 그렇겠네요."

"번역을 도와주겠는가?" 에미코는 책을 두드리며 물었다. "이 끔찍한 얼굴에 대해서 더 자세히 알아야겠어. 그리고 최대한 눈에 띄지 않게 이 성안에 있는 사람들의 팔을 살펴보도록 한다. 클레멘스나 카이문트 같은 사건이 다시 벌어져서는 안 돼."

"저도 그렇게 생각합니다." 파린이 대답했다.

"처리해야 할 다른 일들이 많다. 특히 대회 준비와 관련해서. 숲에 나무를 베고 가축들도 준비해야 해. 그러고 나면 석수장이와 목수들이 건물을 짓기 시작할 거야. 이따위 공허한 대회를 개최하다니, 내키지는 않지만 다른 선택의 여지가 없구나."

"특별히 대회를 꺼리시는 이유라도 있나요?"

"아까 그 자리에 너도 있지 않았나? 내가 주최자이니 그 멍청한 대회에 나가지 않을 수가 없지 않겠나?"

"하지만… 제가 보기에 기사님은 분명히 결승전에 올라가실 것 같은데요."

"바로 그 점이 역겹단 말이다."

"그럼 첫 번째 경기에서 일부러 탈락하시는 방법도 있죠."

눈썹 아래로 기사가 눈을 부릅떴다. "내 스콰이어의 조언이란…. 이 세상엔 내가 못하는 게 세 가지 있다. 카르탄어, 날기, 그리고 지는 것."

"아하, 그렇구나."

"마찬가지로 너도 할 일이 많아. 내 칼과 갑옷과 말에 익숙해져라. 늦어도 대회가 열릴 때까지는 완벽한 스콰이어가 되어야 한다, 알겠는가?"

"예, 기사님."

"그리고 파린…."

"예, 기사님?"

"앞으로 얼마나 더 나를 놀라게 할 생각이냐?"

"잘 모르겠습니다."

"이제 나가 봐." 에미코의 입꼬리가 꿈틀거렸다. 그건 기쁨이었을까, 아니면 걱정이었을까? 파린은 알 수가 없었다.

조만간에

다음 날 아침에도 키의 보자기 속에는 풍성한 아침 식사가 담겨 있었다. 고아원 식사와 비교해서가 아니라 정말로 굉장한 음식들이었다.

"오늘은 내 차례인데." 아로스가 잼이 든 도넛을 한 입 크게 베어 물며 고마움을 표현했다. 얼마나 입을 크게 벌렸는지 하마터면 턱이 빠질 뻔했다.

"친구에게 아직 남은 돈이 있나?"

"아니! 한 푼도 없어." 아로스는 아무렇지도 않게 대답했다. 물론 그녀가 빈털터리라는 사실은 매일 아침 생존의 문제를 상기시켜 주었지만, 그것 때문에 온종일 우울하게 보낼 수는 없는 노릇이었다. 고아원 아이들은 가진 게 없는 상황에 익숙했다. 부모조차 없는 아이들이었으니까. 아로스는 잠시 생각했다. 그녀에게 속한 것은 단두 가지, 그녀의 삶, 그리고 아무것도 없다는 사실.

"이 세상을 살아가는 데는 돈이 필요하지. 하지만 이 그림은 팔지 않을 거야." 자신의 그림을 왼쪽 눈, 다시 오른쪽 눈을 감은 채 바라보며 키가 말했다. "오늘 그림이 완성되면 이름을 붙여야지."

"그림에도 이름이 있어?"

키가 놀라서 아로스를 바라보았다. "당연하지. 모든 작품은 이름을 붙여 불러 줘야 마땅해."

"이 그림은 뭐라고 부를 건데?"

"아로스."

아로스는 당황한 얼굴로 중얼거렸다. "나로서는 정말… 영광이지만, 그림 속에는 내가 없잖아."

"뭐라고?" 키가 깜짝 놀란 표정을 지어 보였다. 그의 가느다란 눈이 반짝였다. "그림 안에 물론 친구가 있어." 그리고 손가락으로 자신만만하게 캔버스를 가리켰다. "저기! 늘 배가 많이 고픈, 갈색 원피스를 입은 열네 살짜리 비밀이 많은 소녀가 저기 있잖아. 설마 저걸 다른 사람이라고 생각하는 건 아니지?"

아로스도 눈을 가늘게 뜨고 처음엔 키를, 그다음엔 열두 그루 자작나무가 그려진 캔버스를 바라보았다. 그는 아무래도 제정신이 아닌 사람임에 틀림없었다.

키는 그녀가 당황한 모습에 당황한 듯했다. 그리고 부드러운 목소리로 설명했다. "여기를 자세히 봐! 자작나무 뒤에 친구가 병사들을 피해 숨어 있어."

아로스는 입을 우물거리다 말고 동작을 멈췄다. 아하! 그러니까 이 영악한 화가 선생은 그녀가 쫓기고 있다는 사실을 다 알고 있었구나. 그리고 그걸 직접 묻는 대신 이렇게 음흉한 방법으로 떠보다니. 그대로 자리에서 일어나 영영 이곳을 떠나 버리고 싶은 충동을 느꼈다. 입안에서는 쓴맛이 느껴졌다. 씹던 음식을 꿀꺽 삼키자 실망감이 그녀의 몸속 깊은 곳을 찔렀다.

"이 그림의 제목은 아로스야. 친구가 여기 이 숲속에 자리 잡은 내 마음속에 살고 있으니까."

"아무리 봐도 이곳엔 자작나무 숲 따위는 없어." 아로스가 퉁명스럽게 답했다.

"그건 상징적인 비유야." 키가 미소 지었다.

이 사내가 원하는 건 뭐지? 아로스는 불쾌함에 짓눌려 이곳을 떠나야 하나 망설이고 있었다.

"나벤슈타인 성주가 고아원 출신의 아로스라는 소녀에게 현상금 20실링을 걸었어. 큰돈이지. 친구는 대체 뭘 잘못했을까?"

아로스는 한 번 더 놀랐다. 지금 그는 심문하고 있는 걸까? "너랑은 아무 상관 없는 일이야." 그녀가 발끈하며 자리에서 일어섰다. 분노가 휘몰아쳤다. 그건 누군가에게, 그것도 이제 막 신뢰를 쌓아가려던 사람에게 예상치 못한 공격을 받았다는 배신감이었다. 5번 회초리에 맞을 때만큼이나 강한 고통이 느껴졌다. 겉과 속이 다른 이 화가와는 당장 헤어지는 게 좋겠어.

어디선가 철컥철컥 소리가 반복적으로 들려왔다. 한 남자가 항구의 성벽을 따라 성큼성큼 걸어오다가 선착장으로 꺾어지더니 물가로 이어지는 길목을 막아섰다. 사슬 갑옷을 입은 건장한 사내, 쇠사슬을 두른 개. 검과 곤봉과 채찍이 그의 허리춤에서 덜렁거리고 있었다. 사내는 곧바로 아로스에게 다가왔다. 왜 하필 지금이지? 키가 20실링 때문에 그녀를 밀고한 걸까? 아니, 아직은 아니라고 믿고 싶었다.

키는 자리에서 일어났다. 건장한 사내 앞에 선 그는 왜소할 뿐만 아니라 엉덩이에 뿔처럼 돋은 의자 때문에 우스꽝스럽기까지 했다.

쇠사슬을 두른 개도 아로스와 같은 생각인지 음흉한 미소를 지으며 비아냥거렸다. "넌 대체 뭐지?"

"그저 별 볼 일 없는 화가일 뿐입니다, 나리." 키가 공손하게 말했다.

"저기 있는 저 꼬마는? 왠지 낯이 익은데?" 그가 아로스를 훑어보며 말했다.

도주로는 막혀 있었다. 그럼 물속으로 뛰어들어 헤엄을 쳐서 도망갈까?

바다로 뛰어든다면 어금니를 잃어버릴지도 모른다는 생각에 아로스는 자신도 모르게 안주머니에 손을 넣어 그것을 꼭 쥐었다. 증오로 가득 찬 아로스의 눈이 쇠사슬을 두른 개를 노려보았다. 저 역겨운 인간이 마틸다를 죽였어.

억센 손가락이 그녀의 팔을 쥐고 흔들기 시작했다. **"넌 누구야? 네가 그 아로스냐?"** 고함 소리가 귓가에 울렸다.

섬광이 그녀의 눈동자를 흔들고 현기증이 몰려왔다. 눈이 부셔 제대로 눈을 뜰 수가 없었다. 어느 쪽을 바라보아도 마치 우윳빛 호수에 잠긴 것처럼 사방이 부옇게 보였다. 어디에서 갑자기 이렇게 짙은 안개가 몰려온 거지? 어떤 형상이 눈앞에 나타났다. 바로 쇠사슬을 두른 개였다. 그의 손가락에서 피가 뚝뚝 떨어지고 있었다. 천둥이 치고, 비가 내리고, 벼락과 함께 거친 바람이 불었다. 번개가 칠 때마다 같은 형상이 보였다. 분노에 울부짖으며 쇠사슬을 두른 개가 그녀를 뒤쫓고 있었다. 바로 이 선착장이었다. 그의 얼굴은 끔찍했다. 두 뺨은 하얗게 질려 있었고 이마와 코는 붉은 피로 얼룩져 있었다. 다리는 절뚝거렸고 무릎과 다리를 감싼 금속장구는 피와 더러움으로 범벅이 되어 있었다.

"네가 날 배신했어! 네가 졸칸에게 나의 속셈을 발설했어! 널 갈기갈기 찢어 버리겠어!" 그는 울부짖으며 아로스의 목을 향해 팔을 뻗었다.

그녀는 소스라치게 놀라 눈을 크게 떴다. 쇠사슬을 두른 개는 여전히 자신의 팔을 움켜쥔 채였다. 그야말로 눈 깜짝할 사이에 아로스는 그의 머릿속을 꿰뚫어 보았고, 그의 잔혹한 만행을 생생하게 경험했다. 수많은 죽은 여인들과 사내들이 그녀의 머릿속을 스쳐 지나갔다. 오늘 아침에도 그는 아무런 무기도 들고 있지 않은 사내에게 몰래 다가가 목을 베었다. 그의 잔인함을 능가하는 것은 그의 야심뿐이었다. 그가 멍청하고 단순해 보인다는 이유로 적들은 그를 심하게 과소평가했다. 쇠사슬을 두른 개, 그는 아무런 양심의 가책도 없이 나벤슈타인의 지하 세계를 정복하려는 욕망에 사로잡혀 있었고 그 목표는 이제 드디어 손에 잡힐 듯한 거리에 있었다.

안개는 사라졌다. 그녀의 눈앞에 다시 구름 한 점 없는 맑은 하늘이 나타났다.

"네가 바로 아로스?" 쇠사슬을 두른 개가 거칠게 물었다. 그는 다시 평소와 다름없는 모습이었다.

키는 아로스 뒤로 가서 태연하게 그녀의 어깨에 손을 올리더니 자기 쪽으로 슬며시 끌어당겼다. "이 아이는 마린다라고 합니다. 제가 가르치는 아이지요." 그리고 침착하게 말을 이었다. "죄송합니다만, 이 아이는 말을 하지 못합니다. 태어날 때부터 벙어리예요."

"여자로선 벙어리도 나쁘지 않지." 칭찬인지 욕인지. 쇠사슬을 두른 개는 의심의 눈초리를 거두지 않은 채 아로스를 꼬나보았다. "고아원 출신의 계집애를 찾고 있다. 지난 며칠간 바로 이 선착장에 자주 나타났다는데."

"그것만큼은 확실하게 말씀드릴 수 있습니다. 화가와 제자는 여기서 며칠째 그림을 그렸지만 다른 사람은 목격하지 못했습니다."

쇠사슬을 두른 개는 키의 말을 이해하기 위해 한참을 생각해야 했다. 선착장까지 헛걸음했다는 사실을 깨닫자 안 그래도 언짢은 그의 기분은 한층 더 언짢아졌다. "이건 대체 무슨 멍청한 그림이야? 이 환쟁이 녀석은 왜 여기 앉아서 숲을 그리고 있는 거지?" 그의 얼굴이 일그러졌다. 그는 자신이 이해하지 못하는 모든 것을 혐오했다. 깊은 주름이 평소 그가 얼마나 자주 그런 추한 표정을 짓는지 알려 주고 있었다.

"이건 예술가의 영감입니다. 나리. 마음에 들지 않으신다니 죄송합니다." 키가 허리를 굽히며 말했다.

"멍청한 그림 같으니라고!" 쇠사슬을 두른 개가 순식간에 키의 얼굴을 향해 한 손을 날렸다. 그리고 다른 손으로 이젤 위의 캔버스를 낚아채더니 바다 쪽으로 몸을 돌렸다. "저리 치워!"

"그러지 마세요, 나리." 키의 코에서 핏줄기가 흘렀다.

"감히 나를 막으려고? 네가?" 그가 과장되게 웃자 쇠사슬이 리드미컬하게 찰랑거리는 소리를 냈다.

쇠사슬을 두른 개가 팔을 휘둘렀고, 그림은 물속으로 떨어졌다. 나무로 만든 캔버스가 파도 위에서 출렁였다. 자작나무 숲은 범람하고 있었다. 서서히 목탄 자국이 번져 나갔다.

쇠사슬을 두른 개가 으르렁대며 말했다. "널 지켜보겠어! 내 친구가 되려거든 회색 옷을 입고 모자를 쓴 못생긴 계집애를 보는 즉시 나에게 알리도록! 나는 부두에 있다. 그리고 명심해. 내 친구가 아닌 자들은 내 적이라는 사실을!"

사내는 마지막 남은 소시지를 입안에 쑤셔 넣고는 뒤를 돌아 사라져 갔다.

키와 아로스는 한동안 아무 말도 없이 가만히 서 있었다. 눈물이 앞을 가린 것도 모르고 아로스는 천천히 멀어져 가는 키의 그림을 바라보았다. 복잡한 심경으로 키에게 시선을 돌렸다. 그는 그녀를 배신한 것이 아니라 오히려 마린다라는 제자로 둔갑시켜 그녀를 보호하려고 했다. 한편으로는 물론 고마움을 느꼈지만, 다른 한편으로는 그의 비겁함이 거슬렸다. 그는 얼마나 소심했는지, 심지어 쇠사슬을 두른 개가 소중한 작품을 바다에 던져 버리겠다고 할 때조차 달팽이처럼 몸을 사리지 않았던가. 결국 3일 동안이나 그린 그림을 잃고 빈손이 된 채로 미소 짓고 있다니.

"저 사람은 대체 누구야?" 키가 놀라서 물었다. 어느새 코피는 멈춰 있었다.

"세상에서 가장 비열한 놈이야!" 아로스가 말했다. "왜 내가 벙어리라고 말한 거야?"

"그가 이미 친구 아가씨를 알고 있는 것 같았거든. 그 와중에 목소리를 듣는다면 의심이 확신이 되었겠지."

"오, 거기까진 생각 못 했어. 고마워, 제자로 삼아 줘서. 그 남자는 포주 중 하나야. 예전에 4번 부두에서 만났었지. 내 친구 마틸다를 오랫동안 괴롭혔던 사람이야." 다시 분노가 솟구쳤다. "그리고 그 아이를 거꾸로 매달고 배를 갈랐어. 그러니 언젠가는 죽음으로 죗값을 치르게 해 줄 거야."

키는 깜짝 놀라 아로스를 바라보았다. "그는 어차피 언젠가는 죽게 되어 있어. 그게 언제가 될지 모를 뿐이지. 가장 큰 복수는 용서라는 걸 친구가 알았으면 좋겠어."

용서? 멀고 먼 세상에서 와서 세상 물정을 모르는군. 그래, 겁쟁이는 무기력하게 바라만 보는 걸 용서라고 부르지. 그런데 정말로 나벤슈타인이 어떤 도시인지 모르는 걸까? 오로지 돈과 폭력으로 움직이는 이 진흙탕 같은 도시. 어린아이는 내가 아니고 키구나.

아로스는 분개하며 다시 한번 자세히 설명했다. "저런 놈은 빨리 죽으면 죽을수록 좋은 거야, 키. 저 더러운 인간 망종을 사람들은 쇠사슬을 두른 개라고 불러. 아주 잔인하고 무자비한 놈이지. 그는 수확꾼 조합에 속해 있어. 그들 무리는 선반공 조합과 함께 나벤슈타인을 지배하지. 두 조합은 살인, 협박, 그리고 매춘을 통해 돈을 버는 더러운 무리들이야. 그런데 왕은 신경도 안 써. 그들이 뭘 하든지 간에 아무런 조치도 취하지 않는다고."

화가는 어느새 다시 나이 든 사내처럼 보였다. 아로스는 나이를 가늠할 수 없는 이방인을 지긋이 바라보았다. 서로 다른 두 세대와 이국의 문화가 녹아 있는 묘한 눈빛. "화가에게도 철천지원수가 있었어. 반드시 죽여야겠다고 생각했지. 막상 기회가 되었을 때 화가는 망설였고 그를 살려 주게 됐어. 그런데 얼마 안 가서 그 원수가 화가의 목숨을 구했어."

"하! 그런 걸 사람들은 동화 속 이야기라고 불러. 네가 무슨 짓을 해도 쇠사슬을 두른 개가 선행을 하게 만들 수는 없어."

"화가가 원수를 변화시켰다고 말한 적은 없어. 저자가 친구 아가씨의 삶에 암흑 같은 존재임은 분명해. 하지만 누가 알아? 어쩌면 그가 아가씨의 목숨을 구할 날이 올지도 몰라."

바보 같은 소리! 아무리 말해도 키는 이해하지 못할 거야. 그는 썩은 내가 진동하는 도시의 고아원에서 자라지 않았으니까.

여전히 흥분을 가라앉히지 못한 채 아로스는 깊은숨을 들이마셨다. "네 그림! 저 더러운 자식이 네 그림을 망가뜨렸는데도 그렇게 별것 아닌 듯 받아들이다니 믿을 수가 없어."

"이제 그 그림은 우리 머릿속에만 남게 됐어. 물론 안타까운 일이긴 해. 하지만 그렇다고 해서 달라지는 건 없잖아? 화가는 또 다른 그림을 그리는 수밖에. 친구도 지난 일을 받아들여야 해."

아로스가 결심한 듯 대답했다. "네 생각이 그렇다면, 좋아! 이제 현재에 집중하고 미래를 생각할게."

"바로 그거야. 다가올 날을, 다음 그림을 생각해. 친구는 이제 어떻게 할 계획이야?"

키에게 털어놓을 수는 없었다. '대답할 수 없다면 질문을 해.'라고 누군가 얘기했었다. "친구는 오늘 뭘 할 계획인데?"

키 작은 사내는 고개를 이리저리 흔들었다. "화가는 아주 중요한 의뢰를 받았어. 대성당에 이제 막 공사를 마친 벽이 있는데, 그곳에 벽화를 그려야 해. 한동안은 그 일 때문에 바쁠 것 같아."

고아원 아이들은 때때로 대성당 미사에 참석해야 했다. 그때 보았던 화려하게 채색된, 배 나온 귀족들의 그림들이 떠올랐다. 절대로 잊을 수 없는 성당에 관한 기억은 또 있었다. 신부의 강론에 깊은 감명을 받은 고아원 원장이 미사가 끝나고 불과 몇 시간 뒤 이웃을 사랑하는 마음을 회초리로 무자비하게 실천하곤 했던 기억이었다.

키는 미소 띤 얼굴로 아로스에게 작별 인사를 했다. "친구 아가씨

는 이제 어디로 오면 화가를 만날 수 있는지 알고 있으니까." 화가
는 자신의 턱 앞에 두 손을 모으고 고개를 숙였다.

"도와줘서 고마워, 키. 며칠 동안 정말 즐거웠어."

아로스는 상기된 얼굴로 모든 걸 그릴 수 있는 화가를 바라보았
다. 그가 항구에서 완전히 사라지고 난 뒤에도. 언젠가 키를 다시
만날 날이 올까? 그녀는 키를 의심했었다. 걱정되어 물었을 뿐인데.
키가 좋은 사람임은 이제 의심할 나위 없었다. 그는 너무 선해서 마
치 두 손으로 눈을 가리면 위험이나 악을 피해 숨을 수 있다고 믿는
아이처럼 행동했다. 하지만 오랜 세월 나벤슈타인에서는 그런 방식
으로 살아남은 사람을 찾아볼 수 없었다.

갑자기 외로움이 엄습했다. 여길 떠나자. 아로스는 고개를 떨어
뜨리고 천천히 선착장을 벗어났다. 그녀의 원피스에서 잘그랑거리
는 소리가 들렸다. 주머니 속에 손을 넣어 보니 익숙한 어금니가 만
져졌다. 그런데… 그것 말고도 둥글고 평평한 무언가가 들어 있었
다. 놀라서 꺼내 보니 반짝이는 동전 세 개였다.

와! 은화 세 개다! 몇 주 동안 먹을 걸 살 수 있는 돈이었다. 키가
그녀 몰래 넣어 둔 것이 틀림없었다. 그러려고 그녀 뒤에 가까이 서
있었던 거고.

"더 캐묻지 않아 줘서 고마워. 도와줘서 고맙고, 은화도 고마워."

친구 아가씨에게는 친구가 생겼다. 아로스는 가만히 생각에 잠겼

다. 그리고 친구에게 친구 아가씨가 생겼다.

이틀이 지났고, 아로스는 마침내 결심을 굳혔다. 공허함이 어린 소녀에게 휘몰아쳤다. 자신의 내면의 소리에 귀를 기울였다. 키가 남긴 은화 덕분에 이번엔 배고픔 대신 다른 소리를 들을 수 있었다. 그건 분명 뭔가 다른 것이었다. 그녀가 인정하고 싶지 않은 감정, 입 밖으로 내고 싶지 않은 감정, 그녀는 혼자라고 느꼈다. 사람들은 그걸 외로움이라고 불렀다. 때로 외로움은 싸움보다 견디기 힘든 고약한 감정이었다.

멀리서 보아도 나벤슈타인 대성당은 웅장함으로 사람들을 압도했다. 양쪽에 50미터 높이의 탑 두 개가 하늘을 향해 뻗어 있었고, 그 사이에 위치한 정문은 왕궁 입구보다도 높았다. 본당은 주변 부속건물 다섯 채가 들어가고도 남을 정도로 넓었다. 얼마나 많은 사람이 얼마나 오랫동안 성당을 짓는 데 동원되었을지 가늠하기 힘들었다. 한동안은 성당 안에서 미사 외에 장터나 공연 같은 행사가 열린 적도 있었다. 하지만 이제 이곳은 미사만을 위한 장소, 대주교의 화려한 등장을 돋보이게 하는 용도로만 쓰였다. 이 무슨 낭비란 말인가.

성당 앞에는 군인 둘이 서 있었다. 고풍스러운 대성당은 언제나 경비가 삼엄했다. 아로스는 성당을 빙 둘러 서쪽 측랑으로 통하는 입구로 갔다. 커다란 자물쇠는 열려 있었다. 손잡이를 내리자 무거운 문이 스르르 열렸다. 아로스는 코를 킁킁거렸다. 기억 속에 남아 있는 냄새였다. 경건하고 숭고한, 그러면서도 먼지와 인간의 체취가 섞인 속세의 냄새. 그곳에 분명 신의 향기는 없었다. 하기야 어차피 신은 냄새를 맡을 수 없으니까…. 대신 막 채색된 물감의 독특한 향이 실내를 가득 채우고 있었다. 아로스는 거대한 기둥을 끼고 돌아 마치 설교자라도 된 듯 중앙 제단 뒤에 섰다. 매끈하게 깎인 거대한 검은 화강암 덩어리. 제단은 길이와 폭이 2~3미터나 되었고 무릎 높이쯤에서 부드러운 곡선을 그리며 둥글게 패여 있었다. 이 거대한 괴물은 무게가 얼마나 나갈까? 처음 와 본 건 아니었지만 성당 내부는 실로 놀라웠다. 천장과 아치를 올려다보니 그 높이에 아찔함을 느꼈고, 거대하고 화려한 장미 창과 빛으로 충만한 중랑, 그리고 좌우의 벽을 따라 세워진 석상들은 저절로 감탄을 자아냈다. 하지만 이처럼 웅장한 성당을 짓는 것과 신의 은총 사이에 무슨 관계가 있는지 아로스는 이해할 수 없었다. 여기서 불과 몇 미터 떨어진 곳에 사는 굶주린 사람들은 아랑곳하지 않고 성당은 화려함을 뽐내고 있었다. 언젠가 어른이 되면 그녀도 이해할 수 있을까? 어쨌건 웅장함과 화려함도 세월의 흔적을 완전히 피해 가지는 못했다. 창문 맞은편에는 공사용 비계가 세워져 있었는데 지지대는 중랑의 높이 때문에 하늘을 향해 뻗어 있는 것처럼 보였다. 아로스는 놀라움에 압도되어 고개를 들었다. 천장도 수리가 필요해 보였다.

사람의 모습은 보이지 않았다.

"키?" 아로스가 작은 소리로 화가를 불렀다.

그녀의 목소리는 성당 내부를 휘감으며 메아리쳤다. 마치 힘껏 소리라도 지른 것처럼.

"친구 아가씨가 친구를 찾아 왔구나. 화가는 정말 기뻐." 입구 쪽에서 작은 사내가 모습을 드러냈다.

신성하고 웅장한 건물이 자아내는 특별한 분위기 때문이었을까? 아로스는 그대로 키에게 뛰어가 그를 끌어안았다. 어색함에 조금 머뭇거리기는 했지만 그녀로서는 태어나서 한 번도 해 본 적 없었던 행동이었다.

작은 사내는 장미 창보다도 밝게 빛나고 있었다. "반가운 손님이 왔네. 화가는 친구가 방문해 줘서 정말 기뻐."

아로스는 한숨을 쉬며 키를 놓아주었다. "은화 고마웠어, 키. 돈은 아직 충분히 남아 있어. 롤빵 하나랑 먹을 걸 조금 샀어."

키의 콧등 한가운데에는 노란 물감이 묻어 있었다. 흰색 작업복은 갖가지 색상의 물감으로 얼룩져 있었다. "친구가 혼자 잘 해낼 거라는 건 화가도 알고 있지만, 조금 도와주는 것도 나쁘지는 않을 것 같아서."

"여기 혼자 있는 거야?"

"전엔 그랬는데 이젠 아니야. 매일 저녁 신부들이 그림이 얼마나 진행되었는지 확인하러 와." 그가 비계 옆의 흰 벽을 가리키며 말했다. 거기엔 말을 탄 남자가 실물 크기로 그려지고 있었다.

"정말 굉장해!" 아로스가 감탄하며 말했다. 아직 시작 단계였는데도 완성된 후 얼마나 훌륭한 그림이 될지 알 수 있었다.

갑자기 큰 목소리가 울려 퍼졌다. 두 사내가 모습을 드러냈는데 그중 한 명은 사제복을, 또 다른 사내는 값비싼 튜니카를 입고 있었다. 둘은 화가와 소녀에게 눈길 한 번 주지 않았다.

"친애하는 건축가님께서는 서까래의 수리 방법에 대해서 생각해 보셨는지요?" 신부가 물었다. 작지만 또렷하게 들리는 목소리였다.

"성당의 대들보는 300년도 더 되었고, 벌레 먹은 구멍이 너무 많습니다. 가장 큰 하중을 받는 주 대들보가 약해졌어요. 용마루와 도리는 완전히 새것으로 교체해야 합니다. 4년 전 지진의 피해를 입었던 종탑의 버팀목도요."

신부는 시큰둥했다. "주교님께서 이미 보수 공사에 충분한 금액을 약속하셨습니다. 주교님께서 대성당을 얼마나 중요하게 생각하시는지 아시지 않습니까? 그런데 대체 무엇을 망설이시는지요?"

"더 많은 돈과 더 많은 일꾼이 필요합니다. 특히 목수가 중요하지요. 우선 지붕 마룻대를 전면적으로 보강해야 해요."

두 남자는 북쪽 측랑을 지나 사라졌다.

키는 어깨를 으쓱해 보이며 말했다. "하느님의 집에서도 시간의 톱니바퀴는 멈추지 않지."

시간의 톱니라. 키의 말에 아로스는 자신도 모르게 주머니에 손을 넣어 노파의 어금니를 만지작거렸다. 시간의 이.

그녀는 눈을 가늘게 떴다. 갑자기 눈이 부셨다. 한쪽 팔을 벽에 기대고 천천히 눈을 떴다. 왜 성당 안에 갑자기 짙은 안개가 깔렸을까? 사방이 어두워지고, 천둥 번개가 치고, 비가 내리며 폭풍이 몰아쳤다. 선착장에서 겪은 것과 비슷한 일이 다시 벌어지고 있었다. 무슨 일이지? 위잉 소리가 들렸다. 바람이었을까? 남자들의 거친 외침도 들려왔다. 오르칸ORKAN-허리케인 폭풍, 오르칸, 오르칸이라고 외치는 것 같았다. 저들은 폭풍을 기다리는 걸까? 양쪽 탑의 종이 울렸다. 소리는 점점 커지고 있었다. 날카롭고 격렬한, 조화롭지 않은 종소리였다. 이제 한쪽의 종소리가 멎었다. 우레와 같은 굉음이 귓속에서 울렸다. 번개가 번쩍일 때마다 보이는 건 사방에 가득한 피와 먼지였다. 울부짖는 소리, 혼란. 죽음! 제단 주위에서 벌어지는 죽음의 춤판! 다름 아닌 바로 이곳에서 엄청난 일이 벌어지고 있었다.

그녀는 유혹을, 설명할 수 없는 강한 욕구를 느꼈다. 눈앞에 나타나는 장면의 실체에 대해 반드시 알아내고 싶다는 욕구였다. 노파의 어금니 때문일까? 설마 미래를 보는 걸까? 미래에 일어날 일? 아니면 일어날 가능성이 있는 일? 지금 자신이 있는 그 장소에서? 정확히는 몰라도 분명한 건 그 영감이 매우 유용하다는 사실이었다. 지금까지 정찰병들의 눈을 피해 도망 다니며 그녀의 예감은 항상 적중했었다. 그뿐만 아니라 헛간 다락에서 그람이 자신을 공격하리라는 사실도 미리 예견하고 대비할 수 있었다. 그래도 좀처럼 이해가 되지 않았다. 대체 무엇이 앞으로 다가올 일에 대해 그토록 확신을 주는 걸까? 어쩌면 고아원 원장에게 너무 머리를 심하게 맞아 미쳐 버린 걸지도 몰랐다. 떠오르는 생각들을 정리하려고 애썼다. 처음으로 미래를 본 게 언제였더라? 미래를 예측하는 건 오래전부터 어쩔 수 없는 그녀 삶의 일부였기에 딱히 언제부터라고 말하기가 힘들었다. 그래 봤자 '언제쯤 다시 먹을 것을 구할 수 있을까'에 관한 예측이었다 해도. 계획에 따른 행동이라는 게 원래 미래를 저울질하는 것, 미래를 감지하는 것 아니던가? 선택할 수 있는 행동은 무한대다. 다만 그 행동의 결과를 떠안고 살아야 할 뿐. 오버슈타트에서 새 옷을 받아 입고 해변에 왔을 때 첫 번째 영감이 떠올랐었다. 그람이 너도밤나무를 타고 다락으로 내려올 거라는. 당시 그 느낌을 뭐라고 설명해야 좋을까? 그건 추측이었을까? 아니면 그런 일이 일어날 줄 알았다거나 미래를 보았던 걸까? 시내에서 일어난 일들은? 정찰병들에게 한 번도 들키지 않을 수 있었던 건 분명 단순한 행운 이상이었다. 매번 적절한 순간에 몸을 숨길 수 있었던 게 그저 생존 본능 때문이었을 리 없었다. 이 모든 범상치 않은 일들에 노파의 어금니가 관여한 건 아닐까? 아니, 그것이 결정적인 역할을 한 게 아닐까? 나는 이제 '깨달은 사람'일까? 자문해 보았지만 대답할 수 없었다.

"아로스!" 키의 목소리가 그녀를 다시 현실로 불러들였다.

"어… 어떻게 된 일이지?"

"친구의 영혼이 잠시 여행을 떠났었어. 다시 돌아온 걸 환영해!"

아로스는 그런 키가 좋았다. 그는 무슨 일이 일어나든 아무렇지도 않은 듯 행동했다.

"…내가 잠깐 꿈을 꿨나 봐."

"친구가 꿈을 꾸는 동안에는 그 꿈이 현실이야." 키는 어느새 벽쪽으로 돌아서 있었다. "내일 화가는 채색을 계속할 거야." 그가 평안하게 미소 지으며 말했다. "물감의 색을 섞을 때 얼마나 행복한지 몰라."

"먹을 걸 좀 사 올까?" 아로스가 물었다.

"좋지, 지난번 그 빵 맛있었어."

"오늘은 그래도 네가 준 돈이 있어서 2주밖에 안 된 빵을 살 수 있을 것 같아." 아로스는 그렇게 대답하고 측랑 쪽으로 사라졌다.

시장은 사람들로 붐볐다. 언제나 그렇듯 상인들은 저마다 목청껏 물건값을 외치고 있었다. 그들에 따르면 시장 안에는 특별하지 않은 물건은 없었고 가격이 저렴하지 않은 곳이 없었다. 자칭 최고의 빵을 판다는 가판에서 갓 구운 빵과 튀긴 도넛 두 개를 샀다. 도넛을 허리춤에 찬 주머니에 넣고, 빵을 옆구리에 들었다. 부드럽고 신선한 빵의 감촉이 느껴졌다.

"여기예요! 이 아이 같아요." 한 사내가 흥분한 목소리로 아로스를 향해 달려오고 있었다. 황급히 고개를 돌려보니 제복의 끝자락이 보였다. 더 자세히 볼 필요도 없었다. 정찰병 하나가 사람들 사이를 헤치며 그녀를 향해 다가오고 있었다.

안 돼, 또 다른 병사들의 무리가 왼쪽에서 나타났다. 아로스는 몸을 낮추고 반대 방향으로 내달리기 시작했다. 그 누구도 아로스만큼 빠른 속도로 붐비는 인파를 뚫고 달릴 수는 없었다. 그녀는 어깨와 엉덩이와 팔꿈치를 이용해 사람들을 밀치며 나아갔다. 그것도 안 되면 사람들 다리 사이로 빠져나가며 도망쳤다.

"저 계집애를 잡아!" 뒤쪽에서 고함 소리가 들렸다.

흥, 그런다고 내가 겁낼 줄 알아? 다행히도 사람들은 나태하고 타락한 정찰병들을 싫어했다. 그리고 결정적으로 이런 일에는 아예 끼어들지 않는 게 안전하다는 사실을 모르는 사람이 없었다.

"저 계집을 잡는 사람에게 20실링을 준다!"

이크! 이건 좀 겁나네. 하는 수 없이 도망치는 데 방해가 되는 빵을 던져 버렸다. 이제 도망치는 속도가 훨씬 더 빨라졌다. 20실링은 사람들이 주저하는 마음을 내던져 버리기에 충분한 큰돈이었다. 방금 그녀가 빵을 던져 버렸듯이. 한 사내 옆을 막 지나쳤을 때 억센 손이 아로스의 팔을 낚아챘다. 그녀는 순식간에 몸을 돌려 무릎으로 사내의 급소를 걷어찼다. 그가 비명을 지르며 고꾸라지는 모습은 아쉽게도 시간이 없어 보지 못 했다. 군인들이 사방에서 그녀를 바짝 뒤쫓고 있었으니까. 군중은 위험했다. 그들은 예측이 불가능하고 변덕스러웠다. 이제 유일하게 도망칠 수 있는 곳은 거대한 창고였다. 그곳은 대량의 물건을 취급하는 상인들이 물품을 보관하는 곳이었다. 제대로 된 창고건물이라기보다는 일정 면적 위에 지붕이 덮여 있고 커다란 선반들 위에 나무통과 상자와 바구니 등을 쌓아 놓은 공간이었다. 그 밖에도 각목이나 널빤지 같은 건축 자재들도 보관되어 있었다. 그곳이라면 숨을 곳은 충분했다. 마다할 이유가 없었다. 망설일 새도 없이 아로스는 얼른 창고 쪽으로 달려가 탑만큼이나 높은 두 개의 선반 사이에 몸을 숨겼다.

"창고로 들어갔다!" 뒤에서 외치는 소리가 들렸다.

"창고를 포위해!" 또 다른 목소리가 외쳤다.

세 번째 정찰병이 나타났다.

아로스는 힘찬 도움닫기로 나무 상자 위로 뛰어오른 뒤 그 옆에 쌓인 상자들을 타고 올랐다. 인제 어쩌지? 반대쪽으로 다시 내려가 항구 방향으로 도망쳐야 할까? 아니지. 그랬다간 병사들에게 곧바로 들키고 말 거야.

사방과 위아래에 상자들이 가득했다. 몸을 숨기기에 안성맞춤이었다. 저들이 설마 여기에 있는 상자들을 모두 뒤질까? 만약에 상자 안에 숨어 있다 들킨다면 꼼짝없이 덫에 걸린 신세가 되고 말 것이다. 차라리 상자들 사이에 기어들어 가 숨는 게 안전할 것 같았다. 아로스는 최대한 몸을 웅크리고 두 개의 커다란 상자 사이에 몸을 구겨 넣었다. 한 마리 쥐처럼. 그녀의 심장이 마구 뛰기 시작했다. 가쁜 숨이 잦아들기까지는 한참이 걸렸다. 그리고 자기도 모르게 손을 안주머니에 넣어 노파의 어금니를 쥐었다. 처음엔 아무 일도 일어나지 않았다. 하지만 곧이어 안개 속에서 수많은 정찰병이 그녀를 찾고 있는 모습이 보였다. 모든 상자 안과 사이사이의 공간들을 샅샅이 뒤지고 있었다. 그때 누군가의 속삭임이 들렸다. '네 이름이 길이야.'

아로스가 깜짝 놀랄 새도 없이 누군가가 그녀 옆에 놓인 빈 상자 하나를 밀면서 소리쳤다. **"여기다!"**

사내 셋이 그녀에게 달려들었다. 그중 하나가 화난 목소리로 외쳤다. "잡았다! 벌써 몇 주 동안 네년 때문에 혼쭐이 났었는데 오늘에야 끝장을 보는군!" 그의 주먹이 아로스의 얼굴을 때렸다.

아로스는 소스라치게 놀라 눈을 떴다. 군인들도, 안개도 사라졌다.

끔찍한 환영이었어. 아니! 절대로 안 돼. 최대한 빨리 여기서 나가야 해. 아로스는 겁에 질려 상자 사이에서 기어 나왔다. 이제 어디로 가지? 다리는 마치 귀리죽처럼 흐물흐물했다. 온몸에 전율이 흐르고 무력감에 움직일 수조차 없었다. 하지만 그녀는 한껏 눈을 크게 뜨고 도망갈 구멍을 찾아보았다. 화난 사내들의 목소리가 점점 더 가까워지고 있었다. 바로 그때 상자 더미 맨 위에 불로 지진 커다란 글씨가 그녀의 눈에 들어왔다. 그녀는 눈을 깜빡였다. 어떻게 이런 일이?

우와!

두려움, 희망, 비밀, 그리고 구원. 이 모든 것들이 한 가지 깨달음을 중심으로 빙글빙글 돌고 있었다.

글자가 적힌 상자가 마치 소용돌이처럼, 삼킬 듯 그녀를 끌어들였다. 그녀를 숨겨 주려는 것일까 아니면 잡으려는 것일까? 뭔가에 홀린 듯 소녀는 그곳을 향해 기어 올라가기 시작했다. 뚜껑은 반쯤 열려 있었고 그녀는 안으로 들어가 쪼그리고 앉았다. 결국 그녀는 수많은 선택지 가운데 어느 모로 보나 가장 위험한 방법을 택했다. 이 상자는 그녀의 마지막 은신처가 될까? 쥐덫이 될까? 아니면 그녀의 관이 될까? 아로스는 마치 갓난아기가 된 것 같았다. 무릎을 턱 아래로 바짝 끌어당기고, 엄지손가락을 빨고 싶은 욕구를 참아 가며 버텼다.

남자들의 발걸음 소리와 고함 소리가 점점 가까워졌다. 그들의 우악스러운 손길이 곧 그녀의 숨통을 조여올 것만 같았다.

"도망갈 구멍은 모두 막았으니까 여기 어딘가에 숨어 있는 게 틀림없어. 오늘은 드디어 잡을 수 있겠는걸."

"먼저 상자나 선반 사이를 뒤져 봐. 그 계집이 상자 안에 들어가 숨을 만큼 멍청하진 않을 테니," 대장이 말했다.

아로스는 온몸이 뻣뻣하게 굳은 채 꼼짝도 하지 않았다. 여기저기에서 병사들의 발소리가 들렸다. 시간이 흐를수록 점점 더 자주, 점점 더 크게 욕설이 들렸다.

"저 안으로 기어들어 간 걸지도 몰라." 누군가가 외쳤다. 아까 그녀가 숨어 있던 곳에서 상자들을 미는 소리가 들렸다. 아로스의 등에서 식은땀이 흘렀다.

"제길! 대체 어디로 사라져 버린 거야? 상자 하나하나를 샅샅이 뒤져 보자고. 한 개도 빠짐없이!"

사내들의 한숨 소리가 들렸다. 그들 앞에 쌓인 상자는 100개도 넘었다.

땀으로 축축해진 손가락으로 아로스는 어금니를 움켜쥐었다. 아무것도 느껴지지 않았다. 아무 일도 일어나지 않았다. 이제는 어금니도 그녀를 구할 수 없는 게 분명했다.

바로 옆에서 발소리가 들렸다. 그녀와 정찰병들 사이엔 이제 나무 판때기 하나뿐이었다. 삐걱 소리를 내며 상자들이 옆으로 밀리고, 사내들의 짜증 섞인 욕설이 들렸다.

"제길! 모조리 뒤졌는데도 없잖아. 대주교님이 가만히 계시지 않을 텐데. 악마 같은 계집애!"

영원 같은 시간이 흐르고 마침내 그들의 목소리가 멀어져 갔다. 상자 너머의 세상은 쥐죽은 듯 고요해졌다. 하지만 아로스는 한참 동안 몸을 떨며 움직이지 못했다. 아무 생각도 할 수 없었지만 어떻게든 상황을 파악하려고 애썼다. 정찰병들은 그녀를 찾는 걸 포기하고 물러난 것 같았다. 그러고도 또 한참이 지나서야 소녀는 상자 밖으로 기어 나와 여전히 겁먹은 얼굴로 사방을 둘러보았다. 그러다가 마침내 자신이 숨어 있던 상자를 바라보았다. 믿어지지 않았다. 흥분을 감출 수 없었다. 유일하게 병사들이 깜빡 잊고 열어 보지 않은 그 상자에는 불로 지진 글자가 선명했다. 그녀의 상자. 그래. 내 이름이 길이었어! **바르바로사**BARBAROSSA—갓난아기였던 그녀가 고아원 문 앞에서 발견되었을 당시 담겨 있던 그 상자에도 쓰여 있던 글씨. 누가 상자를 잘라 내면서 **아로스**AROSS만 남게 된 것이었다. 아로스는 눈을 동그랗게 뜨고 또 다른 단서를 찾기 시작했다. 그리고 마침내 상자 뒷면에서 분필로 쓴 글자를 간신히 읽어 냈다. **졸칸**ZOLKAN. 그녀는 앞으로 읽기를 더 많이 배워야겠다고 결심했다.

나의 하루야, 네가 드디어 내 이름의 비밀을 알려 주는구나. 그리고 졸칸이라는 이름이 두 번째로 등장했어. 선착장에서 쇠사슬을 두른 개의 환영을 보았을 때, 그리고 바로 여기 상자에 적힌 글자. 이제야 알겠어. 네가 나에게 준비한 이 모든 일이 우연이 아님을.

졸칸은 나벤슈타인에서 가장 부유하고 영향력 있는 인물 가운데 하나였고, 도시에는 그를 둘러싼 여러 소문이 파다했다. 그가 해적 붉은 수염과 거래를 하는 게 분명했다. 나중에 더 자세히 알아봐야겠다. 지금은 먼저 키에게 돌아가야 해.

"너무 오래 걸려서 미안해. 그리고 도넛 두 개밖에 못 가져왔어." 그녀가 납작하게 눌린 빵 두 개를 허리춤의 주머니에서 꺼내어 한

개를 키의 코앞에 들이밀었다.

"고마워!" 키는 기뻐하며 한 입을 베어 물었다. "벌써 오후야. 무슨 일이 있었어?"

"음… 있었어. 정찰병들한테 잡힐 뻔했거든."

"친구 아가씨는 언제까지 이렇게 도망치려는 걸까?"

"왜? 난 아무 짓도 저지르지 않았어. 그런데도 저들이 나를 쫓고 있어. 나보고 자수라도 하라는 거야? 절대로!"

"어찌 되었건 이대로는 안 돼." 그가 검지를 들어 보였다. "계속해서 도망치는 사람은 목적지에 도착할 수 없어."

키의 말이 틀린 건 아니었지만 기분이 상한 아로스는 짜증 섞인 목소리로 물었다. "달리 무슨 뾰족한 수라도 있어?"

화가는 진지하게 답했다. "인생은 의미로 채워져야 해."

아로스는 키를 노려보며 다친 고양이처럼 매섭게 쏘아붙였다. "네가 뭘 안다고 그래? 인생이 무슨 그릇이라도 된다는 거야? 그렇다 해도 이곳 나벤슈타인을 둘러봐. 의미는커녕 똥으로 가득 찬 요강일 뿐이라고."

키의 가느다란 눈이 동그랗게 변했다. "친구의 철학에서 화가도 많은 걸 배우지."

키의 말은 진심이었다. 아로스도 금방 마음을 가라앉혔다. 이쯤에서 화제를 돌리는 게 좋겠어. "넌 색에 대해서 잘 알고 있지… 내 옷을 염색하고 싶은데 좀 도와줄 수 있어?"

키는 호기심 어린 눈으로 그녀의 갈색 원피스를 바라보았다. "물론이야. 일단 너도밤나무 재를 푼 물이 필요해. 이틀 동안 그 물에 옷을 담갔다가 일주일 동안 햇볕에 널어놓되 물을 뿌려 마르지 않게 하는 거야. 그리고 나서 새로 물을 들이지. 햇빛처럼 노란색은 어떨까?" 그의 얼굴도 태양처럼 밝게 빛났다.

하지만 아로스의 얼굴은 구름 낀 하늘처럼 어두워졌다. "키, 그렇게 오래 걸리면 곤란해. 그때까지는 살아 있지 못할 거야. 게다가 노란색은 너무 눈에 띄잖아. '내가 여기 있어요.'라고 말하는 그런 색 말고는 없을까?"

"그럼 새 옷을 사는 수밖에. 아니면 바지에 셔츠는 어때?" 그는 주머니에 손을 넣어 짤랑짤랑 소리를 냈다.

아로스는 무슨 말을 해야 할지 알 수 없었다. 그녀의 말문이 막혀 버리는 아주 드문 경우 중 하나였다.

풀밭

"검을 더 가볍게 쥐어. 손에 힘이 너무 들어갔어." 드로그단이 자세를 고쳐 주었다.

땀이 흘렀다. 움켜쥔 손에서, 절대로 검을 놓치지 않을 것이라는 다짐으로 칼자루가 부서져라 세게 쥐었다. 그나마 칼을 휘두르는 속도는 무척 빨라졌다. 몇 주 동안의 연습 끝에 이제 몇몇 동작들은 거의 자동으로 움직이는 경지에 이르렀다. 그 밖에 어느새 상대방의 동작에 반응하는 것을 넘어서 가끔은 주도권을 쥐기도 했다. 물론 드로그단이 언제든 그의 공격을 가볍게 막아 내기는 했지만.

검과 검이 부딪치는 소리가 울려 퍼졌다. 반사적인 행동인지 아니면 직감적인 반응인지는 몰라도 가끔 파린은 상대방의 움직임을 예측하고 미리 움직여 공격을 막아 낼 때가 있었다.

"잠깐 쉬자!" 드로그단이 말했다. "목을 축이고 나서 새로운 기술로 들어간다."

"이제 대회가 2주 남았어요. 제가 첫 경기에서 이길 수 있을까요?"

"연습할 시간이 한 2년쯤 남은 데다가 운까지 좋다면야 그럴 수도 있지."

파린이 한숨을 내쉬었다. "검술이 이렇게 배우기 어려울 줄은 생각도 못 했어요."

드로그단이 귓불을 만지며 말했다. "'엄마' 소리도 하기 전부터 검술을 배운 상대와 겨루는 거야. 게다가 그런 아이들은 이미 그 이전에 타고 오르기, 찌르기, 격투, 승마 등을 배웠지." 그가 곁눈질로 파린을 보았다. "넌 그들과 완전히 다른 환경에서 자랐어. 그렇다고 특별한 재능을 타고난 것도 아니고."

"쳇, 고마워요. 또 나무라는 거예요? 한 번이라도 칭찬해 주면 어디가 덧나나."

"칭찬은 적에게나 하는 거야. 친구에게는 진실을 말하지. 네 솜씨는 여전히 엉망진창이야."

"눈물 나게 고맙네요, 드로그단." 고맙다는 말과는 정반대의 표정으로 파린이 말했다.

그때 누군가의 목소리가 들렸다. "아이고 귀여워라. 우리 풋내기 스콰이어께서 여기서 몰래 연습 중이시라 이거지? 그래 봤자 소용없을걸? 어차피 대회에 나가 제대로 웃음거리가 되고 말 테니까." 미래의 완벽한 기사로 인정받는 아들 바랄돈과 함께 투르겐손 공작이 마구간에 들어섰다. 금빛 곱슬머리, 잘생긴 얼굴, 넓은 어깨. 바랄돈의 용모는 수려함을 넘어 고결함을 풍겼다. 그런 그가 조금은 부러워졌다.

"우리의 훈련이 비밀이었다면 저희를 이렇게 발견하지는 못하셨겠죠. 무슨 일이신지요, 투르겐손 공작님?" 드로그단이 물었다.

"너희들 같은 부류와 할 얘기는 없다. 지나다가 하도 시끄러워 들렸을 뿐." 그는 코를 찡그리며 말했다. "무엇 때문에 이런 의미 없는 시도를 하느라 시간을 낭비하고 있는 거지? 매장꾼을 기사로 만들 생각이라니 차라리 당나귀를 군마로 만드는 편이 빠르겠군." 그가 비웃었다.

"아버지, 그만 가죠." 바랄돈이 말했다. 그는 투르겐손의 도발에 마음이 불편한 것 같았다.

"두고 보자. 대회가 열리면 에미코의 선택이 얼마나 어리석은 것이었는지 만천하에 드러나게 될 테니." 투르겐손이 으르렁거렸다. "저기 저 녀석은…" 그의 얼굴은 경멸과 분노로 일그러졌다. "기껏해야 화장실로 쓸 구덩이나 파는 데 필요한 놈이지. 가장 천한 일을 위해 태어났고 그것밖에 할 줄 모르는 녀석." 그리고 직접 파린을 향해 말했다. "네놈은 스콰이어와 기사의 명예를 더럽히지 말고 지금까지 해 왔던 매장꾼의 일이나 하는 게 좋을걸. 대회는 귀족들의 몫이니까."

참아야 하나, 파린이 생각했다.

물론 아니지. 나한테 맡겨. 두 놈을 한꺼번에 상대해서 박살을 내 버릴 테니까.

"최소한 우리한테는 공통점이 있네요, 투르겐손 공작님. 저도 공작님이 별로 마음에 들지 않거든요." 파린이 단호하게 말했다.

공작의 얼굴이 벌겋게 달아올랐다. "뻔뻔한 개자식." 느닷없이 투르겐손의 손바닥이 파린의 따귀를 갈겼다.

드로그단이 나섰다. "용서하십시오, 공작님. 파린, 그만둬!"

"그대가 나설 일이 아니다." 투르겐손은 흥분을 가라앉히지 못하고 씩씩거렸다.

바랄돈이 그의 팔을 가볍게 잡고 출입구 쪽으로 끌어당겼다. "아버지, 그만 나가요."

다시 드로그단과 단둘이 남았다. 붉게 변한 뺨에 고개를 떨어뜨린 채 파린이 말했다. "모두 다 나를 피하고, 그게 아니면 경멸하죠. 고리안 대공이, 투르겐손 공작이. 그리고 그 말고도 다른 많은 사람이 제 삶을 힘들게 해요. 저들에게 저는 천하게 태어났다는 사실만으로 쓸모없는 인간이죠."

"저들이라고 더 가치 있는 존재는 아니야. 오늘은 이걸로 마치자." 드로그단이 재빨리 검을 칼집에 넣었다. "귀족들은 태어나면서부터 신분에 따른 특권을 받지. 생각이란 게 생기기도 전부터 말이야. 그들은 태어나면 엉덩이에 분칠을 하고, 커서는 얼굴에 분칠을 해. 귀족은 지배하고 나머지 백성들은 일을 하고. 각자의 역할이 그렇게 간단히 정해지는 거야."

"하지만 기사들은 약자들 편에 서고 공정함을 위해 일하는 사람들 아닌가요?"

"이론상으로는 그런데, 정말로 그렇게 생각하고 실천하는 기사들은 몇 안 되지. 엄하긴 하지만 에미코 기사님은 바로 그런 기사들 가운데 한 분이야. 그래서 그를 위해서라면 내 목숨을 내놓을 수 있어."

드로그단의 무조건적인 충성은 놀라운 것이 아니었다. 에미코는 늘 무뚝뚝했지만 사람들의 내면 어딘가를 건드리곤 했다. 그 때문에 파린은 자신이 충성을 맹세하고도 악령에 관한 혼자만의 비밀을 가지고 있다는 사실에 양심의 가책을 느꼈다.

슈투름바흐트 성은 들떠 있었다. 열흘 뒤 벨텐 제국에서 가장 크고 중요한 대회가 성문 바로 앞의 풀밭에서 열릴 예정이었다. 굉장한 행사였다! 제국의 북쪽에서 처음으로 열리는 큰 대회여서 성 사람들은 이번 기회를 특별히 영광스럽게 생각했다.

파린은 이른 아침 장비 창고에 앉아 에미코의 투구를 무릎에 올려놓고 표면에 매끄럽게 광을 내는 중이었다. 머리에 이렇게 무거운 투구를 써야 한다니 그저 놀라울 따름이었다.

기사는 복도로 나와 분주히 손을 움직이는 자신의 스콰이어를 못 미더운 눈초리로 바라보았다. "투구는 가장 눈에 띄는 장비니까 공을 들여 손질해야 해. 지문 같은 게 남아 있으면 절대로 안 돼."

"물론입니다, 기사님."

대회가 가까워져 올수록 에미코의 기분은 나빠져만 갔다.

"방패는?"

"완벽하게 준비되어 있습니다." 파린은 잠깐 망설이다가 물었다. "어쩐지 제 눈엔 기사님께서 대회를 기다리시는 마음이 그리 커 보이지는 않습니다."

"빙 둘러 얘기하는구나. 경기장이랍시고 깔아 놓은 멍석 위에서 불필요하게 팔다리를 흐느적거리는 역겨운 꼬락서니들. 기사들의 허영심을 채우고 백성들에게 오락거리를 제공하는 것 말고는 아무 쓸모도 없는 야단법석이지. 이게 다 근본적인 문제에서 관심을 돌리려는 수작일 뿐이야." 그는 자신의 턱을 손으로 문지르며 말을 이었다. "위험천만한 변화가 코앞에까지 와 있어. 네코르인들이 점점 세력을 넓히며 다가오고 있다는 사실만 명심해라. 그런데도 우리는 풀밭에서 무도회나 벌이다니. 경기가 열리는 동안 용감한 전사인 척 슬그머니 잠입하는 네코르인들이 몇 명이나 될 것 같나?"

파린은 어깨를 으쓱할 뿐이었다.

"적은 네가 알아보지 못할 때 가장 위험한 법이지. 폐하는 통제력을 상실해 가고 있어. 이럴 때일수록 고삐를 바싹 조여야 하는데 말이야. 자기 침실에만 틀어박혀 있다는 말이다. 지난 세 번의 대회에는 오랜 전통도 무시하고 아예 모습을 드러내지 않았지. 그건 폐하께서 너무 오랫동안 벨텐 제국을 다스리고 있다는 뜻이야. 지금껏 40년 동안이나 벨텐 제국을 통치한 왕은 없었으니까."

"다음엔 누가 왕위에 오르게 되죠?"

"너를 인정할 수밖에 없는 점이 한 가지 있다. 네 질문이 내 대답보다 나을 때가 자주 있거든." 에미코는 언짢은 것처럼 보였다. 파린이 그 말의 의미를 곱씹으려던 찰나 기사가 말을 이었다. "폐하는 연로하시지만, 아직 후계자가 정해지지 않았어. 그라쿠스 왕에게는 아들이 없고, 그 때문에 귀족 가문들의 탐욕으로 갈등이 끊이지 않고 있지. 이런 가운데 후계자에 관한 합의를 끌어내는 일은 요원하다. 왕이 죽고 나면 벨텐 제국은 무너질 거야. 지금까지 유지해 온 질서는 벌써 위험에 처해 있어. 네코르인들만 생각해 봐도 그래. 이렇게 위태로운 시기에 큰 대회를 여는 것은 온당치 않지. 아무리 적대적인 관계일지라도 대회 기간만큼은 평화를 유지하는 전통이 있지만…. 이번에도 그런 전통이 지켜질지 아닐지 누가 알겠느냐. 여기까지!" 그는 암울한 눈빛으로 투구를 바라보았다. "경첩에 기름칠은 절대 하지 않도록. 난 투구에서 덜그럭거리는 소리가 나는 걸 좋아하거든." 그 말을 남기고 기사는 사라졌다.

파린은 생각에 잠겨 에미코의 뒷모습을 바라보았다. 아침 일찍부터 저녁 늦게까지 에미코는 대회 준비를 챙겼다. 칠천 명도 넘는 고위층 가문의 사람들이 각국에서 몰려들고 그중에서도 백여 명은 귀족 출신인 만큼 당연히 준비할 일도 많았다. 물론 대회에 출전하는 기사들을 위한 준비도 빼놓을 수 없었다. 약 삼백 명이 출전을 통보하거나 허가를 받았다.

몇 주 전부터 근처의 농가에서 거위와 돼지, 양, 그리고 소들을 운반해 왔고, 동물들을 위한 우리와 울타리가 세워졌다. 성의 양조장에서는 일꾼들이 밤낮없이 일하며 카타콤 입구에 맥주 통을 쌓아 올렸다. 어제는 우마차 일곱 대가 적포도주와 백포도주가 실린 나무통들을 끝없이 실어 날랐다. 성 안뜰에서 에미코는 배달 온 농부에게 값을 지급하기 전에 손수 포도주를 시음하고 품질을 확인했다.

오후에 파린은 드로그단과 함께 성벽 위에서 발아래 펼쳐지는 광경을 지켜보며 경탄을 금치 못했다. 사방에 사람들이 바글거리며 바삐 움직이는 광경은 개미탑을 연상시켰다. 드넓은 풀밭에 천막을 세우느라 분주한 이들이 가장 눈에 띄었다.

"기사들에게 제공되는 천막은 경기장 양쪽에 세워지는데, 저마다의 문장과 색깔로 구별되지." 드로그단은 오른쪽을 가리키며 말했다. "저쪽에는 숙소로 쓰일 천막이랑 파티와 요리를 위한 천막들이 생길 거야. 그리고 장인들과 치료사들, 하인, 악사, 마술사 그리고 창녀들의 천막도."

파린은 고개를 끄덕였다. 며칠 동안의 축제를 위해 순식간에 거대한 도시 하나를 만들어 내다니 놀라울 따름이었다. 일꾼들은 성문에서 언덕을 따라 내려가 경기장까지 이어지는 넓은 길의 마지막 구간을 포장하고 있었다.

"포장 공사도 날짜에 맞춰 끝날 거야." 드로그단이 말했다. "음식과 음료들을 계속해서 마차로 실어 나르게 될 테니까. 그렇게 많은 사람이 축제 분위기 속에서 퍼먹어 대는 양은 상상을 초월하지."

"흠⋯."

"그건 축제가 끝난 후 다시 운반해야 하는 짐의 양도 엄청나다는 뜻이야. 무엇보다도 빈 술통들이랑…" 그리고 그가 덧붙였다. "다친 사람들. 아니면 죽은 사람들."

"뭐라고요? 죽는다고요? 시합 중에 죽는 사람이 있다는 얘기는 들었지만, 저는 그냥 소문인 줄 알았어요." 파린이 캐물었다.

"중요한 경기 중에 끔찍한 사고가 일어난 적이 많이 있어. 대회를 앞두고 싸움이 일어나기도 했고, 양자 대결 도중에도." 드로그단이 알려 주었다.

인제 그만 화제를 돌리고 싶었기에 파린이 물었다. "저기 저 삽질을 하는 사람들은 뭘 만들고 있는 거죠?"

"아 저기! 저건 네가 전문가잖아. 화장실로 쓸 구덩이들을 파는 거야. 저기 말고도 총 네 군데에 만들 거다. 바람이 우리 쪽으로 안 불기만을 바라야지. 수천 명이 볼일을 보면 그 냄새가 어느 정도일지 상상도 못 할걸."

"제 코는 다양한 냄새에 적응이 돼서 괜찮아요." 파린이 대답했다.

그의 걱정은 다른 데 있었다. 대회가 시작되고 첫 3일 동안 스콰이어들의 시합이 예정되어 있었다. 개막전은 무예 시합이었다. 얼마나 신이 날까! 물론 나 말고 다른 스콰이어들은. 파린의 얼굴에 그늘이 드리웠다. 단둘이 겨뤄야 하는 몇몇 종목은 더욱더 두려웠다. 그나마 다행스러운 건 모든 종목에서 고른 그의 실력이었다. 그의 창던지기 실력은 부클리예와 검으로 겨루는 시합, 또는 말을 타고 창으로 고리를 떼어 내는 시합만큼 형편없었다. 그리고 그의 기분도 실력만큼이나 끔찍했다.

할 수 있는 만큼 최선을 다하겠노라 그는 다시금 다짐했다.

드로그단도 파린의 마음을 읽은 것 같았다. "검을 놓치지만 않는다면, 그때 그 꼬맹이랑 겨뤘을 때처럼 망신을 당하지는 않을 거야. 워낙 유능한 스승한테 배웠으니까."

"흠, 지금 누구를 칭찬하는 거예요?" 파린이 씁쓸한 표정을 지으며 물었다.

"영광을 얻어 마땅한 자에게 영광이 있을지니."

그러니 스콰이어로서 도전해 볼 만한 일 아닌가.

거의 백여 개에 이르는 천막이 U자 형태로 줄을 지어 세워졌다. 그 한가운데에는 두 개의 트랙이 있는 커다란 직사각형 모양의 경기장이 있었다. 그 밖에도 곳곳에 갖가지 크기와 색깔의 천막들이 흩어져 있었다. 무장한 사람들의 숫자만 보면 전투를 앞둔 군대를 방불케 했다. 하지만 깃발들의 크기와 문양과 색상이 너무 다양했고 모여 있는 사람들의 표정도 하나같이 즐거워 보였다.

슈툼멜과 드로그단, 플라우디우스, 그리고 파린은 다른 여러 병사와 기사, 스콰이어들과 함께 동쪽 성벽에 서서 형형색색의 야단법석을 바라보고 있었다.

"내일이면 드디어 시작이구나." 드로그단이 들뜬 목소리로 말했다.

"굉장해요." 동료들의 시선이 자신을 향하고 있음을 느끼며 파린도 거들었다. "제 실력이 별로인 건 어차피 다들 알잖아요."

"그럼, 우리도 알고말고." 드로그단이 의미심장한 미소를 보냈다. "무예 시합이 벌써 기대되는구나. 스콰이어들이 미친 황소처럼 치고받는 대결은 언제 봐도 흥미진진하지."

"뭐가 그렇게 흥미진진한데요?" 파린이 물었다. "양쪽이 우악스럽게 마구 주먹질이라도 해 대나요?"

"아니, 아니지. 우악스러운 무기로 피 튀기는 싸움을 하지." 드로그단이 씩 웃으며 대답했다. "너무 겁먹을 건 없다. 보통은 멍만 들고 끝나니까."

"오, 난 옛날에 처음으로 토너먼트 경기에 나갔을 때 쇄골이랑 팔이 부러졌었다고." 플라우디우스가 생각만으로도 아프다는 듯 말했다.

곁눈질로 보니 드로그단이 다른 동료들과 장난기가 발동한 눈빛을 교환하고 있었다. "쳇, 너무해요!" 파린이 분한 듯 소리쳤다.

드로그단이 껄껄대며 웃었다. "우리 매장꾼 동료가 조금이라도 승산이 있는 종목이 있었으면 하고 바라고 있어. 예를 들어, 누가 자기 무덤을 제일 빨리 파나… 같은 거?"

파린만 빼고는 모두들 그의 장난이 재미있는 모양이었다.

그런 경기에서 이겨 명성을 얻느니 차라리 지고 말지, 파린이 자신을 위로했다.

슈툼멜이 파린의 어깨에 부드럽게 손을 얹고 위로하듯 말했다.

"흐르음!"

"이리 와, 에미코 기사님의 천막이 제대로 지어졌는지 한 번 더 검사해 보자고." 드로그단이 말했다. "기사님은 완벽주의자니까."

넷은 금세 경기장 정면에 지어진 에미코의 천막에 다다랐다. 기름 먹인 범포를 4미터 높이의 버팀목이 떠받치고 범포 끝자락 여덟 군데는 밧줄로 동여매어 바닥에 단단하게 고정되어 있었다. 천막 앞에는 갑옷과 창을 보관하는 스탠드와 벤치가 놓여 있었고, 그 사이에 불을 내뿜는 용이 그려진 커다란 깃발이 깃대에 달려 있었다. 입구 바로 옆에는 기사와 스콰이어, 그리고 하인들이 마실 물이 담긴 커다란 나무통이 놓여 있었다.

천막 뒤에는 전투마가 말뚝에 매여 있었고, 무거운 갑옷을 입은 에미코가 말에 쉽게 오르내릴 수 있도록 사다리가 마련되어 있었다.

천막 내부에는 몇 개의 의자와 침대 하나, 그리고 무기와 갑옷을 관리하는 데 필요한 물품들이 준비되어 있었다. 찢어진 상처를 꿰매는 데 쓰일 바늘과 두꺼운 실도 보였다. 일종의 의료용품이랄까. 기사는 이곳에서 휴식을 취하고 대회를 준비해야 하므로 대회가 열리는 동안 기사의 측근들만이 이곳에 출입할 수 있었다.

"빠짐없이 준비되었군." 드로그단이 땅에 고정된 자일을 하나하나 살펴본 뒤 만족스러운 얼굴로 말했다.

사람들의 들뜬 목소리가 들려왔다. 넷의 시선이 일제히 소리가 나는 곳으로 움직였다. 도착한 손님 중 일부가 줄다리기와 줄넘기를 하고 있었고, 다른 이들은 저글링이나 줄타기, 인형극 등을 관람하며 탄성을 지르고 있었다. 굉장한 분위기였다. 보통 사람들은 예측 불가능한 정치적 문제 따위로 축제의 흥이 깨지는 걸 바라지 않았다. 적어도 오늘만큼은 그런 걱정들은 모두 사라진 것처럼 보였다. 그때 파린의 눈에 풀밭 바깥쪽 외딴 천막이 들어왔다. 알록달록한 색깔들이 햇빛에 반짝이고 있었다.

"저 천막은 누구 거죠?" 그가 물었다.

"어떤 점쟁이 노파의 천막이야. 어제 도착했지. 자기를 예언가라고 소개하더군." 드로그단이 대답했다.

"미래의 일은 사람들의 관심사가 아닌가 봐요. 손님이 한 명도 없네요."

"어쩌면 노파가 안에 없는지도 모르지." 플라우디우스가 말했다.

"제가 한번 가서 보고 올게요." 파린이 말했다.

"그럼 우린 그동안 줄다리기나 하자고." 드로그단이 팔을 걷어붙이며 응원에 열을 올리고 있는 아가씨 둘을 향해 눈을 찡긋해 보였다.

가까이 다가가 보니 천막은 조각조각 이어진 양탄자였다. 여기저기 구멍 나고 찢어진 부분들이 천으로 덧대어져 있었다. 천막 옆에는 작은 손수레 하나가 놓여 있었다.

파린은 호기심이 발동한 채 천막 입구에서 머뭇거렸다. "안에 누가 계신가요?" 파린이 큰 소리로 불렀다. "계시면 우선 인사부터 드리겠습니다. 제 이름은 파린이에요. 이 성의 성주님을 모시는 스콰이어죠. 들어가도 될까요?"

안에서는 아무런 대답도 들리지 않았다. 파린은 주위를 둘러보았다. 아무도 보이지 않았다. 왜 하필 이렇게 외진 곳에 천막을 세웠을까? 손님을 끌기에 별로 좋은 위치가 아닌데.

혹시 어디가 아픈 건 아닐까? 그가 추측해 보았다.

파린은 마침내 결심한 듯 입구에 친 푸른 커튼을 열고 안으로 들어갔다. 천막 안의 모습은 다소 의외였다. 어둑하고 끈적끈적한 분위기일 거라는 그의 막연한 상상과는 달리 신선한 향이 났다. 갑자기 어두운 곳에 들어온 탓에 눈이 적응하기까지는 시간이 필요했다. 희미하게 그녀의 모습이 보이기 시작했다. 노파는 머리에 베일을 쓰고 몸을 숙인 채 작은 책상 앞에 앉아 있었다. 책상 위에는 머리통만 한 유리구슬이 놓여 있었고, 노파의 떨리는 두 손이 그 위에 얹혀 있었다. 그녀의 입술도 떨리고 있었다. 그녀는 왠지 낯선 세계에 있는 것처럼 보였다.

파린은 한참 동안 잠자코 바라만 보다가 마침내 들릴 듯 말 듯 한 소리로 입을 열었다. "죄송합니다. 방해하려는 건 아니에요. 별일이 없으신지 확인하려고 온 것뿐입니다."

그러자 그녀가 작은 소리로 이해할 수 없는 무슨 말을 중얼거리기 시작했다. 그건 마치 먼 나라에서 온 마법의 주문처럼 들렸다.

그때까지 노파는 파린에게 눈길 한 번 주지 않았다.

파린은 겁이 나긴 했지만 용기를 내어 질문했다. "혹시 진짜 점술 가세요?"

노파는 갑자기 중얼거림을 멈추고 고개를 들더니 큰 소리로 대답했다. "당연히 아니지, 순진하기 짝이 없는 녀석. 그게 말이 돼? 난 그저 미신을 믿는 멍청이들에게 그들이 듣고 싶은 이야기를 들려주고 주머니에서 돈을 꺼내게 만들 뿐이야."

아하, 그렇구나! 그는 할 말을 잃었다. "엠…, 그렇죠." 그는 할 말을 잃고 멋쩍어하며 그 자리에 서 있었다.

노파가 자리에서 일어나 발을 끌며 뜨거운 물이 담긴 주전자 쪽으로 갔다. 그녀의 등은 굽어 있었다. "말린 염소 불알로 끓인 차는 안 마실 거지?"

"엠, 안 마실래요."

"음, 어쩌면 나는 진짜 점쟁이일 수도 있어."

노파는 초록색으로 우러난 차를 투박한 컵에 담으며 말했다. 뒤편의 밋밋한 선반은 뭔지 모를 물건들로 가득했다. 모두 차로 끓일 재료들일지도. 계룬다의 오두막에서 보았던 광경이 떠올랐다. 맨위쪽 칸에는 도가니와 여러 가지 색의 액체가 담긴 배가 불룩한 병, 플라스크 등이 놓여 있었다.

파린은 한참 후에야 간신히 입을 열었다. "좀 전에 수정 구슬을 보고 계셨잖아요. 뭘 보고 계셨던 거예요?"

"당연히 아무것도 안 봤어. 네가 요강을 들여다보는 거랑 똑같지. 유리공에게 은화 몇 닢을 주고 저 쓸데없는 물건을 샀지. 그 후레자식이 값을 한 푼도 안 깎아 주더라고. 옴팍 바가지를 썼지 뭐야. 하지만 그래도 멋모르는 사람들한테는 이 구슬이 꽤 그럴싸해 보이니까." 노파가 파린의 동의를 구하듯 물었다. "안 그래?"

"엠, 그렇긴 하네요." 파린이 다시 웅얼거렸다.

"넌 바라는 게 뭐야? 진실, 미래, 아니면 병을 고치고 싶어? 그게 아니라면 거짓, 아니면 네 과거에 대해서도 말해 줄 수 있지. 얼른 말하거라. 난 시간이 별로 없거든."

그렇기도 하겠지, 밖에 사람들이 길게 줄을 서서 기다리고 있으니까. 파린은 잠자코 있다가 말을 이었다. "왜 이렇게 인적이 드문 곳에 천막을 치신 거죠? 제가 보기엔 손님이 별로 많이 올 것 같지 같은데요."

"오호라! 너도 점쟁이냐? 이 자리는 내가 먼저 맡았다."

머릿속에서 낄낄거리는 소리가 들렸다. **잘못 짚었네, 점쟁이라기보다는 떼쟁이에 가까운걸.** 징글징글은 아주 신이 난 것 같았다.

노파랑 망상이랑 아주 죽이 잘 맞을 것 같은데, 파린은 슬그머니 화가 치밀어 올랐다.

"자, 이제 어떻게 할까, 꼬마야? 여기까지 왔으니… 손금을 봐 줄까?" 노파가 물었다. "단돈 2페니야."

"내가 듣고 싶은 이야기를 해 주고 2페니라고요?" 파린이 심드렁하게 물었다.

"그건 내가 이 멍청한 수정 구슬을 볼 때 하는 짓이고. 손금 보는 실력은 그것보다 훨씬 낫거든."

노파는 이미 파린의 호감도 신뢰도 다 잃은 터여서 설령 그녀가 오늘이 무슨 요일인지 맞춘다 해도 믿을 수 없을 것 같았다.

"지금까지 하신 말씀을 들어보니 별로 솔깃하지 않은데요?" 그가 대꾸했다.

"아이고, 뭘 그런 걸 가지고 그렇게 예민하게 구는 거야. 어서 손을 내밀어 보라고. 미모사처럼 섬세한 젊은이 손금은 내가 그냥 공짜로 봐 주지." 그녀의 목에서는 그르렁거리는 소리가 났다.

이렇게 예의 없고, 날 비난하는 추한 늙은이한테 내 손을 보여 주나 봐라. 엉덩이를 걷어차 줄 테니 내 발이나 쳐다보고 있으라지.

그런 생각을 하는 찰나 노파는 이미 파린의 오른손 손목을 붙들고 주먹 쥔 손을 바라보고 있었다. 그리고 검지로 파린의 손을 살짝 간질였다. 마음은 놀라서 손을 잡아 빼고 싶었는데 가만히 있는 자신이 신기할 따름이었다. 놀랍게도 그의 운명선과 태양선과 애정선에 관한 단어들이 그녀의 초라한 입술을 통해 흘러나왔다.

그만하라고 좀 해 봐, 안 그러면 나 배꼽 빠져서 죽을지도 모른다고. 징글징글이 깔깔댔다. 널 완전히 바보 취급하고 있잖아. 좀 있으면 네가 아름다운 공주님과 결혼해서 아이를 많이 낳을 거라고 말하겠네.

갑자기 시간이 멈췄다. 노파는 마치 얼어붙은 비석처럼 꼼짝을 하지 않았다. 그러더니 갑자기 뜨거운 난로에 손이 데기라도 한 것처럼 그의 손을 놓아 버리고, 사색이 되어 믿을 수 없을 만큼 빠른 동작으로 파린에게서 한 발짝 떨어졌다. 잠시 후 그녀는 몸을 벌벌 떨며 책상 앞에 놓인 의자를 손으로 움켜쥐고 자리에 앉았다. 이번엔 연기가 아닌 것 같았다. 그녀의 떨림은 진짜였다.

이제 파린도 호기심이 생겼다. "뭐가 보였나요?"

노파가 놀란 마음을 진정시키고 있었다. "앉아라, 파린." 그녀가 단호하게 말하며 등받이가 없는 나무 의자를 가리켰다.

파린은 계속해서 노파를 주시하며 자리에 앉았다. 그녀는 왠지 조금 전과 완전히 다른 사람처럼 보였다. 긴장과 걱정과 희망이 동시에 느껴졌다.

"드디어 왔구나!" 그녀가 한숨을 쉬었다. "진지하게 들어라. 난 네가 훨씬 더 나이가 들었을 줄 알았어. 그러니 이제야 널 찾은 게 어쩌면 당연하군. 의심의 여지가 없다. 네가 바로 뼈를 보는 사람이야. 벌써 예언자를 만났느냐?"

아주 훌륭해. 못 보던 전략인데. 징글징글이 칭찬을 아끼지 않았다.

"무슨… 말씀이신지 전혀 이해가 되지 않아요."

"나의 스승이 오랜 옛날 바로 지금 이 순간을 준비해 두었지. 안타깝게도 그분은 3년 전에 어디론가 사라졌어. 그리고 그녀가 얼마 전 나벤슈타인에서 마녀로 몰려 화형당했다는 소문이 들렸지."

"그럴 수도 있겠네요. 하지만 그게 저랑 무슨 상관이죠?"

"그녀는 계속해서 같은 예언을 해 왔어." 노파는 믿을 수 없다는 듯 고개를 흔들었다.

예언이란 멍청한 짓이지. 기껏해야 자신의 미래도 보지 못하면서.

"어떤 예언이었는데요?" 어떤 육감이 자꾸만 그를 재촉하고 있었다. 지금 이 천막 안에서 뭔가 예상치 못했던 일이, 뭔가 운명적인 사건이 벌어지고 있었다.

노파의 목소리가 커졌다. "대회가 열리는 동안 그들이 너에게 올 것이다. 뼈를 보는 사람을 제시간에 예언가와 만나게 하여라. 악령과 환영의 동맹만이 벨텐 제국을 지옥 불에서 보호할 수 있어."

황당하다 못해 유치하기 짝이 없는 소리였지만 그녀는 분명 진심으로 말하고 있었다. 그리고 왠지 모르게 노파의 말은 파린의 마음에 와닿기까지 했다.

노파가 다시 설명을 이었다. "처음엔 네가 아닌 줄 알았어. 예언은 늘 '**그들이** 너에게 올 것이다'였으니까. 나는 두 명이 나를 찾아올 거라고 생각했고, 넌 그냥 지나다 우연히 들어온 사람인 줄 알았다."

"무엇 때문에 생각이 달라졌는데요?"

"네 손을 잡았을 때." 그녀가 간절한 어조로 말했다. "넌 혼자가 아니야. 두 명이지. 그리고 너희들 중 한 명은 뼈를 보는 사람이고. 그리고 다른 하나는… 악령이구나."

'헤, 그게 무슨 말도 안 되는 소리예요.'라고 말하려고 했다. 하지만 차마 그럴 수가 없어 잠자코 있었다. 징글징글도 아무 말 없이 둘의 대화를 듣기만 했다.

"저는 그냥 매장꾼일 뿐인걸요." 파린은 단호하게 말했다.

"네 대답이 오히려 내 말이 옳음을 입증해 주는구나. 너에겐 사람들이 어떻게 죽었는지를 밝혀내는 아주 특별한 재능이 있어. 그렇지?"

'사람들은 누구나 심정지로 죽죠.'라고 대답하려고 했다. 하지만 그는 어느새 고개를 끄덕이고 있었다. "대체 스승은 어떤 분이셨죠?" 파린이 물었다.

"아주 특별한 여인이었지. 태양의 반대편 머나먼 나라에서 온 마법사였어. 나는 스승님의 말을 절대적으로 신뢰한다."

몇 달 전이었다면 파린은 이 노파의 말에 피식 웃고 말았을 것이다. 하지만 지난 몇 주 동안의 믿을 수 없는 경험이 그를 변하게 했고, 이제는 예전에 말도 안 된다고 생각했던 것들도 진지하게 받아들이게 되었다.

그래도 노파에게 자신의 비밀을 터놓고 싶지는 않았다. "마법사라고 하셨어요? 동화책에 용과 요정과 함께 등장하는 마법사 말인가요?"

"그렇다고 해 두지." 그녀가 받아쳤다. "악령에 관한 음울한 이야기들이 있는 것과 마찬가지라고 할까?" 그녀가 의미심장한 눈빛으로 파린을 응시했다. "숨바꼭질 따위나 하고 있기엔 상황이 너무 심각해. 네 안에 그것이 있는 걸 알아. 그걸 숨기려 너 자신이 숨는 짓은 하지 마."

그녀는 홀짝이며 차를 들이켰다. "네가 가는 길을 내가 도울 수 있어."

지금까지 파린은 아무에게도 비밀을 들키지 않았다. 그런데 오늘 이 기이한 노파가 그의 비밀에 성큼 다가온 것이다. 두려울 정도로 가까이. "오늘 점괘는 이 정도로 끝내죠." 파린이 최대한 심드렁한 척 말했다.

"좋아. 뼈를 보는 사람. 네가 날 믿지 못하는 것 이해해. 하지만 그렇다고 네게 주어진 숙명을 피할 수는 없어."

"운명이 준비해 놓은 좁은 오솔길을 제가 걷고 있다는 말이죠? 저도 알아요." 그는 자신이 그런 말 따윈 믿지 않는다는 걸 보여 주기 위해 하품을 했다.

"내 말이 너무 큰 부담이 된다는 거 알아. 하지만 곰곰이 생각해 보거라. 곧 나를 필요로 할 때가 올 거야. 그때 날 불러. 그럼 널 도와주마."

내가 너무 심했나? 그녀는 굳은 얼굴로 더는 아무 말도 하지 않았다.

파린은 혼란을 느끼며 일어서서 작별 인사를 했다. "그럼 안녕히 계세요."

노파는 아무 말도 없이 떠나는 파린의 뒷모습을 뚫어져라 바라보고 있었다.

파린은 깊은 생각에 잠긴 채 다시 떠들썩한 군중들 쪽으로 돌아왔다. 드로그단과 플라우디우스는 아가씨들 앞에서 힘자랑하느라 여념이 없었고, 슈툼멜의 모습은 보이지 않았다.

심각한 얼굴로 알록달록한 천막 쪽을 돌아보았다. 노파의 이름도 묻지 못했군. 아무려면 어때, 어차피 들었다 해도 금세 까먹고 말 것을. 그는 방금 겪은 일을 머릿속에서 털어 내고 내일 치러질 대회를 생각했다. 스콰이어들의 무예 시합. 망신을 당하지 않으려면 그동안 배운 것들을 빠짐없이 점검해야 했다. 징글징글의 도움 없이 해낼 거니까.

무예 시합

팡파르 소리가 아침을 열었다. 십여 명의 나팔수들이 비스듬히 하늘을 향해 불어 대는 나팔 소리는 마치 가을 폭풍의 전조 같았다.

붉은 치마를 입은 의전관이 나와 쩌렁쩌렁한 목소리로 외쳤다. "고귀한 신사 숙녀 여러분, 영광스러운 벨텐 제국의 자랑스러운 용사들이 모였습니다. 앞으로 열흘 동안 전국의 영지에서 온 가장 용감한 전사들이 실력을 겨루어 그들의 명예와 영광을 널리 알리고, 우리의 마음을 사로잡을 것입니다."

벌써 들뜬 사람들이 손뼉을 치며 환호했다. 대회는 많은 이들에게 한 해의 가장 중요한 사건이었다. 굉장한 규모로 열리는 행사였고, 사람들은 기쁘게 즐겼다.

"대회의 절정은 말할 것도 없이 마지막 3일 동안 열릴 기사들의 마상 창 시합이 될 것입니다." 그리고 잠시 쉬었다가 그는 한층 더 큰 목소리로 외쳤다. "오랜 전통에 따라 스콰이어들의 무예 시합으로 올해의 대회를 시작합니다."

다시 들뜬 함성이 울려 퍼졌다. 열광도 전염이 되는 것 같았다.

약 서른 명의 젊은 스콰이어들이 경기장의 남쪽 끝에 모여 섰다. 그들 가운데 물론 매장꾼의 아들 파린도 잔뜩 긴장한 채 서 있었다. 경기장 북쪽 끝에도 같은 수의 스콰이어들이 단체 경기의 시작을 기다리고 있었다. 모두 푹신한 갑옷을 입고, 나무로 만든 몽둥이나 막대 같은 무딘 무기를 들고 있었다. 대부분 왼손에는 부클리예가 들려 있었다. 규칙은 간단했다. 양편이 떼 지어 달려가서 서로서로 마구 때리는 게 다였다. 무기를 떨어뜨리는 자는 곧바로 퇴장이었다. 죽거나, 싸우다 쓰러지는 사람도 마찬가지였다. 대략 선수가 절반쯤으로 줄어들면 잠깐 장내를 정돈하기 위해 경기가 중단되었다가 후반전이 시작되었다.

첫 번째 단체전이라도 버텨 내야지, 파린은 다짐했다. 팡파르 소리가 시작을 알렸다. 고함과 함께, 무기를 휘두르며 양편이 서로를 향해 달려 나왔다. 그들 사이의 거리가 점차 좁혀지고 있었다. 선수들의 나이는 대략 열네 살에서 스무 살 사이였다. 파린 옆에는 투르겐손 공작의 아들 바랄돈이 있었다. 예상대로 그는 조금도 긴장하지 않은 것처럼 보였고, 자신감이 넘쳤다. 원했든 원하지 않았든 파린은 그런 바랄돈의 모습에 감탄하지 않을 수 없었다.

그가 시선을 의식하고 파린을 향해 소리쳤다. "파린, 앞으로 가. 내가 뒤를 엄호할게."

조금 놀라운 제안이긴 했지만 어쨌든 바랄돈은 늘 파린을 신사적으로, 예의 바르게 대했었다. 마치 진짜 기사처럼. 그래서 그는 바랄돈을 믿기로 했고, 믿고 싶었다. 이를 악물고 그는 점점 더 빨리 앞으로 달려 나갔다. 관중들의 환호 속에 양 팀이 만났다. 날카로운 비명을 배경음으로 나무와 나무가 만나는 둔탁한 소리가 울려 퍼졌다. 파린도 마침내 첫 상대와 마주쳤다. 그보다 머리 하나는 더 작은, 여드름이 난 소년은 방패 대신 2미터나 되는 기다란 떡갈나무 막대기를 들고 있었다. 파린은 부클리예를 들었다. 몽둥이로 되받아치려면 첫 번째 공격은 무조건 막아 내야 했다. 그렇다고 상대방에게 심각한 부상을 입히는 건 원치 않았다. 드로그단에게서 배운 험상궂은 표정으로 상대가 막대기를 사선으로 몸 앞쪽에서 돌리며 공격 기회를 노리는 모습을 바라보았다. 그때 머릿속에서 쾅 하고 부딪치는 소리가 났다. 가죽 투구가 그의 머리를 보호하고 있었지만 충격은 그의 머리를 강하게 흔들었다. 현기증에 다리에 힘이 풀렸다. 쓰러지면서 자기도 모르게 뒤를 돌아보니 덩치 큰 소년이 몽둥이를 들고 서 있었고, 그 뒤에 바랄돈이 가만히 서서 고소하다는 듯이 웃고 있었다.

최고의 엄호였어, 배신자. 눈앞이 캄캄해지기 전 파린이 생각했다. 그리고 바닥에 몸이 닿기도 전에 정신을 잃고 말았다.

무예 시합의 영웅은 치료소 천막 앞에 놓인 들것 위에서 다시 정신을 차렸다. 드로그단이 감동 받은 얼굴로 그를 바라보고 있었다. "축하해, 파린. 네가 일등을 했어. 네가 경기장 밖으로 맨 처음으로 실려 나갔거든. 그래도 시작은 하고 난 뒤였어."

전혀 자랑스럽지 않은 일등이잖아. 몸을 일으키니 머리가 띵했고 호두만 한 혹이 만져졌다. 무슨 일이 일어났더라?

천천히 기억이 되살아나기 시작했다. "반칙이라고요. 바랄돈 투르겐손이 뒤에서 엄호하기로 약속하고 날 함정에 빠뜨렸어요."

"내가 무슨 말을 해 줘야 할지 모르겠구나. 너의 그 단순함은 정말 못 말린다니까."

"도덕성과 공정함이 기사의 의무라고 생각했어요."

"난 달팽이가 울타리를 펄쩍 뛰어넘을 수 있다고 생각했다."

"마음대로 놀려요, 드로그단. 무예 시합이 어떻게 끝날지 두고 보자고요."

"벌써 몇 시간 전에 끝이 났는데? 넌 온종일 여기서 쿨쿨 잠만 잤어. 양자 경기 예선도 벌써 끝났고, 곧 결승이 시작될 거다."

한숨이 나왔다. 아파서가 아니었다. 어떤 경기인들 이보다 더 창피하고 황당할 수 있을까? 그가 놀라서 손을 입으로 가져가며 물었다. "헉! 그래서 어떻게 되었어요?"

"규정대로. 출전하지 않은 선수는 지는 거야. 그러니까 넌 탈락이다."

어찌 보면 매장꾼의 아들은 치러야만 했던 고난을 모면한 셈이었다. 하지만 다른 한편으로 기권을 계기로 패배자라는 오명이 더욱 확고해져 버렸다. 기본기를 가르치느라 그토록 공을 들였던 드로그단에게 미안하고 부끄러워 파린은 말없이 고개를 숙였다.

함성은 천막 안까지 울려 퍼졌다. 바랄돈 만세를 외치는 소리였다. 못된 배신자 녀석이 올해의 스콰이어 양자 대결에서 우승한 것이다. 여전히 치밀어 오르는 화를 억누르느라 파린은 입을 꾹 다물

123

었다.

드로그단이 파린의 귓불을 잡고 진지한 얼굴로 그를 들여다보았다. "파린, 에미코 기사님은 바랄돈이 아니라 너를 스콰이어로 삼아서 많은 사람을 놀라게 했어."

"저도 알아요." 파린은 드로그단의 얼굴을 똑바로 볼 수가 없었다. "그래서 이런 일이 벌어진 게 더더욱 화가 나요. 그런데 결승전은 안 봤어요? 왜 여기 있어요?"

"네가 깨어났는지 보려고 잠깐 들른 거야. 우리 영웅에겐 아직 고리 떼기와 창던지기 종목이 남아 있다고."

"제가 탈락한 것에 대해 기사님은 뭐라고 하셨어요?"

"아. 맞다! 엄청 화가 나서 너의 거시기를 잘라 버리겠다고 하시던걸." 파린이 화난 표정을 짓자 드로그단도 마침내 장난기를 거두고 위로를 건넸다. "내일 네 실력을 입증할 두 번의 기회가 더 있잖아. 우리 어머니가 늘 말씀하셨지. 머리가 달려 있는 한 절대로 고개를 숙이지 말라고."

파린이 머리를 흔들었다. 그래, 아직 머리가 달려 있네.

대회 이틀째는 고리 떼기로 시작됐다. 말타기 실력을 겨루기 좋은 종목이었다. 목표는 말을 타고 달리면서 70센티미터 길이의 특수한 창으로 링을 걸어내는 것이었다. 처음엔 손바닥만 한 크기의 고리로 시작해서 점점 작은 고리가 사용되었다. 파린은 복잡한 심경으로 말 등에 안장을 얹었다. 그나마 이번 경기에서는 다른 스콰이어들과 몸싸움을 벌이지 않아도 된다는 사실이 다행이었다.

리젤의 두 귀 사이를 쓰다듬으며 파린이 말했다. "친구야, 우리 둘이 첫 번째 고리만이라도 떼어 내는 거야. 그래도 처음 건 한번 해 볼 만하니까."

리젤도 머리를 들이밀며 동의하는 것 같았다. 팡파르가 경기의 시작을 알렸다.

전령관이 중앙 무대에서 큰소리로 외쳤다. "주목해 주십시오. 스콰이어들의 고리 떼기 종목을 놓치지 않도록 어서 모이세요!"

두 개의 트랙에서 순서대로 경기가 열렸다. 심판은 선수들이 규칙을 잘 지키는지 감시했다. 예를 들어 고리가 걸린 기둥 아래를 지날 때 구보 상태여야만 점수를 인정받았다. 폭풍이 이는 바다에 뜬 배처럼 출렁거리는 말 등에 앉아 창을 흔들리지 않게 들고 목표물을 정확히 겨냥한다는 게 말처럼 쉬운 일은 아니었다. 에미코는 구보 상태에서 바늘귀에 실을 꿰고 그걸로 단추를 달 수도 있다고 드로그단이 말해 주었다.

스콰이어들은 한 명씩 차례로 박수를 받으며 트랙에 올라 손에 든 창에 고리를 걸었다. 지금까지는 열다섯 살쯤 된 어린 스콰이어 두 명을 제외하고 모두가 첫 번째 관문을 통과했다. 마침내 차례가 되었다. 파린은 리젤의 등에 뛰어올라 앉은 뒤 트랙의 출발선에 섰다. 그 옆에 놓인 나무통에는 길이가 짧은 대회용 창이 여러 개 꽂혀 있었다. 출발을 준비하며 여유로운 동작으로 그중 하나를 집어들었다. 일단 시작은 좋아. 오른쪽 트랙의 맨 끝에 고리가 걸린 기둥이 세워져 있었다. 출발선에서 아직 고리가 보이지 않았지만 파린은 그것이 어느 위치에 걸려 있는지 정확히 알고 있었다. 출발! 종아리로 옆구리를 힘껏 눌러 신호를 보내자 리젤이 구보를 시작했다. 바람이 그의 귓가를 스치고 지나갔다. 그는 창을 앞으로 들었다. 창끝이 심하게 흔들렸다.

손을 그렇게 흔들지 마. 안 그러면 또 망신당한다. 징글징글이 또 나타났다. **아니면 나한테 맡기든가.**

"좋은 조언 고마워. 괜찮아. 내 힘으로 할게."

이 멍청아!

리젤이 지난 몇 주 동안 악령의 존재에 익숙해졌다고 악령의 저주를 듣는 것까지 좋아하진 않았다. 아니나 다를까, 말은 갑자기 오른쪽으로 트랙을 벗어나더니 뒷다리를 높이 쳐들었다. 파린은 곡예사처럼 안장에서 떨어지지 않고 버텼다. 하지만 하필 리젤이 다시 반대 방향으로 몸을 구부리는 바람에 그만 고삐를 놓쳤고, 그 순간 리젤은 다시 한번 힘찬 몸부림으로 파린을 허공에 날려 버렸다. 처음엔 바람 소리가, 그다음엔 웃음소리가 귓가를 스쳤다. 어느새 파린은 경기장의 모래 속에 처박혀 있었다. 덕분에 고리 10미터 앞까지는 올 수 있었다.

진짜 못 박 주겠다. 징글징글이 자신의 성공을 평가했다. 물론 죄

책감 따위는 전혀 없는 듯한 말투였다.

파린은 간신히 일어나 모래를 털었다. 관중들의 웃음소리도 함께 털어 낼 수 있다면 좋으련만.

어쩌면 올해는 어릿광대 상이 생길지도 모르겠네. 그러면 그 상은 네 거라고 내가 장담하지.

벌겋게 달아오른 얼굴로 파린은 몇 미터 떨어진 곳에서 그를 기다리고 있는 리젤에게로 갔다. 리젤도 파린이 대체 왜 등에서 떨어진 건지 이해가 안 된다는 듯 시치미를 떼고 있었다. 파린은 고삐를 쥐고 경기장을 빠져나와 에미코의 천막으로 갔다.

에미코는 천막 앞 나무둥치에 걸터앉아 있었다. "무슨 일이 있었는지 내가 한 번 맞춰 볼까? 네가 사람들에게 큰 웃음을 선사한 것 같은데?"

잔뜩 풀이 죽은 얼굴로 파린이 대답했다. "아… 예."

"그럴 줄 알았다. 그래서 아예 가서 보지도 않았어."

"잘 하셨어요. 저… 말에서 떨어졌거든요."

"그래도 링은 걸고 나서 떨어졌길 바라는데."

"아니요, 거기까지 가지도 못했어요."

기사는 무슨 생각을 하는지 도무지 읽을 수 없는 표정을 짓고 있었다. 할 말이 있는데 참고 있는 걸까, 아니면 그저 할 말을 잃은 걸까?

파린은 자기 자신과 세상에 실망하여 천막 안으로 들어가 버렸다. 그래도 작은 위안이라면 그렇게 우습게 탈락한 게 자기 혼자만의 탓이 아니라는 사실, 어느 악령이 그의 탈락에 일조했다는 사실이었다. "네가 리젤을 흥분하게 만들었어. 우리가 진 건 네 탓이기도 해." 파린이 징글징글을 원망했다.

우리라니. 네가 진 거지. 난 절대로 지지 않아. 나는 이기거나 배우거나 둘 중에 하나거든.

밖에서 사부의 해맑은 목소리가 들렸다. "영웅이 어디 계신가?"

"천막 안에 계시지!" 에미코가 대답했다.

커튼이 열리고 드로그단이 들어왔다. 그의 장난기 가득한 입이 얼마나 커졌던지 잘하면 수박도 들어갈 것만 같았다. "머리가 달려 있는 한 절대로 고개를 숙이지 마, 파린."

팡파르 소리가 그를 한층 더 우울하게 만들었다. 파린을 조롱하는 소리이자 다음 경기를 알리는 소리였다. 창던지기 시합이었다. 간단하게 들려도 실제로는 전혀 그렇지 않았다. 스콰이어들은 창을 던져 40미터 떨어진 목표물을 맞혀야 했다. 목표물은 지푸라기를 꾹꾹 눌러 만든 지름이 1미터쯤 되는 공이었고 한가운데에 붉은색 원이 그려져 있었다. 그 정도 거리에서는 사실 목표물 근처까지만 창을 날릴 수 있어도 굉장한 실력이었다.

스콰이어들이 한 줄로 길게 늘어섰다. 전령관이 첫 번째 선수의 이름을 호명했고 경기는 시작되었다.

드디어 마지막 종목이야, 파린은 학수고대했다. 얼른 경기가 끝나기만을.

창던지기만이라도 좀 열심히 해 봐. 결과는 전적으로 너한테 달려 있다고. 이번엔 나나 리젤한테 책임을 떠넘길 수가 없어.

첫 번째 스콰이어가 창 하나를 집어 표시된 자리에 섰다. 그리고 팔을 들었다가 과녁을 향해 힘껏 던졌다. 각도를 잘못 잡는 바람에 과녁에서 8미터나 떨어진 자리에 거의 수직으로 떨어지고 말았다.

너무 각도를 많이 꺾었어. 더 평평하게! 잘 기억해 둬.

아하, 그렇구나. 징글징글은 마지막 경기에 한껏 훈수를 두기로 작정한 것 같았다.

두 번째로 나선 스콰이어는 훨씬 더 부드럽고 우아하게 던졌지만 30미터쯤 날아가다가 풀밭으로 떨어졌다.

이번엔 너무 평평하게 던졌어. 좀 더 위를 향해서! 잘 기억해 둬.

당연하지! 망상은 이미 파린의 정신과 신체와 영혼을 넘나들고 있었다.

다섯 번째 스콰이어가 던진 창은 과녁 바로 앞에 떨어졌다. 지금까지 가장 좋은 점수였다. 관객들이 박수를 치며 환호했다.

뒤에 호명된 스콰이어들은 결과가 더 안 좋았다.

"바이스드라헨 출신의 바랄돈 투르겐손." 전령관이 이름을 불렀다.

바랄돈이 앞으로 나와 자루가 파란 창을 집어 들었다가 인상을 쓰며 다시 제자리에 꽂았다. 두 번째 고른 창은 마음에 드는 모양이었다. 파린은 엄호를 약속한 뒤 배신했던 무예 시합이 다시 떠올라 화가 치밀어 올랐다. 바랄돈은 자신만만하게 선 앞으로 걸어갔다. 한두 걸음 뒤로 물러났다가 머리 위쪽으로 비스듬하게 창을 들고는 세 걸음 앞으로 나아가 채찍질을 하듯 팔을 휘둘러 창을 날려 보냈다. 그의 창은 부드러운 곡선을 그리며 앞으로 날아갔다. 그리고 창 끝이 아래를 향하다가 과녁 아랫부분에 꽂혔다. 그 시간은 마치 영원처럼 느껴졌다. 굉장한 실력이었다. 객석과 풀밭에 서 있던 사람들이 일제히 환호성을 질렀다.

승자의 미소를 지으며 바랄돈이 뒤를 돌아 파린에게 조롱하는 눈빛을 보냈다. 그리고 일부러 파린의 옆에 서서 두 팔을 올려 팔짱을 꼈다.

뒤에 출전한 스콰이어들 중 누구도 바랄돈만큼 잘 던지지 못했다. 이제 단 일곱 명이 남아 있었다. 가장 성적이 좋은 열 명에게 다음날 결승에 출전할 기회가 주어졌다.

바랄돈, 저 거만한 놈은 이미 결승에 올랐어. 실력을 한번 보여 줘.

"슈타인드라헨 성의 파린." 전령관이 파린의 이름을 불렀다.

"또 누구 하나가 망신을 당하는 덕분에 다른 사람들은 모두 신이 나겠군." 바랄돈이 일부러 큰 소리로 말했다.

스콰이어 여럿이 웃음을 터트렸고, 몇몇은 손으로 입을 가리고 킥킥댔다.

"뾰족한 쪽이 앞이야. 다치지나 마, 패배자야." 바랄돈이 뒤에서 말하는 소리가 들렸다.

파린의 얼굴이 달아올랐다. 지금껏 한 번도 느껴 보지 못한 분노였다.

한 번만 나한테 맡겨 봐. 딱 한 번만. 그럼 나 진짜 널 좋아해 줄게. 징글징글이 애원했다. **제발, 응?**

이 멍청이, 매장꾼의 아들은 화가 치밀었다. 바랄돈과 징글징글 둘 다를 향한 분노였다.

배 한가운데에서 나지막이 우르릉거리는 소리가 나는 걸 느끼며 그는 앞으로 걸어 나갔다.

딱 한 번만, 아니면 차라리 벌레처럼 구멍에 숨는 게 나을걸.

분노, 긴장, 그리고 지금까지의 경기에 모두 탈락했다는 실망감이 뒤죽박죽 밀려왔다. 어느새 그는 자기도 모르게 정신을 어느 정도 놓아 버렸다. 망상이 빈틈을 파고들어 왔다. 징글징글이 게걸스럽게 자신을 접수하고 있는 게 느껴졌다. 정신적으로, 그리고 육체적으로도. 파린의 육신은 재빠른 동작으로 창을 하나 집어 들었다. 바로 바랄돈이 들었다가 내려놓은 파란 손잡이가 달린 창이었다.

곧이어 자신의 우렁찬 목소리가 들렸다. **"바랄돈, 이 애송이. 이 창이 뭐가 마음에 안 들었을까?"**

다른 모든 스콰이어들이 조용히 둘을 주목하고 있었다. 둘 사이에 번갯불 같은 시선이 오갔다.

"닥쳐, 얼른 던지고 탈락이나 하라고!" 수려한 용모의 바랄돈이 으르렁댔다.

파린은 표시된 선에 비스듬히 서서 창을 들어 올렸다. 그리고 팔을 뒤로 보냈다가 창을 던지며 동시에 이글거리는 눈으로 자신의 적을 바라보았다. 그저 밋밋한 동작이었다. 그는 단 한 번도 과녁을 바라보지 않았고, 창을 던지면서도 바랄돈에게 시선을 고정한 채였다. **"도움닫기는 여자애들이나 하는 거야, 요 금발 머리 애송이."**

그의 손을 떠난 창은 놀라운 속도로 날아가 과녁에 꽂혔다. 그것도 정중앙의 붉은 원 한가운데에. 창끝은 과녁을 관통하여 반대편을 뚫고 나왔다.

"놀라운 결과입니다! 이런 명중은 한 번도 본 적이 없어요. 대단합니다. 슈타인드라헨 성의 파린!" 전령관이 흥분을 감추지 못했다.

뭐 이 정도를 가지고.

박수갈채를 받으며 꿈에서 깨어났다. 꿈이었을까? 이럴 줄 알았어! 징글징글은 적당히 하는 법을 몰랐다. 곧 하얗게 질린 바랄돈의 얼굴이 눈에 들어왔다. 놀람, 망연자실, 그리고 당황스러움이 한데 섞인 얼굴이었다. 그는 아무 말도 하지 못했다. 아니 찍소리도 내지 못했다. 파린의 상처에 그보다 더 좋은 약은 없었다.

그는 에미코의 텐트로 돌아왔고 다른 스콰이어들의 결과에 대해서는 몰랐다. 물론 파린은 가장 좋은 성적으로 결승에 올랐다.

드로그단은 몇 번이나 눈을 껌뻑거리며 말했다. "날 한번 꼬집어 봐. 대체 무슨 일이야? 어떻게 이런 일이 일어난 거지?"

플라우디우스는 파린의 왼팔과 오른팔을 번갈아 치켜들어 보면서 말했다. "넌 천재가 틀림없어. 너처럼 완벽하게 창을 던지는 사람은 태어나서 처음 봤다니까."

헤헤, 소가 뒷걸음질 치다가 쥐를 잡을 때도 있지, 아니 벌레가 뒷걸음질 치다가 소를 잡았다고 하는 편이 나으려나?

파린은 자신의 연기력을 총동원하여 당황한 기색을 감추려고 애썼다. "고마워요, 그런데 정말 우연이었어요."

"우리의 영웅께서 무슨 말을 하는 거야? 그렇게 번번이 탈락만 하더니 이렇게 사람을 놀래고. 정말 굉장했다고." 드로그단이 들뜬 목소리로 말했다.

에미코는 그들 맞은편에 앉아 턱을 긁적이며 말했다. "아주 깔끔한 솜씨였어." 그리고 생각에 잠겨 중얼거렸다. "흠. 안 될 건 없지. 넌 키가 큰 데다가 팔은 길고 강하니까."

듣고 보니 그랬다. 파린은 지금껏 단 한 번도 자신의 키가 거의 에미코와 비슷하다는 생각을 해 본 적이 없었다. 파린에게 기사는 언제나 거인처럼 크게만 느껴지는 존재였기 때문이었다.

"내일은 꼭 네가 우승할 거야." 드로그단이 말했다.

"그냥 우연이었어요, 다시 그렇게 될 리가 없다고요."

하! 나라면 당연히 안 되겠지.

바랄돈을 이겼다는 기쁨은 사라졌다. 파린은 입을 굳게 다물었다. 바랄돈이 나쁜 녀석인 건 사실이었지만 파린은 부정한 방법을 써서 그를 눌렀다. 그런 사실이 파린의 마음을 무겁게 짓눌렀다.

캐러웨이

저택은 멀리서 보기에도 어마어마했지만 가까이 다가가서 보니 한층 더 굉장했다. 어느 정도 예상은 했었다. 그녀가 만나려는 인물은 돈 속에서 헤엄을 치며 성주들만 누릴 수 있는 호화로운 삶을 누리고 있음이 분명했다. 그래서인지 그는 자신을 졸칸 대공이라 불렀다. 왕이 정말로 그런 사람을 대공으로 임명했을까?

그는 결코 쉽게 만날 수 있는 인물이 아니었다. 저택은 겹겹의 담장이 에워싸고 있었고, 수많은 정찰병이 보초를 서고 있었다. 다가오는 사람은 누구도 검문을 피할 수 없었다.

첫째 날 그녀는 입구에서 한 발짝도 안으로 들어갈 수 없었다. 경비병은 코웃음을 치며 '엄마한테 가.'라는 말로 그녀를 돌려보냈다. 처음엔 기가 죽어 계획을 포기하려는 생각도 했지만 그래도 다음 날 아침 다시 한번 시도해 보기로 했다. 흙투성이 발 아로스의 사전에 포기란 없었다. 마침내 가장 바깥쪽 문을 지키는 문지기에게 허락을 받아 냈다. 그는 다음번 문지기가 있는 정문까지 데리고 갈 테니 그곳에서 물어보라고 말했다.

정문 앞에는 무장한 경비병 둘이 서 있었다. 아로스는 최대한 설득력 있게 호소했다. "대공님께 전할 중요한 정보가 있어요. 생사가 걸린 문제예요."

둘 중 오른쪽에 선 사내가 손으로 입을 가리고 하품을 하며 말했다. "누구나 그렇게 말하지. 졸칸 대공은 시답지 않은 농담이나 듣고 계실 만큼 한가하지 않아. 그리고 어린 여자애들을 만날 시간도 없고. 그분은 남자아이들을 더 좋아하시거든." 그의 능글맞은 웃음만 보고는 그 말이 사실인지 농담인지 알 길이 없었다.

"요 계집애라면 사내라고 하고 들여보내도 되겠는걸." 다른 병사가 자신의 펑퍼짐한 가슴을 손으로 쓰다듬으며 맹한 표정으로 한쪽 눈을 껌뻑였다.

이 멍청한 작자들 때문에 언성을 높이고 싶지는 않았다. "바로 그거예요, 통과! 그게 핵심이죠. 이제 저를 대공께 데려가 주세요."

"혼나기 전에 꺼져라."

"대공께서 혹시 나중에라도 제가 찾아 왔다는 걸 알게 되면요? 큰일이 일어날 거라는 사실을 알려 주려고 했는데도 저를 들여보내지 않았다는 걸 알게 되면 그땐 어떻게 하실 거죠? 그럼 아마 두 분의 거시기를 잘라서 계집으로 만들어 버릴지도 모르죠." 그녀는 자신의 평평한 아랫도리를 쓰다듬으며 멍청한 표정으로 눈을 껌뻑거렸다.

사내는 황당하다는 듯 입을 벌린 채로 아로스를 바라보았다. "이 맹랑한 계집은 대체 어디서 나타난 거지?" 그리고는 다른 쪽 사내에게 물었다. "이걸 붙잡아서 감옥에 가둬 버릴까? 아니면 매춘부로 팔아 버리든가."

"잡아! 더는 못 봐 주겠어." 다른 쪽이 말했다.

아로스는 불안했지만 그래도 모험을 감행하기로 결심했다. "마지막으로 한 가지만 말할게요. 나벤슈타인 시에서 애타게 찾고 있는 아이가 드릴 말씀이 있다고 대공께 전해 주세요. 급한 일이라고요!"

두 병사는 어안이 벙벙하여 그녀에게서 시선을 떼지 못했다. 그러다가 그중 한쪽이 우물쭈물하며 입을 열었다. "물어보는 게 좋지 않을까?"

다른 쪽이 내키지 않는 듯 고개를 끄덕이고는 정찰을 돌고 있던 두 명의 병사를 불렀다. "우리가 돌아올 때까지 자리를 지키고 있어. 아무도 들여보내서는 안 돼." 그리고는 아로스에게 말했다. "가자! 네 허풍이 정말로 쓸모가 있긴 한 건지 한번 봐야겠어."

"뭐라고? 웬 여자아이가 나한테 할 말이 있다고? 지금껏 없었던 새로운 일인데?" 인정하고 싶진 않았지만 호감이 가는 목소리였다. 그녀는 그에게서 짐승 같은 목소리를 상상하고 있었다. 이를테면 꿀꿀이나 멍멍 같은. 그의 모습을 볼 수는 없었다. 양쪽으로 열려 있는 거대한 문 앞에서 사내들에게 둘러싸인 채 기다려야 했기 때문에.

"그럼 그 여자아이가 누구인지 한번 볼까?" 그의 목소리가 큰 방에 울려 퍼졌다.

아로스는 '여자아이'라는 말을 끔찍이도 싫어했다. 왠지 나약하고 기댈 곳 없는 무기력한 존재처럼 느껴졌기 때문이다. 여자아이라니, 그녀는 엄연히 쥐들의 여왕인데!

두 병사는 그녀를 꼼짝 못 하게 움켜쥐고 대공의 방으로 데려갔다. 졸칸 대공은 나무로 만든 단상 위, 부드러운 털과 푹신한 쿠션 속에 파묻혀 있었다. 아로스 자신의 은신처도 이렇게 아늑하게 꾸밀 수 있으면 좋으련만!

"졸칸 대공님. 방해받고 싶지 않다고 말씀하시면 즉시 이 아이의 목을 부러뜨리겠습니다."

"좋아, 그런데 이렇게 흔치 않은 손님에게라면 일단 하고 싶은 말을 할 기회는 주어야지. 그런 다음에 방금 그 제안에 대해 생각해 보도록 하지."

친절하기도 해라. 그녀는 이제 사자 굴의 한가운데에 있는 셈이었다. 으르렁거리는 사자에 물려 죽는다 해도 하나도 이상할 게 없는 상황이었다. 동물의 왕 사자는 지금 자신의 휴식처에서 몸을 길게 늘이고 자신의 발톱을 다듬고 있었다. 옷이라고 하기엔 너무 빈약한 천 조각을 걸친 여자가 그의 옆에 쪼그리고 앉아 있었고 그녀 앞에는 물이 담긴 작은 종지 두 개, 크림이 든 도가니 두 개, 그리고 여러 개의 작은 가위들이 놓여 있었다.

"손톱 손질 고마워, 내 사랑. 이제 나가 봐도 돼."

여자는 소리 없이 물건들을 챙겨 일어나더니 사라져 버렸다. 대농장의 주인은 아로스가 상상했던 것보다 젊었다. 값비싼 흰 천을 몸에 두르고 어깨까지 내려오는 곱슬머리에 건강한 구릿빛 피부,

빛나는 푸른 눈동자는 누구나 선망하는 귀족의 모습 그대로였다. 특히 여자들이라면 누구나 빠져들 수밖에 없을 것 같았다.

대공은 아직 손에 남아 있는 크림을 문질러 바르고 너그러운 미소를 지으며 그녀를 바라보았다. 이제 정말로 그의 코앞에 섰다는 걸 실감했다. 얼굴이 후끈거리고 두려움이 몰려왔다. 정말로 이렇게 될 줄 알았던가? 그런 생각을 하기엔 한발 늦었다. 이제 물러설 데가 없었다. 그녀는 자신의 마음속 두려움을 드러내지 않으려고 애썼다. 자신이 보았던 환상을 떠올리자 조금은 마음이 진정되는 것 같았다. "대공의 귀한 시간을 뺏고 싶지 않습니다. 곧바로 용건을 말씀드릴게요." 아로스의 입에서 가느다란 목소리가 흘러나왔다.

그건 미리 준비해 둔 말이었다. 대공의 영리해 보이는 눈이 그녀의 그런 마음을 읽고 있다고 말하는 것 같았다.

졸칸은 고개를 끄덕이며 말했다. "시간은 돈이라고들 하지. 나는 그 말을 이렇게 해석한다. 돈을 많이 가진 사람은 시간도 많다고. 서두르는 건 독이야. 정신 건강에 좋지 않아." 그가 궁금한 듯 물었다. "넌 누구지, 우리 아가?"

'우리 아가' 같은 사탕발림에 넘어갈 거라고 생각해? 물론 그렇긴 하지.

"제 이름은 아로스입니다, 흙투성이 발 아로스." 내 목소리가 좀 더 저음이었더라면!

남자의 온화한 눈이 보일 듯 말 듯 하게 커졌다. "들어본 이름이구나. 도시에서 애타게 찾는 여자아이라더니 허풍이 아니었어. 우리 주교님께서 얼마나 공을 들이고 있는지를 생각하면 네가 어떻게 지금껏 잡히지 않았는지 놀라울 따름이야. 벌써 사람들이 여기저기서 수군거리고 있지. 집도 절도 없는 별 볼 일 없는 고아원 출신의 아이가 어떻게 그럴 수가 있었지?"

"그를 피해 다녔을 뿐입니다."

"그래, 주교와 그의 부하들과 도시의 정찰병들은 물론이고 50실링이나 되는 현상금에 눈에 불을 켠 사람들을 모두 피했다는 거지?"

"50실링이라고요? 저는 20실링인 줄 알고 있었습니다." 아로스는 믿을 수가 없었다. 그렇게 많은 돈이라면 스스로 자신을 갖다 바치고 싶은 충동이 생길 정도였다.

"너를 잡지 못해서 하루하루 현상금이 올랐지."

그의 눈은 자신의 아름다운 손가락에 달린 아름다운 손톱을 바라보고 있었다. 스스로도 정말 아름다운 손이라고 생각하면서.

"하지만 50실링뿐이겠어? 널 데리고만 가면 주교는 내가 원하는 건 뭐든지 들어주겠지." 그가 부드럽게 말하며 다시 자신의 손을 바라보고 미소 지었다.

"원하시는 바가 이루어진들 아무 소용이 없습니다. 죽음을 맞이하게 된다면."

완벽하게 다듬어진 그의 눈썹이 우아하게 위로 올라갔다. "아로스, 너는 그저 용감한 걸까, 아니면 말도 못 하게 순진한 걸까?"

"말도 못 하게 용감합니다." 이번엔 준비된 말이 아니었다.

대공의 미소는 더욱 부드러워졌다. 마치 열렬한 사랑에 빠진 상어 같은 미소였다. "넌 내가 누구인지 알고 있느냐?" 그가 친밀하게 물었다.

"졸칸 대공이십니다. 선반공들의 우두머리시죠."

"에구구! 선반공이라는 말은 너무 상스럽게 들리는구나." 인상을 찌푸리자 아주 잠시나마 그의 아름다운 얼굴이 빛을 잃었다. "난 '백기사들의 영주'라는 표현을 더 좋아하는데."

무슨 우스운 소리인가. 나르시시즘에 빠진 이 남자, 당신이 나를 속이지는 못해. 이제 게임은 시작되었고 이제 아로스가 패를 던질 차례였다. "좋습니다, 대공. 저… 저는 거래를 제안하려고 왔습니다."

다시 자아도취에 빠진 미소가 졸칸의 얼굴에 퍼졌다. 참으로 못 말리는 자기애였다. "손님께 마실 거라도 대접할까? 물, 차, 와인, 아니면 벌꿀주?"

아로스는 사실 졸칸이 쇠사슬을 두른 개처럼 저속한 사람일 거라고 상상했다. 하지만 그건 착각이었다. 최소한 표면적으로 그 둘 사이에 아무런 공통점을 발견할 수 없었다.

"차로 하겠습니다."

"민트, 보리수, 쐐기풀, 머위, 캐러웨이, 후추, 팔각… 그중에 뭐가 좋지?"

지금 그녀를 놀리는 걸까? 생각이라는 걸 할 수 있게 된 이후로 깨끗한 물만 마셔도 족했던 그녀였다. 부유함을 떠벌리는 태도가 영 거슬렸다.

하지만 게임을 시작한 건 그녀였고 지금은 그녀가 패를 던질 차례였다. "캐러웨이요!" 마치 매일 아침과 저녁, 하루를 차로 시작하고 차로 마무리하는 사람 같은 말투로 그녀가 대답했다. 캐러웨이! 사실 태어나서 한 번도 들어보지 못한 단어였고, 그저 그 이름이 흥미롭다는 이유만으로 그 이름을 외치고 말았다.

"나는 팔각으로 주게." 그가 관능적인 손짓을 했다. 긴장한 나머지 아로스는 그곳에 누가 서 있는 것도 몰랐다. 한쪽에 서 있던 하녀가 그의 손짓 한 번에 밖으로 사라졌다.

"얘기해 보거라, 오늘 날씨가 어떻지? 난 야외로 나가는 일이 거의 없거든." 그가 손가락으로 곱슬머리를 감으며 말했다.

정말로 날씨 얘기 따위를 듣고 싶은 건 아니겠지?

게임을 시작한 건 그녀였고 지금은 그녀가 패를 던질 차례였다. "평소보다는 푸근해요. 아침 햇살이 생기를 불어넣죠. 아주 특별한 빛이에요. 신선하고 향기로운."

대공의 입꼬리가 살짝 올라갔다. 푸른 눈동자가 반짝였다. "아, 그것참 매혹적으로 들리는구나. 네 말을 들으니 밖에서 더 많은 시간을 보내야겠다는 생각이 드는군."

그는 손을 목 뒤에 얹더니 잠시 침묵했다. 그의 양팔은 화려한 문신으로 장식되어 있었다. 오른쪽에는 장미, 왼쪽엔 불꽃과 원이 그려진 오각형 문신. 참 예쁜 그림이야.

하녀는 은쟁반을 들고 돌아와 우아한 동작으로 화려한 도자기 주전자와 찻잔을 각각 두 개씩 탁자에 내려놓았다. 졸칸은 왕좌에서 벌떡 일어나 네 개의 여닫이 창문가에 놓인 테이블 쪽으로 걸어갔다. 그리고 그곳에 놓인 여러 개의 의자 가운데 하나를 뒤로 잡아당기더니 아로스를 보며 말했다. "앉으시지요, 부인."

앉으라고? 좋지. 그러잖아도 대공이 모피와 쿠션들 사이에 몸을 길게 늘어뜨리고 있는 동안 이 큰 방 한가운데에 멀뚱멀뚱 서 있는 건 끔찍한 일이었다. 자신이 마치 방 안의 가구가 된 것처럼 느껴졌고 팔을 어디에 두어야 할지 알 수가 없었다. 그래서 내심 반가워하며 테이블 쪽으로 갔다. 졸칸은 그녀의 엉덩이 아래로 의자를 밀어주었다. 그리고는 그녀가 편안하게 자리에 앉기까지 기다렸다가 반대쪽으로 가서 앉았다. 그런 후 하녀를 향해 손님 접대는 직접 하겠다는 손짓을 했다. 하녀는 다시 발소리도 내지 않고 사라졌다. 대공은 능숙한 손놀림으로 각각의 찻잔에 차를 따랐다. 그러느라 자연스럽게 둘 사이의 거리가 좁혀졌다. 그에게서는 한 번도 맡아 보지 못한 향기가 났다.

"설탕?"

그토록 먹어 보고 싶던 설탕! 하지만 아이처럼 보이기는 싫었다. "아니요, 괜찮아요. 진짜 차 맛을 느끼고 싶거든요."

다시 상어 같은 미소. 그는 늘 이런 식일까? 늘 예의와 온화함으로 손님들을 알 수 없는 불안함에 빠뜨리는 걸까?

나한테는 안 통해, 아로스는 생각했다. 난 원래부터 불안했으니까.

여러 의문이 머릿속을 스쳐 지나갔다. 천천히 찻잔을 입으로 가져갔다. 그녀의 코에 잔주름이 생겼다. 차에서는 역겨운 향이 났다. 한 모금을 마셨다. 맛은 더 역겨웠다. 그에 비하면 구시가지의 우물 물은 오히려 벌꿀주처럼 달콤하게까지 느껴졌다. 입에 가득 채우지 말걸. 억지로 꿀꺽 삼켰다. 졸칸은 그녀의 얼굴을 살피고는 슬며시 웃음을 지었다. 뭘 하든 그는 아로스의 마음을 읽고 있는 것처럼 보였다.

"우리 아가가 뭣 때문에 나를 찾아 왔지?"

드디어! "졸칸 대공님, 경고를 드리려고 이 자리에 왔습니다. 수확꾼들을 뭐라고 부르시는지요? 검은 도적?"

"아니! 수확꾼!" 그는 미소 짓지 않았다.

"쇠사슬을 두른 개가 대공님께 와서 제안을 하나 할 것입니다."

부드러운 눈길이 그녀에게 고정되었다. "안타깝구나, 네가 마음에 들었는데. 하지만 말도 못 하게 용감한 아이가 시작부터 헛짚었구나." 그가 양손의 손가락 끝을 마주 대고 말했다. "지금껏 그 어떤 수확꾼도 감히 내 집 근처에 얼씬거리지 못했어." 그는 거부와 무관심이 뒤섞인 표정을 지어 보였다. "계속해서 날 지루하게 만들 셈이냐?"

"그가 과거의 대립은 잊고 함께 사업을 하자고 제안할 거예요."

대공은 매끈한 유약을 입힌 도자기 표면의 감촉을 매끈한 입술로 감상했다. 동시에 긴 속눈썹 사이로 의아한 시선을 아로스에게 던졌다.

아로스는 말을 이었다. "함께 일을 하면 사업은 더 번창할 거라 말할 거고요."

대공은 찻잔을 내려놓았다. "이론적으로는 현명한 생각이지. 마찰로 인한 손실이 없을 테니까. 예를 들어 우리가 각각 상대방의 가장 좋은 말을 죽이는 건 슬픈 일이지. 또는 경쟁적으로 뇌물 가격을 올려 결국엔 쓸데없이 많은 돈을 지출하게 되니까."

졸칸의 커다란 눈이 반짝였다. 눈물 때문이었을까, 아니면 재물에 대한 욕망이 반짝인 걸까? 그리고 뜬금없이 무슨 말 이야기를 하는 거지? 아하, 창녀들 얘기구나. 마찰에 의한 손실! 여자들을 무참히 살해하는 걸 저따위로 고상하게 표현하다니! 드디어 늑대가 양의 탈을 벗었어. 분명 이제 그는 마찰에 의한 손실을 없애 더 많은 돈을 벌 생각을 할 거야.

대공의 목소리는 한층 날카로워졌다. "단 한 가지 질문, 그리고 가장 핵심을 찌르는 질문. 바로 누가 그 공동 사업을 이끌어 갈 것인가! 우두머리는 단 한 명이어야 하니까."

"쇠사슬을 두른 개가 대공께 그 자리를 넘기겠다고 말할 거예요."

대공은 왼손으로 자신의 머리카락을 쓰다듬으며 말했다. "네 말이 헛소리인 이유가 하나 있어, 아로스. 더 정확히 말하자면 한 사람 때문이지. 수확꾼의 우두머리 자칸더. 그는 절대로 그런 사업을 제안할 위인이 아니야. 그는 그 어떤 경우에도 지배권을 포기하지 않을 거고, 그 어떤 경우에도 그런 말도 안 되는 생각을 하지 않을 것이며, 그것도 자신의 철천지원수에게 그런 제안을 할 리가 없지."

"제 말을 못 믿으시는 건가요?"

"그래, 네 말은 한마디도 믿지 않아. 흙투성이 발 아로스. 그리고 내가 경멸하는 게 하나 있다면 그건 바로 거짓말이지. 난 사업가야. 검은 거래도 하지만 늘 솔직하고 정직하다. 그리고 내 거래 상대에게도 같은 걸 요구하지. 나한테 와서 거짓을 말하는 자들은 죽음을 면치 못한다. 남자건, 여자건 상관없이." 차를 한 모금 더 마신 뒤 그는 무심하게 덧붙였다. "여자아이도 마찬가지." 그는 상체를 의자에 기대고 미소를 띤 채 물었다. "죽기 전에 내 차를 한번 마셔 보겠니?"

회의가 몰려왔다. 착각한 걸까 아니면 지나치게 용감했던 걸까? 대체 어떻게 이런 미친 짓을 할 생각을 했지? 차라리 곧바로 주교에게 갈 것을.

"아니요." 그녀는 등받이에 등을 붙이고 떨고 있다는 사실을 숨기려고 애썼다.

"그럼 우리의 협상은 끝난 건가?"

이 상황에서 뭐라고 말해야 하나, 말문이 막혔다. 게임을 시작한 건 그녀였고, 게임은 끝났다. 자신의 목숨을 걸었고 그녀가 졌다.

"빨리 끝내라고 할게. 아쉽구나. 사실 네… 신선함이 마음에 들었는데 말이지." 졸칸 대공이 자리에서 일어났다. "경비병!"

문이 열리자 벌써 아로스를 데리고 가기 위해 병사 둘이 문 앞에 대기하고 있는 게 보였다.

"이 아이를 데리고 가!"

두 사내는 표정엔 변화가 없었지만 아로스는 그의 말이 사형을 뜻한다는 걸 알았다.

"따라와!" 앞쪽에 서 있던 사내가 무뚝뚝하게 말했다.

"50실링에… 저를… 넘기시는 건 어떤가요?" 아로스가 물었다. 시간을 벌기 위한 보잘것없는 시도였다.

졸칸은 차분하게 차를 따르더니 느닷없이 도자기 주전자를 벽으로 집어 던졌다. 박살이 난 파편들과 물방울이 사방으로 튀었다.

"차 한 번 마시는 데 800실링이 들었어. 그런데 뭐?" 상어가 이빨을 드러냈다. "어서 데리고 나가!"

아로스는 말문이 막혔다. 도망치기엔 너무 늦었다. 후회하기에도 너무 늦었다. 그녀의 환상이 처음이자 마지막으로 틀렸다.

졸칸 대공은 벌써 뒤를 돌아 모피와 쿠션에 몸을 묻었다.

경비병들은 아로스의 팔을 잡아끌었다.

그때 부하 하나가 현관에 나타났다. "졸칸 대공님, 쇠사슬을 두른 개가 찾아 왔습니다. 대공님을 뵙고 제안을 드리고 싶다고 합니다."

그가 살짝 미간을 찌푸리더니 작은 목소리로 명했다. "그 아이를 여기에 두거라. 내 특별한 손님이 아니더냐. 원하는 건 뭐든지 해 주도록."

경비병들은 졸칸의 말을 제대로 이해하려고 잠시 머뭇거리다가 깜짝 놀라 아로스의 몸에서 손을 떼었다. "명을 따르겠습니다, 대공님."

교활한 미소를 지으며 졸칸이 물었다. "캐러웨이 차를 더 가져오라고 할까, 흙투성이 발 아로스?"

놀랍도록 빠른 속도로 다시 정신이 들었다. "괜찮습니다. 졸칸 대공님. 쇠사슬을 두른 개를 만나실 건가요?"

"물론이지. 다만 나의 귀한 손님이신 흙투성이 발 아로스가 알고 있는 사실을 다 얘기할 때까지 기다려야 할 뿐이야."

"언제까지 제가 대공님의 귀한 손님인가요?" 아로스가 솔직히 궁금한 걸 물었다.

"나에게 도움을 줄 때까지. 그리고 나를 기만하지 않을 때까지."

"그렇다면 진실로 제 유용함을 증명하는 게 좋겠군요."

"그리고 앞으로 경비병과 파수꾼들에게 잡히지 않도록 해 주마. 그들의 대장이 나한테 진 빚이 아직 남아 있거든." 대공은 상냥하게 웃었다. 그것은 진짜 미소였다. 그는 정말 그런 사람이었다. 직설적이고 솔직했다. 매력적이고 양심의 가책 따위는 없는 살인마였다.

"어디까지 얘기했더라?" 그가 속삭였다.

어디까지긴? 날 데려가라는 데까지 했지. 날 죽이려고 했잖아, 아로스는 이렇게 생각하며 입을 열었다. "쇠사슬을 두른 개는 대공께서 우두머리로 선출될 수 있게 회의를 열자고 제안할 것입니다. 그는 이인자가 되길 바라요."

"자칸더는 어떻게 생각할까?"

"어차피 쇠사슬을 두른 개가 그를 배신하고 단도로 찔러 죽일 겁니다."

대공은 곧바로 물었다. "이 모든 게 날 속이기 위한 연극이 아니라는 걸 어떻게 증명할 수 있지? 네가 그들과 한통속이 아니라는 걸 내가 어떻게 믿는다는 말이냐?"

졸칸에게 불신은 팔각을 우려낸 차처럼 일상에 속했다.

"그의 제안을 받아들이시고 그가 정말로 자신의 우두머리를 살해하는지 지켜보세요. 그러고 나서 그를 만나세요."

졸칸은 흐뭇한 눈빛으로 아로스를 바라보았다.

"그 만남은 쇠사슬을 두른 개가 파놓은 함정이에요. 암살과 도살을 위해서요. 그는 선반공, 에… 그러니까 백기사를 단번에, 영원히 제거해 버리려고 할 겁니다."

"그게 바로 자칸더가 수년째 꿈꿔 오던 일이지. 그런데 그보다 훨씬 더 멍청하기 짝이 없는 쇠사슬을 두른 개가 어떻게 그런 일을 해낼 수 있을까?"

"그가 대공님과 부하들을 한밤에 시장으로 부를 겁니다. 그리고 성벽 위에서 바윗덩어리들이 쏟아져 내릴 거예요. 천막은 아무 소용없다는 거 누구보다 잘 아시지요?"

"아주 기가 막힌 생각이구나! 누가 그런 생각을 해냈지?" 졸칸은 감탄하고 있었다. "좋아! 그럼 나의 귀한 손님께서는 나에게 어떤 조언을 하려나?"

아로스는 준비해 둔 대책을 알려 주었다. "그가 속임수를 쓸 수 없는 곳을 만남의 장소로 택하세요. 찾기 쉬운 입구가 있는 곳, 그 앞에 모두 모이셔야 해요. 백기사와 수확꾼들이 모두 함께요. 그곳에서 대공님이 우두머리라고 선언하세요."

"그것참 내 마음에 드는 계획이군." 졸칸은 만족스러운 듯 곱게 손질된 손을 비볐다. "이제 네가 이 모든 계획을 어떻게 알게 되었는지 궁금하구나."

"쇠사슬을 두른 개가 계략을 꾸밀 때 몰래 엿들었어요. 저처럼 작고 눈에 띄지 않는 아이는 상자나 나무통, 아니면 운하 같은 곳에 잘 숨거든요. 쥐들처럼요. 쥐들이 언제나 엿들을 수 있다는 걸 알게 되신다면 깜짝 놀라실걸요."

"정말 놀랍구나." 그는 차를 한 모금 마셨다. "아로스, 왜 그 얘기를 듣고 하필 나를 찾아온 거지?"

아로스는 오래 고민하지 않았다. 교활하고 의심 많은 졸칸 같은 상대에게 통하는 무기는 진실뿐이었다. "쇠사슬을 두른 개가 제 친구 마틸다를 죽였어요. 배가 갈려 항구에 거꾸로 매달린 채 발견된 어린 소녀 얘기를 들으셨을 거예요."

"여자 사업을 하는 자들이 창녀들에게 동기 부여를 하려고 쓰는 방법이지. 아주 거칠지만 효과가 좋은 방법." 그는 속을 알 수 없는 표정을 지었다.

여자 사업이라고? 마찰로 인한 손실보다 더 기막힌 표현이군. 아로스는 짧게 숨을 들이마셨다. 어린 소녀들을 사고파는 행위, 그리고 포주 짓을 높으신 분들은 저렇게 얘기하는구나.

사자 앞에서 고기 먹는 문제를 두고 논쟁하지 마, 아로스는 자신에게 경고했다.

분노를 삼키고 물었다. "그리고… 항구에서 대공님의 이름이 적힌 상자를 보았어요. 바르바로사의 상자요. 대공님은 대양 너머의 나라들과 교역을 하시죠?"

졸칸은 당황하지 않았다. 그래도 소녀의 당돌한 질문이 황당하다는 표정으로 답했다. "외국에서 들어오는 물건들은 내가 사고파는 품목들 가운데 일부지. 저 찻주전자는 어디에서 온 것 같은가?" 그가 깨진 파편을 가리키며 덧붙였다. "아니, 이제 '어디에서 왔었던 것 같은가.'라고 물어야겠군."

"그게 제가 더 듣고 싶은 이야기입니다. 그 배와 선장 붉은 수염에 대해서요."

"굉장한 재능이로구나. 깊이 있는 주제를 집요하게 파고드는 재주가 있어." 졸칸은 잠시 생각에 잠긴 것처럼 보였다. 이야기를 계속해도 될지 잠시 고민하는 듯했다. "그는 전설적인 해적이지. 사람들은 그가 실존 인물이 아니라고들 말하지."

"그렇다면 누가 대공님께서 쓰실 새로운 찻주전자를 가지고 오나요?"

"교역은 일 년에 딱 한 번 이루어져. 붉은 수염의 장사 방법은 참으로 유별나거든." 졸칸은 입술을 비죽 내밀었다.

"그를 만나 보고 싶어요."

"그가 너를 만나고 싶어 할 가능성은 거의 없을 것 같은데. 그는 정말 수줍음이 많거든. 하지만 내가 빚을 진 게 있으니 조언을 하나 하지. 여기서 북서쪽으로, 말을 타고 이틀 걸리는 거리에 인적 드문 해안이 있는데 '제시간'이라는 이름의 술집을 찾아가 보거라. 일주일의 한가운데에." 사업상의 얘기가 잘 풀려 기분이 좋았는지 졸칸이 손뼉을 치며 말했다. "이제 쇠사슬을 두른 개가 무슨 말을 하려는지 들어볼까? 넌 정말 비범한 아가씨구나, 흙투성이 발 아로스. 내 제안은 이렇다. 앞으로 나를 도우며 여기서 지내도 좋아."

"아닙니다. 쥐들처럼 자유롭게 도시의 여기저기를 돌아다녀야 앞으로 대공님께 더 큰 도움을 드릴 수 있어요."

"그렇긴 하군. 그럼 조만간 다시 와 주겠느냐?"

"새로운 소식을 듣게 되면요." 아로스가 대답했다.

대공은 우아한 몸짓으로 그녀를 배웅했다. 바로 그때 쇠사슬을 두른 개가 네 명의 경비병과 함께 걸어오고 있었다. 무기는 모두 내려놓은 상태였다.

그가 놀란 눈으로 아로스를 응시했다. "네가 여기에?"

두려움이 몰려와 아찔했다. 너무 엄청난 계획을 실행한 탓에 캐러웨이 차가 아니더라도 메스꺼움을 느낄 정도였다. 지금 이 순간 바라는 건 단 하나, 여기에서 나가는 것뿐이었다. 대농장이 아니라 대지옥이 더 어울리는 이곳을.

대공은 약속을 지켰다. 아로스는 귀한 손님 대접을 받으며 무사히 그곳을 빠져나갈 수 있었다. 그녀의 지위가 상승했다는 소문은 벌써 퍼져 있었다. 그녀가 문 쪽으로 다가가자 병사들이 공손하게 고개를 숙여 인사했다. 두 번째 문을 나서기가 무섭게 그녀는 냅다 달리기 시작했다. 자신의 은신처로 가는 내내 온몸이 덜덜 떨리는 걸 느꼈다. 동굴로 간신히 기어들어 가 안장깔개를 덮었다. 그녀는 오늘 경험한 엄청난 사건을 머릿속에서 정리하기 시작했다. 한편으로는 영감이 그녀를 살렸지만 다른 한편으로는 죽음의 문턱으로 몰아갔다. 물론 가까스로 목숨은 구했지만. 그렇다면 그녀의 능력은 축복일까 저주일까? 뿌연 안개 속에서 나타나 눈앞에서 가물거리는 장면들은 아무래도 저주 쪽에 가깝다고 봐야 할 것이었다. 그따위 환상의 노예가 되고 싶지는 않았다. 하지만 환상은 기적처럼 미래에 일어날 일들을 그녀의 손에 쥐여 주었고 졸칸 대공을 만날 수 있게 해 주었다. 위험은 여전했다. 예를 들어 그녀의 영감은 캐러웨이 차에 대해서는 미리 알려 주지 않았으니까. 생각만으로도 위장이 뒤틀리는 것 같았다. 어둠 속에서 아로스는 잠시 소리 내어 웃어

보았지만 곧바로 다시 진지해졌다. 한 치 앞을 예측할 수 없는 모험이란 건 알았었지만 그렇게 빡셀 줄은 몰랐었다. 쇠사슬을 두른 개가 조금이라도 늦게 나타났더라면 어땠을까? 생각만으로도 온몸이 뜨겁게 달아올랐다. 꼬리를 물고 이어지는 온갖 기괴한 상상을 쉽게 떨쳐낼 수가 없었다. 쇠사슬을 두른 개가 그녀를 구하다니! 그러려고 한 것도 아닌데, 그리고 자기도 모르는 새에. 키의 말이 떠올랐다. 정말이지 기이한 가르침이 아닐 수 없었다.

위험한 도박

기사 에미코는 의자에 걸터앉아 자신의 검과 방패, 그리고 일곱 개나 되는 창을 살펴보고 있었다. 온종일 마상 창 시합이 열리는 날이었다. 그는 차분한 얼굴로 일어서서 자신의 전투마인 돈녀에게 갔다. 천막 뒤쪽의 말뚝에 매여 있던 거대한 말은 흥분한 듯 히힝 하고 울었다. 아마도 위험한 시합에 출전하게 된 걸 아는 모양이었다.

"털을 빗겨라!" 에미코가 명령했다.

파린은 즉시 솔을 들고 일어섰지만 마음은 아직 뒤숭숭했다. 매장꾼의 아들은 묵묵히 말의 털을 문지르며 빠진 털들을 걷어냈다. 그리고는 식물 뿌리로 만든 뻣뻣한 솔을 집어 들었다. 에미코의 말은 주인이 옆에 서 있을 때만 파린이 몸에 손을 대는 걸 허락했다. 그것도 마지못해. 파린이 팔을 뻗기만 해도 돈녀는 허세를 부리며 이빨을 드러냈다. 물론 콧구멍으로 바람을 뿜어내며 거친 숨소리를 내는 것도 잊지 않았다. 상냥함이라고는 도무지 찾아볼 수 없는 말이었다. 사실 돈녀는 에미코에게만 순했고 그를 제외한 모든 사람에게 까다롭게 굴었다.

고집쟁이 당나귀 같으니라고, 파린이 생각했다.

그러자 돈녀가 화난 얼굴로 파린을 쏘아보았다. 설마 생각을 읽는 재주라도 있는 걸까?

"내가 널 얼마나 좋아한다고, 돈너."

"쓸데없는 소리 그만두고 꼬리랑 갈기를 신경 써서 다듬도록!"

기사의 눈썹이 올라갔다. 무언가 위험한 기운이 끓어오르고 있었다. 파린은 어느새 기사의 심기를 곧바로 알아챌 만큼 그를 잘 알게되었다.

겁먹은 걸 들켜선 안 돼, 그가 겁에 질린 채 생각했다.

쓰던 솔을 내려놓고 굵은 나무 빗을 집어 들었다. 말꼬리의 끝자락을 단단히 잡고 털에 붙은 지푸라기와 잔가지들을 빗어 내렸다. 돈너는 흥분하여 파린 쪽을 향해 빙글 돌더니 분노 섞인 경고의 눈빛을 날렸다. 참을 만큼 참았다는 듯 몹시도 성가신 마부를 노려보는 것 같았다. 덩달아 돈너에게 화를 내 본들 좋을 게 하나도 없었다. 어차피 저보다 한참이나 지체 높으신 말이니까.

에미코도 같은 생각인 것 같았다. 그는 사람들을 대할 때와 달리자신의 애마에겐 끝없이 상냥해서 도무지 같은 사람처럼 보이지 않았다.

파린이 갈기 손질을 끝내자 다음 명령이 떨어졌다. "발굽을 제대로 청소하도록!"

"예, 기사님."

젠장! 차라리 용의 이빨을 닦아 주는 게 낫겠어.

그나마 파린이 명령을 따르는 동안 에미코가 뒷다리를 잡아 주어다행이었다.

"이제야 경기에 참가하시는 이유라도 있나요?" 파린이 물었다.

에미코는 잠시 스콰이어와 대화할 가치가 있는지 자문하는 것처럼 보였다. 마침내 그가 불만 가득한 말투로 입을 열었다. "주최자는 원래부터 8강 출전권을 얻는다." 에미코는 어깨를 들어 올리고 말했다. "나한텐 전혀 쓰잘머리 없는 규칙이지만."

"기사님은 시합을 별로 좋아하지 않으시는 것 같아요, 그렇죠?"

"나는 이 촌스러운 짓거리를 혐오한다. 명성과 평판을 위해 벌이는 싸움. 그게 무슨 소용이 있지?"

"명성과 평판…" 매장꾼의 아들은 생각 없이 입을 열었다가 곧바로 후회했다. 에미코를 쓸데없이 자극할 필요는 없었다.

"명성과 평판." 에미코가 같은 단어를 내뱉었다. "그게 정확히 뭘까?"

파린은 아무 대답도 할 수 없었다.

"난 어차피 최고의 기사야. 그런데 내가 왜 또 그걸 증명해야 하지?" 에미코가 투덜댔다.

겸손은 확실히 그의 장점이 아니었다.

에미코는 돈녀의 반대쪽 뒷다리를 잡았다. "대회는 본질적인 문제에 대한 백성의 관심을 다른 데로 돌리기 위해 만들어진 모의 전쟁일 뿐이야."

"만약에 패하시면 정말로 돈녀와 방패를 승자에게 넘겨야 하나요?"

"그게 규칙이다. 예전엔 검도 넘겼었지."

"하지만 어차피 기사님 말고는 누구도 돈녀를 다룰 수 없잖아요. 돈녀는 기사님 말고는 아무도 태우려고 하지 않으니까요." 파린이 편자 안에 박힌 이물질을 긁어내며 물었다.

"맞아, 그러다가는 꼬치에 끼워져 모닥불 위로 올라가는 신세가 될지도 모르지. 돈녀, 그러니까 잘해야 한다."

돈녀는 귀를 쫑긋 세웠다.

발 좀 가만히 들고 있어, 파린이 생각했다. 그 순간, 갑자기 눈앞이 환해졌다. 번개가 친 걸까? 아니, 그건 돈녀천둥이라는 뜻의 발길질이었다. 빌어먹을 말이 바로 천둥이었다.

"졸지 말고!" 에미코의 불호령이 뒤를 이었다.

기사의 기분은 점점 더 저기압으로 변해 가고 있었다. 어쩌면 아주 조금은 시합을 두려워하고 있는 걸까? 아니, 그런 건 상상조차할 수 없지. 분명 그를 괴롭히는 다른 문제가 있을 것이다. 도대체무슨 일로 맘고생을 하고 있을까?

파린은 긴장을 놓지 않고 최대한 집중하여 왼쪽 말발굽을 청소했다.

"어깨는 어떤가?" 에미코가 지나가는 말로 물었다.

"저는 다 괜찮습니다. 왜 그러시죠?" 파린은 멈칫하고 고개를 들었다. 그리고 곧바로 상황을 파악하고는 방금 내뱉은 말을 후회했다. 아니, 스스로 뺨이라도 한 대 치고 싶은 심정이었다.

"왜 나의 스콰이어가 창던지기 결승에 대해 나에게 한마디도 하지 않았을까? 나갔던 종목들 가운데 유일하게 어느 정도 그럴듯하게 치른 시합인데 말이지."

그의 말이 맞았다. 한참 고민한 끝에 파린은 망상의 끈질긴 제안을 거절하고 심판에게 가서 어깨 부상을 호소하며 결승에 기권했다. 따라서 예선에서 11위를 한 스콰이어가 결승에 오르게 되었다. 망상은 그의 머릿속에서 길길이 날뛰었다. '벌레, 낚시나 가지 뭐 하러 여기 있는 거냐!'라는 분노에 찬 한 마디를 남기고 그 후로는 한 번도 말을 걸어오지 않았다.

"자고 일어났더니 한결 좋아졌어요." 자신이 듣기에도 멍청하기 그지없는 답변이었다.

"마음에 안 들어. 내가 보기에 넌 자신을 지나치게 억누르고 있어. 난 방금 이 거지 같은 시합을 싫어한다고 말했지만 그래도 책임감 있게 행동하지. 적절치 못한 순간에 비겁한 것보다 더 끔찍한 일은 내 사전에 없다." 가시 돋친 말투가 그의 혐오감을 한층 강조했다.

파린은 말발굽을 다듬는 것도 잊은 채 대답했다. "하지만… 저는 겁쟁이가 아니에요."

"날 똑바로 봐라!" 에미코가 호통을 쳤다. "넌 나에게 충성을 약속했어. 거기엔 정직함도 포함되어 있다. 이제 말해라. 결승에 나갈 수 있었는가? '예', '아니오'로만 대답해라."

파린은 기사의 집요한 눈길에 용감하게 맞섰다. "예, 기사님. 어깨 부상은 핑계였습니다. 경기에 나가고 싶지 않았어요."

에미코의 눈은 여전히 분노하고 있었지만 광대뼈의 실루엣은 조금이나마 부드러워졌다. "그래도 솔직하긴 하구나. 내가 너를 비겁한 겁쟁이라고 여기지 않으려면 포기한 이유를 상세하게 털어놓아라."

목구멍으로 침 넘어가는 소리가 들렸다.

그 순간 슈툼멜과 드로그단이 나타났다.

"애송이 기사들을 상대로 이제 곧 경기가 시작됩니다." 드로그단이 너스레를 떨며 물었다. "준비되셨나요?" 어색한 분위기를 감지한 그가 에미코와 파린의 얼굴을 번갈아 살폈다. "기사님, 만족스러운 결과를 얻으시길…."

"나중에 보자!" 에미코가 파린에게 호통을 쳤다.

그래도 다른 동료들이 있는 데서 더 다그치지 않은 것이 얼마나 고마웠는지!

에미코의 첫 번째 상대는 카라노스라는 이름의 기사였다. 그는 알록달록한 갑옷을 입고 등장했는데 알려진 바가 거의 없는 인물이었다. 중앙에서 멀리 떨어진 가장자리 어딘가에 그의 천막이 있었다. 눈에 띄지 않는 작은 사각형 모양의 천막이었다. 그는 벌써 네 번의 경기에서 이겨 여러 마리의 말들이 천막 주위에 매여 있었다.

알려지지 않은 기사라 해도 절대로 얕잡아 봐서는 안 된다는 뜻이었다.

슈툼멜과 드로그단이 에미코 성주보다 더 긴장한 것 같았다. 드로그단은 가끔 기사가 너무 엄격하다며 불만을 토로하기도 했다. 하지만 파린은 성에서 지내는 동안 그가 에미코에 대한 무조건적인 충성심과 연대감을 가지고 있음을 알게 되었다.

"지금까지는 운이 좋았다는 걸 보여 주지." 에미코가 말했다. 파린은 그가 신발 신는 것을 도와주고 있었다. 여전히 언짢은 기분을 드러내는 말투였다. "저자가 여기까지 온 건 왼손잡이라 예상치 못한 방향에서 공격이 들어갔기 때문이야."

"흐르음." 슈툼멜도 그의 말에 확실히 동의한다고 말했다.

마지막으로 파린은 에미코의 손에 장갑을 끼워 주었다. 이제 무장이 모두 끝나고, 에미코가 철컥철컥 소리를 내며 돈너 쪽으로 갔다. 그의 동작은 유연함과는 거리가 멀었다. 특히 다리 부분의 갑옷 때문에 말에 오르는 게 쉽지 않았다. 사다리를 딛고 파린의 도움을 받아 마침내 그가 안장에 앉았다.

"창!" 에미코는 투구의 면갑을 아래로 내렸다. 끼익 소리가 났다.

파린은 양손으로 창을 하나 뽑았다. "아직 여섯 개가 남아 있습니다." 그가 말했다. 다른 기사들의 천막 앞에는 창이 수십 개씩 꽂혀 있었다.

"난 일곱 개 이상을 써 본 적이 없다."

아하, 그렇구나.

시간이 되었다. 전령관이 양쪽 기사의 이름을 불렀다. 에미코가 돈녀와 함께 경기장에 등장하자 객석에서는 함성이 터져 나왔다. 카라노스는 벌써 귀빈석 앞에 있었다. 에미코도 다가가 그의 옆에 나란히 섰다. 그리고 관중석에 모인 귀족들 앞에서 창을 높이 들었다. 전령관이 무기를 검사했다. 특히 창끝을 무디게 만들기 위해 씌운 작은 쇠붙이를 유심히 살폈다.

점검이 끝났다. "경기를 시작합니다. 올해의 주최자인 슈타인드라헨 성의 기사 에미코 대 이번 대회에서 파란을 일으킨 기사 카라노스."

둘은 관중들을 향해 방패를 들어 인사했다.

"더 뛰어난 자가 승리하기를!" 전령관이 큰소리로 외쳤다.

에미코는 말을 돌려 경기장 끝으로 갔다. 북소리가 울려 퍼졌다. 지금까지는 팡파르만 울렸지만 이제부터는 수많은 북이 쿵쿵 소리를 내며 긴장감을 한층 고조시키고 있었다. 커다란 팀파니 소리가 울리자 일순간 조용해졌다. 관객, 전사, 그리고 파린, 모두가 심호흡을 했다. 그리고 마침내 두 기사는 서로를 향해 내달리기 시작했다. 파린은 발아래 땅이 흔들리는 것을 느꼈다. 긴장한 나머지 아랫입술을 물었다.

두 마리의 말이 속도를 높였다. 기사들은 하늘을 향해 창을 세웠다. 지금까지 파린이 관찰한 것과는 사뭇 다른 모습이었다. 전사들은 대부분 말이 달리기 시작할 때부터 창을 상대방의 방패를 향해 수평으로 들곤 했다.

이제 둘은 서로 돌을 던지면 맞을 만큼 가까운 거리에 있었다. 카라노스가 천천히 창을 기울였다. 에미코 기사님은 뭘 하고 있는 거지? 그는 여전히 깃대를 들 듯이 창을 세워 들고 있었다. 이제 둘 사이의 거리는 20미터로 좁혀졌다. 어느새 카라노스의 창은 최적의 포지션을 취하고 있었다. 그제야 에미코도 창을 눕혔다. 이제 10미터.

제길, 기사님이 한발 늦었어. 카라노스가 있는 힘껏 기사님의 방패를 내리칠 거야. 그리고 마침내. 나무가 갈라지고 조각들이 사방으로 튀었다. 누군가의 창끝에 달려 있던 쇳조각도 소용돌이치며 날아갔다. 기사들은 이미 상대방을 뒤로하고 있었다. 양쪽 모두 아무 일 없었다는 듯이 아직 말안장에 앉은 채였다. 파린은 눈을 동그랗게 뜨고 둘을 바라보았다. 카라노스의 손엔 창이 없었다. 에미코의 창은 부러져 1미터 정도만 손에 들려 있었다. 새 창을 들고 두 번째 시합에 들어가겠군. 넋을 놓고 보고 있던 매장꾼의 아들이 정신을 차릴 즈음 사람들의 웅성거리는 소리가 들렸다. 카라노스가 두 손으로 안장을 부여잡은 채 천천히 왼쪽 오른쪽으로 흔들렸다. 그리고 마침내 말에서 떨어졌다.

"에미코의 승리!" 함성이 터져 나왔다.

의원과 하인들이 나타나 패자의 상태를 살폈다.

파린은 자랑스러웠다. 그의 기사가 첫 번째 경기에서 이겼다!

두 번째 경기도 비슷했다. 에미코의 주특기는 창을 유난히 늦게 수평으로 눕히고 창끝을 양옆으로 흔드는 것이었다. 그러면 상대방은 어느 쪽에서 공격을 받을지 전혀 예측할 수가 없었다. 벨텐 제국의 서쪽에서 온 나이가 지긋한 기사는 이미 스무 번이나 큰 시합에 출전한 경험이 있었다. 한 번도 최종 승자가 된 적은 없었지만 벌써 여러 번 8강에 올랐다고 했다. 오늘은 급기야 4강까지 올라온 강적이었다. 하지만 에미코의 적수는 못 되었다. 이번에도 단 한 번의 격돌에서 승부가 났다.

파린은 지금까지 에미코가 만난 두 명의 상대에게 동정심을 느꼈다. 에미코의 실력은 그들에 비해 월등했다. 그래도 둘은 갈비뼈 몇 개만 부러지거나 심각하지 않은 상처만 입고 시합을 마칠 수 있었다.

폐막식 전날 저녁이 되었다. 성의 식당은 사람들로 꽉 찼다. 배불뚝이 귀족들은 허리띠를 풀고 탁자 밑으로 편안하게 다리를 뻗은 채 하인들의 융숭한 대접을 받았다. 오늘은 에미코도 그곳에 있었다. 파린은 에미코의 뒤쪽 벽에 기대어 서서 식당에서 벌어지는 일들을 관찰하고 있었다. 몇몇 귀족들은 에미코가 얼마나 훌륭하게 대회를 준비했는지, 그리고 자신들이 얼마나 융숭한 대접을 받았는지 칭찬을 쏟아내느라 여념이 없었다. 그리고 유쾌하게 커다란 맥주잔을 들고 에미코를 위해 건배를 했다.

지게스문트 성의 고리안은 전혀 동의할 수 없다는 듯한 표정을 지었다. "내일 남부 지방 마상 창 시합의 진수를 보여 주지. 1회전에 곧바로 말 등에서 고꾸라지지 않는 것만으로도 운이 아주 좋은 줄 알아야 할 거요." 그가 테이블 맞은편에서 약을 올렸다.

갑자기 사방이 조용해졌다. 마치 모두가 이 순간을 기다리기라도 한 듯이.

에미코는 아무 말도 없이 포도주가 담긴 항아리를 식탁 위에 올렸다. "더 뛰어난 자가 승리하기를."

"암요, 그렇게 되겠지! 그대의 방패와 말이 기대되는군."

"고리안 대공, 하지만 나의 뛰어난 말 돈너를 얻으려면 대공께서 나를 이기셔야 할 텐데." 놀랍게도 에미코가 눈썹을 치켜뜨며 말했다. "그리고 그러기 위해서는 내가 패해야 할 테고요." 그의 말투는 차라리 하늘에서 은화가 비처럼 쏟아지길 바라라는 듯했다.

고리안은 애써 침착한 척했다. "그대와 달리 나는 강적들을 물리치고 결승까지 왔지. 말하자면 불세례를 뚫고 여기까지 온 셈이오. 오늘은 반더팔켄 성의 기사 바라보르를 상대로 승리했지. 그는 바로 작년 대회의 우승자요. 지금껏 내가 벨텐 제국의 제1기사인 건 우연이 아니지." 그가 잘난 척을 했다. "반면 그대의 상대들은 별 볼일이 없었지. 하나는 허접한 무명기사였고, 다른 한 명은 늙은이였으니까. 그런 상대들은 누구라도 꺾을 수 있지."

처음 듣는 얘기였다. 파린의 입이 쩍 벌어졌다. 고리안 폰 지게스문트가 제1기사였다니!

"내일이면 제가 벨텐 제국의 제1기사를 말에서 떨어뜨릴 것입니다. 쿵!" 에미코는 대수롭지 않은 듯 말했지만 파린은 그의 기분이 좋지 않다는 걸 느낄 수 있었다.

"에미코, 그대의 실력이 정말로 그리 뛰어난가?"

"뛰어나고말고요!"

"그렇게 확신하는가?"

"확신하고말고요!"

고요함을 깨고 몇몇이 킥킥 웃는 소리가 들렸다.

끓어오르는 분노를 억누르며 탐색하는 눈빛으로 고리안이 말했다. "그렇다면 그대는 아무것도 잃을 일이 없겠군. 더 큰 걸 걸면 어떤가?"

"말과 방패를 제게 넘기는 걸로 충분치 않다고 생각하신다면, 좋습니다." 에미코는 대수롭지 않다는 듯 두 어깨를 추켜세워 보였다.

"말과 방패… 그리고 우리의 성을 걸도록 하지. 슈투름바흐트와 지게스문트 성 말일세. 이 황량한 성을 걸게. 그러면 난 벨텐 제국 남쪽에서 가장 아름다운 성, 그리고 거기에 속한 모든 영지와 하인들을 걸겠네."

집광 렌즈에 빛이 모이듯 모든 이의 시선이 일제히 에미코를 향

166

했다.

그는 이제 어떻게 반응할까? 숨 막히는 순간이었다. 왜 이렇게 숨이 가빠오나 했더니 한동안 숨 쉬는 걸 깜빡했다는 걸 파린은 깨달았다. 고리안의 도발에 말려들지 않아야 할 텐데.

포도주 때문이었을까, 분위기 때문이었을까, 아니면 불편한 심기 때문이었을까. 어쨌든 에미코도 맞섰다. "좋습니다. 제1기사는 영원하지 않지요. 대공은 영원히 저를 말에서 떨어뜨리지 못합니다. 그러니 방금 대공은 귀한 성을 잃게 되었군요."

파린은 고리안의 음흉한 미소가 마음에 걸렸다. 뭔가 꿍꿍이가 있는 게 분명했다. 앞으로 펼쳐질 암울한 세상이 눈앞에 그려졌다. 무시무시한 세상이었다.

에미코가 패하면 파린도 패하는 것이다. 성의 새 주인 고리안은 아마 파린을 가장 먼저 쫓아낼 것이다. 어쩌면 그보다 더 심한 짓도 서슴지 않을지도 모른다.

징글징글이 이 정신 나간 도박에 대해 뭐라고 할지 궁금했지만 그의 머릿속은 쥐죽은 듯 조용하기만 했다. 악령이 이렇게 오래 토라질 줄이야.

저녁 내내 사람들은 왕의 제1기사와 에미코가 맞붙을 마상 창 시합 얘기만 했다. 성 전체가 이기거나 지는 창의 대결. 잠시 후 파린은 사람들의 떠들어 대는 소리를 더는 견딜 수 없어 자신의 방으로 돌아왔다.

바다

대회의 마지막 날이 곧 밝아 올 것이다. 엄청나게 중요한 날이. 에미코가 고리안 폰 지게스문트에 맞서는 날이. 양자 대결이 그토록 무모한 도박이 되다니. 이제 말과 방패가 아니라 성과 영지, 그리고 신하까지 걸려 있었다. 아무리 이길 자신이 있다 해도 어떻게 그런 제안을 받아들일 수가 있지? 또 다른 걱정은 어깨 부상을 핑계로 창던지기에 출전하지 않은 이유를 에미코에게 설명해야 한다는 사실이었다. '징글징글이 한 번 더 던지게 하고 싶지 않았어요.'라고 진실을 말한다면 답하기 힘든 또 다른 질문이 이어질 것이 뻔했다.

이런 고민에 바깥에서 들리는 왁자지껄한 소리가 더해져 그를 괴롭히고 있었다. 이미 자정을 넘은 지 오래였지만 고함 소리, 환호하는 소리, 꽥꽥대는 소리, 그리고 싸우는 소리는 잦아들기는커녕 점점 더 커지고 있었다. 대회 기간 동안 사람들은 잠을 아예 안 자는 걸까? 불편한 심기를 추스르려 파린은 힘없이 일어나 튜니카를 걸치고 신발을 신었다. 산책이라도 다녀오면 피곤해져 금방 잠이 들 수 있을지도 몰라. 그는 큰 보폭으로 경비병을 지나고 도개교를 건너 언덕을 내려갔다. 목적지는 따로 없었지만 침대에서 이리저리 뒤척이는 것보다는 그래도 낫겠지. 공기는 푸근하고 건조했다. 천막이 쳐진 풀밭 반대쪽에서 불어오는 바람은 상쾌했다. 조금 걷다가 새로 깔린 도로 가장자리에 놓인 통나무 위에 앉았다. 이곳에서 바라보니 풀밭은 횃불과 모닥불로 이루어진 빛의 바다가 되어 반짝이고 있었다. 간혹 움직이는 것들도 있었지만 대부분의 불빛은 같은 자리에서 밤하늘의 별처럼 빛나고 있었다.

갖가지 소리가 울려 퍼졌다. 고함, 비명, 우는 소리, 비웃음, 닭이 우는 소리, 웃음소리, 말의 울음소리. 이 모든 소리가 한꺼번에 뒤섞여 사람의 소리인지 동물의 소리인지 구별할 수도 없었다. 사람들이 저녁 내내 퍼마신 포도주와 맥주 탓이었다.

"잠이 안 와서 여기에 있나요?" 갑자기 그림자 하나가 나타났다.

파린은 흠칫 놀랐다. 소음 때문에 누군가 다가오는 줄도 몰랐던 것이다. "아! 예, 안녕하세요. 맞아요. 이 시간까지 떠드는 소리는 익숙하지 않거든요." 파린이 대답했다.

"옆에 앉아도 될까요?" 낯선 사내가 물었다.

"그럼요. 적적하지 않고 좋죠."

파린은 옆으로 비켜 앉으며 자리를 내주었다. 사내는 앓는 소리를 내며 걸터앉더니 허벅지 위에 팔꿈치를 올렸다. 파린은 호기심 어린 눈으로 그를 보았다. 달빛이 희미해서 제대로 알아보기는 힘들었다. 희고 듬성듬성한 머리카락, 얼굴을 뚫고 나온 듯 보이는 광대뼈, 헝클어진 턱수염. 그의 몸은 폭이 넓은 투박한 외투에 가려져 있었고, 발에는 회색 펠트 슬리퍼를 신고 있었다. 차림으로 보아 이성에 사는 사람인 게 분명했다.

그는 한동안 말이 없었다.

하지만 편안함을 주는 침묵이었기에 파린도 조용히 있다가 입을 열었다. "저는 파린이라고 해요. 에미코 기사님의 스콰이어죠."

노인은 아무 말도 하지 않았다. 잠이 들었나? 아니었다. 천막들을 바라보는 그의 작은 눈에 불빛이 반사되어 반짝였다.

파린은 인내심을 가지고 노인이 자신의 신상에 대해 어떤 말이라도 하기를 기다렸다.

"내 이름은 발단이네. 대회를 보러 왔지." 그가 입을 열었다.

"그동안 한 번도 뵌 적이 없었네요."

"두 시간 전에 여기 도착했으니까. 계획보다 하루 늦어졌네." 그리고는 자신의 무릎을 치며 말했다. "그런데 먼 여행 때문에 피곤한데도 잠이 오지 않는군."

파린에겐 직감이 있었다. 이 노인은 어딘가 수상했다.

"어디에서 오셨어요?" 노인이 대답하기 전 파린이 헛기침을 하며 말했다. "죄송합니다. 제 질문이 불편하시다면 대답하지 않으셔도 됩니다."

"아니, 아니오. 얼마든지 물어봐도 좋소. 내 고향은 나벤슈타인이오. 여기까지 오는 데 거의 2주나 걸렸지. 정말 먼 길이더군. 아마이 생애 마지막 긴 여행이 되겠지."

그렇게 말하는 그의 말투에는 비애가 아닌 만족이 묻어났다.

"나벤슈타인에는 한 번도 가 보지 못했어요." 파린이 말했다. "하지만 벨텐 제국의 수도이니, 그곳에 대해서는 참 많이 들었지요. 특히 바다가 있는 도시라고요. 맞죠?"

노인은 고개를 끄덕였다. "벨텐 제국에서 가장 큰 항구 도시지."

"언젠가는 꼭 바다를 보는 게 제 꿈이에요. 바닷물에 발을 담그고 파도를 느껴 보는 게…."

낯선 노인은 생각에 잠긴 얼굴로 파린을 바라보다가 입을 열었다. "바다는 나의 일상이고, 나의 친구지. 하지만 마치 적처럼 차갑고 가늠할 수 없어. 76년 동안 끊임없이 내 귓가에서 철썩이고 있지. 여기 앉아 있어도 그 소리가 들린다오."

파린은 그의 말에 흔들리지 않았다. 아니, 흔들리기는커녕 오히려 바다에 대한 동경과 야심이 되살아나는 느낌이었다. 파린이 공손히 답했다. "그렇겠네요. 사방이 바다이니 보이는 게 물뿐이겠죠! 하지만 저는 바다에 관해 기적 같은 이야기를 들었어요. 어떻게 그렇게 많은 물이 눈물처럼 짠맛이 날 수 있죠? 어떻게 수평선이 하늘과 하나가 될 만큼 거대할 수 있죠? 어떻게 그렇게 태고의 모습 그대로이면서 동시에 완전히 새로울 수 있을까요?"

노인은 말없이 파린을 한참이나 응시하더니 두 손은 무릎에 가지런히 얹고는 말했다, "그렇군, 젊은이는 내 말에 동의하지 않는군. 훌륭한 반론이야. 난 그걸 깨닫기까지 오랜 시간이 걸렸는데." 그리고 작은 소리로 껄껄 웃고는 말을 이었다. "대단한 성찰이로군. 놀랍소. 바다에 관해 깊이 생각해 본 모양이오. 바다에 꼭 가 봐요. 바다는 그대에게 오지 않으니까."

"언젠가 그러고 싶어요. 하지만 먼저 스콰이어인 제 본분을 다하고 나서요."

"에미코 기사님을 모신다고?" 노인은 마치 다음 질문에 대해 곰곰이 생각하는 것처럼 보였다. "기사님은 어떤 분인가?"

"굉장한 기사예요. 그리고 아주 좋은 성주님이죠. 저는 그분의 솔직함과 담백함에 늘 감탄하고 있습니다."

"그런 미덕을 꿋꿋이 지켜나갈 수 있는 이는 많지 않지." 그의 말은 확신에 차 있었다.

파린이 반박했다. "에미코 기사님은 그 얼마 안 되는 사람 중 하나예요. 매우 특별한 분이시죠."

"어떻게 그렇게 확신하지?" 노인이 조용히 물었다. 하지만 파린은 그의 호기심을 읽을 수 있었다.

"에미코 기사님을 강하게 하는 건 그를 따르는 기사들과 부하들에 대한 애정이에요. 가끔은 지나치게 직설적이고 무뚝뚝하지만 그들은 기사님을 위해서라면 불 속이라도 마다하지 않고 뛰어들 겁니다. 기사님이 항상 우리를 위하고, 스스로 하고 싶지 않은 일은 우리에게도 시키지 않으리라는 걸 아니까요."

"흔치 않은 일인 것 맞지만 엄청나게 놀랍지는 않군." 노인이 건조하게 대답했다.

"저는 매장꾼으로 일했어요. 매장꾼을 스콰이어로 임명한 기사가 있다는 얘기를 들어보셨나요?"

"무언가에 놀라기엔 난 너무 오래 살았소. 에미코의 행동은 언제나 극단적이어서 기존의 사회 구조에 대한 도발로 받아들이는 사람들도 있지."

"그 역시 보는 관점에 따라 다르죠. 귀족들의 관점에서 보면, 그 말이 맞습니다."

"내 말에 작은 일부분만 동의하면서, 그리고 다른 큰 부분에 대해서는 언급하지 않는 방법으로 내 말을 반박하는군."

파린이 작은 소리로 웃으며 말했다. "하하. 제 속을 훤히 들여다보시는군요? 전 외교적인 소질이 없어서요."

"괜찮소. 그건 오히려 칭송받을 점이지. 외교적 수완이 있는 사람들을 일컬어 흔히들 검은 백마를 탄다고 하지." 그는 입을 가리고 쿨럭쿨럭 기침을 하고는 말을 이었다. "젊은이의 기사님도 외교에 대해서 아주 간명한 태도를 갖고 있지. 그냥 간단히 무시해 버리기."

노인은 에미코와 예전부터 뭔가 특별한 관계인 것 같았다. 뭔가가 이상했다.

"이번엔 군말 없이 동의합니다. 방금 기사님의 말들을 하나하나 떠올려 봤어요. 기사님의 말 중에 검은 백마는 없네요. 저희 기사님을 얼마나 잘 알고 계시죠?"

"흐음, 어떻게 말하면 좋을까? 몇 번 만난 적이 있는 정도지." 그렇게만 말하고 노인은 무심하게 먼 곳을 바라보았다.

내 시선을 피하는 걸까?

파린은 대화의 주제를 바꿔야겠다고 생각했다. 터놓고 편히 말할 수 있는 평범한 주제로. "내일 마상 창 시합에서 에미코 기사님과 제1기사인 고리안 폰 지게스문트가 만나요. 전 벌써부터 흥분이 돼요. 둘은 자신들의 성을 걸었거든요."

"둘은 모두 굉장히 뛰어난 기사라네. 그리고 둘 다 자신만의 방식으로 무언가에 집착하고 있지. 그렇게 지나치다 싶을 정도로 집착하는 이유가 대체 뭔지." 노인은 정말로 주제를 바꾸고 싶은 모양이었다. "젊은이의 경기는 어땠지?"

"별 볼 일 없었어요. 뒤에서부터 등수를 매겼다면 아마도 제가 일등을 했을 거예요. 무예 시합에서는 시작한 지 몇 초 되지 않아 공격을 받는 바람에 정신을 잃고 실려 나간 첫 번째 스콰이어였고요. 그래서 검과 부클리예 실력을 겨루는 그다음 경기에는 출전도 못 했어요. 고리 걸기에서는 첫 번째 시도를 하기도 전에 말에서 떨어졌죠. 창던지기 예선에서만 10등 안에 들어 결승에 올랐어요. 어떻게 그럴 수 있었는지는 저도 모르겠어요. 하지만 어깨가 아파서 결승은 결국 포기했죠."

노인은 건조하게 웃었다. "자기 자신에 대해 솔직한 사람만이 다른 사람에게도 솔직할 수 있는 법이지. 나는 젊은이의 솔직함이 좋은데."

"실례지만 누구신지 여쭤봐도 될까요? 귀족이신 것처럼 보이는

174

데요."

"정말로 알고 싶소?" 얕은 신음이 대답보다 먼저 들렸다. "난 그저 허풍쟁이에 불과하오. 평생 목표를 위해서라면 어떤 속임수도, 거짓도 마다하지 않았지. 이제 그 짓거리에 넌더리가 난다오."

그때 그의 머릿속 저 뒤쪽 어딘가에서 킥킥거리는 소리가 들렸다. 망상이 대화에 끼어들고 싶은 걸까? 그렇지는 않은 것 같았다. 머릿속은 다시 조용해졌다.

파린의 얼굴은 천막들을 향해 있었지만 그의 눈동자는 옆에 앉은 노인을 곁눈질하고 있었다. 기이한 사람이었다. 갑자기 아멘 신부가 떠올랐다. 그가 지금껏 만난 가장 교활했던 인간. "혹시 신부님이신가요?"

노인은 파린 쪽으로 고개를 돌렸다. 웃음 띤 얼굴에 주름이 잡혔다. 그의 얼굴은 정말로 웃고 있었다. 무언가가 잡아당기기라도 한 듯 입꼬리가 서서히 올라가더니 마침내 큰 소리로 웃기 시작했다. "굉장해. 처음엔 내 말에 이의를 제기했고, 그다음엔 신생아보다 더 솔직하더니, 이젠 나를 신부라고 부르는군. 하하. 내가 아는 신부들을 잣대로 보면 정말 심한 욕이 아닐 수 없는데."

"무슨 말씀이세요?" 파린이 물었다.

"비밀을 지켜 준다면 얘기하지."

"매장꾼은 무덤만큼이나 입이 무겁죠."

"내 특별한 친구인 나벤슈타인의 대주교는 나보다 훨씬 더 끔찍한 인간이라네." 그는 키득거리며 말했다. "언젠가 어느 늙은 마녀가 그를 조심하라고 경고했지. 그런데 나는 그 말을 비웃었어. 하지만 이제는 그녀의 말이 맞았다는 걸 알게 되었지."

파린은 노인이 풍기는 특별한 기운에 빠져들었다. 그의 내면에 자리한 삶의 경험이 얼마나 굉장한 것인지 느낄 수 있었다. 변화와 발전에 대한 갈망, 어려운 일도 기꺼이 마주하겠다는 마음가짐, 그리고 그 결과를 달게 받겠다는 책임감이 고스란히 느껴졌다. 그리고 또 한 가지. 이따금씩 풍겨오는 느낌. 그러나 빼놓을 수 없는 미덕. 바로 회한이었다.

"얼마 전까지 저는 마녀나 악령 같은 건 믿지 않았어요." 자신도 모르게 튀어나온 말이었다.

"그런가?" 노인은 그 순간을 놓치지 않았다. "그런데 무엇이 그걸 가르쳐 주었나?"

"이 세상에는 단순히 말로 설명할 수 없는 현상들이 있으니까요."

"그걸 깨달으려면 일흔은 넘어야 하는데. 젊은이 나이가 어떻게 되나?"

"곧 열아홉입니다."

"그렇다면 그대는 벌써 나보다 훨씬 뛰어나군." 그 말은 노인의 진심처럼 들렸다.

"아닙니다. 그럴 리가요. 저는 그냥 눈과 귀를 열고, 배우고, 더 나아지려고 노력할 뿐이에요."

"아이고, 젊은이는 이미 굉장한걸. 여하튼 고리 걸기는 좀 더 노력한다면 나아질 수 있는 여지가 보여." 노인이 건조하게 대답했다.

파린은 웃을 수밖에 없었다. "네, 맞아요. 올라야 할 봉우리가 어디인지 아는 건 중요하죠."

"젊은이는 자기 생각을 정확하게 표현하는 능력이 있군. 매장꾼 출신이란 게 믿기지 않을 정도로. 젊은이라면 아가씨들의 마음을 휘저어 놓을 수 있겠는걸."

파린이 머쓱해져서 대답했다. "그럴 수도 있겠죠, 다만 여기서는 그럴 기회가 아예 없어서요."

노인은 조용히 웃고는 굽혔던 허리를 펴고 목덜미에 손을 얹었다. "미사여구보다 더 좋은 건 바로 그대가 내 비위를 맞추려고 맞장구치지 않는다는 것이오." 그리고 거친 숨을 몰아쉬며 말했다. "나에게 약속을 하나 하겠소, 파린?"

"저는 약속은 반드시 지키기 때문에 먼저 무슨 내용인지 알아야 합니다."

"현명하군. 내가 원하는 건 아주 간단한 것이오. 재물과 권력에 눈이 멀지 말아요. 그대의 자유분방함과 솔직함을 간직해요."

파린은 잠깐 생각하고는 고개를 끄덕였다. "네, 명심하겠습니다. 어차피 지금까지 제 삶에서 세속적인 재물은 그다지 중요하지 않았어요. 저는 가진 게 아무것도 없거든요."

"오, 그대는 부자라오, 스콰이어 양반." 노인은 주름진 손을 비볐다. "이제 여독을 풀려면 몇 시간만이라도 잠을 청해 봐야겠군. 고맙네, 즐거운 대화를 나눌 기회를 줘서."

"저도 감사드립니다. 안녕히 주무세요. 만나 뵙게 되어 반가웠습니다."

노인은 힘겹게 일어나 성문 쪽을 향해 언덕을 올라갔다.

'정말 기이한 사람이야.'라고 생각하며 파린은 노인의 사라져 가는 뒷모습을 바라보고 있었다. 왠지 모르지만 그에게 호감을 느꼈다. 매장꾼의 아들은 한참 동안 혼자 통나무 위에 앉아 있었다.

하필 그때 아니에타 생각이 났다. 처음엔 바다, 그리고 지금은 대장간 집 딸. 그리움으로 가득 찬 밤이었다. 문득 노인이 바다에 대해 했던 말이 생각났다. 노인은 사랑에 대해 뭐라고 말할까? 사랑은 진부한 것이지. 그의 목소리가 들리는 듯했다. 아니, 그는 그렇게 말하지 않을 것이다. 아마도 이렇게 말하지 않을까? '바다는 네가 받고 싶어 하는 만큼 주는 경우도 있지만 사랑은 그렇지가 않아.'

풀밭 쪽에서 여전히 떠들썩한 소음이 울려 퍼졌다. 모레가 되면 다시 고요가 찾아올 것이다. 이제 파린은 자신의 내면에 귀를 기울였다. 조용했다. 망상은 다시 꼭꼭 숨어 버렸다.

새 시대

놀라운 소식이 마치 4년 전 지진처럼 나벤슈타인의 지하 세계를 뒤흔들었다. 수확꾼의 우두머리가 누군가에게 암살당했다는 소식이었다. 등 뒤에서 찌른 기다란 비수에 몸통이 관통당한 채로 발견되었다. 같은 진영에서 배신자가 나왔다는 소문이 파다했다. 수확꾼들과 선반공들은 예전부터 서로를 의심했고 가끔 작은 충돌을 일으키기는 했지만 지금까지 상대의 영역을 깊숙이 침범하지는 않았다. 이제 악당들의 세계는 개편이 필요해졌다. 오늘 저녁에는 양조합에서 막강한 영향력을 행사하는 주요 인물들의 회의가 열릴 것이라고 했다. 권력 구조의 근본적인 변화가 결정되는 중요한 자리였다. 몇몇은 졸칸 대공이 새 조직의 우두머리가 될 것이라고 했고, 또 어떤 이들은 말도 안 된다고 반박하며 쇠사슬을 두른 개 같은 다른 인물들을 거론했다. 그들이 모이는 장소는 끝까지 비밀에 부쳐졌다. 하지만 아로스는 지하 세계 포주들의 만남이 이루어지는 장소가 어디가 될지 잘 알고 있었다.

나벤슈타인의 자랑, 우뚝 선 흰색 성당 탑이 지는 해를 반사하며 빛나고 있었다. 대성당은 여러 관점에서 이런 모임에 이상적인 장소였다. 뒤편의 공동묘지와 맞닿은 담을 넘지 않는다면 대광장을 가로지르는 것 말고는 접근로가 아예 없었고, 옆문이 하나 있기는 했지만 그 문을 잠가 놓으면 정문을 통하지 않고는 성당으로 들어갈 방법이 없었다. 따라서 방문객을 일일이 통제하기가 수월했다. 더욱이 성당의 중랑은 나벤슈타인의 넘쳐 나는 벌레들을 모두 수용할 수 있을 만큼 충분히 넓었다.

멀리에서도 대성당 입구에 길게 늘어선 사람들의 행렬이 보였다. 아로스는 오버슈타트로 가는 행인인 것처럼 멀찌감치 지나치며 그곳의 동태를 살폈다. 사내들은 모두 무기를 맡기고 입장했다. 수많은 검과 칼, 비수 등이 두 개의 산을 이루며 쌓여 있었다.

아로스가 인상을 찌푸리며 머리를 움츠렸다. 왜 구름이 몰려오지 않는 거지?

입구에서 백 미터쯤 떨어진 곳에 돌로 쌓아 만든 분수가 있었다. 아로스는 분수 앞에 자리를 잡고 앉았다. 평소에도 사람들이 모여 앉아 잠시 쉬거나 수다를 떠는 장소여서 눈에 띌 염려가 없었다.

그녀는 깊은 생각에 잠겨 바짓단을 올렸다 내리기를 반복하고 있었다. 평생 원피스만 입었던 그녀였다. 셔츠와 바지가 이렇게 편할 줄은 예상하지 못했었다. 다만 피부에 닿는 리넨의 감촉은 아직 낯설었다. 멋진 주머니가 달린 갈색 원피스가 조금은 그리웠다. 그래도 정찰병들에게 쫓기는 처지에 그걸 입고 도시를 배회할 수는 없는 노릇이었다. 남은 동전과 시간의 어금니는 허리춤에 찬 주머니에 보관했다. 키는 그녀에게 새 옷을 사 주었다. 그 정도면 과분했다. 키에게 더는 신세를 질 수 없었다.

머리까지 사내아이처럼 짧게 자른 아로스는 얼핏 보면 개구쟁이 꼬마처럼 보였다. 게다가 키의 도움으로 검은색으로 염색도 했다.

다시 하늘을 바라보았다. 아직도 하늘엔 구름 한 점 없었다. 바닷가에서는 순식간에 날씨가 변하기도 한다는 걸 그녀는 경험으로 알고 있었다. 그런 극적인 변화가 오늘 필요했다. 그녀의 환상 속에서 무섭도록 천둥 번개가 치는 장면을 보았기 때문이었다. 모든 포주가 벼락 맞아 죽어 버리기를 진심으로 바랐다. 하지만 번개가 치려면 먹구름이 몰려와야 했다. 점점 더 많은 사내가 대성당의 입구를 향해 몰려오고 있었다. 주위를 찬찬히 둘러보았지만 특별히 위험해 보이는 점은 없었다. 도시를 지키는 군인들은 다른 바쁜 일이라도 있는지 나타나지 않았다. 오늘은 이곳을 피해야 한다는 사실을 그들도 알고 있는 것 같았다.

아로스는 멀리서 대성당 입구의 북새통을 바라보고 있었다. 회의가 시작되기까지는 아직 시간이 좀 남아 있었다.

해가 졌다. 태양도 살인마와 학대자, 강도, 짐승만도 못한 존재들의 회의 따위를 보고 싶지 않은 게 분명했다.

아 참, 그게 아니라 자칭 백기사와 여자 사업가들이라고 했지.

시원한 바람이 불어왔다. 하지만 여전히 구름은 눈에 띄지 않았다.

내가 지금 여기서 뭘 하고 있는 거지?

자신의 환영과 미래에 대한 의심으로 문득 불안해진 그녀는 온몸이 뻣뻣해져 왔다. 아니면 피부에 닿는 리넨의 까끌까끌함 때문이었을까? 더 생각해 볼 틈이 없었다. 비쩍 마른 남자와 젊은 여자가 대광장을 지나 성당으로 걸어가는 모습이 눈에 들어왔기 때문이었다. 둘의 걸음걸이는 왠지 모르게 아로스의 시선을 사로잡았다. 한참이 지나서야 이해할 수 있었다. 사내는 마치 개처럼 여자의 목에 줄을 묶어 끌고 가고 있었다. 하지만 그것 말고도 뭔가가 이상했다. 아로스는 실눈을 뜨고 더 자세히 그들을 보았다. 여자의 걸음걸이가 눈에 익었다.

드디어 그들의 얼굴을 알아볼 수 있는 거리가 되었을 때 아로스는 호기심에 목을 쭉 빼고 그들에게 시선을 고정했다. 충격과 반가움이 그녀를 덮쳤다. 충격은 점점 커졌고 반가움은 목에 걸린 채였다. 예니! 그 젊은 여자는 바로 고아원의 옛 친구 예니였다. 고아원 원장은 마틸다와 예니를 같은 날 사창가에 팔아 버렸고 그 후론 예니를 볼 수 없었다. 그녀가 살아 있다! 그녀가 살아 있어서 너무 반갑고 기쁘다. 하지만… 어떻게 이럴 수가?

아로스는 더 자세히 보려고 온 신경을 집중했다. 분노에 몸이 떨렸다. 예니의 목에는 은색 고리가 걸려 있었고, 거기에 걸린 목줄의 반대쪽 끝은 사내의 손에 들려 있었다. 둘은 곧바로 대성당 입구로 향했다.

'예니!' 아로스는 예니의 이름을 부르려고 했지만 그다음은 어쩌지? 아무것도 할 수 없었다. 4번 부두에서 쇠사슬을 두른 개가 마틸다를 때렸던 그때처럼 정신이 혼미해졌다.

줄의 맨 끝쪽에 서 있던 남자가 웃으며 말했다. "헤헤, 어리버리 미치광이가 애인이랑 오고 있네."

어리버리 미치광이는 줄을 당겼다. 예니가 휘청거리며 그에게 쓰러졌다. "자, 뽀뽀!" 그가 명령했다.

분숫가에 앉은 아로스조차 예니가 사내의 뺨에 입을 맞추며 울고 있다는 걸 알 수 있었다. 다른 포주들은 어리버리 미치광이에게 공손하게 자리를 내주었다. 그의 서열을 짐작게 했다. 짐승만도 못한! 그가 예니와 함께 성당 안으로 사라졌다.

아로스는 분수의 돌처럼 굳은 채 멍하니 앉아 있었다. 인제 어쩌지? 그녀의 각본은 원하지 않는 방향으로 흘러가고 있었다.

내가 일부러 도시의 쓰레기들을 이곳에 모았어. 그런데 인제 어쩌지? 어떻게 해야 하지?

혹시 뭔가 착각을 했거나 환상을 잘못 해석한 건 아닐까? 그녀의 눈은 다시 하늘을 향했다. 오늘은 평소보다 빨리 어둠이 찾아왔다. 바람을 타고 순식간에 나타난 구름 때문이었다.

아로스는 결심이 서기도 전에 자리에서 일어났다. 상황이 달라졌다. 이제 예니가 대성당 안에 있었다. 그걸 알면서도 가만히 앉아서 천둥 번개가 치기만을 기다릴 수는 없었다.

쥐들의 여왕은 광장을 재빠르게 건너갔다. 대성당의 입구와 충분한 거리를 유지했다. 성당 입구에 줄 서 있는 사내들의 눈에 띄고 싶지 않았다. 공동묘지 담을 타고 넘으려면 어디로 가야 하는지는 잘 알고 있었다. 노파의 어금니를 잿더미 속에서 훔쳤던 그 날처럼 아로스는 몸을 최대한 낮추고 무덤 사이를 지났다. 목표는 측랑으로 통하는 서쪽 입구였다. 문을 향해 뛰려고 할 때 성당의 뒤쪽을 정찰하고 있는 두 사내가 눈에 들어왔다. 아로스는 마치 코를 파묻기라도 하듯 재빨리 무덤 아래로 엎드렸다. 그리고 한참을 쥐죽은 듯 기다렸다.

멀리서 목소리가 들렸다. "다시 정문으로 가자. 이제 모두 들어갔어."

두 사내는 사라졌다. 아로스는 두 눈을 번쩍이며 부리나케 서쪽 문으로 향했다. 거대한 빗장에 자물쇠가 잠겨 있었다. 키가 열쇠를 숨겨 둔 곳을 알려 주었었다. 고마워, 키. 입구에서 멀지 않은 곳에 돌로 만든 십자가가 삐딱하게 세워진 작은 무덤이 있었다. 손가락으로 비석 주위를 더듬자 열쇠가 손에 잡혔다. 그녀는 잔뜩 긴장한 채 열쇠를 자물쇠에 찔러 넣었다. 최대한 조용히. 아뿔싸! 빗장을 여는 소리가 요란하게 울려 퍼졌다. 콩닥이는 심장 소리를 들으며 문을 밀어 열자 성당을 가득 채운 사내들의 목소리가 들렸다. 천만다행이었다. 아무도 문이 열리는 소리를 듣지 못한 것 같았다.

아로스는 재빨리 안으로 들어가 잔뜩 긴장하여 차가워진 손으로 문을 닫았다. 측랑엔 그녀 혼자뿐이었다. 나벤슈타인 지하 세계의 악당들은 중랑에 집결해 있었다. 쥐들의 여왕은 저 꼭대기 천장을 올려다보았다. 지붕 양옆으로 종탑이 솟아 있었고 아름다운 조각품으로 장식된 구름다리가 양쪽 종탑을 연결하고 있었다. 우선 그곳에 올라가 상황을 파악하는 게 좋을 것 같았다. 어차피 그녀에겐 선택의 여지가 없었다.

좁은 나선 계단이 서쪽 종탑 위로 향해 있었다. 나선 계단을 반쯤 오르자 반대편 종탑으로 연결된 구름다리가 나왔다. 아로스는 몸을 낮추고 다리의 한가운데까지 기어가 조심조심 아래를 내려다보았다. 건달들은 대부분 제단 뒤쪽에 모여 있었다. 쇠사슬을 두른 개, 잘생긴 졸칸 대공, 그리고 어리버리 미치광이. 의자의 첫 줄과 제단 사이에 예니가 있었다. 그녀는 마치 개처럼 미치광이 앞쪽 바닥에 주저앉아 있었다.

차분한 목소리가 울려 퍼졌다. "오늘부터 우리는 적대 관계를 멈추고 힘을 모으기로 하였습니다. 이로써 우리의 영향력은 그 어느 때보다도 강력해질 것입니다." 성당 안의 메아리는 졸칸 대공의 목소리에 더 큰 신뢰와 힘을 선사했다. 그가 양손을 비볐다. 하지만 그는 이제 마찰로 인한 손실을 원하지 않았다.

대다수의 사내가 환호성을 지르며 동의를 표했다.

"우리가 협력하면 우리는 왕과 귀족들에게 더 큰 힘을 행사할수 있습니다. 그러면 필연적으로 그간 골칫거리였던 보초병들 역시 우리의 사업 활동을 너그럽게 대해야 한다는 걸 깨닫게 될 것입니다."

아로스는 졸칸의 말을 정확히 이해할 수 없었다. 하지만 대략 '함께하면 더 강해진다.' 정도로 이해할 수 있을 것 같았다. 그의 표현력은 정말로 놀라웠다.

"우리 모두 승자가 될 것입니다. 우리의 사업은 더 많은 이익을 창출할 것이기 때문입니다. 내 생각으로 이에 대해서는 이견이 없을 것 같습니다."

"옳소!" 누군가가 외쳤다. "문제는 누가 우리의 대표가 되느냐는 것이오."

아로스는 깜짝 놀라 위를 올려다보았다. 그녀의 머리 위로 후두둑 소리가 났다. 아직은 비만 내리고 있다는 사실에 안도감이 몰려왔다. 다시 몸을 낮추고 서쪽 탑으로 돌아왔다. 계속해서 계단을 따라 오르면 종탑 꼭대기로 올라갈 수 있었다. 딱히 어쩌겠다는 뚜렷한 목표도 없이 그녀는 위로, 위로 올라갔다. 성벽만큼이나 두꺼운 들보가 가로질러 있었다. 기둥 역할을 하는 목재는 새로 만든 것 같았다. 기술자들이 최근에 보강한 기둥이 분명했다. 구조물의 한가운데에 종이 매달려 있었다.

정말 거대해, 아로스는 생각했다. 한가운데 달린 추만 해도 나보다 크잖아.

종이 매달린 나무 들보는 길이가 3미터나 되었다. 두꺼운 밧줄이 종에 매달려 바닥에 뚫린 접시만 한 크기의 구멍을 지나 입구 쪽으로 내려져 있었다. 그곳에는 종지기가 종을 칠 수 있도록 두 개의 움푹 팬 공간이 마주 보듯 자리하고 있었다.

지금 내가 여기서 뭘 하려는 거지? 어쨌든 가만히 앉아 있으면 예니를 구할 수 없어.

번개가 쳤다. 순간 육중한 목재는 구멍이 숭숭 뚫린 해면처럼 보였다. 이어 천둥소리가 들렸다. 대성당 너머에서 들리는 소리였다.

중랑에 매달린 샹들리에의 촛불이 희미하게 흔들리는 가운데 아로스는 일꾼들이 놓고 간 망치를 발견했다. 그녀의 머릿속에서 퍼즐 조각들이 맞춰지고 있었다. 하지만 그중 몇 조각은 도무지 맞아떨어지지 않았다. 머릿속은 여러 가지 생각들로 뒤죽박죽이었다.

제길! 퍼즐을 맞추는 게 언제부터 내 임무라도 된 건가? 왜 하필 내가 이딴 일을 해야 하는 거지? 무언가에 이용당하고 있는 건 아닐까? 하지만 누가 나를 이용한다는 거지? 운명이? 우연이? 신이? 사탄이? 졸칸을 찾아가 쓰레기들이 이곳에 모일 수 있도록 판을 짠건 그녀 자신이었다. 하지만 오늘 저녁의 상황은 그녀의 뜻과는 무관하게 엉뚱한 방향으로 흘러가고 있었다. 그러니까 흙투성이 발 아로스, 쥐들의 여왕은 들러리였을 뿐이란 말일까. 설마 그렇지는 않을 것이다. 어쩌면 그녀는 특별히 선택받은 존재일지도 모른다. 앞장서서 쓰레기들을 해치우도록. 다시 번개가 치고 잠시 후 천둥이 울렸다. 뇌우가 물러가고 있었다. 벼락이 성당에 떨어지지 않는다면 대체 환상 속 장면은… 뭐가? 아니면 누가?

좋아, 그렇다면! 아로스는 결심한 듯 망치를 들었다. 모루만큼이나 큰 망치여서 양손으로 간신히 들어야 했다. 한 번, 두 번. 멀리서 들리는 천둥소리와 가까운 곳에서 들리는 사내들의 고함이 다른 모든 소리를 압도하고 있었다. 그녀는 지금 누구의 계획을 따르고 있는 걸까? 아니, 계획이라는 게 있기는 한 걸까? 그 순간 환영 속에서 들었던 소리가 실제로 들렸다. 아로스는 너무 혼란스러운 나머지 망치를 내려놓았다. 제기랄! "오르칸, 오르칸!"이 아니었네. 그녀가 착각했던 것이었다. 그들은 "졸칸, 졸칸!"을 외치고 있었다. 선반공 우두머리의 꿈이 이루어지기 직전이었다. 사내들은 그를 쓰레기들의 우두머리로 추대했다. 뭐, 백기사라고 했던가? 푸하!

그녀는 다시 구름다리 쪽으로 갔다. 오, 안 돼. 시간이 별로 없었다. 그녀의 백일몽에 또 무엇이 보였던가, 아니 들렸던가. 종소리! 무기력하게 엎드린 예니의 모습이 아로스를 재촉했다. 생각할 겨를도 없이 그녀는 종탑으로 돌아가 밧줄을 타고 내려갔다. 깡마른 체구의 그녀가 밧줄이 통과하는 구멍을 간신히 통과했다. 부드러운 종소리가 울렸다. 그녀의 체중이 만들어 내는 소리의 최대치였다. 하지만 그 정도로 충분했다. 종소리는 아름답게 장식된 창문 이쪽 저쪽에 부딪히며 성당 안에 울려 퍼졌다.

행운을 빈다, 아로스. 최대한 조용히 숨어 있으려던 계획과 달리 종을 울려 버렸어. 이보다 더 요란하게 자신의 등장을 알리는 법이 있을까? 마지막 1미터쯤 남았을 때 그녀는 줄을 놓고 폴짝 뛰어내려 착지했다. 시간이 없었다.

"저건 또 뭐야?" 누군가가 외쳤다. 물론 호의적이지 않은 목소리였다.

"어서, 저 아이를 잡아!" 다른 누군가가 명령했다. 졸칸의 목소리가 틀림없었다.

아로스를 쫓을 필요는 없었다. 그녀는 정문을 지나 광장으로 내달리지 않고 당당하게 사내들 한가운데에 섰다. 그 모습이 마치 개구쟁이 같기도 했고 어찌 보면 요정 같기도 했다. 거의 모든 이들이 중앙 통로 왼쪽, 오른쪽에 배치된 좌석에 그대로 앉아 있었고 중앙 통로는 비어 있었다.

포주들은 침착하게 그녀 뒤로 가서 도망칠 길을 막았다. 이제 도망치기엔 너무 늦었다.

졸칸은 약 2미터 높이의 설교단 위에 서 있었다. 그 자리는 성당 안 곳곳을 한눈에 파악하기 좋은 자리였다. "그놈을 잡아서 앞으로 데려와." 그가 외쳤다.

손 하나가 그녀의 팔을 잡아챘고 다른 하나가 그녀의 어깨를 움켜쥐었다. 두 사내가 거칠게 그녀를 끌고 설교단 쪽으로 걸어갔다.

졸칸은 허리를 굽혀 아로스를 바라보더니 다시 말했다. "저 **계집**을 앞으로 데려와! 어서 와, 흙투성이 발 아로스!"

모여든 사내들이 웅성대기 시작했다. 아무도 지금 일어나고 있는 일을 설명하지 못했다. 저 아이는 어디서 나타난 거지? 그리고 이름이 뭐? 흙투성이 발 아로스? 아무리 봐도 전혀 눈에 띄지 않는 소녀, 하지만 엄청난 현상금이 걸린 아이. 대체 어떻게 성당 안으로 들어온 걸까? 그리고 종은 또 왜 친 거지? 분위기가 점점 험악해지고 있었다. 서로를 조금도 신뢰하지 않는 사람들이 모인 가운데 설명하지 못할 사건이 일어나자 불안은 증폭됐다.

아로스는 졸칸 대공의 적개심이 점점 커지고 있다는 걸 느낄 수 있었다. 자신의 지도력을 증명해 보일 첫 번째 적절한 기회가 왔다. "조용!" 그는 큰소리로 외치며 아로스에게 다가갔다. "굉장한 등장이군. 아주 감동적이었어. 하지만 여긴 초대된 사람들만이 들어올 수 있는 자리야. 그리고 네 이름은 명단에 없어."

무슨 대답이든 해야 했다. 하지만 그녀의 입에서는 대답 대신 쥐처럼 끙끙거리는 소리만 희미하게 흘러나올 뿐이었다.

두 남자가 제단 옆 오른쪽으로 그녀를 끌고 갔다. 졸칸을 보려면 그녀는 목을 움츠려야 했다. 사내들은 그녀를 그대로 움켜쥐고 있었다. 그중 하나가 그녀의 바지춤을 더듬었다.

"무기는 없습니다."

"놓아주거라." 졸칸이 명령했다. "외톨이 소녀 하나가 나벤슈타인을 지키는 세력의 모임 한가운데에서 쉽게 도망칠 수는 없지."

"죽여라!" 첫 줄에 앉은 사내가 소리쳤다. "저 계집이 우리 얼굴을 다 봤어!"

"네 못생긴 얼굴 따위는 아무도 관심 없다고." 아로스의 코앞까지 다가온 어리버리 미치광이가 말했다. "하지만 네 말이 맞아. 여기

몰래 숨어들어 온 발칙한 행동만으로도 피 맛을 보게 해 줘야 마땅하겠지. 우리의 명성에 금이 가게 한 거니까."

"아니, 모가지를 비틀어 버리자고. 눈알이 굴러떨어지는 편이 훨씬 재미있잖아."

수확꾼과 선반공, 양편의 살인에 대한 철학은 아직 하나로 어우러지지 못하고 있었다.

"어찌 되었건 죽을 목숨이야." 졸칸이 양손을 모았다. 그리고 부드럽게 말을 이었다. "먼저 알아야겠다." 그는 설교단 난간 위로 허리를 굽혔다. "네가 원하는 게 뭐지? 어떻게 도와주랴?"

정적이 흘렀다. 모든 시선이 일제히 눈에 띄지 않는, 아무런 무기도 없는 어수룩한 소녀에게 꽂혔다. 아로스는 깊이 숨을 들이마시고 자신의 목소리를 다시 찾으려 애썼다. "종을 치려고 했어요. 나벤슈타인의 새 시대를 알리려고요."

광기 어린 웃음소리가 울려 퍼졌다. 성당 안에 있는 모든 사내가 일제히 웃어 재꼈다. 거칠고 더러운 웃음이었다.

"종소리라니 아주 괜찮은 생각이군." 뒤쪽에서 누군가가 소리쳤다. "새로운 조직을 하느님의 은총으로 확인하는 거야. 우리가 사랑하는 이 도시의 만백성이여 들으라, 새 시대가 열렸다!"

"야아! 나벤슈타인은 우리에게 더 순종하고 우리를 더 두려워하게 되리라!"

그들의 목소리는 점점 더 흥분하고 있었다. "할렐루야! 주님은 우리의 편. 종을 울려라. 우리의 새로운 대장 졸칸을 위하여. 우리 조직을 위하여!"

"우리를 위하여!" 여기저기에서 함성이 울려 퍼졌다.

"졸칸을 위하여!"

하늘도 기쁨을 표하려는 걸까? 천둥 번개가 무섭게 치기 시작했다. 아니면 그건 불쾌함의 표현이었을까?

여러 명의 사내가 입구 양쪽으로 모여들어 밧줄을 당기며 경중경중 뛰고 있었다. 그중 하나는 쇠사슬을 두른 개였다. 귀가 먹먹해질 만큼 큰 종소리가 마구 울려 퍼졌다.

아로스는 고개를 돌려 예니를 바라보았다. 그녀는 여전히 어리버리 미치광이 근처 돌바닥에 엎드려 있었다. 무슨 일이 일어나든 상관없다는 듯 흐릿한 눈으로 허공만 응시한 채였다.

나벤슈타인 대성당 종탑에 매달린 두 개의 종이 끊임없이 고통의 울림을 세상에 퍼뜨리고 있었다. **비이잉! 배애앵! 비이잉! 배애앵!** 아로스에게는 고통의 울림이었고 포주들에게는 그들의 승리, 그들의 권력을 만천하에 알리는 소리였다.

졸칸은 손을 들어 무언가 말했지만 종소리에 묻혀 들리지 않았다.

비이잉! 배애앵! 쿠다당! 배애앵! 배애앵!

종 하나가 떨어졌다. 아로스의 몸이 떨렸다. 때가 왔다!

졸칸이 큰소리로 외쳤다. **"저 멍청이들을 멈추게 해! 조용히!"**

종소리는 멈췄다. 남은 울림만이 서서히 사그라지고 있었다.

사내아이 차림의 아로스가 재빨리 제단 위로 뛰어올랐다. 모두가 그녀를 노려보았다.

"뭐야?" 졸칸이 살무사처럼 날카롭게 외쳤다. 그는 다른 사람에게 시선이 빼앗기는 걸 참지 못했다.

아로스는 두 팔을 활짝 펼쳐 들고 외쳤다. "그렇다! 새 시대가 도래했다!" 어디에서 그런 단호함이 나온 건지 아로스 자신도 놀라웠다. 그건 분노 때문이었을까? 그랬다. 예니를 보는 것만으로도 분노가 단호함과 용기에 불을 지폈다. 아로스는 놀라운 열정으로 선전 포고했다. "다만 종소리는 너희들의 영광이 아닌 너희의 죽음을 알리는 신호이다. 나, 흙투성이 발 아로스, 쥐들의 여왕이 너희 모두를 죽게 하리라!"

웃음소리는 점점 더 거칠어지고, 점점 더 더러워졌다.

"저 계집을 제단에 바쳐야겠군!"

"먼저 바닥에 눕혀!"

"갈가리 찢어!"

하지만 어디선가 들려온 콰르릉 소리가 그들의 외침을 압도했다. 사내들이 일제히 놀라 위를 보았다. 예상치 못한 일이 밀어닥치고 있었다. 그건 벼락 치는 소리가 아니었다.

"**밖으로! 밖으로!**" 졸칸이 외치며 2미터 높이의 설교단에서 뛰어내렸다. 착지는 썩 순조롭지 않았던 모양이었다. 그는 바닥에 보기

좋게 고꾸라지고 말았다. 그의 잘 다듬어진 손톱도 한두 개쯤 부러졌겠지, 아로스가 그를 바라보며 생각했다.

아로스는 그 순간을 놓치지 않고 제단에서 뛰어내려 예니에게 달려갔다. "예니! 예니! 괜찮아? 정신 차려!"

초점을 잃은 두 개의 눈이 멍하니 어딘가를 응시하고 있었다. 호흡할 때마다 가슴이 위아래로 움직이는 것만 빼고 그녀는 시체와 다름없었다.

어리버리 미치광이가 고개를 돌려 아로스를 향해 으르렁거렸다. "건들지 마! 숨통을 끊어 놓을 테다!" 그는 손에 들고 있던 줄로 아로스의 목을 조르려고 했다.

콰과광! 그 순간 굉음이 모든 걸 삼켰다. 지금까지 들어본 그 어떤 소리와도 비교할 수 없는 굉음. 엄청난 위력을 지닌 무언가가 중랑 위 지붕을 강타했다. 나무가 부서지고, 유리와 도자기와 돌과 모든 것이 동시에 갖가지 소리를 내며 무너져 내렸다. 쿵! 쨍그랑! 쾅!

어리버리 미치광이는 화들짝 놀라 들고 있던 줄을 놓쳐 버렸다. **"종탑이야!"**

눈치가 제법이군. 서쪽 종탑이 무게를 이기지 못하고 대성당의 지붕 위를 냅다 덮친 것이었다.

졸칸 대공이 아로스의 옆에 나타났다. 그는 놀랍도록 침착한 자세로 무너져 내리는 지붕을 바라보았다. 그리고는 고개를 돌려 민을 수 없다는 표정으로 아로스를 노려보았다.

그를 쳐다보고 있을 시간은 없었다. 아로스는 정신없이 한 손으로 예니의 목에 걸린 줄을, 다른 한 손으로 그녀의 손을 잡고 외쳤다. "**예니! 빨리 와!**"

"내 사아랑!" 다 죽어가는 어리버리 미치광이의 목소리였다. 어느 틈에 그가 예니에게 다가와 그녀를 덮쳤다. "괜찮아, 내가 널 보호해 줄게."

시간이 없었다. 너무 늦었다. 다른 이들이 공포에 휩싸여 밀치고 밀리며 출구를 향해 달려가는 동안 자신의 운명에 순응한 채 바라만 보고 있는 졸칸에게도, 어리버리 미치광이에게도, 다른 모두에게도. 지붕이 무너져 내리며 출구를 덮쳤다. 예니에게도 너무 늦어 버렸다. 아무도 여기에서 살아서 걸어 나갈 수 없으리라.

아무도?

중랑 지붕의 대들보가 갈라지는 굉음이 성당의 구조 덕분에 한층 증폭되며 울려 퍼졌다. 산 하나가 저 높은 곳에서 뚝 하고 떨어진다면 그런 소리가 났을까?

아로스의 얼굴에 눈물이 흘러내렸다. 친구를 구할 수 없었다. 마치 한 마리의 문어처럼 어리버리 미치광이가 예니를 덮친 채 그녀의 몸을 휘감고 있었다. 모든 게 끝났다. 아로스는 마지막으로 예니의 손을 쓰다듬고 잡은 손을 놓았다. 그리고 제단 뒤로 달려가 엎드렸다. 육중한 돌들이 발 앞으로 떨어졌다. 재빨리 몸을 낮춰 엉덩이로 1미터쯤 미끄러져 화강암 덩어리에 뚫린 작은 공간 안으로 피했다. 좁은 공간에 완전히 몸을 숨기려고 그녀는 목을 최대한 움츠리고 무릎을 최대한 굽혀 가슴에 바짝 붙였다. 뱃속의 태아처럼.

대들보와 기왓장과 벽을 가렸던 널빤지와 회벽과 돌멩이들이 비오듯 쏟아져 내렸다. 벽이 무너져 내리며 바닥에 부딪혀 파편이 사방으로 튀었고 그중 일부는 그녀의 은신처 안까지 튀어들었다. 사내들의 입에서는 날카로운 죽음의 비명이 터져 나왔고 뼈가 부러지는 소리, 무거운 돌이 몸에 맞으며 울리는 둔탁한 소리와 돌바닥에 부딪히는 날카로운 소리가 새로운 시대의 몰락을 강렬하게 알리고 있었다.

바로 머리 위에서 나는 큰 소리에 아로스는 소스라치게 놀랐다. 지붕 일부가 곧바로 제단 위로 떨어졌지만 신의 제단은 무사했다. 아로스 곁으로 돌멩이와 파편이 와르르 쏟아졌다. 먼지가 한바탕 소용돌이치자 정신이 혼미해졌다. 아로스는 셔츠 소매를 입에 대고 리넨 천 사이로 숨을 쉬었다.

그야말로 생지옥이 따로 없었다. 아로스는 환영을 본 뒤 번개가 끔찍한 사건들의 시작을 알릴 거라 추측했지만 사건을 일으킨 건 바로 그녀 자신이었다. 아로스는 종을 지탱하는 지주를 치워 버리는 데 사용한 무거운 망치를 떠올렸다. 나머지는 멍청이들이 스스로 종을 치며 일으킨 일이었다.

마지막 덜커덕 소리가 멈췄다. 아로스는 제단 아래에 꼼짝없이 간혔다. 발을 뻗어 부서진 잔해를 한쪽으로 밀어냈다. 커다란 돌덩이가 앞을 막고 있었다. 걸쳐진 거대한 목재는 조금도 움직이지 않았다. 온 힘을 다해 버둥거리자 옆쪽으로 작은 틈이 생겼다. 쥐 한 마리가 간신히 지나갈 만한 틈이었다. 아로스는 그 틈에 간신히 몸을 끼워 넣었다. 예니를 구하려고 했던 바로 그 자리에 부서진 잔해들이 잔뜩 쌓여 있었다. 상상하고 싶지 않았지만 잔해 아래 짓이겨진 시체의 모습이 머릿속에 그려졌다. 그래도 어리버리 미치광이와 졸칸 대공도 함께 처치할 수 있었으니 그나마 위안이 되었다.

여전히 소매로 입을 가린 채였지만 기침이 멈추지 않았다. 숨을 쉴 때마다 가슴이 고통을 호소했다. 코를 스치는 차가운 바람에 숨쉬기가 조금 나아졌다. 그제야 자신의 얼굴이 눈물범벅이라는 사실을 깨달았다. 위를 올려다보았다. 지붕은 사라지고 없었다. 비는 그쳤고 자욱한 안개와 구름뿐이었다. 그리고 천국 같은 고요함.

한때 위엄을 뽐내던 대성당의 중랑은 이제 폐허 더미로 변했다. 자욱한 먼지가 만들어 내는 짙은 안개 속에서 아무것도 보이지 않고, 숨을 쉬기조차 힘들었다. 그녀는 그르렁거리는 숨소리를 내며 한때 나벤슈타인의 자랑이었던 대성당 바닥을 엉금엉금 기고 있었다. 무릎과 손바닥 아래에 잔재들이 느껴졌다. 조각상의 잔재, 납유리의 잔재, 서까래의 잔재, 벽의 잔재, 회칠의 잔재, 그리고 인간의 잔재. 코 바로 아래에 두 개의 눈이 원망의 눈초리로 그녀를 바라보고 있었다. 말을 탄 귀족의 얼굴이 그려진 알록달록한 벽화, 키가 그린 그림.

미안해 키. 나랑 얽히면 네 그림들은 불행해지는구나.

정문 앞의 거대한 그림자에 아로스는 소스라치게 놀랐다. 정신을 차리고 보니 그것은 동쪽 탑이었다. 아무 일도 없었다는 듯이 그 자리에 서 있는 동쪽 탑. 밧줄이 드리워져 있던 자리. 그곳에 쇠사슬을 두른 개의 시체가 널브러져 있었다. 사방에서 목소리가 들려왔다. 종소리, 붕괴, 죽어가는 사람들의 절규. 나벤슈타인 전체가 거리로 나와 사건이 일어난 현장으로 가까이 다가왔다. 여기서 벗어나야 했다. 숨을 쉴 수 있는 공기가 필요했다. 무언가가 움직였다. 쇠사슬을 두른 개의 팔이 파르르 떨렸다. 이 더러운 자식이 아직 살아 있는 걸까? 그녀는 왜 놀랐을까?

마치 무덤을 뚫고 나오는 시체처럼 쇠사슬을 두른 개의 몸이 잔해 사이를 비집고 일어났다. 이 비극의 현장에서 살아남을 수 있는 장소는 딱 두 곳. 제단 아래와 동쪽 탑 아래였다. 또 다른 한 남자가 누워 있었지만 그는 움직이지 않았다.

놀란 사람들의 목소리가 점점 가까워지고 있었다. 먼지구름 때문에 여전히 시야에는 아무것도 들어오지 않았다.

입구 쪽에서 쇠사슬을 두른 개가 비틀거리고 있었다. 아로스는 서둘러 그에게 다가갔다.

"선착장!" 그녀가 그에게 외쳤다. "선착장으로!"

자신이 가장 좋아하는 장소에서 아로스는 그를 기다렸다. 여기에서 모든 것이 시작됐다. 여기에서 모든 걸 끝낼 것이다.

어둠 속에 인간의 형상이 나타났다. 쇠사슬을 두른 개였다. 그의 손가락에는 피가 뚝뚝 떨어지고 있었다. 다시 천둥이 쳤다. 번개가 번쩍일 때마다 그가 가까워지고 있었다. 끔찍한 얼굴이었다. 두 뺨은 회벽처럼 창백하고 이마와 코는 핏자국으로 얼룩져 있었다. 그는 다리를 절었고, 무릎의 쇠붙이와 다리의 쇠사슬 옷은 피와 때가 범벅이 되어 말라붙어 있었다.

이제 도망칠 곳은 없었다. 정신 나간 사람처럼 스스로 막다른 골목으로 도망친 것이었다.

쇠사슬을 두른 개가 분노를 터트리며 울부짖었다. **"네가 나를 배신했어! 네가 졸칸에게 나의 계략을 발설했어! 어떻게 알았지? 너를 갈가리 찢어 버리겠다!"** 그는 아로스의 목을 향해 팔을 뻗어 붙잡으려 했다.

아로스는 재빨리 피하며 선착장 끝으로 뒷걸음질 쳤다. 쇠사슬을 두른 개가 분노에 찬 얼굴로 아로스에게 다가왔다. 그때 소녀가 한 행동은 그 누구라도 믿을 수 없는 것이었다. 공격! 무기 하나 없이 맨손으로. 오로지 그녀의 방식대로. 앞으로 두 걸음 다가선 아로스는 온 힘을 다해 짐승의 부상당한 무릎을 걷어찼다. 자신의 이름에 딱 어울리게, 쇠사슬을 두른 개가 낑낑대며 비틀거렸다.

지금이 아니면 영원히 기회는 없어, 매일매일 군중들 틈바구니를 비집고 도망 다니며 연습했던 방법. 아로스는 쇠사슬을 두른 개를 엉덩이로 힘껏 밀어 바다에 빠뜨렸다. 몇 번인가 버둥거리던 사내의 몸뚱이는 헐떡이는 숨소리와 꾸르륵 소리를 내며 사라졌다. 다시 정적이 흘렀다. 아로스는 믿기지 않는 눈초리로 물속을 바라보았다. 그때 갑자기 물속에서 팔이 튀어나오며 '살려 줘.'라고 외쳤다. 움직임은 점점 느려졌다.

"마틸다, 예니, 그리고 다른 모든 여자를 위해서야." 아로스가 그를 향해 소리쳤다.

쇠사슬을 두른 개는 대답이 없었다. 가라앉지 않으려고 필사적으로 버둥거리는 중이었다. 선착장을 향해 두 팔을 허우적댔지만 그는 여전히 같은 자리에 있었다. 그의 머리가 물속으로 가라앉았다. 마침내 두 팔도 천천히 가라앉았다. 그가 사라졌다. 그를 상징하는 쇠사슬이 그를 바닥으로 끌고 내려가 죽음에 이르게 했다. 마치 목에 닻을 달기라도 한 것처럼. 그가 마지막으로 남긴 건 물거품 몇 개뿐이었다. 그리고 그마저도 곧 사라져 버렸다.

아로스는 아랫입술을 깨물었다. 더러운 자식, 이제 바다 밑으로 영원히 사라져 버려.

마상 창 시합

모두가 들떠 있었다. 파린도 마찬가지였다. 값비싼 보석으로 치장한 귀족들이 값비싼 목재로 만든 귀빈석에 앉아 있었다. 금실로 수놓은 비단옷들이 태양 빛을 받아 앵무새처럼 화려하게 빛났다.

파린은 자신이 이 자리에 있다는 사실이 믿기지 않았다. 몇 달 전까지만 해도 매장꾼의 누추한 작업장에서 시체를 닦던 그가 이제 벨텐 제국의 가장 큰 시합이 열리는 역사적인 장소 한가운데에, 유명한 기사들과 제국을 쥐락펴락하는 귀족들에 둘러싸여 있었다.

이상하게도 자신의 초라함이 언제부터인가 더는 약점으로 느껴지지 않았다. 하우펜 마을에서 그는 누구도 상대해 주지 않는 외톨이 신세였다. 때리면 맞고 욕하면 듣는 것이 그의 일상이었다. 하지만 지난 몇 달간의 경험을 통해 예전처럼 순종적이고 예속적으로 살 이유가 없다는 걸 깨닫게 되었다. 영주와 공작들도 다른 세상에 사는 것이 아니라 실수도 하고, 약점도 있고, 두려움도 느끼는 같은 인간이라는 사실을 알게 되었기 때문이다. 생각해 보면 그건 벌써 아멘 신부를 통해 알게 된 사실이었다. 귀하게 태어났다는 행운이 누군가를 더 나은 사람으로 만들어 주지 않을뿐더러 반드시 행복한 삶을 가져다주는 것도 아니었다. 그런 맥락에서 카이문트가 떠올랐다. 한 젊은이의 끔찍한 종말. 무엇이 그를 잘못된 길로 이끌었을까? 엄한 아버지, 어깨를 짓누르는 아버지의 지나친 기대감, 아니면 엄격하기 그지없는 기사의 예법?

다시 울려 퍼지는 팡파르 소리에 파린은 상념에서 깨어났다. 열두 명의 나팔수가 일렬로 서서 온 힘을 다해 소리를 뿜어내고 있었다. 같은 음조의 나팔 소리가 세 번 연이어 울렸다.

점점 더 많은 사람이 관중석으로 몰려들었다. 귀빈석은 어느새 들뜬 귀족들로 빈자리 없이 채워졌다. 잠깐, 정확히 말하면 아직 네 자리가 남아 있었다. 대회의 마지막 날은 화려한 공연으로 시작되었다. 곡예사, 깃발을 힘차게 흔드는 기수, 불이 붙은 횃불로 저글링을 하는 광대, 익살꾼 등이 등장해 갖가지 오락거리로 흥을 돋웠다. 분위기가 무르익어 갈수록 에미코가 자신의 모든 것을 걸고 싸울 시간도 가까워져 오고 있었다.

제길, 시간 가는 줄도 몰랐네! 오늘의 클라이맥스를 위해서는 모든 것을 완벽하게 준비해야만 했다. 서둘러 에미코의 천막으로 뛰어갔다. 슈툼멜과 플라우디우스, 그리고 드로그단은 벌써 에미코를 둘러싸고 있었다.

"스콰이어께서 친히 둘러보려고 힘든 걸음을 하시다니 황송하군." 에미코가 꾸짖었다. "자신의 운명도 이 경기에 달려 있다는 걸 잊은 모양이야."

파린은 입을 꾹 다물고 아무런 대답도 하지 않았다. 이렇게까지 일을 키운 게 누군데 나한테 이러시나.

"방패를 최종 점검하겠다. 어서 가져와!"

파린은 용수철처럼 빠르게 천막 밖으로 뛰어나갔다. 에미코의 방패는 물통 옆에 서 있었다. 긴장하고 서둘렀더니 목이 말랐다. 물통 가장자리에 걸쳐진 국자로 물을 떠 한 모금을 마시려 할 때 큰 소리가 들렸다.

안 돼! 마시지 마!

팔을 든 채 그가 멈칫했다.

마시지 마!

"너 혹시 창던지기 시합 못 한 것 때문에 날 말려 죽이려는 거야? 그렇게 삐져 있더니 왜 하필 지금 다시 나타난 거야?"

벌레! 난 삐지지 않아! 징글징글이 삐진 목소리로 말했다.

"왜 마시면 안 된다는 거야?"

아무 냄새도 안 나?

"스콰이어! 대체 누구랑 속닥거리고 있는 거지? 방패는 어디에 있나?" 천막 안의 기사는 인내심이 한계에 다다른 듯했다.

파린은 눈을 동그랗게 뜨고 국자 안을 물끄러미 바라보았다.

눈만 굴리지 말고 냄새를 맡아 보란 말이야.

그는 정신을 집중하고 냄새를 맡아 보았다.

"아무 냄새도 안 나." 파린이 작은 목소리로 속삭였다.

대체 인간의 감각이란 어디다 쓰는 거지? 의심할 여지 없이, 분명히 물 안에 독이 들어 있다고. 투구꽃 뿌리에서 추출한 독. 희석하지 않은 걸 마시면 죽어.

"뭐라고? 확실해?"

내가 분명 의심의 여지가 없다고 말했는데 그걸 의심하는 거야?

"하지만 어떻게 그런 일이?"

누군가가 물통에 독을 넣었어. 그게 스콰이어 1년 차가 이해하지 못할 만큼 어려운 추론이야?

"이 멍청한 스콰이어. 냉큼 방패를 가져오라니까?" 천막에서 다시 한번 에미코의 상냥한 목소리가 들렸다.

파린은 얼른 국자를 물통에 던지고 방패를 집어 들어 옆구리에 꼈다. 천막으로 들어가니 에미코는 잡아먹을 듯한 얼굴로 그를 노려보았다. 얼른 방패를 건넸다.

드로그단의 얼굴도 평소와 달리 웃음기 없이 굳어 있었다. 그의 얼굴이 창백했다. 그리고 다음 순간 벽을 붙잡았고 구토를 시작했다. "무슨… 일인지 모르겠어! …속이 메스꺼워."

"물통에 담긴 물을 마셨어요?" 파린이 물었다.

"응….."

"무슨 일이지? 그걸 왜 묻는 거냐?" 에미코의 매서운 눈길에 파린은 잠시 멈칫했다.

설명을 찾고 있을 때 에미코의 눈빛이 흐려졌다. 그가 침을 꿀꺽 삼켰다. 안 돼! 그리고 구토가 시작되었다. 얼굴이 창백했다.

"오늘 아침에… 나도 그 물을 마셨다." 에미코가 의자에 털썩 주저앉았다.

파린은 깜짝 놀라 플라우디우스의 눈을 바라보았다. 그의 얼굴도 염소젖처럼 하얗게 질려 있었다. "나도 방금 한 모금 마시려고 했는데, 아직 마시지는 않았어."

"제길!" 에미코가 중얼거렸다. "고리안 폰 지게스문트의 소행이야. 그가 물에 독을 탔어. 이런 술책을 쓰다니. 멍청하게 이런 빌어먹을 속임수에 빠지다니." 에미코의 신음이 귓가에 맴돌고 그의 가슴을 후벼 팠다.

"어처구니없이 독살이라니… 이 무슨 우스운 꼴이란 말인가. 생각지도 못했어. 나는…" 기사는 의자에서 떨어지며 바닥에 쓰러졌다. 이마에는 식은땀이 흘렀다.

"의원을 데려올게요!" 플라우디우스가 벌떡 일어났다.

"아니, 나는 모든 걸 잃게 됐어. 내가… 시합에 나가지 않으…" 에미코는 힘없이 속삭이고 있었다. 그의 몸이 떨렸다.

많은 양의 물에 희석돼서 죽을 만큼 치명적인 독성은 아니야. 내일이면 다시 정신을 차릴 수 있을 거야. 에미코를 죽인다면 저들에게도 너무 위험 부담이 크지. 저들의 소행인 게 뻔하니까. 그래서 경기를 하지 못할 정도로만 만들고, 그가 자신이 없어 피한 것처럼 끌고 가려는 계획이야.

파린은 고개를 끄덕이고 플라우디우스에게 말했다. "드로그단과 기사님은 죽지 않을 거예요. 하지만 오늘은 꼼짝도 못 하실 거예요. 바로 그게 저들이 노리는 거죠."

"하지만 기사님은 경기에 나가셔야 한다고." 플라우디우스가 말했다. "다른 방법은 없어." 그가 에미코에게 달려가 머리 아래에 베개를 받치며 말했다. "기사님, 어떻게든 일어나셔야 합니다. 항상 그러셨던 것처럼요. 기사님!"

하지만 에미코는 이미 정신을 잃은 상태였다. 드로그단도 마찬가지였다. 드로그단의 얼굴 역시 염소젖처럼 창백했고 얕은 호흡을 하며 온몸이 축 늘어진 상태였다. 플라우디우스가 어깨를 흔들어보았지만 에미코는 꼼짝도 하지 않았다.

"전령관에게 가서 혹시 경기를 내일로 미룰 수 있는지 물어볼까요?" 파린이 물었다.

"그건 절대로 안 돼!" 플라우디우스가 머리카락을 쥐어뜯으며 괴로워했다. "그건 불가능해, 파린. 연기는 없어. 출전하지 않으면 그냥 지는 거야."

"하지만 물통에 대해 사실대로 얘기하면 되잖아요. 모든 상황이 명백해요."

"확실한 증거가 있는 거야? 증언할 사람이 있어? 귀족들이 그 말을 믿어 줄까? 네 말은 고리안 대공의 방귀만큼도 못한 취급을 받을 거라고."

"독을 섞은 물 말고는 아무런 증거도 없어요." 파린은 고개를 떨어뜨렸다. "이제 다 끝났네요."

플라우디우스는 드로그단의 입술에 묻은 토사물을 수건으로 닦고 옆으로 돌아 눕혔다. "기사님도 옆으로 눕혀야 해. 기도가 막히면 안 되니까."

둘은 완전히 정신을 잃은 에미코를 돌아 눕혔다.

"방법이 있을 거예요. 이건 정말 말도 안 돼. 불공평해요. 속임수라고요." 파린은 주먹을 꼭 쥐고 바닥에 누운 에미코와 드로그단을 바라보았다.

우울한 목소리로 플라우디우스가 답했다. "운이 없었던 거야! 기사님은 도박을 했고 모든 걸 잃었어. 비열하지만 완벽한 계획이었지. 대단하군, 고리안 폰 지게스문트, 더러운 사기꾼 같으니라고." 플라우디우스는 거의 눈물을 흘리기 직전이었다.

천막 안은 무거운 침묵에 휩싸였다. 에미코와 드로그단의 불규칙한 숨소리만 들렸다.

"치명적인 독이 아니라고 해도 혹시 모르니 치료사를 불러올게. 하지만 그러면 에미코 기사님의 기권이 공식적으로 인정되는 거야." 플라우디우스가 침묵을 깨고 힘없이 중얼거렸다.

이런 자기 연민에 빠진 멍청이들. 방법이 하나 있잖아.

파린은 머릿속에서 울부짖었다. "**대체 무슨 방법이 있다는 거야?**"

아주 간단해. 네가 에미코의 갑옷을 입고 말에 올라. 그러고 나서 우리가 고리안 폰 지게스문트에게 한 방 먹이는 거지.

생각할 시간이 필요했다. '그런 멍청한 계획은 태어나서 처음 들어봐.'라고 말하려는 순간 전설적인 블로삭의 계획들이 떠올랐다.

언제나 '그래, 좋아.'라는 대답과 함께 앞뒤 안 가리고 무작정 실행에 옮겼던. 숲의 신령이 눈앞에 어른거리고 풍차의 날개가 머리 위에서 돌기 시작했다. 목욕하는 소녀의 웃음소리도 귓가에 울려 퍼졌다. 그리고 파린은 어느새 "그래, 좋아."라고 중얼거리는 자신의 목소리를 들었다.

"모든 게 엉망인데 좋긴 뭐가 좋다는 거야?" 플라우디오스가 절망하며 말했다.

"제가 에미코 기사님 대신 마상 창 시합에 나갈게요."

플라우디오스는 한바탕 웃어 재낄 태세였다. 하지만 하도 기가 막혀서인지 커다란 배 위에 두 손을 얹고 입만 쩍 벌릴 뿐이었다. 분명 상황이 너무 심각한지라 터져 나오려던 웃음이 목구멍에 걸린 것 같았다. 한참 동안 말문이 막혔던 그가 입을 열었다. "네에에가?"

위급한 상황에 자발적으로 뛰어들려는 자에게 놀라움과 경의를 표하기 위한 "네에에가?"가 전혀 아니었다. 하긴 천방지축 파린을 어떻게 믿겠는가만.

"에미코 기사님 없이는 돈너 근처에도 가지 못할걸. 하물며 돈너를 타겠다고? 하물며 창을 휘두른다고?" 그는 슬픔과 분노를 가라앉히지 못하고 격정에 찬 목소리로 말했다. "하물며 뭔가를 찌르겠다고?"

"제길, 플라우디오스. '하물며'란 말 좀 그만해요. 제가 한다니까요."

"기적이 일어나서 돈녀가 너를 등에 앉혀 준다고 치자. 길어 봐야 창을 내리는 순간 떨어질 거야."

"그래요, 그럼 계속 그렇게 죽는소리나 해요." 파린이 뾰로통하게 말했다. "직접 나가 보고 싶어서 그러는 거예요? 나보다 훨씬 경험도 많고 실력도 좋으니까. 그럼 한번 해 봐요."

"에… 난 키가 너무 작고 너무 뚱뚱해서 말이다. 갑옷이 나한테는 맞지 않는다고. 백 미터 앞에서 봐도 누구나 알아볼 수 있을 거야. 게다가…" 그의 목소리는 점점 기어들어 가고 있었다. "…내 실력도 형편없고."

"바로 그 점 때문에 내가 하겠다는 거예요. 기사님의 갑옷은 나한테 맞아요. 내가 입을 수 있게 도와주세요." 어디서 나온 자신감인지 자신도 알 수 없었다. 어쩌면 잃을 게 없기 때문일지도 몰랐다. 그는 이미 모든 걸 잃었으니까.

그리고 내가 있으니까.

플라우디우스는 어찌할 바를 모르고 두 팔을 들어 올렸다. "제1 기사를 상대로 어떻게 이기겠다는 거야? 나는… 도저히 어떻게 해야 할지 모르겠다." 그가 못 미덥다는 얼굴로 에미코의 갑옷을 보며 말했다. "그럼 갑옷이 맞는지 재미 삼아 입어 보기나 해."

"물론요, 그냥 재미 삼아."

오, 난 재미난 거 정말 좋아하는데.

에미코의 몸에 맞춘 대회용 갑옷을 갖춰 입기까지는 생각보다 훨씬 오래 걸렸다. 생각했던 대로 파린의 몸에 그런대로 맞았지만 에미코의 팔이 조금 더 길었는지 손가락을 간신히 밖으로 꺼낼 수 있었다.

"정말로 내가 생각한 것보다 잘 맞는구나. 하지만 갑옷을 입었다고 기사가 되는 건 아니다." 플라우디우스가 소신을 밝혔다.

"이제 투구만 쓰면 돼요. 도와주세요." 파린은 시간을 허비하고 싶지 않았다.

거대한 쇳덩이가 머리 위에 씌워졌다. 눈앞이 캄캄해졌다. 파린은 왼손으로 면갑을 올렸다. 귀에 익숙해진 삐그덕 소리가 났다.

높은 톤의 쉰 소리가 바닥에서 들렸다. "지금… 뭐 하는 거야? 너희들 머리가 어떻게 된 거야?" 드로그단이 눈을 떴다. 이마에는 식은땀이 흐르고 눈을 껌뻑였다. "대체… 무슨 일이야? 왜 파린이… 갑옷을 입고 있어? 기사님은 어디에 계신 거야?"

그는 곧 자기 옆 바닥에 누워 있는 에미코를 발견했다. 그는 힘이 없는지 다시 머리를 떨어뜨리고는 힘없이 중얼거렸다. "대체… 뭘 어쩌려는 거야?"

"파린이 기사님 대신 마상 창 시합에 나갈 거래." 아무렇지 않은 듯 말했지만 플라우디우스의 표정은 그와 정반대였다.

드로그단이 10년은 더 늙은 것 같은 얼굴로 물었다. "파린이? 그런 미친 짓을? 승산이… 없다고. 그건… 자살행위야." 굉장한 격려와 함께 드로그단은 다시 기절하고 말았다.

기대했던 대로 플라우디우스도 실낱같은 용기를 꺾었다. "파린, 드로그단 말이 맞아. 창 시합은 어린애들 놀이가 아니야. 절대로 이길 수 없을 뿐만 아니라 네가 목숨을 잃을 수도 있다고." 그가 절망하며 입술을 깨물었다.

"걱정하지 마세요. 나가서 싸워야 하는 사람은 **나**예요. 아무도 제 결심을 꺾지 못해요."

플라우디우스는 천천히 고개를 끄덕였다. "정말로 해 보려는 거야?"

해 보는 게 아니라니까! 하는 거라고! 징글징글은 한껏 들떠 있었다.

"미쳤어!" 플라우디우스는 깊이 숨을 들이마셨다. "김새게 하려는 건 아니지만, 네발 달린 그분께서 가만있지 않을 거다. 돈너가 널 태워 줄 리 없어."

"한번 밖으로 나가서 돈너가 우리의 계획을 어떻게 생각하는지 보죠. 우리는 그때 가서 생각해도 늦지 않아요."

"흠."

"돈너가 좋다고 하면 하는 거예요. 어때요?"

"그래, 좋아. 한번 해 보자."

갑옷은 정말 무거웠다. 아마 돈너 위에 얹은 안장보다도 더 무거울 것 같았다. 파린은 걸음마부터 다시 연습해야겠다고 생각했다.

무릎도 전혀 굽혀지지 않았다. 천막 밖으로 걸어 나가는 것만으로도 보통 일이 아니었다.

네 몸은 금속에 너무 뻣뻣하게 저항하고 있어. 너를 보호하는 제2의 피부라고 한번 생각해 봐. 그리고 나머지는 나한테 맡기라고.

파린은 떨리는 마음으로 돈너에게 다가갔다. "돈너, 나야 파린." 그가 말했다.

플라우디우스가 눈알을 굴리며 물었다. "돈너가 그걸 못 알아차렸을까 봐?"

플라우디우스이 말대로 돈너는 불안해하며 경중경중 뛰었다.

"호!" 파린은 돈너를 진정시켰다. "오늘은 우리가 같이 해내야 해. 네 주인인 에미코 기사님을 위한 일이야."

돈너는 앞다리를 번쩍 들고 일어나 허공에 대고 버둥거렸다. 파린은 깜짝 놀라 엉덩방아를 찧었다. 온몸에서 요란한 소리가 들렸다. "아야! 엉덩이뼈가 부러졌나 봐요." 플라우디우스가 놀라서 주위를 둘러보았다. 다행히 아무도 야단법석을 눈치챈 사람은 없었다. 사람들은 거의 다 경기장 주위에 몰려들어 흥미진진한 결승전을 기다리고 있었다.

"시작이 아주 좋은데. 정든 성이여 안녕."

"그렇게 한탄만 하지 말고 일어서게 좀 도와줘요."

플라우디우스의 도움으로 파린은 다시 일어설 수 있었다. 멀리서 팡파르 소리가 들렸다. 시간이 없었다. 전령관이 모든 것을 결정짓는 마상 창 시합을 알렸다.

"포기하자. 이건 말도 안 돼." 낙담한 플라우디우스가 말했다.

기사 양반, 갑옷이 더 망가지기 전에 어서 출발하자고.

"잘 들어, 징글징글. 동물들이 너한테 어떻게 반응했는지를 생각하면 난 걱정이 태산이라고. 그롤하이머랑 리젤을 생각해 봐." 파린이 말했다.

뭐라는 거야. 그땐 내가 널 좀 골탕 먹이려고 걔들을 괴롭힌 것뿐이라고. 나한테 맡겨. 손으로 돈녀의 머리를 만지고 있으면 내가 돈녀한테 지시를 내릴 테니.

말은 쉽지. 파린은 천천히 돈녀에게 다가갔다. 돈녀는 화가 난 듯 콧구멍을 실룩거렸다.

그래 봤자 풀이나 뜯어 먹지 고기 따위엔 관심 없는 녀석이고, 불도 내뿜지 않는다고. 내 말을 믿고 좀 시키는 대로 해 봐.

내키지 않았지만 파린은 징글징글에게 맡기기로 했다. 그것 말고는 다른 방법이 없었으니까. 조심스럽게 양손으로 자그마한 말의 머리를 감쌌다. 그랬다. 돈녀가 마치 자그마한 무언가처럼 느껴졌다. 무슨 일이지? 파린은 징글징글이 자신의 존재 일부를 끌어당기고 있는 걸 느꼈다. 자기를 따르라는 말이 이런 거였어?

돈녀는 억지로 몸을 이리저리 흔들다가 파린의 손을 덥석 물었다. 고기 따위엔 관심도 없다더니!

"녀석이 화나면 얼마나 무서운지 너도 알잖아! 절대로 널 태우지 않을 거라고. 절대로!" 플라우디우스가 특유의 낙관론을 펼쳤다.

파린이 다시 손을 뻗었다. 손가락 끝에 따뜻하고 부드러운 돈녀의 온기가 느껴졌다. 이건 또 무슨 일일까? 갑자기 그의 세상은 냄새와 소리와 움직임으로 가득했다. 풀밭에서는 바스락거리는 소리가 났고 바람에 수많은 사람의 숨결이 실려 왔다. 깃대에 매달린 깃발들은 정신없이 펄럭이고 있었다. 파린이 힘차게 고개를 저었다. 갑자기 주위가 완전히 다르게 보이기 시작했다. 무채색으로 안개에 휩싸인 듯 부옇게 보이면서도 명암이 뚜렷해지고 움직임이 확실해지고 있었다. 그의 앞에 나타난 저 이상한 형체는 뭐지? 무언가 희미한 형체가 나타났다. 절망한 표정의 뚱뚱한 남자와 에미코의 갑옷을 입은 키가 큰 남자. 키 큰 남자에겐 시골뜨기 냄새가 풍겼다. 맞다. 항상 끔찍이도 겁에 질린 채 저에게 빗질을 해 대던 얼간이의 냄새였다.

돈녀, 이제 네가 우릴 도와줘야 해. 네 주인을 도와야 해. 에미코 기사한테는 네 도움이 필요해.

파린만이 징글징글의 목소리를 듣고 있었다. 말, 악령, 그리고 그가 영혼의 삼각형을 만들고 있었다.

돈녀가 일순간 얌전해지더니 목소리에 반응했다. 파린은 두려움을 느꼈다. 누가 마음을 가라앉힌 걸까? 누가 지시를 따르는 거지? 돈녀, 징글징글, 아니면 그 자신일까? 지금 무슨 일이 일어나고 있는 거지?

갑자기 긴장감이 사라졌다. 돈녀의 눈이 그렇게 말하고 있었다. 어떻게인지는 몰라도 징글징글은 해냈고 돈녀는 영리하게도 상황을 이해했다.

얼른 타. 이제는 말을 잘 들을 거야.

돈녀는 정말로 순한 양처럼 기다리고 있었다. 플라우디우스의 도움을 받아 가신히 사다리에 올라 말 등에 올라탔다. 돈녀의 등은 리젤의 등보다 두 배는 넓어 양다리는 부자연스럽게 벌어졌다. 갑옷을 입었는데도 돈녀의 단단한 등 근육이 느껴졌다.

에이그, 거름 더미 위에 앉은 것 같은 자세 좀 봐. 좀 제대로 해 봐. 엉덩이를 앞으로 더 당기고. 똥 누는 자세 말고 말 타는 자세로.

파린은 어정쩡한 자세로 엉덩이를 앞뒤로 씰룩거려 보았다.

망상이 한숨을 쉬었다.

그래도 플라우디우스의 말에 용기가 났다. 그는 믿기지 않는 듯 고개를 가로저으며 말했다. "정말로 돈녀를 타는 데 성공했어. 이건… 정말 상상도 못 했던 일이야."

"이제 나머지는 누워서 식은 죽 먹기예요." 파린이 인상을 찌푸리며 말했다. "이제 가야 해요."

어이 영웅, 방패 가져가는 거 잊지 마!

제길! "좋아, 만약에 대비해서." 파린이 방패를 가리키며 말했다. "플라우디우스, 방패 좀 줄래요?"

"오! 그래 물론이지!" 플라우디우스가 방패를 앞쪽에 고정하는

215

걸 도왔다.

가짜 에미코가 돈너를 타고 경기장에 나타나자 함성이 울려 퍼졌다. 정신적으로는 파린이 말 등에 기댄 채, 그리고 육체적으로는 악령이 몸을 앞쪽으로 기댄 채였다. 악령은 돈너의 목덜미를 가볍게 두드리며 격려했다.

징글징글이 어떻게 갑자기 동물들을 이리도 잘 다룰 수 있는 걸까….

고리안 폰 지게스문트도 말을 몰아 경기 트랙의 한가운데, 귀빈석 바로 앞으로 왔다. 두 기사는 나란히 서서 한자리에 모인 귀족들 앞에서 공손하게 창을 들고 가볍게 고개를 숙여 인사했다.

다시 팡파르가 울렸다. 그 어느 때보다 훨씬 더 화려한 연주였다.

사람들의 시선이 한곳으로 쏠렸다. 귀빈석 입구엔 오색찬란한 깃발을 든 한 무리의 기수들이 입장하고 있었고 그 뒤를 네 명의 남자가 가마를 짊어진 채 따르고 있었다. 그들 중 한 명이 커튼을 옆으로 걷자 화려한 옷차림의 남자가 가마에서 내렸다.

파린은 눈을 껌뻑이며 그의 주름진 얼굴을 응시했다. 그는 우아한 동작으로 자주색 옷자락을 등 뒤로 젖혔다. 흉갑은 햇빛에 금색으로 빛났다. 하지만 그 눈부심도 머리 위의 빛나는 왕관에 비하면 아무것도 아니었다.

전령관의 목소리가 떨렸다. "시민들은 들으시오! 친애하는 신사 숙녀 여러분, 용감한 전사들이여! 기쁘게도 오늘 대회의 결승에 벨텐 제국의 존엄을 모시게 되었습니다. 발단 그라쿠스 황제 폐하! 환영합니다!"

함성은 고막을 찢을 듯했다. 몇 년간 대회에 모습을 드러내지 않았던 왕의 등장은 모두를 놀래기에 충분했다. 그중에서도 가장 놀란 건 말 등 위에 앉아 있던 스콰이어 파린이었다. 그의 손이 저절로 이마로 올라갔다. 지난밤 그가 허심탄회하게 수다를 떤 사람은 바로 벨텐 제국의 왕이었던 것이다. 마치 '그래-좋아-계획'을 꾸미며 함께 자란 어린 시절의 친구라도 되는 듯.

내가 미리 말해 줄 걸 그랬나 봐.

"근데 왜 말 안 했어?"

넌 늘 나보다 더 많이 알잖아.

이런 고약한 말본새에 뺨이라도 한 대 쳐 주고 싶었지만 지금은 그러기에 적절한 때가 아니었다. 다시 한번 이런 일을 겪지 않으려면 사람들의 이름을 더 잘 기억하는 게 좋겠다고 생각했다. 파린은 황급히 자기가 지난밤 나무 둥치에 앉아 무슨 얘기를 했었나 기억을 더듬어 보았다. 다행히 얼굴을 붉힐 만큼 쓸데없이 지껄이지는 않았다는 생각에 안도했다.

매장꾼의 아들은 입을 쩍 벌리고 귀빈석 노인을 바라보았다. 압도적인 황금과 권력에 숨이 막힐 지경이었다. 그 순간 어젯밤의 약속이 떠올랐다. 권력과 재물에 현혹되지 않겠다는, 그리고 자유로

움과 솔직함을 잃지 않겠다는 약속.

그걸 실천에 옮기는 건 말처럼 쉽지 않았다. 다행히도 노인은 투구 속 파린의 현혹된 얼굴을 알아보지 못했다.

코앞으로 다가온 막중한 임무가 떠올라 다시 정신을 차렸다. 그는 자신의 정신을 허공에 띄워 징글징글이 주도할 수 있도록 넘겨주었다.

파린은 힘차게 팔을 들어 올려 인사하고 방패를 안장에서 가볍게 떼어 내어 왼손에 쥐었다. 그리고 왕에게 고개 숙여 인사했다. 그 왼쪽에는 쉰 살쯤 된 신부가 앉아 있었다. 그는 금실이 수놓인 법복을 입고 머리엔 흰색과 금색으로 장식한 미트라를 쓰고 있었다. 흰 장갑을 낀 열 손가락은 경건하게 한데 모으고 있었다. 왕의 주변에는 영주들과 귀족들이 부인을 대동하고 옹기종기 모여 앉아 있었고 그들 가운데 투르겐손 공작도 보였다. 그들은 모두 고귀하고 대단한 사람들처럼 보였다.

기억해. 민초들은 풀밭에 서 있어. 마초들은 관중석에 앉아 있고.

심판관이 기사들 앞으로 다가와 창끝을 검사했다. 창끝을 보호 뚜껑으로 잘 덮었는지를 점검하고 창의 길이도 측정했다.

"모두 좋습니다. 이제 경기를 시작해도 좋습니다!" 그가 외쳤다.

심판관이 좋다면 좋은 거겠지. "기사들이여, 영예로운 시합을 위하여 앞으로! 올해의 주최자인 슈타인드라헨 성의 기사 에미코 대 지게스문트 성의 기사이자 벨텐 제국의 제1기사 고리안!"

팡파르와 북소리, 노래와 수천 명이 목이 터져라 외치는 함성. 이 모든 소리 가운데 파린의 귀에는 마치 귀 안에 물이 들어가기라도 한 것처럼 낮은 웅얼거림만 들렸다. 그는 눈을 가늘게 뜨고 당황한 기색이 역력한 상대를 관찰했다. 자꾸만 이쪽을 노려보는 걸 보면 그는 에미코가 경기장에 모습을 드러낼 것을 상상하지 못한 게 분명했다.

"널 똥 더미로 날려 주지. 더러운 놈아." 그는 고리안이 들을 수 있게, 하지만 목소리를 들키지 않을 정도로 속삭였다. "그리고 네 덕에 투구꽃의 독을 섞은 물을 마셨으니 네 머리에 소변을 갈겨 주마, 제1의 패배자."

파린은 한숨을 쉬었다. 상스러운 표현은 악령의 주 종목이었다.

징글징글의 말은 효과가 있었다. 면갑의 좁은 틈 사이로 고리안의 얼굴이 얼마나 새파랗게 질렸는지 알 수 있었다.

"벌써 오줌이라도 싼 거야, 쇠똥구리 같은 놈."

고리안은 말문이 막힌 채 눈만 부엉이처럼 동그랗게 뜨고 있었다. 한참이 지나서야 자신이 막강한 제1기사이고 중요한 경기가 시작되었다는 사실이 기억난 듯했다.

전령관이 경기의 시작을 알렸다. "더 뛰어난 자가 승리하기를!"

돈녀는 말발굽을 필요 이상으로 높이 들더니 빠른 걸음으로 우아하게 출발선으로 향했다.

파린은 머릿속 망상에게 당부했다. "고리안을 과소평가하지 마.

어쨌든 그는 결승전까지 왔고 제1기사니까."

너도 오줌 쌌어?

"그래, 쌌다. 내가 제발 모든 게 잘되라고 기도라도 하면 너한테
도움이 될까?"

기도를 시작하는 즉시 말에서 떨어뜨릴 거야. 쿵! 하고!

"좋아. 난 너무 긴장돼. 내가 지금 어마어마하게 중요한 마상 창
시합에 나선 거라고."

내가 아니고?

흠, 징글징글이 평소보다 한층 허풍이 심해지고 당당해졌다.

"너도 긴장한 거야?" 파린이 물었다.

그럼, 당연하지.

"뭐라고? 혹시 난생처음이야?"

아니, 전에도 긴장한 적이 있어.

엉터리! 하지만 지금은 딴생각을 하거나 대꾸할 겨를이 없었다.
이제 양쪽 모두 출발선에 섰기 때문이었다. 팡파르와 북이 있는 힘
을 다해 울려 퍼졌다. 강렬한 팀파니 소리와 함께 팡파르 연주가
끝이 났다. 수천 명이 한꺼번에 숨을 죽이자 섬뜩한 고요가 찾아
왔다.

허벅지로 옆구리에 힘차게 압박을 가하자 돈너는 빠르게 걷다가
마침내 달리기 시작했다. 말의 근육은 거침없이 힘차게, 그리고 고
른 박자로 움직였다. 파린의 오른손에 쥔 창은 가파르게 하늘을 향

했고 왼손에 쥔 방패는 상체 앞으로 바싹 당겼다. 돈너는 트랙을 따라 달렸다. 마치 천둥 치듯. 놀라웠다. 만약 자신을 떨어뜨리기 위해 빠른 속도로 맞은편에서 달려오는 상대만 없었다면 파린은 정말 신이 났을 것이다.

망상이 한숨을 쉬었다. **인간아! 명예로운 제1기사의 창끝엔 보호 뚜껑이 없어.**

"뭐라고? 여기서 그게 보여?"

당연하지. 조심하지 않으면 너도 직접 그 맛을 느끼게 될걸. 쇠붙이로 무장한 얼간이 둘이 기다란 꼬챙이를 들고 상대방을 말에서 떨어뜨리려고 전속력으로 달려와 부딪칠 때 생기는 힘은 엄청나다고. 그 꼬챙이가 끝이 뾰족한 창이라면 어떻게 되겠니. 아마 우리를 꼬치에 낀 통돼지로 만들어 버릴 거야.

"시합을 거부하려고?"

무슨 소리! 내가 이런 걸 얼마나 좋아하는데 그래! 징글징글이 신이 나서 말했다.

이제 단 몇 초. 파린은 마법에 걸린 사람처럼 천천히 아래로 향하며 자신의 머리를 겨냥하는 상대방의 창끝을 노려보았다. 정말이었다. 창끝에서 뾰족한 금속이 빛났다.

제길, 고리안 폰 지게스문트가 그를 죽이려고 작정한 것이다. 심판은 대체 창을 어떻게 검사한 걸까? 두려움과 기대가 뒤섞인 감정이 파린의 내면에서 이리저리 요동치고 있었다. 이제 그는 모든 것을 징글징글에게 맡겼다. 언젠가 피고가 그랬던 것처럼!

말발굽 아래 흙이 튀어 올랐다. 돈너는 귀를 쫑긋 세우고 있었다. 이제 단 몇 초 후면 모든 걸 결정하는 순간이 온다는 걸 느끼고 있는 게 분명했다. 돈너는 점점 더 빠르게 달렸다.

파린은 계속해서 창을 하늘을 향해 수직으로 들고 있었다.

"이제 자세를 바꿔야 하지 않을까?"

조용히 해, 나 지금 집중해야 한다고.

아하, 그렇구나.

징글징글을 믿어. 무조건 믿어, 파린은 생각했다. 다른 방법은 없었다.

안 돼애! 창은 여전히 위를 향하고 있었다. 마치 태양과 마상 창 시합이라도 하려는 것처럼. 이제 곧 두 군마와 기사들이 맞부딪히기 직전이었다. 그리고 충돌의 순간!

마치 차단기가 내려가듯 마지막 순간 창이 내려가 수평을 이루었다. 정확하고 섬세하게. 징글징글은 다 계획이 있었던 것이었다.

엄청난 충격이 파린의 몸을 관통했다. 모든 근육과 힘줄이 뻣뻣하게 수축하고 저항하며 충돌의 힘을 가중했다. 파린의 다리가 엄청난 힘으로 돈너의 몸을 꼭 조였다. 돈너는 콧김을 내뿜으며 흥분하는 듯했지만 계속해서 달렸다.

손에 들고 있던 나무 방패가 산산조각 났다. 온 힘이 실린 상대의 창이 파린의 방패를 타격하여 박살 낸 것이었다. 파린은 깜짝 놀라

오른쪽으로 몸을 피했다. 창끝이 자신의 어깨를 지나 허공을 가르고 있었다.

하지만 그의 공격도 성공했다. 파린의 창은 고리안의 방패 윗부분을 강타했다. 창끝을 막아 놓은 보호 마개 때문에 강화된 떡갈나무 방패가 관통되지는 않았지만 마치 성문을 때려 부수는 공성퇴와 같은 역할을 했다. 고리안의 방패는 박살이 났다. 창은 달려오던 힘 그대로 갑옷을 때렸다. 고리안 폰 지게스문트는 안장에서 튕겨 나갔다. 그리고 허공에서 보기 좋게 한 바퀴를 돌며 5미터쯤 날아가 바닥으로 곤두박질쳤다.

사방이 쥐죽은 듯 조용했다가 갑자기 관중들이 일제히 함성을 지르기 시작했다.

"정말 굉장한 시합이었어!"

"에미코가 최고야!"

"새로운 제1기사의 탄생이다!"

"슈타인드라헨 만세!"

하인과 의원들이 바닥에 꼼짝 않고 누운 고리안을 향해 달려갔다. 파린도 돈너의 방향을 돌려 그쪽으로 다가갔다.

그들이 조심스럽게 고리안의 투구를 벗겼다. 눈은 뒤집혀 있었고 혀는 길게 내민 채였다. 의원들은 장갑을 벗기고 맥을 짚었다. 그리고 고개를 저었다. 이렇게 허공에서 곤두박질치고도 살아남을 사람은 없을 것이다. 파린의 시선이 시체의 팔뚝에 그려진 불꽃 문양에 꽂혔다. 펜타그램 문신이었다.

가짜 에미코는 승리를 자축하는 환호성도 지르지 않고 관중석의 박수를 받으며 천막으로 돌아갔다. 돈녀와 징글징글이 그를 도왔다, 아니 둘이 엄청난 일을 해냈다.

플라우디우스도 믿을 수 없다는 얼굴로 흥분해서 외쳤다. "말도 안 돼! 믿을 수가 없어. 굉장해!" 그의 육중한 몸이 기쁨에 겅중겅중 뛰고 있었다. "얼른 들어와. 누가 갑옷 안에 있는지 들키기 전에. 시상식이 있으니 어떻게든 에미코 기사님을 깨워야 해."

파린은 허수아비처럼 뻣뻣한 동작으로 말에서 내려 천막 안으로 들어왔다.

플라우디우스가 재빨리 갑옷을 벗겨 주었다. 그리고 여전히 힘없이 바닥에 누운 에미코 쪽으로 달려갔다.

"기사님, 일어나세요! 일어나셔야 해요!"

에미코는 나지막이 신음만 흘릴 뿐 깨어날 기미를 보이지 않았다.

매장꾼의 아들은 속옷 바람으로 옆에 서 있었다. 그제야 긴장이 풀리며 서서히 맨정신이 돌아오기 시작했다.

우리가 열심히 일하는 동안 기사님은 쿨쿨 자고 있었네.

플라우디우스는 양손으로 기사의 어깨를 쥐고 흔들었다. 기사는 미동도 없었다.

"제가 대신 시상식에 가면 어때요?" 파린이 물었다.

"안 돼, 시상식이 시작되면 먼저 귀빈석 앞에서 투구를 벗어 옆구리에 낀 다음 몸을 숙여 인사를 하지. 사람들이 얼마나 놀랄지 상상도 안 된다."

어떻게 그런 생각이 났는지 알 수 없었다. 아무튼 중요한 건 생각이 떠올랐다는 것. 그는 얼른 다시 스콰이어의 옷으로 갈아입었다. "좋은 생각이 있어요, 플라우디우스. 여기서 아무도 천막 안으로 들어오지 못하게 해 줘요. 금방 돌아올게요."

빨리 달리는 것만큼은 자신 있었다. 그는 풀밭의 가장 바깥쪽에 자리 잡은 알록달록한 천막 안으로 들어갔다. "할머니 말이 맞았어요. 도움이 필요해요. 지금 당장이요."

노파는 정신을 잃은 채 누워 있는 에미코를 보더니 몸을 숙여 입을 벌렸다. 그리고 혀를 관찰하고 냄새를 맡은 뒤 드로그단에게도 똑같이 했다.

"독이군." 그녀가 말했다.

"제 생각엔 투구꽃 같아요." 파린이 말했다.

"제법이군, 젊은이! 내 생각도 그래. 구토를 했어?" 그녀는 코를 찡그렸다. 토사물의 시큼한 냄새가 아직 천막 안에 남아 있었다.

파린은 고개를 끄덕였다.

"잘 됐어!" 점쟁이 노파가 가죽 주머니를 열어 옅은 갈색 액체가 담긴 작은 유리병을 꺼냈다. 그리고 절반을 에미코의 입에, 나머지를 드로그단의 입에 흘려 넣었다.

그리고는 둘 사이에서 팔짱을 끼고 기다렸다. 하지만 아무 일도 일어나지 않았다.

"인제 어쩌지?" 플라우디우스는 초조함을 숨기지 못했다. "이제 시간이 별로 없어. 괜히 노파까지 사실을 알게 되었네. 이럴 거면 차라리 제대로 된 치료사를 데려오는 게 낫지 않았을까?"

"뚱보에게 좀 조용히 하라고 일러 주겠어? 내 일은 내가 알아서 할 테니까." 노파가 신경질적으로 반응했다.

파린은 플라우디우스를 향해 조금만 더 기다려 보자는 눈짓을 했다. "치료사를 부르면 금방 산통이 깨지고 말 거예요." 파린이 말했다. "저는 이분을 믿어요."

"둘 다 참 귀엽기도 해라. 하지만 그렇게 수다나 떨고 있어서는 기사님을 낫게 할 수 없어." 그녀가 잠시 생각하다가 말을 이었다. "물통에 물을 가득 담아와야겠어!" 반대도 질문도 할 수 없는 힘이 실린 말투였다.

파린은 성큼성큼 걸어 밖으로 나가 돈녀의 물통을 들고 가서 근처의 다른 천막 앞에 놓인 나무통에서 물을 받아왔다.

"여기요!" 노파에게 물통을 건넸다. 노파는 한번 들여다보고는 고개를 끄덕였다. "흐음, 이거면 되겠군." 그리고 단숨에 그 안에 담긴 물을 에미코의 머리에 쏟아부었다. "또 다른 양반에게도 똑같이 해야 해."

생쥐 꼴이 되어 에미코가 눈을 떴다. "누… 누구의 짓이었지? 죽여 버릴 테다!" 그가 머리를 흔들어 물기를 털어 냈다. "무슨 일이 일어난 거지?" 그의 얼굴이 일그러지며 붉게 변했다. "경기! 경기에 나가야 해. 모든 게 걸려 있다고." 그는 온 힘을 다해서 벌떡 일어나려고 했다.

"경기는 끝났어요, 기사님." 플라우디우스가 말했다. "하지만…"

"모든 걸 잃었군." 에미코는 그대로 주저앉았다. 입에서 거품이 흐르고 눈을 질끈 감았다.

"이해가 안 되시겠지만 우린 지지 않았어요."

그가 한쪽 눈을 뜨고 플라우디우스를 보았다. "무슨 소릴 하는 거지? 무슨 일이 일어난 거야?"

"기사님은 독 때문에 정신을 잃으셨어요. 천막 앞에 있던 나무통에 담긴 물에 독이 섞여 있었거든요. 그리고 나서… 시간이 없었어요. 기사님은 대회에 나가실 수 없는 상황이셨고요."

에미코는 이제 다른 눈도 억지로 떴다. 그리고 팔을 들어 입을 문질러 닦은 후 두 손으로 머리를 부여잡고 말했다. "너무 약이 오르고, 머리가 멍해서 무슨 말인지 모르겠군. 고리안과의 마상 창 시합은? 그리고 저기 저 여자는 누구지?" 그는 점쟁이 노파를 가리켰다.

누가 대답을 하기도 전에 또 다른 생명체가 꿈틀거리며 되살아났다. 드로그단이 애원했다. "안 돼, 파린… 하지 마. 그건… 미친 짓이야. 그러다 죽게 될 거야." 그가 천막 안의 사람들을 바라보았다.

"뭐라고? 두더지가 고리안 폰 지게스문트에 맞서려고 했다고? 그게 무슨 말도 안 되는 얘기야." 에미코가 다시 예전의 모습으로 돌아왔고 파린은 다시 두더지가 되었다.

마치 자신이 경기에서 이기기라도 한 것처럼 자랑스러운 얼굴로 플라우디우스가 말했다. "잘 들으세요! 경기는 벌써 끝났어요. 파린이 제1기사를 말에서 떨어뜨렸어요!"

천막 안은 쥐죽은 듯 조용했다. 바깥에서 흥분한 관중들의 외침이 점점 더 커지고 있었다. "에미코, 에미코!"

에미코가 숨을 헐떡이며 간신히 자리에서 일어나 텐트 한가운데를 지지하는 기둥을 붙잡았다. 천막이 흔들거렸다. 그에 따라 기사도 흔들거렸다. 또는 반대일지도 몰랐다. "무슨 말도 안 되는 소릴 하는 거야!" 그가 투덜거렸다.

파린이 입을 열었다. "다른 방법이 없었어요. 기사님의 갑옷을 입고 마상 창 시합에 나갔어요."

파린은 할 수만 있다면 에미코의 지금 이 표정을 영원히 간직해 두고 싶었다. 자신의 사고와 경험을 방금 들은 이야기와 조합하느라 에미코의 표정이 일그러져 있었다. 결국 아무리 애를 써도 맞춰지지 않는 퍼즐 조각을 보는 듯한 얼굴로 그가 말했다. "나보고 지금 그 말을 믿으라고? 하! 뭘 타고 대회에 나간 거지? 리젤을 타고?"

"물론 돈너를 탔습니다. 그러지 않았다면 모두들 즉시 알아챘을

228

거고 저는 웃음거리가 되었겠지요."

기사와 드로그단은 내기라도 하듯 인상을 찌푸렸다.

"에미코, 에미코, 에미코!" 함성은 점점 커지고 있었다.

플라우디우스가 기사에게 갑옷과 검을 건넸다. "여기에 있습니다. 어서 입으시고 시상식에 나가세요."

에미코는 평소와 달리 시키는 대로 움직였다. 지금으로서는 더나은 생각이 떠오르지 않았기 때문이었다. 여전히 가쁘게 숨을 몰아쉬며 그가 물었다. "고리안이 정말로 졌단 말이야? 그래서 어떻게 됐지?"

"죽었습니다, 두더지처럼." 플라우디우스가 말했다. "어쩌면 땅에떨어지기도 전에 목숨이 끊겼는지도 몰라요."

"말도 안 돼!" 에미코는 도저히 믿을 수 없다는 투로 말했다. "그리고 저 여자는 또 뭐야?"

"제 이름은 프레니아입니다. 기사님의 스콰이어가 기사님을 깨우려고 저를 불렀습니다."

천막 밖에서 전령관의 목소리가 들렸다. "에미코 기사님. 이번 대회 승자를 위한 시상식이 열립니다. 폐하를 비롯해 많은 분이 기다리고 계십니다."

"그래, 곧 나가마." 에미코가 큰소리로 외쳤다. 그리고는 작은 목소리로 속삭였다. "너희가 말도 안 되는 일을 했구나. 그리고… 파린, 우린 나중에 다시 얘기하자. 일단 지금은 나가 봐야겠어."

모두가 에미코가 갑옷을 입는 걸 도왔다. 그리고 그가 마지막으로 투구를 썼다. "완전히 당한 것 같은 기분이야. 하지만 성을 잃기는커녕 두 개의 성을 가지게 되었군. 게다가 알 수 없는 스콰이어까지." 에미코는 그렇게 말하고는 장막을 젖히고 밖으로 나갔다.

앞날

"넌 정말 놀라운 녀석이구나, 파린." 에미코가 말했다. 다정하게 들렸지만 그의 목소리에는 또 다른 감정이 묻어났다. "네가 우리 모두를 구했어. 무엇보다 나를 살렸구나. 너에겐 잃을 게 그리 많지 않았을지도 모르겠지만 난 모든 걸 잃었을 거다…."

고마움과 칭찬을 표현하는 일은 에미코에게 똑같이 힘든 일이었다. 파린은 그 사실을 매일 몸소 체험했다. 원래 고맙다는 말을 들어야 할 대상은 징글징글이었다. 그가 물에 독이 섞인 걸 알아챘고, 돈녀를 달랬고, 마상 창 시합에서 승리를 거뒀다. 또 한 사람 프레니아도. 그녀 덕분에 에미코는 시상식에 늦지 않게 깨어날 수 있었고, 비밀도 새나가지 않았다.

기사와 스콰이어는 예전처럼 서재에 앉아 있었다. 예전보단 서재를 드나드는 일이 많이 편해졌다. 파린은 옷걸이처럼 방 한구석에 서서 기다리는 대신 들어오자마자 곧바로 자리에 앉을 수 있게 되었다. 길고 긴 하루의 저녁이 찾아왔다. 엄청난 사건 때문에 긴장한 탓에 온종일 피곤한 줄도 몰랐지만 저녁이 되자 한꺼번에 피로가 몰려왔다.

기사의 눈 아래 축 늘어진 그림자는 아직 완전히 빠져나가지 못한 독 때문이기도 했고, 성 안팎에서 벌어진 야단법석의 결과이기도 했다.

에미코는 눈을 비비며 파린의 눈을 바라보았다. "성안의 많은 이들이 네가 무예 시합과 다른 종목에서 거둔 성적을 보고 비웃었다. 그들은 너를 패배자라 여기고 있어. 하지만 그들 중 누구도 돈녀의 등에 올라탈 용기나, 고리안 폰 지게스문트와의 마상 창 시합에 나설 용기는 없지." 그는 생각에 잠겨 턱을 긁적이더니 혼잣말을 중얼거렸다. "그런 데다가 상대를 이기기까지 했다…."

"다른 어떤 행동을 할 수 있었겠어요? 제겐 선택의 여지가 없었습니다. 정말로 운이 좋았던 것뿐이에요."

"운이라고?" 에미코가 조금은 거칠게 되물었다. "모두가 굉장한 경기를 펼쳤다며 나를 칭송하고 있어. 그리고 내가 고리안과 마주치기 직전까지 기다렸다가 창을 내렸다던데."

"에, 그렇긴 한데… 그건 제가 창을 내리는 걸 깜빡 잊는 바람에…."

기사의 예리한 시선이 파린을 불안하게 만들었다.

"깜빡 잊었다고?"

"고리안을 상대로 여러 번 붙게 되면 승산이 없다는 생각을 계속했어요. 첫 시도에서 우연과 행운이 동시에 일어나지 않으면 안 된다고요."

"그건 그랬겠지." 에미코가 여전히 미심쩍은 얼굴로 말했다.

사실대로 다 털어놓아야 할까? 징글징글이 굉장한 기술을 써서 자신을 살렸다는 사실을 알게 되면 기사님도 망상과 화해를 할 수 있을지도 몰라, 파린은 생각했다.

"다음으로 내가 할 일은 내 스콰이어인 너와 함께 악령을 찾아서 죽이는 것이다." 에미코가 단호하게 말했다.

파린의 생각은 바로 물거품이 되어 사라졌다. 다시 아무 말도 할 수 없었다.

"너의 용감한 행동이 고맙고 기쁜 건 사실이지만 여전히 네가 뭔가를 감춘다는 느낌을 지울 수가 없구나. 네가 충성을 맹세했다는 사실을 잊지 말아라. 나에게 보고할 다른 사항이 없는가?" 숱이 많은 눈썹 뒤에서 에미코의 눈동자가 매섭게 파린을 노려보고 있었다.

파린은 멀뚱멀뚱 바라보다 대답했다. "잘 모르겠습니다, 기사님."

"내 생각에 너는 가끔 진짜 너 자신보다 훨씬 더 멍청한 사람처럼 행동한단 말이야. 보통 사람이라면 아무도 내 말에 올라타 벨텐 제국의 제1기사와 맞서 싸우고, 그를 박살 낼 생각도 못 하지. 누가 시킨 것도 아닌데. 나는 이제…"

그때 문이 열렸다. 문 앞에는 파린이 처음 보는 웬 남자가 서 있었다. "기사님, 폐하께서 뵙자고 하십니다." 왕의 전령이었다.

"한 번만 더 허락 없이 불쑥 들어오면 일주일간 성 마당에 거꾸로 매달아 놓겠소."

전령은 소스라치게 놀라 우물쭈물했다. "용서하십시오! 송구합니다. 하지만 폐하께서…"

233

"폐하께 제가 곧 간다고 전해 주시오." 전령은 들어올 때보다 더 빨리 사라져 버렸다. "나중에 다시 얘기하자. 우리의 폐하께서 찾으신다니."

우와, 파린은 깜짝 놀랐다. 에미코의 입에서 나온 '우리의 폐하'에는 경외심 따위는 전혀 담겨 있지 않았다. "저는 돈녀에게 가 보겠습니다, 기사님." 파린이 말했다. 마상 창 시합을 함께 겪으면서 파린과 돈녀의 관계는 전에 없이 돈독해졌다. 털을 빗어낼 때도, 마구간으로 데려갈 때도 놀랍도록 온순하게 파린을 받아들였다. 파린이 저를 돌봐 주는 게 아주 마음에 드는 것 같았다. 파린도 기쁜 마음으로 돈녀를 대했다. 어쩌면 그것이 비밀의 열쇠인지도 몰랐다.

기사는 고개를 끄덕이고 자리에서 일어났다. 둘은 같이 서재를 나왔다. 에미코는 본관 서쪽 측랑으로, 파린은 자신의 방으로 향했다.

"네가 기사님과 우리 모두를 구했어! 고마워, 징글징글!" 방에 들어와 혼자가 되자 파린이 말했다. "고리안이 죽어 버려 안타깝긴 하지만."

뭐가 안타깝다는 거야? 설마 지금 불평하는 건 아니지? 그자가 먼저 물에 독을 탔고, 나중에는 창끝에 씌운 쇠붙이를 떼어 내는 속임수로 너를, 아니 에미코인가? 하여튼 죽이려고 했다고.

"고리안의 스콰이어는 그가 달리는 도중 실수로 떨어진 거라고 주장한다더라. 내 말은 더 이상 고리안한테 정보를 캐낼 수 없게 되어 안타깝다는 뜻이야. 예를 들어 별이 그려진 징표가 어떻게 생겨난 건지, 그게 무엇인지, 그리고 감히 부를 수 없는 존재가 어디에 있는지."

펜타그램에 대해선 내가 대답해 줄 수 있어. 신체의 어느 부분이든 악마와 스치기만 해도 충분하거든.

"그러니까 악마를 직접 만나야 한다는 거야? 그럼 고리안의 아들 카이문트와 도서관을 지키던 클레멘스도 감히 부를 수 없는 존재가 누구인지 알고 있었다는 말이야?"

맞아.

"낙인이 찍힌 누군가를 반드시 생포해야 하는 이유가 생겼네. 고리안은 분명 네코르인의 배후가 누군지, 그들이 뭘 노리는지 알고 있었을 거야."

그렇다고 그가 입을 열었을 리가 없지. 아무리 고문을 해도 감히 부를 수 없는 존재를 추종하는 자들은 절대로 실토하지 않을 거야.

"징글징글, 오해는 하지 말아 줘. 오늘 네가 영웅이라는 사실은 의심의 여지가 없어. 기사님의 칭찬은 네가 받아야 마땅하지. 하지만 가끔씩 너는… 선을 넘는 것 같아."

왜 너의 '하지만' 뒤에는 항상 그런 멍청한 소리가 따라붙는 거야?

"생각해 봐! 고리안 폰 지게스문트의 죽음은 지나치게 스펙터클했어. 의원들이 그를 머리끝에서 발끝까지 검사했는데 온몸의 뼈 가운데 삼분의 일이 부러졌다고 하잖아. 사람 몸의 뼈가 몇 개인지 알아? 척추는 두 군데나 부러졌고."

완벽해! 망상은 더욱 의기양양해졌다. **그게 찜찜하면 나한테 네 정신을 한번 맡겨 봐. 그럼 내가 찜찜함 따원 날려 버리고 덩실덩실 춤이라도 추게 만들어 줄 테니.**

"넌 한번 내달리기 시작하면 말릴 수가 없더라. 네 안에는 네가 막 나갈 때 제동을 거는 내면의 목소리 같은 게 없는 거야?"

망상은 숨을 한 번 크게 쉬고는 입을 꾹 다물었다. 아니, 그건 파린의 행동이었을까?

카랑카랑한 목소리로 망상이 말했다. **이성이 있는 다른 존재들처럼 내 안에도 두 가지 목소리가 있어. 오늘 마상 창 시합에서도 마찬가지였고.**

착각인지 몰라도 왠지 징글징글의 목소리가 조금 소심해진 것처럼 들렸다.

"그래, 내 말이 바로 그거야."

먼저 한쪽에서 '죽여! 저자를 죽여!'라는 속삭임이 들렸지. 이 대목에서 망상은 이성적인 존재답게 잠시 말을 멈췄다.

"징글징글, 그러면 네 안의 다른 목소리가 하는 말을 들으면 되잖아."

물론 그랬지! 악령이 열정적인 목소리로 외쳤다. **그 목소리가 그랬거든. '내 말 안 들려? 죽이란 말이야!'**

아하, 그렇구나!

파린은 자신의 패배를 인정했다. "그냥 여기서 포기할게. 넌 구제 불능이야."

난 아주 징그럽고 역겹고 야비하지. 그게 내 미덕이고 장점이야.

"그럼 궁금한 게 하나 더 있는데 좀 설명해 줄래?"

아니, 그건 절대 안 되지. 오늘은 비판을 더 들어줄 마음의 준비가 안 되어 있다고. 그럼 오늘은 이만.

"이번엔 칭찬일 텐데."

나 듣고 있어!

"돈너는 어떻게 한 거야? 어떻게 내가 등에 탈 수 있도록 돈너를 설득한 거지?"

잠깐. 네 표현에 칭찬 같은 건 없었는데? 칭찬 같은 게 들리면 그때 대답해 줄게.

침묵. 시간이 흘렀다.

피곤이 몰려와 파린은 유난히 긴 한숨을 쉬었다. "돈너를 길들이다니 정말로, 정말로 대단해. 내가 돈너 등에 올라탈 수 있게 하다니 그야말로 굉장해. 넌 정말 천재적인 악령이야. 어떻게 한 거야?"

잘하네. 징글징글은 이제 겨우 만족한 모양이었다. 우리가 돈너의 정신으로 들어간 거야. 잠깐이었지만 너도 돈너가 세상을 어떻게 인지하는지 봤을 거야.

"뭐라고? 그, 그건 정말 믿을 수가 없어. 그럼 네가 다른 육체 안으로 들어갈 수 있다는 거야?"

네가 그렇게 놀라는 게 난 더 놀라운데?

"그럼 내 몸에 부적 때문에 들어온 게 아니었어?"

네가 그 부적을 불에 던지기 전에도 나는 네 감각 속에 있었어. 악령은 영혼을 드나드는 나그네야. 신체 접촉을 통해 얼마 동안 다른 생명체의 영혼으로 들어갈 수 있지. 돈너의 경우엔 네가 나를 따라 함께 들어가 줘야만 가능했던 거고.

그의 예상이 확신으로 변했다. "네 말은 우리가 돈너의 머릿속에 들어갔고, 돈너처럼 세상을 인지했다는 거지?"

맞아. 그렇다고 감격해서 말처럼 울 필요는 없어.

"정말 믿을 수가 없어! 그때부터 나는 돈너를 다른 눈으로 보게 되었어." 파린은 잠시 골똘히 생각했다. "감히 부를 수 없는 존재의 경우에도 비슷한 일이 생기는 거야?"

기본적으로는 그렇지. 다만 그는 영혼을 드나드는 힘이 훨씬 더 강력해. 자신의 숙주에 징표가 새겨지는 즉시, 심지어 인간의 의지에 반해서도 인간을 조종할 수 있으니까. 그에 비하면 나는 얌전한 방문객인 셈이지.

"젠장. 그러니까 그자가 너보다 훨씬 더 위험한 악령이란 말이군. 참, 그러고 보니 너 경기 전에… 날 못살게 굴려고 일부러 리젤을 화나게 만든 거라고 했지? 그따위 짓은 당장 그만둬! 내가 너 때문에 얼마나 여러 번 리젤 등에서 떨어졌는지 알아?"

우리 방금 칭찬만 하기로 합의 본 거 아니었어?

"어휴, 징글징글하다 진짜!"

고리 떼기를 하려다 날아갈 땐 나도 어쩔 수 없었어.

파린은 깊은 한숨을 쉬었다. "그럼 다른 때는? 그러니까 예를 들어… 눈 속에 처박혔을 때는?"

근데… 칭찬은 어디로 갔지?

드디어 파린이 폭발했다. "하! 칭찬이 어디로 갔냐고? 너 참 대단하다 정말! 지난밤 그라쿠스 왕과 에미코 기사님 얘기를 했을 땐 또 어떻고. 도대체 어디 처박혀 있었던 거야?"

오, 그래. 생각만 해도 즐거워지는 기억 말이지. 눈치도 없이 벨텐 제국에서 가장 큰 권력을 가진 사람과 수다나 떨다니 얼마나 귀여웠는지 몰라. 내가 너의 그런 점을 좋아한다니까.

"넌 노인의 정체를 알고 있었어. 그런데도 나한테 귀띔해 주지도 않았고."

아니지. 내가 알려 줬었더라면 넌 잔뜩 주눅이 들어서 말더듬이가 되었거나 횡설수설해 댔을걸.

파린은 잠시 생각에 잠겼다. "그라쿠스 왕은 왜 나한테 자신이 누구인지 밝히지 않았을까?"

자기 이름을 말했잖아. 발단이라고. 그거 말고 무슨 설명이 더 필요해? 왕관, 아니면 족보라도 너한테 보여 줘야 믿을 거야?

"그래, 발단이라고 했어. 하지만 몰랐어. 왕의 성이 아닌 이름을 직접 들은 적이 없었으니까. 왕의 경호병들은 어디 있었던 걸까?" 파린은 뒤늦게 한숨을 쉬었다. "그렇게 내 머릿속에 자리를 차지하

239

고 앉아 있을 거면 다음엔 좀 힌트라도 주면 좋겠어."

왜? 다음에 그라쿠스를 만나면 어차피 기억이 날 텐데. 낄낄거리는 소리가 들렸다.

망상의 유머 때문에 아주 미쳐 버리겠군.

아니, 벌써 오래전부터 미쳐 버린 상태인지도.

"그것도 유머라고… 아둔한 징글징글 같으니!" 파린이 망상을 나무랐다. 그러고는 자기 자신을 꾸짖었다. 실없이 입꼬리가 올라가는 자신을 발견했기에.

잠시 후 그는 깊은 잠에 빠져들었다.

누구에게나 그렇듯 아침이 찾아 왔다. 파린은 물 한 그릇을 떠다 놓고 이를 닦은 후 옷을 입었다. 가슴에 에미코의 상징인 불을 내뿜는 용 그림이 그려진 스콰이어의 튜니카는 언제 보아도 자랑스러웠다. 안뜰로 나오니 투르겐손 공작과 그의 아들 바랄돈, 그리고 또 다른 스콰이어 두 명이 보였다.

"오, 우리 성주님의 방패닭이가 오시는군." 투르겐손이 인사 대신 비아냥댔다.

조금 전까지 좋았던 기분이 싹 사라졌다. 아침 일찍부터 또 시작이군. 파린은 대답도 하지 않고 멀찌감치 투르겐손을 피해 지나쳤다. 하지만 어느새 그의 아들이 앞을 가로막았다.

"어이, 스콰이어. 공작님께 당장 경의를 표하지 못해?"

"너 같은 음흉한 배신자랑은 말 안 섞어." 파린이 대답했다. 무예 시합 때 그의 행동을 떠올리니 여전히 실망을 감출 수 없었다.

투르겐손 공작은 파린의 행동을 어느 정도 예상한 모양이었다. "매장꾼 놈이 내 아들에게 대답하는 태도가 그게 뭐지? 네가 에미코의 총애를 받든 말든 상관없이 너를 시범 케이스로 손봐야겠다. 이 사회에서 신분이 뭘 뜻하는지 네가 영원히 잊지 못하도록 말이지."

무슨 뜻이지? 파린은 그의 의도를 파악하려고 애썼다. 나랑 대결이라도 하겠다는 걸까?

"네가 잊어버린 존경심과 예의범절을 매로 가르쳐 주마. 여긴 널 지켜 줄 네 주인도 없으니까." 투르겐손이 주먹을 쥐고 그에게 다가왔다.

"하지만 왕이 있지! 좋은 아침이군." 근엄한 목소리가 울려 퍼졌다.

바랄돈과 스콰이어들은 그대로 무릎을 꿇고 고개를 숙인 채 바닥만 바라보았다. "폐하." 그들의 목소리는 거의 알아들을 수 없을 정도로 기어들어 가고 있었다.

파린은 넋이 나간 사람처럼 멍하게 목소리의 주인공을 바라보다가 결심을 굳히고 용기를 내어 상냥하게 인사했다. "안녕하세요, 발단, 좋은 아침이네요. 경기는 재미있게 보셨나요?"

그라쿠스 왕은 잠시 꼼짝 않고 그 자리에 서 있었다. 엄청난 불경에 놀라 바랄돈과 다른 스콰이어들의 눈이 동그래졌다.

투르겐손 공작만이 고소하다는 듯 야비한 미소를 지으며 말했다.

"폐하, 존경하는 큰아버님. 이 무례한… 에… 스콰이어라는 호칭이 과분한 이자의 파렴치함을 용서하여 주십시오. 이자에게 예의범절을 가르치고 합당한 벌을 내리겠나이다." 그가 배려로 가득 찬 목소리로 말했다.

그라쿠스가 미소를 지으며 말했다. "사랑하는 조카여, 이 젊은이를 아는가?"

"불행히도 그러하옵니다. 이자는 쓸모없는 스콰이어로 이 성에 온 이후로 기사 계급의 명예를 훼손하는 행동을 일삼고 있습니다. 정말 부끄러운 일이 아닐 수 없습니다."

"아, 그런가?" 왕이 호기심 가득한 얼굴로 물었다. "어떤 일이 있었던 거지?"

"저자는 무가치함의 전형입니다. 단체전 무예 시합에서는 첫 번째로 탈락했고 일대일 겨루기 시합에는 나타나지도 않았으며 모든 종목에서 형편없이 패했습니다."

"그래? 내가 듣기로 창던지기에서는 결승에 올랐다던데?"

투르겐손은 안달이 난 것 같았다. "아, 예, 그건 우연이었습니다. 하지만 결승전에는 출전하지 않았습니다. 추측건대 겁이 났던 게죠."

"추측이라. 추측은 그대의 주특기지. 특히 다른 사람을 해칠 때 사용하는." 투르겐손이 뭐라 대꾸할 틈도 주지 않고 그라쿠스 왕이 먼저 물었다. "조카여, 대체 왜 별 볼 일 없는 스콰이어에게 이렇게

까지 야단법석을 떠는 건가? 그럴 만한 가치가 있는가?"

"에… 그건 그가… 폐하께 마땅한 경의를 표하지 않는다면…" 그가 최대한 비굴한 얼굴로 말끝을 흐렸다.

"그는 벌써 경의를 표했네. 그는 내가 기대했던 모습 그대로 나에게 인사를 했고 동시에 약속을 지켰지. 이 젊은이가 나에겐 매우 깊은 인상을 줬네."

바랄돈의 일그러진 얼굴은 파린이 성에서 지내게 된 뒤 감내해야 했던 수많은 굴욕을 한 번에 보상해 주었다. 그리고 투르겐손의 표정은 그 보상에 대한 감격을 완성시켜 주었다. 도저히 이해할 수 없다는 듯 이마에 깊은 주름이 파였다. 찌푸린 코와 쳐진 입꼬리, 그리고 가늘게 뜬 눈을 하고 그가 우물거렸다. "하지만… 분명 착각하셨을 겁니다. 이놈은 미천한 자입니다. 믿어 주십시오. 그러니까… 이자는 매장꾼입니다."

"조카여, 지금 그대의 왕이 나이가 들어 망령이라도 들었다는 건가? 그렇다면 그 왕은 그대와 친척 관계라는 사실부터 잊게 될 것이야."

"송구하옵니다. 제가 폐하께 무례를 범하였습니다." 투르겐손이 낙담하여 말했다. 그의 눈은 분을 삭이느라 번뜩이고 있었다.

"이 문제는 정리된 걸로 믿고 난 이만 가 봐야겠네. 나는 지금 이 성의 성주와 식사를 하러 가는 길이네. 같이 갈 텐가?" 왕이 물었다.

투르겐손 공작은 허리가 부러질 듯 굽신거리며 대답했다. "영광이옵니다, 폐하."

"미안하지만 공작이 아니라 스콰이어 파린에게 물은 것이네."

조금 전까지 그 이상 더 멍청해 보일 수 없을 것 같던 투르겐손 공작의 얼굴은 놀랍게도 훨씬 더 멍청한 표정을 짓고 있었다.

파린은 왕의 황송한 제안에 너무 놀라 말문이 막힐 지경이었다. "좋아요. 배가 많이 고프네요. 어제 너무 긴장해서 거의 아무것도 먹지 못했거든요."

"그럼 따라오게, 스콰이어." 그라쿠스 왕은 뒤로 돌아 식당 쪽으로 걸음을 옮겼다. 낯선 승리의 감정을 느끼며 파린은 그의 뒤를 따랐다. 그는 마치 매일 최고 권력자와 아침 식사를 하는 사람처럼 아무렇지 않은 듯 행동하려고 애썼다. 하지만 지금 무슨 일이 일어나고 있는지를 깨닫자 현기증이 날 지경이었다. 하우펜이라는 시골 마을에서 따돌림받으며 온갖 수모를 겪었던 매장꾼의 아들이 세상에서 가장 강력한 권력자인 왕의 식사 초대를 받은 것이다. 더욱이 이것은 망상의 도움 없이 스스로 이뤄 낸 성공이었다.

그라쿠스 왕이 식당의 문을 열었다. 혼자 앉아 있던 에미코가 일어섰다. "폐하!" 그는 가볍게 허리를 숙여 인사했다. 아주 가벼운 인사였다. 그제야 뒤따라온 파린을 발견한 모양이었다. "나중에. 폐하와 식사하려던 참인 게 보이지 않는가?"

"에미코, 그대만 괜찮다면 그대의 스콰이어가 자리를 함께해도 괜찮겠는가?"

에미코의 눈썹이 아주 잠깐 움직였다가 제자리로 돌아왔다. "폐하께서 원하신다면. 제가 전적으로 신뢰하는 부하입니다."

"알고 있는가, 에미코? 나도 마찬가지라네. 만난 지 그리 오래되지도 않았는데 어떻게 그럴 수 있는지는 모르겠지만." 늙은 왕 그라쿠스가 테이블 상석에 앉았다.

기사의 눈썹은 제자리를 찾았지만 그의 눈빛엔 놀라움과 짜증이 서려 있었다. "스콰이어, 너도 앉아라." 혹시 대견함도 조금은 섞여 있는 걸까?

왕과 성주와 함께하는 식사. 파린은 이 상황이 전혀 실감 나지 않았다. 떨리는 손가락으로 책상 앞의 의자를 끌어와 에미코의 맞은편에 앉았다. 식탁엔 벌써 음식이 차려져 있었다. 양쪽 벽에 음료와 부족한 음식을 들여올 하녀들이 서 있었다.

파린은 남몰래 그라쿠스 왕과 에미코를 번갈아 훔쳐보았다. 팽팽한 긴장감이 갓 구운 빵과 향기로운 와플, 버터, 치즈, 햄, 그리고 꿀 위에 내려앉았다.

에미코는 자신의 성만큼이나 고집스럽게 무겁고 오랜 침묵을 지켰다. 마치 가을을 기다리는 여름처럼 아무 소리도 없이, 노릇노릇하게 구워진 와플에 황금빛 꿀만 떨어뜨리고 있었다.

무슨 일이지? 파린의 긴장한 어깨 근육은 자신의 검만큼이나 단단해졌다. 절대로 허락받지 않고 둘 사이에 끼어들지 말아야지. 파린은 단단히 마음먹었다.

왕은 햄을 한 조각 말아서 입에 넣고 씹었다.

영원할 것 같았던 침묵이 그의 폐하, 발단 그라쿠스가 입을 열며 드디어 끝이 났다. "어제 나의 제1기사가 사라졌네."

"그렇게 되었습니다. 저도 책임이 없지 않다는 걸 잘 알고 있습니다." 에미코가 그렇게 대답하고 파린을 힐끗 보았다.

"그대가 제2기사라는 사실을 그대의 스콰이어도 알고 있는가?"

"몰랐더라도 지금 알게 되었겠네요, 폐하." 왕의 마음에 들 것 같지 않은 말투로 에미코가 대답했다.

끼어들지 말자, 파린이 다시 한번 다짐했다. 무조건 입을 다물고 있어야 해. 하지만 어느새 자신도 모르게 대답을 하고 있었다. "폐하, 이미 알고 있는 사실입니다. 까마귀가 하는 말을 엿들었기 때문입니다."

왕이 우물거리던 동작을 멈췄다. "까마귀를 아는가? 그의 말을 엿들었다고?"

"에… 그렇습니다. 그가 다른 사내 두 명과 매장꾼의 작업장으로 말을 타고 왔었습니다. 저, 저를 죽이려고요."

그라쿠스가 의자 등받이에 몸을 기댔다. "에미코, 그대는 원래부터 어딘가 특별한 데가 있었지. 그런데 이제 특별한 스콰이어까지 더해졌군." 그라쿠스는 에미코의 눈을 보았다. 에미코는 재빨리 하녀들 쪽으로 눈길을 돌렸다.

"나가 있어." 에미코가 명령했다.

두 하녀는 무릎을 굽혀 인사하고 밖으로 나갔다. 무거운 문이 덜커덩 소리를 내며 닫혔다.

"그대의 스콰이어가 말을 꺼냈으니 얘기를 해 보지. 사교에 빠진 네코르인들 때문에 걱정이 크다네. 까마귀가 그 사교 집단에 속해 있는 건 확실해. 그들이 나의 나라를 위협하고 백성들을 선동하고 있어. 신에 대항하고 나에 대항하도록." 그의 말투에서 앞서 말한 두 가지 중 특히 후자에 대한 근심이 크다는 걸 알 수 있었다.

이제야 파린은 작은 바구니에 담겨 있던 호밀빵 한 조각을 집어 들었다.

"상황이 좋지 않습니다." 에미코는 그 이상은 아무 말도 하지 않고 침착하게 다음 말을 기다렸다. 파린은 꿀을 바른 빵을 한 번 더 물고 하녀가 그랬던 것처럼 무심한 표정을 지으려 애썼다.

"그대는 아주 나쁜 놈이지, 에미코. 거만하고 존경심도 없어. 그래서 참기 힘든 신하가 아니라고 말하기가 쉽지 않아."

파린은 계속해서 딱딱한 빵을 먹는 데만 집중하고 있었다. 새처럼 조금씩. 햄이나 꿀을 바르는 것마저 잊은 채.

천천히 삼켜, 파린. 반드시 식도로 넘겨야 해. 기도와 헷갈리지 마, 그는 계속해서 먹는 데 집중하려고 애썼다.

화가 났을 때 그라쿠스 왕은 나이를 가늠하기 힘들었다. "게다가 그대는 독불장군이지. 그대 눈엔 다른 모든 사람도 그래 보이겠지만."

"폐하께서 말씀하신 대로입니다. 저는 그다지 좋은 신하 노릇을 못 하고 있습니다. 할 일도 거의 하지 않고요." 그가 고개를 들었다. "그건 아마도 제 아버지의 죽음에 대한 책임이 폐하께도 있기 때문이겠지요."

"물론이야. 모든 책임은 나에게 있네. 신이나 사탄이나 날씨처럼. 그대 부친의 죽음엔 여러 사람이 관여되어 있었어. 그 당시 정치적 상황 때문에 비상한 조치가 필요했었지. 그 일이 있고 난 후 바인지히트 고문의 극구 반대에도 나는 그대의 모친 오렐리아를 궁에서 내보내지 않았고, 그대가 부족함 없는 어린 시절을 보낼 수 있도록 했네. 그 문제에 관해서라면 벌써 몇 년 전에 이미 얘기하지 않았던가?"

"그에 대한 감사의 표시로 폐하께 충성을 맹세하고 지금껏 그 맹세를 지켰습니다. 단 한 번도 애정은 없었지만요." 에미코가 차갑게 말했다.

"바로 그 점이 내가 그대를 신뢰하는 이유지. 그대는 속마음을 속이는 법이 없으니까. 그리고 나의 마지막 의심을 그대의 스콰이어가 거둬 갔지. 그 젊은이가 그대의 정의로움을 확신하더군."

"동화 같은 이야기군요!" 오늘 에미코는 무슨 일이 또 일어나더라도 더 놀라진 않겠군.

"그래, 정말 동화 같은 이야기지. 불신과 배반이 판치는 시대에 말일세."

왕은 직접 병에 든 물을 잔에 따라 한 모금을 마셨다. "나도 그대를 그렇게 좋아하는 건 아니네, 에미코. 하지만 그대는 나의 신임을 받고 있지. 그리고 후자는 전자보다 더 중요해."

"제가 폐하를 위해 제1기사 놀음을 해 주기를 바라시는군요. 그 주제에 대해서도 이미 오래전에 얘기가 끝난 것 같은데요."

"기사로서 벨텐 제국의 제1기사가 되는 것보다 더 큰 영예는 없을 터인데도 자네는 무조건 싫다는 말인가? 다른 왕이었다면 고집불통인 그대를 이미 처형했을 걸세." 그라쿠스 왕은 입술을 삐죽였다. "반면 나는 처형 대신 그대에게 보답을 했지."

"예, 저를 멀리 보내 버리기 위해, 불모지나 다름없는 이 회색빛 성을 제게 주셨죠. 하지만 저는 이 성을 무척 사랑합니다." 에미코가 단언했다.

"여보게. 그렇다면 그대도 나에게 무언가 빚이 있는 것 아닌가?"

"저는 폐하의 기사입니다. 저에게는 모든 게 다 폐하께 진 빚이고 의무지요. 저는 이미 그것을 맹세하였습니다. 하지만 저는 제1기사로는 적합하지 않습니다."

"내 주변의 모든 이들은 같은 맹세를 했지. 그런데? 맹세는 지키라고 있는 것인가 아니면 깨라고 있는 것인가? 내가 보기엔 저속한 말장난에 불과한 것 같더라고." 왕은 무언가를 버리는 듯한 손짓을 했다. "얼마 전 어느 젊은이가 그러더군. '에미코를 지키는 가장 강력한 벽은 그를 섬기는 기사들과 부하들의 사랑'이라고. 그건 그 어떤 맹세보다 값진 것이지. 고약하기 이를 데 없는 그대가 어떻게 부하들의 신뢰를 얻을 수 있었는지 나로서는 이해가 되지 않네. 하지만…" 그라쿠스 왕은 미소를 지으며 말했다. "…오늘은 제1기사 얘기를 하려던 것이 아니네."

"아니라고요?" 오늘 아침 처음으로 에미코가 실낱같은 감정을 드러냈다.

"아침부터 저녁까지 내 주위엔 온통 위선자와 교활한 자들뿐이네. 밤에도 마찬가지지. 대부분은 자신의 안위에만 관심이 있고 벨텐 제국 따위는 관심 밖이야. 그대와 그대의 능력을 믿네. 결과적으로 그대가 감동적인 승리를 거두긴 했지만 나는 사실 대회 때문에 온 게 아니야. 내가 원래 이곳에 온 목적은 그대 때문이지."

"제 입술에 묻은 꿀처럼 달콤한 칭찬이군요. 하지만 사양하겠습니다." 에미코가 혀로 제 입술을 핥으며 말했다.

그라쿠스는 에미코의 도발에 신경 쓰지 않았다. "자네가 꼭 맡아줬으면 하는 특별한 임무가 있다네. 위험한 일이어서… 그대의 모든 걸 걸어야 할 걸세."

"폐하, 저는 폐하의 신하입니다." 그 대답에서는 비굴함 대신 고집스러움이 느껴졌다.

파린은 당황한 채 둘의 대화를 듣고만 있었다. 징글징글도 호기심이 발동한 듯했다. 물론 신하인 에미코에게는 승산이 없는 불공평한 대결이었지만 둘 다 수사법의 대가인 것만큼은 분명했다.

"자네는 지게스문트의 성을 손에 넣었네." 왕이 계속했다. "나에겐 그 일이 마치 신의 계시처럼 여겨져."

"남쪽의 성에는 관심이 없습니다. 얼마든지 포기할 수 있어요. 어차피 애초에 그런 대결을 생각해 낸 건 제가 아니었습니다. 고리안이 저를 제거하기 위해 사악한 음모를 꾸몄죠."

"그의 계획은 보다시피 성공하지 못했고, 그 때문에 더더욱 그대가 필요한 걸세."

에미코가 조용히 물었다. "폐하, 제게 원하시는 바를 말씀해 주십시오."

"남쪽으로 가게. 성을 넘겨받고 네코르인들의 배후를 찾아내게."

갑자기 고리안의 팔이 떠올랐다. "기사님, 고리안 폰 지게스문트의 팔에도 그 표식이 있었어요. 불꽃과 펜타그램이요."

"그 얘기를 왜 이제야 하나?" 에미코는 발끈했지만 곧 다시 마음을 가라앉혔다. "그렇다면 어느 정도 그림이 그려지는군요. 남쪽은 사교에 물든 네코르인들의 세력권 안에 들어갔고 고리안의 가문도 그들과 한통속인 거죠. 그들은 절대로 저를 환영하지 않을 겁니다."

왕은 깊은숨을 들이마셨다. "지금까지 나의 제1기사였던 고리안은 마상 창 시합에 더 많은 걸 걸 만큼, 그리고 잃을 만큼 대범했지. 그러니 그들은 자신들의 운명에 순종할걸세. 제1기사들의 대결이 흔한 일이었던 옛날과 다를 게 없어. 예로부터 대결에서 지면 성을 빼앗겼지. 어차피 지게스문트는 고리안이 제1기사가 되기 전 내가 하사했던 성이야. 그리고 이제 그의 시대는 끝이 났어."

왕은 제1기사의 죽음을 별로 애석해하는 것 같지 않았다. "그곳에서 준비가 되면 스승이라는 자를 찾게. 그가 네코르인들의 우두머리야. 그에 대해서 갖가지 소문들이 퍼지고 있지."

에미코가 턱을 긁적이며 말했다. "그에 대해서는 저도 몇 가지 들은 바가 있습니다."

"그가 누구인지는 알려지지 않았어. 소문에 의하면 악령과 연관이 있다던데. 지금껏 나는 악령의 존재를 부정해 왔네. 하지만 이젠 그럴 수 없게 되었지. 그대도 그러하지 않은가?" 왕의 눈이 이글거렸다. "오렐리아는 그대가 반드시 악령을 찾아내 끝장을 볼 거라고 말했네."

"폐하, 저 또한 네코르인의 우두머리가 악령과 연관이 있다는 정보를 입수하였습니다."

왕은 조금도 놀란 것 같지 않았다. "어떤 사람들은 스승이 악령에 씌어 영원히 죽지 않을 거라 말한다네. 그에 대해 무언가 알고 있는가?"

에미코가 대답했다. "악령은 인간에게 어떤 표식을 남기고 마음대로 조종합니다. 고리안과 그의 아들 카이문트, 그리고 제 병사 중 한 명이 벌써 악령의 희생양이 되었습니다."

"스승이란 자를 찾아야 할 또 하나의 이유가 있네. 악령을 찾아낼 실마리니까." 그라쿠스가 말했다. "그가 누구인지 반드시 알아야겠네. 내 눈으로 직접 확인하고 싶네. 가능하다면 죽은 채로. 내겐 시간이 별로 없다네. 어느 정도만이라도 정상화 된 제국을 후세에 남겨야 할 텐데."

"군대를 일으켜 남쪽을 청소하셔야 합니다."

"전쟁은 하지 않을 걸세." 그라쿠스가 생각에 잠겼다가 말을 이었다. "그대의 말이 무슨 뜻인지는 잘 알고 있네. 그대가 사실에 근거한 계획을 세운다면 필요한 만큼의 기사와 군대를 주겠네."

"무엇 때문에 제가 그 임무에 적합하다고 확신하시는지요?"

왕은 파린을 가리켰다. "그대의 방패를 드는 젊은이가 내 짐작을 확신으로 바꿔놓았지."

에미코의 미간에 잔뜩 먹구름이 끼였다. 그의 눈빛은 곧 번개라도 쏠 것만 같았다. "저의 스콰이어가 폐하께 무슨 말씀을 드렸는지요?"

"우리는 신과 세계에 관해 얘기했네. 한밤중에 오랫동안 남자들 사이의 대화를 나눴지." 왕이 부드러운 미소를 지었다.

에미코는 붉으락푸르락 한 얼굴로 설명을 기다리고 있었다. 파린이 헛기침으로 말문을 열었다. "엠, 폐하… 허심탄회하게 저와 폐하의 생각을 나눈 시간이었지만… 저는 그러니까… 폐하이신 줄은 몰랐습니다."

"벨텐 제국의 가장 높으신 분이 네 앞에 서 계셨는데 몰랐다고?" 에미코는 여전히 상황을 이해하지 못하고 있었다.

"사실은 앉아 있었다고 말하는 게 더 정확한 것 같아요." 파린이 말을 더듬었다.

"그대의 스콰이어를 나무라지 말게. 내가 그에게 말을 걸었고, 내가 누구인지 밝히지 않았네. 캄캄한 밤이어서 날 볼 수도 없었고. 어쨌든 이거 한 가지만은 알아두게. 청년은 그대를 입에 침이 마르도록 칭송했다는 거."

그게 정말로 사실이었을까? 이 엉큼한 왕이 경비병도 없이 일부러 파린에게 말을 걸었다고? 일부러 캄캄한 시간을 택하고 통나무 옆자리에 앉은 것도 다 계획된 것이었다고?

"그대의 스콰이어는 내가 신부일 거라 추측하더군." 그라쿠스가 몸을 앞쪽으로 당기며 말했다. "덕분에 생각이 났어. 우리의 친애하는 대주교 하차르트도 어두운 음모에 연루되어 있지. 그가 벌써 수차례 고리안 폰 지게스문트와 만났고 까마귀와 접촉했다네."

"제가 이미 오래전에 그를 조심하시라고 경고하지 않았습니까?"

"내가 어떻게 그걸 잊겠는가?" 왕의 얼굴에 세월의 흔적이 더 깊어졌다. "내 말을 잘 듣게, 에미코, 나는 그대가 내 앞에서 무릎을 꿇기를 바라지 않네. 하지만 나 역시 그대에게 굽신거리지는 않을 걸세. 그대는 위험한 상황에 처한 그대의 왕을 돕는 데 적합한 인물이기 때문에 부탁하는 것이지 더도 덜도 아니야. 나는 사탄을 신봉하는 자들과 맞서기 위해 신뢰할 수 있는 동맹이 필요해. 네코르인들의 더러운 입김이 그대에게 닿을 때까지 기다리고 있으면 그땐 이미 너무 늦어. 그래서 그대에게 도움을 요청하네. 고집불통인 나의 기사에게 마지막으로 요청하는 거야. 남쪽으로 가서 그들의 스승을 찾아내게. 나는 나벤슈타인의 내 성에서 그대를 기다리고 있겠네. 그게 내 명령이고 나의 마지막 말이야."

배가 고팠지만 파린은 한 입도 더 먹지 못했다. 둘의 대화를 듣고 완전히 식욕을 잃었다.

에미코는 말없이 고개만 끄덕였고, 왕은 대답에 만족한 듯했다.

"고맙네. 이제 그대의 스콰이어도 아침 식사를 제대로 즐길 수 있겠군."

"엠, 네." 파린은 잔뜩 긴장한 채 입에 대지도 못하고 손에 들고만 있던 빵 조각에 눈길을 돌리고는 금세 얼굴이 발개졌다.

"그 위험한 땅으로 모든 신하를 이끌고 떠나기 전에 우선 믿을 만한 부하 몇 명만 데리고 그곳을 정탐하러 가겠습니다. 부하들의 생명도 제가 모시는 폐하의 목숨만큼이나 중요하니까요."

"자네의 우선순위를 놓고 왈가왈부하지 않겠네." 발단 그라쿠스는 에미코의 눈을 뚫어져라 바라보았다. 둘의 시선이 단단히 얽혔다.

마침내 에미코가 긴장의 매듭을 풀고 대답했다. "준비하는 데 5일이 필요합니다. 제 스콰이어와 함께 가겠습니다."

왕이 고개를 끄덕였다. "알겠네. 강에 뗏목 두 척이 있네. 나는 내일 그중 한 척을 타고 떠나겠네. 그대가 다른 한 척을 쓰게." 왕은 잠시 생각에 잠겼다가 말했다. "그대가 지게스문트 성으로 수월하게 진입할 수 있도록 병사 백 명을 보내겠네. 병사들은 5월 마지막 날 도착할 걸세."

"그때까지는 문제없습니다." 기사가 고개를 끄덕였다. "분부대로 하겠습니다, 폐하."

파린은 깜짝 놀랐다. 뗏목이라고? 뗏목으로 어떻게 간다는 거지? 이제 더 큰 모험이 그를 기다리고 있었고, 그는 이제 그 모험의 한 가운데에 있었다. 그리고 무엇보다 중요한 건 그가 그런 상황을 기쁘게 받아들인다는 사실이었다.

괴물

마구간지기들이 말의 털을 손질하고 먹이를 주는 일을 돕고 난 뒤 파린은 오후 내내 자신의 방안에서 시간을 보냈다.

왕과의 대화가 머릿속에서 떠나지 않았다. 망상은 어떻게 생각할까?

"넌 아침 식사 시간 내내 한마디도 하지 않았어." 파린이 말을 건넸다.

내가 널 똥통에서 끄집어내 준 마당에 그 말은 칭찬이야 아니면 비난이야?

"내가 그라쿠스 왕과의 대화에서 네 도움 없이도 꽤 잘 해냈다고 좀 인정해 줄래? 내가 널 칭찬해 주길 바란다면, 나도 인정받고 싶어 한다는 것쯤은 좀 알아줬으면 좋겠어."

그래, 그래. 네가 뒷걸음질 치다 쥐를 잡았어. 요 행운의 벌레 같으니라고.

이번 생에서 징글징글에게 이보다 더한 칭찬은 받을 수 없겠지. 체념한 듯 파린이 물었다. "오늘 들은 얘기에 대해 어떻게 생각해?"

우리는 남쪽으로 가게 될 거야. 나쁠 게 없지.

"그거 말고 기사님이 받은 특별한 임무 얘길 하는 거야."

에미코는 왕만큼이나 엉큼해. 네크르인들의 사교 조직을 증오하고 악령을 죽이고 싶어 하는 그로서는 사실 자기의 임무가 마음에 들었다고.

"널 죽이려고 하는 거야. 그렇지 않았다면 난 진작 우리 둘에 관한 얘길 사실대로 털어놓았을 거라고. 대주교는 뭐야? 이름이 뭐라고 했지?"

하차르트. 마상 창 시합 때 귀빈석에서 그를 본 게 다야. 그가 어떤 인물인지 먼저 알아봐야 해. 일단 우리의 페하 그라쿠스가 그를 신뢰하지 않는 건 분명하지만.

"온종일 그렇게 많은 사람에게 둘러싸여 있으면서도 왕은 아주 외로워 보여."

그렇다고 울지는 마. 그라쿠스는 권력의 대가를 잘 알고 있어.

"말해 봐, 징글징글…."

네가 그렇게 말을 시작할 땐 꼭 나한테 바라는 게 있던데.

"내 말을 끝까지 들으면 추측할 필요 없이 그냥 알게 될 텐데."

내가 그걸 알고 싶은지 잘 모르겠는데.

모든 악령 가운데 가장 복잡하고 까다로운 녀석이 그의 머릿속에 들어앉은 게 분명했다. 혹여 감히 부를 수 없는 존재와 버금가는 감히 견딜 수 없는 존재가?

"넌 다른 생명체의 정신을 드나들 수 있어. 돈녀에게 그랬듯이."

그게 질문이라면 문장 끝을 올려서 말해 줄래?

그래도 파린은 아랑곳하지 않고 말을 이었다. "우리가 에미코기 사님의 어려운 임무를 돕는다면, 그러기 위해 맨 먼저 대주교 하스나의 생각을 염탐해 낼 수 있다면?"

그 사람 이름이 하…차르트라니까!

"네가 그의 머릿속에 들어가서 그가 무슨 계획을 세우고 있는지 알아내 줘."

하, 그건 그렇게 간단한 문제가 아니야. 네가 돈녀의 머리에 어떻게 손을 얹었는지 생각해 봐. 직접적인 신체 접촉이 필요하다고. 그래야만 돈녀의 머릿속에 들어갈 수 있었으니까. 두 번째로 네가 나를 따라오려면 네 정신을 놓아 버려야 해.

"내가 그렇게 하지 않으면 어떻게 되는데?"

내가 떠나 버리면 너의 정신은 네 육신과 연결고리를 잃게 되지. 너는 그냥 미쳐서 침을 질질 흘리며 혼자서 중얼거리는 빈껍데기가 되는 거야. 망상은 잠시 생각에 잠겼다가 덧붙였다. 생각해 보니 지금과 별로 다를 건 없군.

"세상에 이렇게 재미없는 유머는 처음이야. 난 지금 진지하다고. 한번 해 보자."

자연의 섭리에서 오는 또 다른 문제가 있어. 인간의 사고는 말 같은 동물과는 비교도 되지 않을 만큼 복잡하지. 돈녀의 정신은 우리가 통제할 수 있었지만 하차르트의 정신세계에 들어간다면 오히려 우리가 그를 따라야 해. 그게 아니라면 내가 재미 좀 보겠다고 너한테 계속 정신을 놓아 달라 애걸복걸할 필요가 없겠지? 창던지기 대회에서처럼 말이야.

망상은 정말 꽁한 녀석이야. "그래도 해야 해. 내가 네 말을 제대로 이해했다면, 우린 대주교에게 가까이 가서 그의 몸에 손을 대야

하는 거지."

바로 그거야! 이번엔 제대로 이해했군. 미남계를 한번 써 봐.

"와 정말 너무너무 웃기다. 징글징글."

난 그냥 실감나게 비유를 한 것뿐이야. 그래야 너도 네 계획이 흥미롭 긴 하지만 현실적으로 어렵다는 걸 이해하게 될 테니까. 돈너에게 그랬 듯이 그의 몸에 손을 댄다고 해도 그가 순순히 우리를 자신의 머릿속에 들 어가게 할 것 같아? 조금만 실수해도 즉각 알아채고 말 거라고. 우린 그 가 어떤 반응을 보일지 예측할 수가 없어. 만에 하나 그가 미쳐 버리기 라도 한다면 우린 그의 뒤죽박죽인 정신세계에 꼼짝없이 갇히게 돼. 그 가 죽는 날까지. 그때면 네 몸도 이미 썩어 없어진 뒤겠지.

"그건 또 왜?"

망상이 한숨을 쉬었다. 이해가 안 돼? 목숨이 위태롭다고. 나 말고 네 목숨 말이야. 날 따라오면 네 정신이 네 몸을 떠나고, 그럼 네 몸은 아 무 데도 의지할 수가 없어. 정신이 떠난 껍데기는 움직일 수도, 먹을 수도, 마실 수도 없다고. 그러니까 먼저 안전한 곳으로 그 껍데기를 데려가야 하지.

"이해가 안 돼."

우리가 대주교의 몸에 손을 대고 그의 정신세계로 들어가게 되면 너의 몸은 갑자기 빈껍데기가 되어 그의 발 앞에 스르르 쓰러지고 말 거야. 그 럼 정말 이상해 보일 것 같지 않아?

"하지만 감히 부를 수 없는 존재는 멀리에서도 인간들을 조종하잖아. 카이문트랑 도서관의 병사를 생각해 보면…"

그 악령은 정신들 사이를 마음대로 옮겨 다닐 수 있는 뜨내기 같은 존재
야. 한편으로는 예전에 낙인을 찍어 둔 사람들 몸 안에 들어갈 수 있고,
다른 한편으로는 자신이 원하는 대로 그 사람을 조종할 수 있어. 하차르
트에게 그 낙인이 없어. 설령 있다 해도 내가 그걸 써먹을 수는 없고.

망상도 못 하는 일이 있다니, 믿을 수가 없었다.

"제발. 어떻게든 해내야 해."

딱 한 가지 방법이 있어. 하지만 생각만 해도 머리털이 곤두서는 거
같아. 아니 내 뿔이.

"두려움이라도 느끼는 거야?"

고도로 계산된 의구심을 두려움이라고 말하지 말아 줄래, 벌레! 망상이
꽥 소리를 질렀다.

하지만 파린은 눈 하나 깜짝하지 않았다. "그럼 질문을 바꿔 볼
게. 네가 언제부터 위험을 꺼리게 되었지? 넌 두려움도 없잖아? 그
러니까 이론적으로 우리가 해야 하는 일이 뭔데?"

이건 순전히 이론적인 설명이야. 그와 신체 접촉이 있을 때 내가 그에
게 표식을 남기는 거야. 일종의 일시적인 낙인인 거지. 꼭 멍든 것처럼 보
이는 자국인데 몇 시간 동안 남아 있게 돼. 일단 우리는 네 방으로 돌아
와 안전하게 몸을 피한 다음에 다시 하차르트의 머리로 들어가는 거야.
그러면 우리의 정신은 몇 시간 동안 그의 정신과 하나가 되지. 그보다 긴
시간 머무르는 건 너무 위험해. 그가 아무것도 눈치채지 못하도록 우린 아

261

무 말도, 어떤 의사소통도 하면 안 돼. 우린 그냥 구경꾼에 불과하니까 어떤 일에도 개입할 수 없고 아무런 영향도 줄 수 없어. 제대로 낙인을 찍고 조종하는 건 감히 부를 수 없는 존재만이 할 수 있는 일이거든.

"어쨌든 이론은 그렇다는 거지." 파린은 포기하지 않았다. "네 말대로 해 보는 거야. 우리가 그의 머릿속에 들어가면 그의 생각을 알아낼 수 있고 그가 세운 계획이 뭔지도 알 수 있을 거야. 어차피 그렇게 오래 머무를 필요도 없잖아."

넌 네가 지금 하려는 일이 어떤 건지 잘 몰라. 그의 감각을 통해 세상을 느끼고 그의 생각대로 살게 되는 거라고. 몇 시간에 불과할지라도 그게 널 미치게 만들 수도 있어.

"그거라면 네가 이미 여러 번 해냈던 일이잖아. 네 얘기를 들으면 들을수록 점점 더 잘 될 것 같은 느낌이 드는데? 나한테는 아무 일도 생기지 않을 거야. 그러니까 내 걱정하는 척은 말라고. 그보다는 어떻게 그에게 다가가야 할지 그 방법을 생각해 보는 게 좋겠어. 징글징글, 우리가 이번에도 기사님을 돕는다면 그도 널 나쁘게만 보지는 않을 거야."

그에게 내 존재를 털어놓을 생각이구나?

"맞아!"

악령은 한동안 뭐라 중얼거리더니 말했다. 좋아, 하지만 나중에 가서 내가 널 말리지 않았다고 뭐라 하지는 마. 실패로 끝나고 네가 살아남지 못한다 해도 징징거리는 소리는 듣고 싶지 않으니까.

'그래-좋아-모험'이 떠올랐다. 그게 좋은 신호인지 나쁜 신호인지 파린은 알 수 없었다.

왕은 다음날 성을 떠날 거라고 했다. 그러니 계획을 실행할 시간이 별로 없었다. 오늘 저녁엔 에미코가 연회를 벌이기로 했다. 그라쿠스 왕과 왕가의 귀족 열다섯 명이 초대받은 자리였다. 대주교 하차르트도 그들 중 한 명이었다.

파린은 복도 벽에 기댄 채 연회가 끝나기를 기다리고 있었다. 연회장에서 두 개의 주방과 도서관으로 이어진 복도였다. 손님들은 네 시간째 식사 중이었다. 하인들은 바삐 주방과 식탁 사이를 오갔다. 지금까지 오른 음식들만 해도 두 개 부대의 병력을 먹일 수 있을 정도로 엄청난 양이었다.

무슨 최후의 만찬이라도 되는 듯 먹어 대는군. 망상이 투덜거렸다.

닫힌 문 너머에서 와자지껄한 소음이 들렸다.

어떻게 할 건지 이해했지?

"응, 우린 해낼 수 있어."

주방 하녀 둘이 쟁반을 들고 지나갔다. 그들은 이미 파린이 에미코의 스콰이어라는 사실을 알고 있었기 때문에 전혀 신경 쓰지 않았다. 파린은 목을 길게 뺐다. 작은 그릇에 알록달록한 푸딩들이 들어가기 시작했다. 드디어 연회의 끝이 가까워져 오고 있음을 알리는 신호였다.

인간들은 인생의 반은 잠을 자고 나머지 반은 기다리지.

"불평 좀 그만해. 시간은 하나도 중요하지 않다고 네 입으로 말해 놓고. 네 급한 성격과 전혀 안 어울리는 말인 거 알지?"

조급함은 미덕이야. 그건 즉흥성과 간결함의 온상이고 의미 없는 희망을 몰아내지.

"너라면 일곱 가지 대죄악도 그럴듯한 말로 미화할 수 있겠어."

일곱 가지 대죄악? 그게 뭐가 어때서? 그건 좋은 거야! 저기 연회에서 먹고 마시는 사람들한테 가서 폭식을 주제로 의견을 좀 구해 봐.

때마침 식당의 문이 열리고 한 무리의 손님들이 동그란 배를 두드리며 밖으로 느릿느릿 걸어 나오고 있었다. 덕분에 인간 세계와 악령 세계의 미덕에 관한 토론은 피할 수 있었다.

그가 오고 있었다. 나벤슈타인의 대주교. 금실로 화려하게 수놓은 붉은 사제복을 입고 화려한 허리띠를 두른 그가 그들 쪽으로 다가오고 있었다. 파린은 담 뒤에 서서 열까지 셌다. 그리고는 복도의 모퉁이에서 뛰어나가 대주교에게 있는 힘을 다해 부딪쳤다. 대주교는 비틀거렸지만 이내 중심을 잡았다.

"죄송합니다. 무례를 용서해 주십시오."

파린의 머릿속이 요동치고 있었다. 얼른 손을 대! 어떻게? 법복, 높게 선 칼라, 흰 장갑. 피부라는 게 있긴 한 걸까? 첫 번째 기회는 이미 사라져 버렸다.

"조심해, 이 얼빠진 녀석아." 그가 두 손으로 파린을 거칠게 때리며 소리쳤다.

"하차르트, 진정하세요." 한 여자가 그를 말리며 말했다. "그냥 실수인 것 같은데."

"정말 죄송합니다. 이렇게 용서를 빌겠습니다." 파린은 진심으로 뉘우치는 얼굴로 대주교 앞에 무릎을 꿇고 그의 손을 잡았다. 그리고 몸을 숙여 사제복의 소매를 조금 걷어 올린 뒤 장갑 위의 피부를 발견하고 그곳에 용서를 구하는 입맞춤을 했다.

대주교는 손을 뿌리치고 불같이 화를 냈다. "저리 꺼져!" 그는 거칠게 파린을 밀쳐 냈다. 파린이 균형을 잃으면서 엉겁결에 대주교의 팔을 할퀴었다. 대주교는 얼른 손을 뿌리치고 발길질을 시작했다. 파린은 그 바람에 엉덩방아를 찧고 말았다.

"죄송합니다. 하지만 저를 밀치시는 바람에." 그가 신음하며 말했다.

대주교는 상처 난 팔을 문질렀다. "할 수만 있다면 네 목을 매달아 버리겠다, 얼간이 같은 놈."

"제발 용서해 주십시오."

대주교는 뒤도 돌아보지 않고 말없이 자리를 떴다.

파린은 당황하여 두 팔을 벌렸다. 어떻게 이런 멍청한 일을 저질렀는지 모르겠다는 듯이. 왕과 에미코와 다른 대부분의 손님은 연회장 안에서 인사를 나누느라 밖에서 무슨 일이 일어나는지 눈치채지 못하고 있었다.

잘했어. 이제 안전한 곳으로 가자.

파린은 쏜살같이 자신의 방으로 돌아왔다. 이제 곧 시작하는 거야. 자신만만하던 기세는 어디로 가고 갑자기 겁이 나기 시작했다.

심장이 요동치는 것을 느끼며 그는 문을 잠그고, 신발을 벗고, 침대에 누웠다. 징글징글이 벌써 여러 번 경고 했었잖아! 망상은 분명 파린을 걱정했던 것이었다. 이제야 그 사실을 깨닫게 되었다.

자, 이제 하차르트의 머릿속으로 들어가서 너를 부를게. 꼭 따라와야 해.

"응! 약속대로 신호를 보낼 때까지 기다리고 있을게."

대답은 없었다.

파린은 복잡한 감정으로 내면의 소리에 집중했다. 그러자 느낄 수 있었다. 아니, 더 정확히 말하면 아무것도 느낄 수가 없었다. 정말로 오랜만에 그의 정신이 아무런 방해도 받지 않고 완전히 혼자인 상태. 징글징글이 사라졌다. 엄청난 모험이 시작되기 전, 게룬다가 자신의 작업대에 올라오기 전에 그가 느꼈던 기분은 이런 것이었다. 그를 짓누르던 무거운 짐이 사라졌다. 지금 이 순간 파린은 다시 벨텐 제국의 매장꾼이었다.

바로 그때 멀리서 소리가 들렸다. 담장 열 개 너머에서 들리는 것 같은 소리였다. **지금이야! 얼른 놓아 버리고 이리로 와!**

그 목소리는 이제 머릿속에서 들리는 목소리가 아니었다. 자유가 그의 내면에서 소용돌이치고 있었다. 이런 식으로 망상을 쫓아 보낸 걸까? 그렇다면 왜 지금 꼭 악령을 따라가야 하지? 그러고 싶지 않았다. 악령을 따라가지 않으면 무슨 일이 일어날까? '그건 아예 생각도 하지 마.'라고 망상은 강조했었다. 하지만 지금 그는 바로 그걸 하고 있다. 그는 똑바로 누워 가슴에 두 손을 얹은 채였다. 아니, 이건 마치 죽은 사람 같아. 그는 침대를 박차고 일어나 소리치고 싶었다, 또…

얼른 와야 한다니까!

그래도 파린은 가만히 있었다. 망상은 징글징글했어. 두말하면 잔소리지. 하지만 늘 그런 건 아니었긴 해. 망상이 대주교와 위험천만한 게임을 벌이는 데 동의한 건 파린이 반드시 하고 싶다고 고집을 피웠기 때문이었다. 벌레를 생각해서. 게다가 망상은 몇 번이나 벌레의 목숨을 구했다. 양심의 가책이 빈대처럼 그를 괴롭혔다. 그는 아랫입술을 물었다. 악령이 그의 머리를 떠났다. 그를 믿었기 때문에.

제길! 약속이었잖아. 네가 분명 그렇게 하겠다고 말했잖아.

매장꾼의 아들 파린은 결국 약속을 지키기로 했다. 자기 자신을 원망하며 긴장을 풀었다. 아니, 이렇게 해서는 긴장을 풀 수가 없어. 담요를 턱까지 덮고 팔에 힘을 빼고 난 뒤 정신을 공중으로 띄웠다. 어느새 정신을 놓아 버리고 명상의 여행을 떠나는 훈련이 되어 있던 터였다.

멀리에서 다시 목소리가 들렸다. **벌레, 대체 언제 오는 거야?**

침대가 빙빙 돌고 현기증이 났다. 점점 더 빨리 돌고 돌다가 이제 천장도, 아니 방 전체가, 그리고 다시 반대 방향으로 돌기 시작했다. 회전의 힘에 눈알이 빠질 것 같았다. 그의 정신이 문을 나섰다. 회랑과 복도와 벽이 스쳐 지나갔다. 강렬한 빛이 산산이 부서져 그의 눈동자에 박혔다.

내가 대체 무슨 일을 벌인 걸까, 그것이 그의 마지막 생각이었다.

* * *

그의 골반이 여자의 엉덩이에 부딪히고 있었다. 세게, 리드미컬하게, 그리고 기계적으로. 그는 거칠게 숨을 헐떡였다. 강요된 행동을 하고 있는 사람처럼 보이기까지 했다. 그의 앞에 무릎을 꿇고 엎드려 있는 창녀는 거짓으로 교성을 연기하고 있었다. 그는 돈을 내고 거짓을 샀다.

아니, 이 계집은 1코퍼의 가치도 없어, 그가 분개했다.

하차르트의 생각은 오늘의 연회로 옮겨갔다. 궁정의 사악하고 역겨운 무리들. 그중에서도 특히 그라쿠스 왕은 타의 추종을 불허하지. 하지만 방귀깨나 뀌는 놈들은 죄다 미끄러운 물고기처럼 그의 손에서 빠져나갔어. 반면에 네코르인들의 사교 조직은 끊임없이 세력을 확장하고 있지.

왕의 후계자를 세우는 계획이 몇 달째 진행 중이었다. 대주교가 왕의 대관식을 거행하는 건 오랜 전통이었다. 물론 그는 엄격히 전통을 따를 것이었다. 다만 왕관은 다름 아닌 자신의 머리에 씌워질 계획이었다. 새로운 세상을 선포하노라! 하차르트 왕. 벨텐 제국의 지배자! 그나저나 저 멍청한 늙은이가 언제 죽을까?

딴생각을 하느라 더는 즐길 수가 없었다. 게다가 창녀의 풍만한 엉덩이와 회색빛 피부가 역겹게 느껴졌다. 그는 갑자기 동작을 멈추고 바지를 입었다. "그만 꺼져!"

여자는 뾰로통한 입으로 그에게 돌아서 말했다. "하지만 나리… 제가 무슨 잘못이라도 했나요?"

"전부 다! 꺼져라, 당장!"

그녀는 조금 전보다도 훨씬 더 못생겨 보였다. 연회가 끝나고 하인이 어디서 촌뜨기를 구해 온 것이었다. 경기가 끝나고 창녀들도 대부분 떠난 뒤여서 에미코의 별 볼 일 없는 성에는 고를 만한 여자가 별로 없었다.

"분부대로 하겠습니다. 제 보수는… 어떻게 되는 거죠?"

"너는 재미를 본 것처럼 들리는데 난 전혀 아니었어. 무슨 보수? 혹시 네가 나한테 주겠다는 거냐?"

"1실링을 주시겠다고 약속하셨습니다." 창녀는 화를 억누르며 주섬주섬 옷을 입었다.

"넌 그럴 가치가 없어. 닥쳐!"

"하지만 나리의 하인이 저에게…"

"그럼 거기 가서 달라고 하든지. 이제 꺼져. 장작더미 위에 서고 싶지 않으면."

그녀가 씩씩거렸다. "사탄과 성교한 마녀를 화형 시킨다, 정말로 말이 되네요."

대주교의 손등이 그녀의 얼굴로 날아갔다. 코피가 흘러내렸다. 하지만 창녀는 눈도 깜빡하지 않았다. 검게 칠한 눈썹도 미동도 없었다. 맞는 일이라면 이미 익숙했으니까. 어쩌면 그녀를 너무 만만하게 본 것일지도 몰랐다.

그는 거친 발길질로 여자를 문 쪽으로 쫓아내고, 복도에 대기하고 있던 병사에게 소리쳤다. "내보내! 말을 듣지 않으면 담 너머로 던져 버려라!"

사내는 고개를 끄덕이고 창녀의 팔을 잡아당겼다. 대주교는 그녀의 화난 눈빛을 즐겼다. 여자는 아무 말도 하지 않았다. 아주 고분고분하군. 두려움과 분노가 뒤섞인 얼굴을 보니 심지어 다시 흥미가 생기기까지 했다.

시간이 별로 없었다. 대주교는 팔에 생긴 푸른 멍을 문질렀다. 멍청한 스콰이어와 부딪쳤을 때 생긴 멍이었다. 내일 이 성을 떠나기 전까지 몇 가지 사실을 알아내고 몇 가지를 준비해야 했다. 그는 중요한 일은 언제나 직접 처리했다. 그 때문에 챙길 일이 많았지만, 반면 아무도 믿을 필요가 없다는 장점이 있었다. 그리고 아무런 대가도 치를 필요가 없었다. 그는 인색한 인간이었다. 남들이 잘 먹고 잘 사는 꼴은 못 봐주는 성격이었다. 주는 것보다는 받는 기쁨이 훨씬 더 컸다. 남에게 무언가를 맡기는 건 그의 본성에 맞지 않았다. 그는 또한 아무것도 우연에 맡기지 않았다. 최소한 그가 중요하게 여기는 일만큼은 절대로. 그는 주일마다 '하느님은 기쁜 마음으로 주는 자를 사랑하신다.'라고 강론을 했다. 그 말은 나벤슈타인의 대주교 하차르트에게는 해당되지 않는 말이었다. 그에게 기쁨이라는 감정은 없었다. 심지어 무언가를 받을 때조차 기쁨을 느끼지 못하는 인간이었으니까. 독실했던 그의 아버지는 어린 시절부터 그를 매로 가르쳤다. 처음엔 작은 잘못에, 나중에는 작은 의심에. 기쁨 대신 신앙심만 있었다.

그는 벽에 걸려 있던 외투를 걸치고 밖으로 나왔다. 혼자 성을 빠져나가 서둘러 언덕을 내려갔다. 이제 대부분의 사람이 떠난 풀밭에는 천막 몇 개만 남아 있었다. 막 개간된 구간을 지나 숲 입구 언저리 두 개의 커다란 너도밤나무 사이에 멈춰 섰다.

"어디 계시오?" 그가 두리번거리며 말했다. 목소리에는 조급함이 묻어났다.

덤불 뒤쪽에서 부스럭 소리가 나더니 그림자가 나타났다. 아니, 그건 그림자가 아니었다. 검은 사내가 그의 앞에 나타났다.

누구도 흉내 낼 수 없는 소름 끼치는 목소리로 그가 인사했다. "안녕하십니까, 주교님. 저 같은 불쌍한 죄인에게 시간을 내주시다니 감사하군요."

그는 대주교 자신보다 훨씬 더 끔찍한 인간이었다. 그러자 질투심이 고개를 들었다. "불필요한 말은 삼가시고 용건부터 말씀하시지요. 급하게 전하실 말씀이 무엇인지요."

"우리의 귀염둥이에 대한 새로운 소식이 있지요. 악령이 하우펜의 매장꾼에게 들어가 살고 있는 게 분명해요."

"정말인가요? 그놈이 에미코의 스콰이어더군요. 멍청하고 덤벙대는 것이, 조금 전에는 그와 부딪치는 바람에 하마터면 넘어질 뻔했고, 듣자 하니 대회에서도 거의 모든 종목에서 형편없이 탈락했다고 하더군요. 아무리 봐도 위험한 악령이 숨어 있는 숙주처럼 보이지 않았습니다."

검은 사내가 캑캑거리며 음흉하게 웃었다. "그럼 그가 도서관에서 어떻게 공격을 막아 냈을지 설명해 보시지요. 스승은 클레멘스와 연결되어 뒤에서 창으로 공격했어요. 그가 그냥 평범한 인간이었다면, 아니 아무리 실력 있는 기사였다 해도 그런 공격은 막아 낼 수 없었겠죠."

"무슨 일이 있었죠?"

"주교님께서 말씀하신 그 멍청한 놈이 클레멘스를 말 그대로 동강 내 버렸고 그의 팔을 도서관 바닥에 내동댕이쳐 놓았습니다. 그러고 그와의 연락이 끊겼지요. 그러니 클레멘스가 죽었을 거라 추측하는 겁니다. 그 이후로 클레멘스는 다시 나타나지 않았으니까요. 그 스콰이어가 악령의 지배를 받고 있는 게 분명합니다."

"알겠습니다. 그렇게 여길 만한 근거가 충분하군요. 다만 궁금한 건 왜 악령이 스콰이어를 구했느냐입니다. 가만히 앉아서 그 스콰이어의 몸에 클레멘스의 창이 꽂히는 걸 보고 있을 수도 있었는데요."

"이유는 간단합니다. 클레멘스에게 표식이 있었어요. 악령은 낙인이 찍힌 육체를 성수만큼이나 두려워하죠. 그에게서 의지를 빼앗아 버릴 테니까요. 그러면 스승이 그를 완전히 장악할 테죠." 까마귀는 자신의 말이 농담이라도 되는 듯 다시 키득키득 웃었다.

스승이란 놈을 최대한 빨리 처단해야겠군, 대주교는 생각했다.

"제1기사, 고리안 폰 지게스문트! 어떻게 그가 에미코와의 대결에서 패할 수 있었을까요? 의논했던 대로 내가 직접 물통에 독을 섞었으니 그것 때문은 아닐 테고요."

"실제로 당신에게도 그의 패배에 대한 책임이 있다고 말하는 사람들이 있어요. 하지만 저도 물통을 점검해 보았고 그건 당신 말이 맞습니다. 당신은 제대로 임무를 완수했어요. 그러니 아직 수수께끼는 풀리지 않았습니다. 중독된 상태로 에미코가 나타났고 제1기사를 상대로 승리한 것뿐만 아니라 불행히도 덤으로 그를… 제거하기까지 했어요. 그 일로 스승이 얼마나 노발대발했는지는 주교님도 상상하실 수 있겠지요. 스승 주위에서 조언하는 자들이 매일같이 화형장으로 보내지고 있습니다." 검은 사내는 교활하게 웃었다. 이 정신병자는 살생과 파괴라면 종류를 막론하고 즐기는 듯했다.

대주교는 당장이라도 검은 옷을 입은 매부리코, 거만하기 그지없는 괴물을 찢어 죽이고 싶은 심정이었다. 하지만 까마귀는 스승의 총애를 받는 이들 가운데 하나였다. 그런 자를 적으로 만들 수는 없었다.

참아야 해, 그는 스스로 다짐했다. 네코르인들은 대체 불가한 동맹이었다. 더 많은 정보를 얻기 위해서 이 상황을 이용해야 해.

"이제 어떻게 하실 거죠? 매장꾼 놈을 잡아서 배를 가를까요?" 하차르트가 물었다.

"그럼요. 하지만 우리에겐 스승의 낙인을 찍을 숙주가 필요해요. 매장꾼을 죽이려면 먼저 에미코에게 표식을 찍어야 합니다. 악령이 죽은 매장꾼을 벗어나 기사의 몸속으로 도망친다면 드디어 에미코도, 악령도 우리의 지배하에 놓이게 될 거예요. 그러면 그는 영원히 네코르인들을 섬기게 되는 거죠."

"알겠습니다. 에미코에게 표식이 생기는 즉시 매장꾼 스콰이어를 처리하지요."

검은 사내가 고개를 끄덕이는 모습은 마치 시체를 쪼아 대는 까마귀처럼 보였다.

다음으로 목을 베고 싶은 이가 정의로운 기사였는데 안됐군. 죄목이야 뒤집어씌우면 되는 거였고. 대역죄 같은 거 말이지. 증거 따윈 중요하지 않지. 죽여 버리면 그만이니까.

"이 흉악한 존재 둘을 차례대로 얻게 되면 벨텐 제국은 우리의 것입니다." 대주교는 말하지 않을 수가 없었다. 자신의 감격을 목소리에 모두 담기가 힘들 지경이었다.

까마귀의 얼굴에서 사람들이 입술이라 말하는 그 부분이 뾰족해졌다. "주교님은 언제 표식을 받으실 겁니까?" 소매를 들어 자신의 팔에 새겨진 별 모양의 낙인을 보여 주며 까마귀가 말했다.

"기회가 닿는 대로요. 제게는 영광이지요." 까마귀는 네코르인의 우두머리를 만날 수 있는 몇 안 되는 사람들 가운데 하나였다. 하차르트는 조금도 부럽지 않았다. 사실 그는 모든 수단을 동원하여 스승과의 만남을 피하고 있었다. 네코르인의 수장이 원할 때 언제나 의지를 빼앗기는 꼭두각시가 되고 싶지 않았기 때문이었다. 그는 자신의 권리를 주장하고, 그로부터 이익을 얻는 법을 잘 알고 있었고, 그런 방식에 익숙했다. 반면 의무는 의붓어멈들에게나 요구되는 낯선 덕목일 뿐이므로 자신과는 상관없다고 생각했다.

까마귀가 그를 찬찬히 뜯어봤다.

뭘 그렇게 빤히 쳐다보는 거야, 하차르트가 생각했다. 언젠가는 내가 너의 그 뻔뻔한 매부리코를 박살 내고 네 목을 매달아 버릴 테다.

반면 그가 주는 정보들은 값진 것이었다. 오랫동안 그들은 피고를 제1기사로 만들었던 악령을 쫓고 있었다. 그 악령은 인간에게 엄청난 힘을 부여하는, 상상조차 하기 힘든 능력의 소유자라고 했다. 몇몇 기록은 심지어 영원히 죽지 않는 불멸의 존재로까지 묘사하고 있었다. 불멸! 하차르트는 탐욕스럽게 입술을 핥았다.

까마귀가 쉰 목소리로 말했다. "스승은 주교님께 또 다른 임무를 주셨습니다. 최대한 빨리 실행하셔야 하며 그 대가로 앞으로도 주교님이 왕위에 오르는 데 필요한 도움을 주겠다고 하셨습니다."

"앞으로 계속 이런 식이라면 목표를 이루기까지는 아마 수년이 걸릴 겁니다. 그라쿠스는 벌써 몇 년째 병치레 중이지만 사실 그는 늙은 염소의 가죽만큼이나 질겨서요. 하지만 좋습니다. 제가 뭘 해야 하죠?"

"우리가 나벤슈타인에서 마지막으로 만난 날 고아원에서 탈출한 계집 얘기를 하셨죠. 아로스라는 이름의 계집."

대주교는 고개를 끄덕였다. 대체 무슨 말을 하려는 거지?

"벌써 몇 달째 그 아이를 쫓고 있죠? 주교님과 정찰병들 말입니다. 그리고 현상금 때문에 그 아이를 잡으려는 사람들도 많아요. 하지만 지금까지 허탕만 쳤죠."

"이미 다 알고 있는 얘기를 다시 꺼내는 이유가 뭐요?"

"스승은 그런 실패를 불쾌하게 생각하십니다." 까마귀는 또다시 있지도 않은 입술을 추어올렸다.

"언제부터 스승이 작은 계집아이 따위에 그렇게 관심을 보였지요?"

그의 목소리에 불쾌함이 묻어났다. "그 작은 계집아이가 단숨에 백 명이 넘는 나벤슈타인의 포주들을 죽인 뒤부터입니다. 졸칸 대

276

공과 자칸더의 후계자인 쇠사슬을 두른 개를 포함해서 말이지요. 그리고 주교님이 사랑하시는 대성당을 한 줌의 폐허로 만들어 놓은 뒤부터이기도 하고요. 바로 그때부터 그 계집에게 관심을 두고 계신답니다."

하차르트는 놀라움과 분노가 부글거리며 끓어오르는 걸 느꼈다. "뭐라고요? 그, 그럴 리가요. 성당이 무너졌다고요? 확실한가요?"

인간들이야 어떻게 되든 관심도 없었다. 지하 세계 쓰레기들의 죽음은 조금도 아쉬울 게 없었다. 하지만 대성당은 그에게 많은 걸 의미했다. 그에게 제2의 집이었고, 상징적인 장소였다.

"네. 확실합니다. 오늘 아침에 들었어요. 믿을 만한 소식통을 통해서요."

"제가 듣기로 그 아이는 이제 고작 열네 살이라고 합니다. 그 어린애가 어떻게 그런 일을 했다는 거죠? 악마 같은 계집!"

"흥미롭고 적절한 저주이십니다. 정말로 놀라운 아이 아닙니까? 더 자세한 내용은 저도 알지 못합니다만 그 아이가 더 자라기 전에 싹을 잘라 버려야 합니다. 스승께 표식을 받는 날 그 아이를 데려오거나 그 아이가 벌써 죽었다는 소식을 가져오세요."

분노가 대주교를 집어삼켰다. 그 계집을 손에 넣는 즉시 일 년간 고문하리라.

"좋습니다. 새로운 소식이 있거나 특별한 일이 생기면 연락 주세요."

대주교는 마음을 가라앉히려 애썼다. "물론입니다." 하차르트는 이제 밤낮없이 단 한 가지, 이 개자식에게 정보를 줄 방법만을 생각할 것이었다.

까마귀가 어깨를 으쓱하더니 말했다. "이제 중요한 얘기는 다 끝났습니다. 저는 내일 남쪽으로 돌아갈 겁니다. 나벤슈타인에서 다시 뵙겠습니다, 대주교님." 그는 뒤로 돌아 우거진 숲으로 사라졌다.

하차르트는 복잡한 심경으로 주변의 나무들처럼 그 자리에 가만히 서서 검은 꼭두각시와 나눈 대화의 요점을 다시 짚었다. 그러니까 악령은 무능한 스콰이어의 머릿속에 들어 있다. 도저히 믿기지 않았다. 그리고 모든 걸 파괴한 아로스라는 계집은 또 어떻고. 이역시 미친놈의 헛소리처럼 들렸다. 하지만 지금껏 까마귀에게 들은 정보는 한 번도 틀린 적이 없었다. 까마귀와의 대화 중 떠오른 한 단어가 그의 머리를 격렬히 두드리고 있었다. 그는 눈을 감았다. 아니, 너무 위험해. 예측할 수가 없어. 다시 눈을 떴다. 그리고 천천히 왔던 길로 다시 발걸음을 옮기기 시작했다. 하지만 그 단어는 좀처럼 머릿속에서 사라지지 않았다. 두 음절의 축복 어린 단어! 안 돼, 스승의 요구를 거스르는 건 위험이 너무 커. 어느새 자정이었다. 하차르트는 언덕을 오르고 있었다. 조금도 피곤하지 않았다. 두 음절의 한 단어. 분명 스승이 그걸 노리고 있을 것이다. 세상 그 무엇도 저절로 얻어지는 것은 없다. 이미 젊은 시절부터 하차르트는 자신이 원하는 게 있으면 쟁취하기로 결심했다. 어떤 일이 있어도, 그리고 가차 없이. 그가 거둔 첫 번째 커다란 승리는 아버지의 유산 상속과 관련되어 있었다. 어떤 대책이 필요했다. 그가 둘째였기 때문이었다. 안타깝게도 첫째가 추락사하면서 문제는 간단히 해결되었다. 그렇다, 그가 형을 절벽 아래로 밀었다. 형이라고? 그게 뭐. 형은 그저 권력으로 가는 길에 놓인 또 하나의 시체일 뿐이었다. 어차피 모든 인간은 형제이고 자매가 아니던가? 그리고 모든 인간은 죽기 마련이다.

"불. 멸!" 그가 중얼거렸다. "그러면 내게 무슨 일이 일어날까?"

보초병들이 그를 보고 자세를 바로잡았다. 결심이 섰다. 이제 무엇을 하고 어디로 갈 것인지 확실히 알고 있었다. 그는 안뜰로 가서 총안이 드리우는 그림자 속에 섰다. 그리고 한참 동안 작은 탑을 노려보았다. 바로 저 위야! 성은 쥐죽은 듯 조용했다. 한두 명의 보초병들만 빼고는 모두 잠들어 있는 시간이었다.

남쪽 탑, 네 번째 방. 하인이 알려 주었다. 기억력은 대주교의 장점 중 하나였다. 그는 발소리도 내지 않고 그림자 밖으로 나와 탑을 오르기 시작했다. 나이에 비해 힘차고 날렵한 걸음걸이였다. 하지만 불멸이 된다면 그딴 것도 다 필요 없겠지? 낡은 계단은 원을 그리며 위로 향했다. 문이 하나, 둘, 셋. 다음이다. 하차르트는 결심한 듯 금속 손잡이를 돌렸다. 문은 잠겨 있었다. 주님의 뜻은 깊이를 알 수 없으며 그 길에는 종종 선구자가 필요했다. 단도와 부싯돌 말고도 그는 늘 곁쇠를 몸에 지니고 다녔다. 이렇게 단순한 자물쇠라면 문제없었다. 그는 끝이 'ㄱ'자 모양으로 구부러진 작은 곁쇠를 열쇠 구멍에 넣어 돌리기 시작했다. 찰칵 소리가 났다. 반 바퀴를 돌리자 문이 열렸다. 방안엔 칠흑 같은 어둠이 내려 있었다. 방의 주인은 그 흔한 양초 하나 밝혀 두지 않았다. 대주교는 숨을 참았다. 얕은 숨소리가 들려왔다. 스콰이어의 마지막 숨. 해낼 것이다. 해야 한다. 그것이 불멸로 가는 길이었다. 그를 단도로 찌르고 악령을 차지할 것이다. 그 순간 달빛이 방으로 새어 들어왔다. 희미하게나마 방안의 사물들이 모습을 드러냈다. 그렇다. 에미코의 스콰이어가 평화롭게 잠들어 있었다. 오른손으로 허리에 찬 단도를 꺼냈다. 단 두 걸음, 그리고 재빨리 심장을 겨눠라.

바로 그때, 정적을 깨고 귀를 찌르는 요란한 비명이 울려 퍼졌다. 마치 누군가가 '**징그지그**'라고 외치는 것처럼 들렸다. 너무 놀라 하마터면 비수를 떨어뜨릴 뻔했다. 하차르트는 고개를 홱 돌리고 이리저리 두리번거렸다. 방금 무슨 일이 일어난 걸까? 여긴 스콰이어 말고는 아무도 없는데! 그의 머릿속에 여러 가지 생각들이 빠른 속도로 스치고 지나갔다. 스콰이어가 잠에서 깬 걸까? 그런 것 같지는 않았다. 그는 여전히 미동도 없었다. 아니면 스콰이어에게 경고하는 악령의 목소리였을까? 방 안엔 아직 메아리가 울려 퍼지고 있었다. 아니면 그건 그의 머릿속에서 나는 소리였을까? 그는 칼자루를 움켜쥐었다. 하지만 웬일인지 평소와 달리 망설이고 있었다. 한 가지 사실만큼은 분명했다. 스콰이어가 눈을 뜨고 자신을 알아보는 즉시 다시는 돌이킬 수 없을 것이다. 그의 심장을 정확히 찔러야 한다. 그러면 악령은 모습을 드러낼 것이다. 불멸로 가는 길에 이런 머뭇거림이 필요할까? 아니!

살인의 욕망이 달빛 아래 비수처럼 그의 눈에서 빛나고 있었다.

보상

나벤슈타인. 모든 것이 엉망이었다. 대광장 위엔 여전히 먼지구름이 태양 빛을 가리고 있었다. 연기가 느릿느릿 하늘로 피어오르고 있었다. 대성당의 잔해가 마지막으로, 그리고 그 어느 때보다 신에게 가까이 갔다. 머리가 깨지고 뼈가 부러진 사내들의 시신이 잔해들 속에서 수습되고 있었다.

멀리 떨어진 곳에서 그 장면을 바라보니 심경이 복잡 미묘했다. 사내아이 차림의 아로스는 새로 생긴 펠트 모자를 푹 눌러쓰고 다시 성당이 있던 운터슈타트의 골목길로 돌아갔다. 골목마다 사람들은 같은 이야기를 하고 있었다. 죽은 포주들과 무너진 성당.

근처에서 여자 셋이 모여 떠들고 있었다. "세상에. 살아남은 사람이 단 하나였대."

"그런데 완전히 미쳐서 쥐들의 여왕 어쩌구 하면서 중얼거리고 다녔다지." 다른 여자가 말했다.

"맞아, 고아원에서 살던 여자아이가 성당을 무너뜨렸대. 그러고 나서 다친 데 하나 없이 빠져나왔다던데? 무슨 천사처럼." 세 번째 여자가 덧붙였다.

"그 애는 마법사야. 이름은 아로스고." 여자는 마치 아로스와 친한 친구쯤 되는 것 같았다.

"그것들은 그렇게 죽어도 싸지. 범죄자들이니까."

"그 아이가 영웅이야."

"그리고 그 애가 어른들보다도 똑똑한 거야. 정찰병들이 벌써 몇 주째 찾고 있는데도 허사였으니까."

"어쩌면 그 애는 유령일지도 몰라."

"모르긴 해도 투명 인간처럼 사라질 수 있는 게 분명해."

"이젠 현상금 100실링이 걸렸대."

와아. 내 몸값이 점점 오르는구나!

꼬마 마법사에게 100실링은 엄청난 액수였다. 그녀는 계속해서 걸어갔다. 원래는 시내에 모습을 드러내지 않을 생각이었지만 키를 찾아야 했다. 키가 하던 작업을 그녀가 갑자기 엉망으로 만들어 버렸다는 게 미안했다. 게다가 키는 이 거대한 도시에서 그녀의 유일한 친구였으니까. 물론 키가 용감한 사람이라고 말하기는 힘들었다. 그는 오히려 신중하고 조심스러운 편이었다. 그리고 강하지는 않아도 선량하고 타인에 공감하는 사람이었다. 무엇보다도 그는 모든 일에서 긍정적인 면을 발견할 줄 알았다. 그의 온화함은 그의 가장 큰 장점이었고, 동시에 가장 큰 단점이었다. 어쩌면 키가 자신의 밝은 면을 나에게 조금 나눠 줄 수 있을지도 몰라, 아로스는 생각했다.

하지만 키는 대체 어디에 있는 걸까?

아로스는 광장 주위를 빙 둘러 걸었다. 몇 군데 긁힌 상처만 입고 무사히 그 지옥을 빠져나온 게 얼마나 큰 행운이었는지. 참, 지옥이 아니고 성당이었지.

아로스는 도시의 남쪽으로 갔다. 그곳엔 목공들의 수공업 조합이 터를 잡고 있었다. 그녀가 좋아하는 톱밥 냄새가 났다. 목공, 선반공, 통 만드는 사람, 목수, 그리고 조선공들이 자르고, 갈아내고, 나사를 조이고, 풀을 붙이고, 망치질과 대패질을 하고 있었다.

목수의 작업장에서 네 명의 사내가 말수레에 실린 나무둥치를 내리고 있었다.

한쪽 구석에는 아로스 또래의 소녀가 톱밥을 빗자루로 쓸어 모으고 있었다.

일꾼들도 종일 성당이 무너진 얘기뿐이었다. "다시 좋은 세상이 열렸어." 더부룩한 수염에 어깨가 넓은 사내가 기뻐하며 말했다. "성당을 새로 지어야 하니 앞으로 몇 년 동안은 일감이 몰리겠지." 그는 고개를 돌려 작업실 입구에 어정쩡하게 서 있는 아로스를 보았다. "거기! 넌 그때 성당에서 화가랑 같이 있던 녀석 맞지?"

아로스는 순간 깜짝 놀라 도망치려다가 마음을 고쳐먹었다. 어쩌면 이 사내들이 키가 있는 곳을 알지도 몰라. "마침 잘됐네요. 저도 그 화가를 지금 찾는 중이에요. 혹시 어디로 가면 만날 수 있는지 아세요?"

"정확히는 몰라. 하지만 붸스트슈타트에 가면 오래된 예술가들의 구역이 있어. 거기 가면 그가 속한 조합 사람들이 있을 테니까 거기에 가서 물어보거라." 더부룩한 수염이 아로스 쪽으로 다가오며 물었다. "혹시 내가 만나게 되면 전해 줄게. 네 이름이 뭐지?"

"선착장에서 친구 아가씨가 찾는다고 하면 알 거예요." 아뿔싸, 내가 무슨 말을 한 거지? 당황한 그녀가 관자놀이를 근처를 긁적이며 생각했다.

흙투성이 발, 멍청이들의 여왕 아로스, 너 정말 '친구 아가씨'라고 말해 버린 거야?

다행히 사내들은 아무것도 눈치채지 못한 것 같았다. 수염은 하던 일을 계속하고 있었다. 통나무가 얼마나 두꺼운지 수레에 달린 기구를 써서 들어 올리기 위해 두꺼운 자작나무 둥치에 쇠사슬을 고정해야 했다. "그래도 이름이 있을 거 아니냐?"

지금 나를 의심하는 걸까? 아로스가 의심했다. 지금이 도망칠 수 있는 마지막 기회였다. 하지만 모든 일이 순식간에 벌어졌다. 수염은 통나무를 놓아두고 아로스에게 성큼성큼 걸어왔다. 그녀는 번개처럼 뒤로 돌아 도망치려고 했다. 하지만 무거운 쇠사슬이 다리 사이에 걸리는 바람에 넘어지고 말았다. 수염은 이미 그녀를 덮쳤다.

"어이, 돔. 어린 애를 데리고 뭘 하는 거야? 대체 뭔 일인데?" 다른 사내가 깜짝 놀라 물었다.

"아무래도 이 아인 사내아이가 아닌 것 같아."

"난 남자가 맞아요!" 아로스가 소리쳤다. 자신의 가느다란 목소리가 지금처럼 원망스러웠던 적은 없었다. "저는 화가 키의 제자예요."

"네 말을 믿어 주지 못해 미안하구나. 의심 가는 데가 있어서 말이지. 100실링짜리 의심 말이다."

마치 누군가가 끓는 물이라도 들이붓는 것처럼 그녀의 몸속 내장이 뜨거워지고 있었다. 화가 나서 사지를 버둥거려 보았지만 허사였다. 사내는 억센 손을 놓지 않았다.

"도대체 왜 이러시는지 모르겠어요. 제 이름은 베르트람이에요."

수염은 그녀의 셔츠를 거칠게 찢었다. 사내들은 그녀의 벗은 상체를 보고 눈이 휘둥그레졌다. 그녀의 가슴은 평평했지만 그래도 사내아이가 아닌 것만큼은 분명했다.

"네가 남자라는 거지? 그래 좋아. 이걸로 네가 거짓말을 한다는 증거가 충분한 걸까, 아니면 바지까지 벗겨 줄까?" 그녀의 분노에 찬 침묵에 그의 의심은 확신으로 변했다. "네 이름은 아로스고 나를 부자로 만들어 줄 거야." 사내가 만족스러운 얼굴로 아로스의 팔을 더 세게 움켜쥐었다.

아로스는 한 손으로 찢어진 셔츠를 올려 벗은 몸을 가렸다.

사내들은 서로서로 눈빛을 교환했다. "말도 안 돼! 돔, 우리한테도 상금을 좀 나눠 줄 거야?"

"그러지. 내가 10실링씩 나눠 줄게. 하지만 아직은 아니야. 이 애를 가두는 걸 도와줘. 그리고 누가 가서 정찰병들을 데려와."

다른 세 명이 신이 나서 몰려들었다. 그리고 그녀를 근처 헛간으로 끌고 갔다. 창문 없는 벽은 견고해서 외부의 침입이 불가능해 보였다. 과거엔 공구들을 보관하는 창고로 쓰였던 게 분명했다. 하지만 지금은 한가운데에 널빤지들만 차곡차곡 쌓여 있었다.

"묶어 두지 않아도 괜찮을까?"

"그럴 필요 없어. 봐, 사실은 그냥 별 볼 일 없는 아이라고." 그가 그녀의 허리띠와 다리 부분을 더듬었다. "무기도 없어."

"100실링이라니! 얘가 뭐가 그렇게 대단해서 그렇게 큰 상금이 걸린 거지?"

"낸들 알겠어?" 돼지 같은 목소리로 수염이 말했다. "뭐가 대단하긴, 상금이 대단하지."

큰돈을 벌 거라는 기대로 사내들은 갑자기 기분이 좋아 보였다.

그들은 아로스를 창고에 밀어 넣고 문을 쾅 닫았다. 자물쇠가 잠기는 소리가 철컥하고 들렸다. 그녀는 혼자 어둠 속에 앉아 있었다.

"우리 셋이 여기 있을 테니 가서 정찰병들을 데려와. 그렇지만 이 애가 여기 있다는 건 우리만 아는 비밀이야. 상금을 더 나눠 가질 생각은 없다고."

"얼른 뛰어갔다 올게." 한 명이 말하고는 곧바로 사라졌다.

이렇게 끝인가? 쓸데없는 말을 지껄이고 갯벌의 불가사리처럼 꼼짝없이 붙잡히다니. 아로스는 절망하며 눈을 감았다. 그런다고 달라지는 건 아무것도 없었다.

마지막까지 싸우는 거야, 아로스. 넌 묶여 있지 않잖아. 방법을 찾아봐.

그녀는 네 벽을 기어서 돌고 다시 돌았다. 두 손으로 바닥을 더듬어 보았다. 하지만 바닥엔 아무것도 없었다. 딱딱하고 차가운 진흙

바닥을 맨손으로 뚫을 수는 없었다. 벽에는 못 몇 개가 반쯤 박혀 있었다. 예전에 물건을 걸어 놓는 용도로 쓰였던 것 같았다. 가운데 쌓여 있는 나무판자도 전혀 도움이 되지 않았다. 그래도 그 위로 기어 올라가 까치발을 하고 서서 팔을 뻗어 보았다. 천장까지는 손이 닿지 않았다. 손이 닿는다 해도 그걸로 뭘 할 수 있을까? 도움이 될 만한 물건이라고는 정말 아무것도 없는 걸까? 그녀는 진흙을 발라 굳힌 바닥에 앉아 벽에 등을 기댔다. 쥐는 마침내 쥐덫에 걸리고 말았다. 대주교의 승리가 가까워져 오고 있었다. 그녀를 잡아서 뭘 어쩌려는 걸까? 똑같이 장작더미 위에 매달려 불태워질까? 아로스는 눈물을 삼켰다. 소리는 지르지 않을 거야. 어금니를 주었던 노파처럼 아무 말도 하지 않을 것이다. 오늘은 어금니가 들어 있는 허리띠도 없었다. 바닷가의 작은 구멍에 숨겨 두고 왔기 때문이었다. 그것이 오늘의 첫 번째 실수였을지도 몰랐다.

어떻게 그런 멍청한 짓을 할 수 있니, 아로스? 그 어금니가 지금 껏 너를 도와주었는데. 결국 이런 꼴로 여기에 갇혀 있게 되었구나.

그녀는 자신을 원망했다. 어쩌면 문이 열릴 때 도망칠 기회가 생길지도 몰라. 할퀴고, 물고, 발로 차고…. 사내들의 손에서 벗어날 수만 있다면 할 수 있는 일은 뭐든지 하리라. 싸워 보지도 않고 포기하다니, 그럴 수는 없었다. 그러자 좋은 생각이 떠올랐다. 정찰병이 오기 전에 문을 열게 하는 것이었다.

그녀는 일어서서 문에다 대고 소리쳤다. "화장실, 화장실이 급

해요!"

곧바로 대답이 들렸다. "그래서 뭐? 그냥 안에서 싸든지 바지에다 싸라고. 우리랑은 상관없는 일이니까."

"문 열어 주세요!"

"정찰병이 오면 열어 줄게, 복덩이야. 너무 원망은 말아라. 그런데 네가 워낙 값이 나가서 놓치기가 아까워."

이 방법은 소용이 없었다. 상금에 눈이 먼 멍청이들은 100실링과 아로스의 자유를 맞바꿀 것이다. 목수들 입장에서는 아주 괜찮은 거래였다.

그녀는 다시 낙담하여 자리에 앉았다. '그 애가 어른들보다도 똑똑한 거야.'라고 여자들은 말했었다. 쳇! 똑똑하긴. 장난하나? 그래도 절망은 안 돼! 쥐는 절대 고개를 숙이지 않아. 항상 바닥에 딱 붙어 있으니까. 하지만 쥐들의 여왕은 끝내 고개를 떨구고야 말았다.

문밖에서 큰 목소리가 들려왔다.

나의 하루야, 오늘은 그 어느 때보다 잽싸구나. 정찰병들을 벌써 데리고 온 거냐?

그들이 무슨 소리를 하는지는 이해할 수 없었다. 칼집에서 칼을 빼는 소리가 들렸다. 문을 열기 전에 확실히 준비하려는 것이 분명했다.

세 번의 둔탁한 소리가 들려왔다. 퍽, 퍽, 퍽. 잠시 정적이 흘렀다. 쿵! 뭔가가 바닥으로 떨어졌다. 아로스는 잔뜩 숨을 죽이고 벽에 귀를 댔다. 다시 정적!

이제 문이 덜컹거리기 시작했다. 누군가가 자물쇠를 열고 있었다. 이제 마지막 기회야! 어쩌면 이게 그녀의 마지막 싸움이 될지도 몰랐다. 살아서 잡히는 건 죽은 거나 다름없을 것이다. 몇 걸음 뒤로 물러났다. 도움닫기를 하여 있는 힘껏 달려 나가는 거야. 작은 틈이라도 보이면 잽싸게 뚫고 나가는 거야.

그녀의 감옥 안으로 햇빛이 쏟아져 들어왔다. 밝은 빛에 눈이 부셨다.

조금만 더 열어, 얼른! 아로스는 만반의 태세를 갖추고 있었다.

"친구 아가씨가 문밖으로 뛰쳐나올 계획이었겠지만 이제 그럴 필요가 없어졌어. 자유의 몸이 되었거든."

"키이!" 아로스가 놀라서 멍하니 선 채 작은 소리로 키의 이름을 불렀다.

문이 열리자 작은 그림자가 서 있었다. 아로스는 너무 기뻐서 깡충깡충 뛰고는 그대로 키에게 와락 달려들었다.

작은 사내는 조용히 웃었다. 하지만 기쁨도 잠시, 그가 말했다. "친구 아가씨랑 화가는 최대한 빨리 여길 떠나야 해. 곧 정찰병들이 들이닥칠 거야."

아로스는 멋쩍게 그의 품에서 벗어났다. 눈은 금세 빛에 적응했다. 헛간 앞에는 목수 셋이 바닥에 쓰러져 있었고 조금 떨어진 곳에 단검이 빛나고 있었다. 사내들은 모두 의식이 없는 것 같았지만 피는 한 방울도 보이지 않았다. 아로스는 놀라서 아무런 무기도 들고 있지 않은 작업 가운 차림의 키를 보았다. 그제야 빗자루를 들고 있던 소녀가 눈에 들어왔다. 그녀는 머뭇거리며 이쪽으로 다가오고 있었다.

키가 시선을 의식하고 설명했다. "말리사라고 해. 저 아이가 화가를 데리고 왔지. 말리사가 아니었으면 친구를 돕지 못했을 거야."

"고마워. 네가 나를 구해 줬네. 키와는 어떻게 아는 사이야?" 아로스가 물었다.

"단골손님이야. 그리고 나한테 항구가 그려진 그림을 선물해 줬어." 말리사가 대답했다.

"화가는 그림을 넣을 액자가 필요하지. 여기가 내 단골 가게야. 액자를 가장 잘 만들거든." 단골손님이 말했다.

"넌 정찰병들에게 넘기게 하고 싶지 않았어." 말리사는 흥분한 어조로 말했다. "여기 목수들은 그렇게 나쁜 사람들은 아니야. 하지만 잠시 돈에 눈이 멀어서 너를 가둔 거야."

"우릴 도와줘서 고마워, 말리사."

"최대한 빨리 여기서 도망쳐야 해!" 키가 아로스를 살짝 밀어내며 말했다. 그들은 서둘러 도시 밖으로 향했다.

해변을 따라 걸으며 아로스가 물었다. "아까 거기 있던 남자들은 어떻게 된 거야?"

"어떻게 된 것 같아?" 키의 목소리는 알에서 갓 깨어나온 병아리

만큼이나 천진난만했다.

"그들이 알아서 잠들었을 리 없잖아. 한 명은 심지어 칼까지 들고 있었다고."

"그렇군, 화가는 전혀 몰랐네."

이럴 줄 알았어, 날 아주 바보로 아는군. "키, 말리사가 그들 셋을 때려눕혔을 리 없잖아. 말해 봐, 어떻게 된 거야?"

키는 뭐라고 대답해야 할지 모르겠다는 듯이 어깨를 으쓱해 보였다. "그냥 잊어버려. 중요한 건 친구가 다시 자유의 몸이 되었다는 사실이니까."

그 말도 맞긴 했다. 조금 전까지만 해도 대주교가 깔아 놓은 덫에 걸려 있었고, 장작더미 위에 매달릴 신세였으니까. 하지만 지금은 키와 함께 해변을 따라 걷고 있었다. 그럼에도 키가 무언가를 숨기고 있는 것만큼은 분명했다. 그렇지 않고서야 어떻게 헛간 앞에서 일어난 일을 설명할 수 있겠는가? 그녀는 뒤를 돌아보았다. 그들을 뒤쫓고 있는 사람은 보이지 않았다.

"내 비밀 동굴을 보여 줄게."

썰물이라 바다는 멀찌감치 물러가 있었다. 해변은 시내의 대광장보다도 넓었다. 아로스는 파도 자국이 남아 있는 젖은 모래 위를 걷는 게 좋았다. 키도 마찬가지인 것처럼 보였다. 그는 샌들을 벗고 유쾌한 얼굴로 아로스 옆에서 걸었다.

"고백할 게 있어." 아로스가 입을 열었다.

"화가는 신부님이 아닌데." 키가 대답했다.

"하지만 내 친구잖아. 그리고 네가 대성당에서 받은 일거리가 사라지게 된 데는 내 잘못도 있어."

"아하! 화가도 그 얘기를 들었어. 사람들이 많이 죽었다고." 아로스에겐 어쩐지 저를 질책하는 말같이 들렸다.

"아하, 친구 아가씨는 전혀 몰랐네." 아로스가 뻔뻔스럽게 대답했다.

"헛간 앞의 목수들은 그냥 기절했을 뿐이야. 대성당 안의 사람들은 모두 죽었어." 키가 대답했다.

"한 명만 빼고. 그렇지만 내가 그들을 죽인 게 아니야. 그들이 멋대로 종을 치다가 죽어 버렸로."

"걱정하지 마, 화가는 친구 아가씨를 나무라는 게 아니니까. 친구의 심장이 올바른 곳에서 뛰고 있다는 걸 알아. 내가 궁금한 건… 이제 어디로 갈 거냐는 거지. 나벤슈타인에서 친구는 악명 높은 인물이 되어 버렸어. 다시 잡히는 건 이제 시간문제라고."

"알아, 이제 정말로 도망쳐야 해." 아로스는 졸칸 대공의 말을 기억해 냈다. "여기에서 말을 타고 북서쪽으로 이틀 정도 가면 인적 없는 해변에 여관이 있다는데 혹시 들어본 적 있어?"

"화가는 그 지역을 알아. 거긴 사람이 거의 살지 않는 곳이야. 그리고 절벽 위에 오래된 여관이 있지."

"거기로 가야 해."

"뭘 하려고?" 키가 물었다.

"내 과거의 비밀과 관련된 실마리를 찾았어."

"비밀은 무기가 될 수도 있고, 친구나 적도 될 수 있어."

"가끔은 네가 이해가 안 돼, 키. 난 그냥 내가 어디서 왔는지 알고 싶을 뿐이야. 분명 내 과거는 바르바로사와 관계가 있어."

그들은 동굴이 있는 곳까지 왔다. 입구를 가리키며 아로스가 말했다. "썰물 때에 딱 맞춰 와서 안을 들여다볼 수 있겠다."

그녀는 자랑스럽게 동그란 동굴 내부를 보여 주었다.

"난 여기서 더 위로 기어 올라갈 수 있어. 넌 너무 뚱뚱해서 안 되겠지만."

키는 화난 얼굴로 아래를 내려다보며 말했다. "화가가 어디가 뚱뚱하다는 거야?"

"뚱뚱하든 말았든 어차피 넌 여길 못 지나가."

그 말에 키는 그다지 섭섭해 보이지 않았다. 그가 웃음기를 빼고 말했다. "정말 쓸 만한 은신처야. 하지만 은신처는 은신처일 뿐, 친구가 계속 살 만한 곳은 아니야. 친구는 더 나은 거처에서 지낼 자격이 있어."

"위쪽에 두고 온 주머니에서 바늘하고 실을 가져올게." 그녀가 찢어진 셔츠를 가리키며 말했다.

키는 바닷물이 씻어 낸 자신의 발을 쳐다보았다. "파도가 들어오고 있어. 시간이 그렇게 많지 않아."

"알아, 언젠가는 더 나은 곳을 찾아야겠지. 어쩌면 나벤슈타인을 떠나서 그 여관을 찾아 떠돌다 보면 새로 머물 곳이 생길지도 모르지."

"친구도 같이 갈게. 어차피 성당엔 그림을 그릴 벽이 남아 있지 않으니까."

미래

누군가가 그의 침대에 누워 있었다. 놀랄 일은 아니었다. 그건 당연히 그 자신이었으니까. 파린, 매장꾼 아들의 껍데기. 양팔을 가지런히 뻗은 채 침대에 등을 대고 누워 두 눈을 꼭 감고 있었다.

불과 몇 미터 앞에서 그는 자기 자신을 내려다보고 있었다. 사실 그를 내려다보고 있는 사람은 대주교였다. 손에는 단도를 들고, 머리로는 그를 죽이려는 일념으로.

대체 지금 무슨 일이 일어나고 있는 걸까? 나 자신을 죽이는 걸 바라만 보고 있을 수는 없어.

공포가 엄습했다. 대체 무슨 일에 얽혀든 거지? 처음부터 이런 황당한 계획을 세운 건 그였다. 망상이 여러 번 경고하지 않았던가.

어떻게 하지, 어떻게 하지?

물론 절대로 말을 하거나 그 어떤 눈에 띄는 행동도 해서는 안 된다는 망상의 말을 잊지 않고 있었다. 하지만 이렇게 죽는 것보다 더 끔찍한 일이 있을까? 파린은 두려움에 소리치고 싶었다. 대주교에게 달려들어 그를 마구 두들겨 패고 싶었다. **안 돼!**라고 소리치고 싶었다. 아주 작은 소리로 그가 입을 열었다. "징글징글?"

대주교의 몸 안에 충격이 전해졌다. 그의 심장 박동이 빨라지는 것을 느꼈다. 목소리가 들리는 곳을 찾으려 이쪽저쪽으로 머리가 움직였다.

이제 방 전체가 돌기 시작했다. 제어되지 않고 돌아가는 회전목마처럼. 파린은 어쩔 수 없이 잠시 눈을 감았다.

매장꾼의 아들은 힘겹게 눈을 떴다. 속눈썹 사이로 어둠이 보였다. 어디지? 무슨 일이야? 어떻게 된 거지? 그는 여전히 등을 댄 채 누워 있었고, 깊은 어둠이 그를 누르고 있었다. 마치 매트리스 속으로 그를 욱여넣으려는 듯. 천천히 고개를 돌렸다. 방문이 조금 열려 있었고 그림자가 방 한가운데에 있었다. 무슨 일이 일어났는지 이해하기까지는 그리 오랜 시간이 걸리지 않았다. 그 그림자가 그를 살해하려 하고 있었다. 그건 악몽이 아니었다. 악몽보다도 훨씬 끔찍한 현실이었다. 조금 전까지 그는 침입자의 머릿속에 있었다. 팔과 다리가 납덩이처럼 무거워 몸을 움직일 수 없었다. 그림자의 실루엣을 노려볼 뿐. 점점 더 머리가 아파 오고 눈은 불에 덴 듯 쓰라렸다. 그랬지, 망상과 함께 대주교의 머릿속에 숨어들어 갔었어. 서서히 그 후에 일어났던 일들이 희미하게 떠오르고 지금 처한 상황이 이해되기 시작했다. 아무리 긍정적으로 생각하려 해도 상황은 절망적이었다. 파린은 다시 자신의 몸을 가누려고 온 힘을 다했다. 하지만 다리를 조금 움직였을 뿐 그의 등은 침대에 달라붙은 것처럼 꼼짝도 하지 않았다. 온몸이 마비된 것처럼 느껴졌다. 혈관을 흐르는 피가 그를 간질였다. 시간이 필요했다. 그에게는 없는 시간이. 망상은 어디로 간 걸까. 망상의 존재가 느껴지지 않았다.

너무 늦었어!

그림자가 그를 향해 돌진했다. 칼을 든 팔을 재빨리 들어 올렸다가 파린의 가슴을 향했다. 칼날이 번쩍였다. 그때 갑자기 정신이 들어 몸을 옆으로 굴렸다. 간발의 차이로 몸을 피했고 비수는 짚으로 만든 매트에 깊숙이 박혔다. 파린의 오른 팔뚝이 그림자를 강하게 밀쳤다. 침입자는 그대로 방을 가로질러 날아가 나무문에 부딪혔다.

"여기서 뭘 하는 거지? 당신은 누구야?" 파린이 말했다. 아니, 그건 망상의 목소리였다. 그의 목소리는 놀라움과 두려움으로 가득 차 있었다.

깜짝 놀란 사내는 간신히 몸을 일으켜 문밖으로 뛰쳐나갔다. 문에 부딪힌 다리를 절룩이며. 그가 밖으로 나가기가 무섭게 파린은 단숨에 달려가 문을 닫고는 그 자리에 기대어 앉아 몸을 떨었다. 천천히 그의 영혼과 정신과 신체가 제자리를 찾기 시작했다. 그리고 마침내 그의 사고력도 돌아왔다.

"정말 아슬아슬했어, 징글징글. 이제 겁내지 않아도 돼."

뭐라고? 난 무서워하지 않는다고. 내가 그렇게 한 이유는 우리의 특별한 친구 하차르트를 안심시키기 위해서였어. 너무 어두워서 다행히 정체를 들키지 않았다고 생각하도록 만들려고. 안 그러면 그를 죽이고 네 원망이나 들어야 하니까.

"그랬구나! 그럼 왜 그를 밀짚 인형처럼 문을 향해 던져 버렸을까?"

안 그랬으면 눈 깜짝할 새에 그의 단도가 네 몸을 통과했을 텐데.

"그래, 네 말이 맞아. 미안해." 파린은 깊은숨을 쉬었다. "제길! 이건 무슨 악몽이람. 제발 이게 다 사실이 아니라고 말해 줘."

물론 말해 주지. 이 모든 게 사실이야. 저 작자를 내가 모범으로 삼아야겠다. 양심이라고는 없는, 그 빈자리를 증오와 야망으로 가득 채운 인간. 어서 이 세상이 저런 신부들로 가득 차길.

"작작 좀 해. 난 아직 뭐가 뭔지 하나도 모르겠구먼." 파린은 머리를 흔들었다. 마치 그렇게 하면 공포를 털어 버릴 수 있다는 듯이. "난… 난 그가 몰래 내 방으로 들어와서 나를 죽이려고 하는 걸 그의 두 눈으로 똑똑히 봤어. 난…"

찍소리도 하지 않기로 해 놓고 엄마를 찾듯이 징글징글을 외치다니. 그건 정말 이성적이지 못한 행동이었다고.

"**뭐라고?**" 파린은 황당해서 말문이 막혔다. "다음 순간에 그가 나를 찔렀다고."

찔렀다고? 어디 볼까?

"내가 피하지 않았다면 말이야."

이분 말씀하시는 것 좀 봐. 그러니까 네가 몸을 피했다는 거지?

"그래 네 말이 맞아. 네가 내 몸을 피해 줬어."

그럼 그렇지, 고마워.

"그러니까 차근차근 다시 얘기해 보자. 난 너처럼 무디지 않다고. 누군가 나를 암살하려는 순간엔 우선 살고 봐야 하잖아. 보고 들어서 알고 있잖아. 그는 세상에 둘도 없는 끔찍한 인간이야."

진정하라고. 네 계획이 잘 먹혔어. 최소한 반쯤은. 앞으로 우린 더 기민하게 대처할 수 있다고.

"반쯤은 또 뭐야?"

그러니까, 그가 약간 눈치를 챘잖아. 그나마 다행인 건, 그는 네가 어두워서 자기를 알아보지 못했다고 생각하고 있어.

"하차르트는 수단과 방법을 가리지 않고 왕위에 오르려고 해. 절대로 그렇게 하도록 놔둬서는 안 돼." 파린은 좀처럼 마음을 가라앉힐 수가 없었다. "그리고 교활하기 짝이 없는 까마귀도 무슨 짓을 할지 모르고. 이 모든 일 뒤에는 감히 부를 수 없는 존재, 스승이 도사리고 있지. 그가 배후에서 줄을 당겨 그들을 꼭두각시 인형처럼 조종하고 있어."

그리고 나를 쫓고 있기도 하지. 징글징글이 자랑스럽게 덧붙였다.

파린이 뽀로통하게 대답했다. "말해 봐. 클레멘스가 나를 공격했을 때 네가 날 구해 준 게 낙인이 찍힌 그에게 잡히고 싶지 않아서였던 건 아니야?"

오호, 관찰력 좋은데? 잘 들어, 벌레. 당연히 아니지. 내가 도서관에서 그런 생각을 할 겨를이 있었다고 생각하는 거야?

파린의 눈에 눈물이 고였다. "그럼 됐어, 징글징글. 그의 머릿속은 온통 악으로 가득 차 있었어. 상상도 못 할 정도로. 끔찍한 경험이었어."

어쨌거나 우린 이제 한 걸음 더 왔어. 네 아이디어 덕분에⋯. 고마워.

그 말은 마치 파린을 위로하려는 것처럼 들렸다. 아니, 그럴 리가 없지. 망상의 공감 능력은 돌멩이나 쇳덩어리와 다를 게 없거든.

갑자기 파린은 자신의 나약함이 부끄러워졌다. 그래서 기운을 차리고 정신을 집중했다. "대주교의 타락한 인간성에 대해 어떻게 생각해?"

뭐 사실 그렇게 놀란 건 아니야. 권력 의지가 있는 노년의 사내. 자기가 원하는 게 뭔지 아는 사람.

"어휴, 그만둬. 그는 위험한 정신병자야." 파린은 이마를 문질렀다. "기사님을 만나야겠어."

무슨 얘길 할 건데? 네가 하차르트의 머릿속에 몰래 들어가 무슨 생각이 들어 있는지 엿봤다고?

"흠, 어떻게 얘기하면 좋을까?"

망상은 그 질문만 기다리고 있었다는 듯이 곧바로 대답했다. 이건 당분간 우리 둘만 아는 비밀이야. 감히 부를 수 없는 존재는 먼저 에미코에게 낙인을 찍으려고 해. 그런 다음 널 죽이고 날 잡으려고. 낙인을 찍기 위해서는 신체 접촉이 필요해. 그러려면 어떻게 해야 하지? 당연히 에미코를 유인할 거야. 그러니까 에미코가 우리를 네크로인의 우두머리에게 데려다줄 거라는 결론이 나오지. 우리는 그를 잘 지켜보기만 하면 돼.

"그렇게 된 뒤에는 그럼… 어떻게 하지?"

어떻게 하긴 뭘 어떻게 해? 그 스승을 붙잡아서 작살내 버리는 거지. 아주 재미있을 거야.

망상의 말투 어딘가가 파린을 헷갈리게 했지만, 정확히 무엇 때문인지는 알 수 없었다. "아주 간단하게 들리네."

그래, 아주 간단해. 인생은 이렇게 간단할 수 있어.

드로그단과 슈튐멜과 파린은 성 위에서 풀밭 쪽을 내려다보고 있었다. 슈튐멜은 까치발을 들고 총안을 통해 밖을 보고 있었다.

"얼마 전까지 여기에 수천 명의 사람이 모여 있었다는 사실이 믿어지지 않아." 드로그단이 중얼거렸다.

이제 보이는 거라고는 화장실 용도로 파 놓은 구덩이와 귀빈석, 햇빛 아래 색색으로 빛나는 텐트 하나뿐이었다. 파린이 마상 창 시합에서 고리안을 상대로 승리를 거두고 3일이 지났다. 그 사실을 아는 사람은 세 친구와 에미코, 그리고 에미코를 치료해 준 프레니아뿐이었다. 파린은 저승 문턱까지 다녀온 엄청난 사건 때문에 그녀를 까맣게 잊고 있었다.

"피젤리젤의 애칭을 산책시키려던 참이었어요, 그다음에 프레니아에게 들렀다 올게요." 파린이 천막을 가리키며 말했다. "우리에게 큰 도움을 줬으니까요."

"피젤을 화나게 하면 그땐 나랑 한판 떠야 할 거다, 징글징글." 파린이 말했다.

너 말고 또 누가 있겠냐. 망상이 느물거렸다.

피젤은 빠른 걸음으로 풀밭을 지났다. 그가 고리안을 상대로 마상 창 시합을 벌였던 바로 그 트랙이었다. 말발굽이 지나간 자리에 흙이 뒤집혀 있었다.

"바로 여기가 내가 고리안과 마주쳤던 곳이야." 파린이 피젤에게 말했다. "사실 싸운 건 내가 아니고 징글징글이었지만. 앞으로는 징글징글을 무서워하지 않아도 돼. 하는 짓에 비해 그렇게 끔찍한 녀석은 아니거든."

피젤은 기쁜 듯이 히힝 하고 울었다. 외출이 즐거운 것 같았다. 아니면 파린의 말에 동의한 걸까?

망상이 잠자코 있을 리가 없었다. **이 형편없는 망아지를 더 망쳐 놓지 마.**

파린은 피식 웃으며 알록달록한 천막이 있는 쪽으로 말머리를 돌렸다.

"리젤, 여기서 기다리고 있어." 그는 말에서 내려 푸른색 장막을 열고 안으로 들어갔다.

며칠 전과 마찬가지로 노파는 테이블 앞에 앉아 있었다. 두 손은 포개고 시선은 똑바로 앞을 보고 있었다.

"이제야 찾아뵙게 되어 죄송합니다. 지난번에 제게 하신 말씀을 믿지 않았던 거 사과드리고 싶어요."

"괜찮다, 얘야. 잘못을 인정하는 건 장점이지. 때맞춰 네가 나를 찾아온 것, 그게 가장 중요한 일이란다."

"그리고 마상 창 시합에 나간 사람이 기사님이 아니라는 비밀을 지켜 주신 것도요."

"기사 대신 그의 스콰이어가 악령의 도움을 받아 싸웠다는 거?" 그녀의 입꼬리가 올라갔다.

"머릿속을 떠나지 않는 생각이 또 있어요, 프레니아. 당신의 스승 님께서는 정확히 어떻게 말씀하셨나요?"

"너도 알고 있잖니." 그녀가 짧게 대답했다.

"뼈를 보는 사람을 제시간에 예언가와 만나게 하여라. 악령과 환영의 동맹만이 벨텐 제국을 지옥 불로부터 지켜낼 수 있다." 그때는 노파의 말을 헛소리로 매도했었는데도 놀라울 정도로 정확하게 단어 하나하나까지 기억이 났다.

노파는 고개를 끄덕였다.

"누가 예언가인지 알고 계세요?"

"안타깝지만 모른단다. 벨텐 제국에는 수백 년 동안 예언가가 없었지."

팔백 년 동안이지. 징글징글이 끼어들었다. **어차피 예언 같은 건 안 믿어. 내가 이 세계를 떠돈 수백 년 동안 정말로 미래를 볼 수 있는 사람은 한 번도 만나지 못했지. 예언가라 주장했던 사람들은 모두 거짓말쟁이 사기꾼이었어.**

파린은 아랑곳하지 않았다. "제시간이라는 걸 어떻게 알죠?" 그가 물었다.

"그것에 대해서도 난 할 말이 없구나."

"제가 도움을 청하러 올 거라는 사실을 어떻게 아셨어요?"

"스승님이 그렇게 말씀하셨으니까." 노파는 잠시 생각에 잠겼다. "내 생각에 스승님은 내가 네 임무를 도와주길 바라시는 것 같았어."

"저는 남쪽으로 떠나시는 기사님을 모셔야 해요. 그곳에서 수행해야 할 어려운 임무가 있어요. 괜찮으시다면 제가 잘 말씀드려서 치료사로 일하실 수 있게 해 볼게요. 그러면 한동안 이 성에 머무실 수 있어요. 기사님도 갚아야 할 빚이 있는 셈이잖아요."

"그런 이유로 내 역할을 한 게 아니었어. 에미코 기사가 나를 믿어 준다면 도울 수는 있다. 하지만 그를 모시는 일은 하지 않을 거야."

"그게 뭐가 다르죠?"

"자기결정권! 스스로 결정할 수 있느냐의 문제지."

"흠, 좋아요. 그럼 제가 얘기해 볼게요. 그리고 저에게 주신 도움과 비밀 지켜 주신 것 감사드려요."

프레니아가 작별 인사로 상냥하게 고개를 끄덕였다.

파린은 돌아오는 길에 자기결정권이라는 말을 곱씹어 보았다. 고귀한 단어였다. 그는 에미코를 모신다. 에미코는 왕을 모신다. 그리고 왕은 신을 모신다. 아니면 자기 자신일까. 아무튼 그의 세계는 그랬다.

여행

"드릴 말씀이 있는데요, 기사님?"

"벌써 말하고 있지 않으냐."

"네, 에… 제안 드릴 게 있어서요." 기사는 돈녀에게 가려던 길에 마굿간 앞에서 파린을 마주쳤다. "프레니아 기억나시죠? 혹시 프레니아가 도움이 되지 않을까요?"

"귀찮은 점쟁이가 도움이 될 일이 있을까?"

"무엇보다도 프레니아는 실력이 좋은 치료사예요." 파린이 대답했다.

"오, 그래. 기억나는구나. 그녀가 쓴 방법에 정신이 번쩍 들더군. 머리에 물 한 양동이를 들이부은 것 말이야. 아주 훌륭했다. 아주 간단한 방법으로 말이지." 기사가 투덜거렸다.

"그 이전에 드로그단과 기사님께 약초로 만든 물약을 주었어요. 그 약 덕분에 시상식에 늦지 않게 깨어나신 것입니다. 하지만 가장 중요한 건 프레니아가 비밀을 지켰다는 사실이에요. 제 생각에는 믿을 만한 사람 같습니다."

마지막 말은 하지 않는 편이 좋았다. 기사는 하나 마나 한 이야기를 입 밖에 내는 걸 싫어했다. "너의 임무는 내 뒤에서 방패를 들고 따르는 것이니 너의 일에 집중하도록, 스콰이어." 무뚝뚝하게 말했지만 에미코는 수염이 까칠한 턱을 만지며 생각에 잠겼다. "그녀가 도움을 주었다는 사실은 의심할 나위 없지. 생각해 보마. 이제 너는 네 일에 집중하도록."

"예, 기사님." 아무런 사족도 덧붙이지 않는 편이 나았다. 그는 씨 앗을 뿌렸고 이제 기다리는 일만 남았다.

드디어 출발 시각이 다가왔다. 신하 대부분은 떠나는 이들을 배 웅하기 위해 성 안마당에 모였다. 그들 중 다섯 명만이 에미코의 수 행원으로 선발됐다. 그 구성은 파린의 예측을 빗나갔다. 드로그단 과 플라우디우스가 함께 가리라는 건 파린도 예상하고 있었다. 하 지만 슈투름바흐트 성에서 스콰이어의 교육을 담당한 기사 헥토리 안과 그의 애제자 바랄돈 투르겐손이 일행이 될 줄은 꿈에도 몰랐 다. 결투에서 승리한 뒤 헥토리안은 바랄돈을 자신의 스콰이어로 임명했다.

왜 하필 저 녀석이야! 파린은 입술을 꼭 다물었다.

반면 슈툼멜은 성에 머물러야 했다. 그건 에미코를 대신해 슈투 름바흐트 성을 책임져야 할 사람이 필요했기 때문이었다. 한편으로 는 그와 헤어져야 한다는 사실이 슬펐지만, 다른 한편으로는 슈투 름바흐트 성과 거기에 속한 넓은 소유지를 맡길 적임자로 그를 지 명했다는 사실이 기뻤다.

파린은 슈툼멜과 한참 동안 포옹을 했다. 작은 사내는 큰 눈으로 파린을 바라보며 용기를 북돋아 주었다. "므름!"

그의 한마디는 파린에게 그 어떤 긴 미사여구보다 큰 힘을 주었다. 드로그단과 플라우디우스도 자신들의 대장과 아쉬운 작별 인사를 했다. 반면 에미코는 입을 굳게 다문 채 건조하게 고개를 끄덕일 뿐이었다. 그는 불필요한 감정 표현을 좋아하지 않았다.

이제야 파린은 프레니아가 사람들 사이에 서 있는 것을 보았다. 그녀가 파린을 향해 눈을 찡긋했다. 에미코가 정말로 파린의 말을 듣고 노파를 성에 머물게 한 것이었다.

여섯 명의 기수는 말에 올라 슈투름바흐트 성을 떠났다. 그들의 첫 목적지는 벨텐 제국에서 가장 긴 카바노 강이었다. 강물은 잔잔한 편이었지만 하류로 갈수록 강폭이 넓어지는 큰 강이었다. 이틀 만에 그들은 왕의 뗏목이 정박해 있는 작은 마을에 도착했다. 이곳엔 약 백 명의 주민이 살고 있었고 언뜻 보기에도 유복해 보였다. 집들은 하나같이 크고 견고했고 길은 돌로 잘 포장되어 있었으며 길가에는 등불이 늘어서 있었다. 교회 종탑은 하우펜 마을의 두 배쯤 높았다.

뚱뚱한 사공은 모자를 고쳐 쓰며 말했다. "강을 건너시렵니까? 한 사람당 겨우 5코퍼고요, 말 한 마리당 1실링입니다."

파린은 황당한 눈빛으로 사내를 보았다. 저 파렴치한 자가 이참에 한 재산 땅기려는 모양이었다.

"이 강이 자네 것인가?"

"물론 아닙니다. 하지만 뗏목은 제 것이지요."

"이 나루터는 폐하께서 짓게 하셨지. 그리고 나는 폐하의 뜻을 따르는 신하이다. 강을 건너지 않고 여섯 명과 말 여섯 마리가 이 배를 타고 강 하류까지 갈 것이다. 그대가 말한 금액의 반을 주지."

흥정한 가격은 사공의 제안만큼이나 염치가 없었다. 파린은 사공이 화를 내며 거절할 거라 생각했다.

하지만 그는 침을 한번 퉤 뱉고는 말했다. "에미코, 그대는 예나 지금이나 늙고 못된 구두쇠군."

"그대는 구제 불능의 뻔뻔스러운 사기꾼이군." 둘은 주먹을 쥐고 화난 얼굴로 서로를 노려보다가 마치 명령이라도 떨어진 듯 동시에 씨익 웃고는 서로를 와락 얼싸안고 등과 어깨를 두드렸다.

"슈텐첼, 요 악독한 마도로스."

"에미코, 요 못된 기사."

아하, 그렇구나!

나루터에는 활기가 넘쳤다. 고정된 밧줄에 설치한 뗏목 두 대가 마차들을 통째로 싣고 강을 건너고 있었다. 파린은 감탄의 눈으로 그 광경을 바라보았다.

강 하류로 조금 내려가자 작은 돛대가 달린 커다란 뗏목이 보였다. 돛대에는 왕실의 깃발이 휘날리고 있었다. 그제야 파린은 에미코가 왜 여섯 명을 일행으로 정했는지 이해하게 되었다. 뗏목 한가운데에 나무로 된 칸막이 안에는 정확히 말 여섯 마리를 태울 자리가 있었다.

먼저 드로그단과 플라우디우스와 파린이 말을 칸막이 안으로 몰았다. 다음으로 헥토리안과 그의 스콰이어 바랄돈이, 그리고 마지막으로 에미코가 돈너와 함께 배 위로 올랐다. 에미코의 오랜 친구인 마도로스 슈텐첼이 친히 배에 함께 올랐다.

다른 사공이 밧줄을 풀자 뗏목은 서서히 움직이기 시작했다. 발아래 바닥이 흔들리자 피젤은 벌벌 떨며 사방을 두리번거렸다. 매장꾼의 아들은 불안해하는 피젤을 진정시켰다. 출발 후 한 시간 동안 파린은 말 곁에 꼭 붙어 있어야 했다.

배를 이용하면 지게스문트 성까지 가는 데 이틀이 단축되었다. 파린은 슈텐첼이 뒤에서 작은 노를 저으며 진행 방향을 조정하는 모습을 호기심 어린 눈으로 관찰했다. 사실 뗏목은 저절로 강물을 따라 앞으로 나아가고 있었다. 배는 부드럽게 흔들렸고 양편에 보이는 강가는 나무와 수풀이 우거져 온통 초록빛이었다. 부드러운 바람이 코를 간질였다. 자연의 아름다움은 보고 또 봐도 질리지 않았다. 몇 시간을 그렇게 내려가니 어느새 카바노 강은 점점 더 넓어져서 마치 거대한 호수처럼 보였고 상류와 하류가 구별되지 않았다. 슈텐첼은 5미터 정도 되는 길이의 상앗대로 강바닥을 밀쳐댔다.

"카바노는 거만해. 넓고 거대하지. 하지만 물이 아주 깊지는 않아." 그가 설명했다. "꼭 에미코처럼."

"뱃사공 나으리, 아직 네가 쓸모가 있는 게 다행인 줄 알아. 안 그랬으면 내가 널 벌써 물속에 던져 버렸을 거야." 에미코가 실실 웃으며 말했다.

거의 두 시간이나 슈텐첼의 상앗대질이 계속됐고 배는 강둑 근처까지 다가갔다. 그때부턴 상앗대질을 하지 않아도 뗏목이 저절로 속도를 냈다.

드로그단도 유유자적한 여행이 마음에 드는 것 같았다. "강을 따라 내려가는 건 정말 편안하고 좋아. 그렇지만 상류 쪽으로는 이렇게 갈 수가 없다는 게 문제지. 우리가 도착하면 말들이 강둑을 따라 뗏목을 다시 상류의 나루터로 끌고 가야 하지."

"정말 멋져요!" 파린은 매장꾼의 작업장 근처를 흐르던 개울을 생각했다. 그 개울도 바다로 가기 위해 카바노 강으로 흘러들어 갈까? 드로그단은 이 강이 바다로 흘러들어 간다고 말해 주었었다. 파린이 어떻게 바다로 흘러들어 가냐고 캐묻자 '정말 굉장하지!'라고 말하며 웃기만 했었다. 바다!

뗏목은 느리게 흘러갔지만 그들의 항해는 밤에도 쉬지 않고 계속되었다. 슈텐첼이 조금 눈을 붙이는 사이에는 에미코가 노를 잡았다.

아침 일찍 슈텐첼이 에미코와 막 임무를 교대하려던 순간 파린이 눈을 떴다. 그럴 수만 있다면 밤새 깨어 있고 싶을 만큼 그는 강물이 흐르는 소리, 뗏목이 만들어 내는 꾸르륵 소리, 그리고 물 위를 미끄러져 가는 기분이 좋았다. 그는 졸린 눈을 비비며 슈텐첼 옆으로 가서 앉았다.

슈텐첼이 파린을 보고 말했다. "강을 좋아하는구나, 그렇지?"

"제 작업장 근처의 개울도 좋았지만 이 강은 훨씬 더 굉장해요."

"응, 강은 잠이 드는 법이 없지. 언제나 움직이고, 끊임없이 나아가고, 언제나 그 자리에 있지."

뚱보 슈텐첼도 강을 사랑했다.

낮에는 두 번의 휴식 시간이 있어서 슈텐첼은 배를 강가로 움직여 갔다. 에미코는 짧고 분명한 명령으로 일곱 명을 통솔했다. 매번 두 명이 보초를 서며 도적이나 네코르인의 공격을 감시했고, 불을 지펴 요리하고 용변을 볼 시간을 주었다. 그리고 배를 타느라 고단한 말들을 움직이게 했다. 말 여섯 마리 가운데 돈너만이 강물을 편안하게 느끼는 듯했다. 돈너의 불같은 성격에 상상하기 힘든 반응이었다.

에미코는 언제나 방심하는 법이 없이 일어나는 모든 일을 주시했다. 지금까지는 모든 일이 계획대로 흘러가고 있었다. 한 번은 인적이 없는 마을을 지나갔다. 비어 있는 흙가들은 슬퍼 보였지만 그런 기분도 잠시뿐이었다. 강물을 따라 벨텐 제국을 이렇게 여행한다는 사실에 가슴이 벅차올랐다. 그는 물 위의 여행이 영원히 끝나지 않기를 바랐다.

드로그단이 옆에 앉아서 말했다. "내일이면 이 멋진 여행도 끝이야. 이제 다시 말을 타야지."

"지게스문트 성까지는 얼마나 걸리죠?"

"나도 그 지역에 대해서는 잘 몰라. 확실하진 않지만 아마 이틀 정도 걸릴 거야. 우린 계속해서 해변을 따라 남쪽으로 내려갈 거야."

"그러면 성에서 나벤슈타인까지는 얼마나 떨어져 있어요?"

"빨리 달릴 수 있는 말이면 한 반나절 정도? 폐하는 제1기사를 가까이에 두고 싶어 하시니까."

"고리안 폰 지게스문트는 죽었어요. 누가 제1기사가 될까요? 기사님은 거절하셨어요." 파린이 속삭였다.

드로그단은 어깨를 으쓱이며 말했다. "나도 모르겠다. 폐하는 보통 노련한 분이 아니셔. 에미코 기사님을 지게스문트 성으로 보내시는 이유가 분명히 있지. 북쪽에서라면 기사님의 능력을 쓸 일이 별로 없어. 반면에 남쪽의 급한 불을 끄는 데는 꼭 필요하지."

파린은 말없이 고개만 끄덕였다. 왕과 나눈 대화에 대해 발설하지 않겠다는 기사와의 약속을 떠올렸다.

"피젤을 보고 올게요." 그가 말하고 배 한가운데의 나무 칸막이 쪽으로 갔다. 피젤은 조용히 콧김을 내뿜었다. 친근감과 편안함의 표현이었다. 이제 피젤도 물 위의 여행에 익숙해지는 모양이었다. 1미터 앞에는 바랄돈이 자신의 말 옆에 서서 털을 빗기고 있었다. 그는 보란 듯이 파린에게 등을 지고 모른 척했다.

멍청한 자식, 파린은 생각했다. 나의 뒤통수를 치더니 이젠 아예 무시하는군. 저러고도 고결한 기사가 되길 원하다니. 파린도 말없이 뱃머리 쪽으로 돌아왔다. 비좁은 뗏목 위에서 누군가를 비껴가는 것도 쉬운 일이 아니었다.

다음날 정오 무렵 멀리서 시끌벅적한 소음이 들렸다. 파린이 놀란 얼굴로 드로그단을 바라보았다. 드로그단은 어디서 났는지 꽃씨를 씹으며 껍질을 물속에 뱉고 있었다.

"여기서 뱃길은 끝이 나. 저 앞이 마지막 나루터다. 더 나아가면 바다가 나오지. 그러니까 저곳에 정박해야 해."

바로 그때 슈텐첼이 노를 반대 방향으로 저어 남쪽 강둑으로 뱃머리를 돌렸다.

"**잠깐**, 슈텐첼. 돌아가!" 에미코가 단호하게 명령했다. 슈텐첼은 깜짝 놀라 다시 방향을 틀었다. 그제야 파린도 낯선 사람들을 발견했다. 웬 사내들이 말을 타고 강을 따라 줄지어 서 있었다. 대부분은 가슴에 불꽃 문양이 그려진 검은 옷을 입었고, 모두 검을 들고 적의 가득한 눈빛으로 이방인들을 노려보고 있었다. 스무 명까지 세고 파린은 세는 것을 포기했다. 그들은 한눈에도 값비싸고 견고해 보이는 무기를 들고 남쪽 강가에 진을 치고 서 있었다.

"전투를 준비하라." 에미코가 으르렁댔다. "슈텐첼, 이 뗏목을 멈추게 할 수 있나?"

슈텐첼은 고개를 저었다. "여긴 물살이 너무 세서 쉽지 않아. 다른 쪽 강가로 가 볼게." 그는 작은 노의 방향을 돌리며 드로그단에게 말했다. "노를 이쪽으로 계속 저어 주쇼. 나는 삿대로 밀어 볼 테니." 그리고는 재빨리 긴 막대를 잡고 힘차게 물속을 휘저었다.

기사는 고개를 끄덕인 후 몸을 돌려 큰 목소리로 선착장을 향해 소리쳤다. "나는 슈타인드라헨 성의 기사 에미코다. 우리는 폐하의 명을 받아 여행 중이다. 그대들은 어찌하여 무장한 채 우리를 맞이하는가?"

붉은 갑옷을 입은 전사가 마찬가지로 큰 소리로 대답했다. "왕은 너무 노쇠했고 우리에겐 관심도 없지. 왕을 버린다고 맹세하든가 아니면 죽음뿐이니, 결정은 너희 몫이다."

"너희는 누구를 섬기는가?"

"개혁! 세상을 정화하는 불을 섬긴다. 우리는 네코르의 지지자들이다!"

아하, 그렇구나! 긴말 없이 용건만 간단히. 그건 바로 에미코가 좋아하는 방식이었다. 파린은 역겨움을 느꼈다. 저기에 그들이, 네코르인들이 눈앞에 있었다. 지금까지 파린에게 그들은 멀리에 있는, 실제로는 존재하지 않을 것만 같은 이론상의 위험일 뿐이었다. 이야기와 소문을 통해서만 그들의 잔인한 만행을 접해 왔다. 그런 소문은 벨텐 제국에서 흔히 떠돌곤 했다. 그런데 갑자기 그들이 정말로 눈앞에 나타났다. 갑자기 조용하게, 하지만 강철 무기를 들고.

"진작 배에서 내려 육로로 가야 했어." 플라우디우스가 투덜거렸다.

헥토리안은 대범하게 강가의 동향을 지켜보았다. 그의 손은 칼자루를 쓰다듬고 있었다. "목숨을 건 싸움이 되겠군."

때마침 네코르인의 대장이 외치는 소리가 들렸다. "무기를 버려라, 그런 뒤 배를 정박하게 해 주겠다."

이건 또 무슨 소리지? 점점 커지는 쏴아 소리가 강변서 외치는 네코르인들의 목소리를 삼키고 있었다. 그들은 계속해서 말을 타고 뗏목을 따라 움직였다.

대체 무슨 일이 일어나는 걸까? 파린은 걱정스러운 눈빛으로 슈텐첼과 에미코와 강가의 적을 번갈아 바라보았다. 그리고는 앞쪽을 바라보는 순간 자신의 눈을 믿을 수가 없었다. 약 80미터 앞이 강의 끝이었다. 갑자기 강은 끝이 나고 보이는 것은 파란 하늘뿐.

드로그단도 당황한 얼굴이었다. "합류 지점이야!" 그가 커다란 물소리에 맞서 목청껏 외쳤다. "저기서 강이 30미터 아래 바다로 떨어진다고."

거대한 폭포! 보는 이들에겐 둘도 없는 장관일 테지만 그들은 지금 뗏목 위에 서서 폭포를 향해 나아가고 있었다.

말들도 위험을 예감하고 불안해하며 울기 시작했다. 카바노 강은 언제나처럼 천천히 평화롭게 폭포를 향해 흘러가고 있었다.

"당장 강가에 배를 대지 않으면 돌이킬 수 없어." 에미코가 거칠게 소리쳤다.

갑자기 슈텐첼이 장대를 던지고 드로그단을 밀어냈다. 그는 완전히 다른 사람처럼 보였다. 얼굴에는 원한과 분노가 가득했고 입에서는 침이 흘러내렸으며 눈에는 사악한 기운이 가득했다.

저자의 팔을 봐.

망상은 그 말 한마디만 남겼다. 하긴 이 상황에서 무슨 말이 더 필요했을까마는. 슈텐첼의 팔뚝을 본 파린은 놀라움과 공포에 휩싸였다. 상앗대질을 하다 보니 셔츠 소매 부분의 끈이 풀려 있었고, 그 사이로 불꽃을 둘러싼 펜타그램이 물에 젖은 살갗 위에 반짝이고 있었다.

미친 자가 발작하듯 웃어 젖히며 그는 노를 저어 강 한복판으로 나아갔다. 쏴아 소리는 점점 더 커지고, 낭떠러지는 점점 더 가까워져 왔다. 예기치 못한 상황에 파린은 어찌할 바를 모르고 있었다.

맨 먼저 움직인 건 역시 에미코였다. 그는 곧바로 슈텐첼에게 달려가 주먹을 날려 그를 때려눕혔다.

정신 차려! 얼른! 서두르라고!

이러쿵저러쿵 따질 시간이 없었다. 파린은 즉시 망상을 불러내려 했다. 달리 방법이 없었다. 하지만 쉽지 않았다. 이런 급박한 상황에서 긴장을 풀고 정신을 허공에 띄운다는 게…. 뗏목 위에는 여섯 명의 사람과 여섯 마리의 말이 갈팡질팡하고 있었고 불과 30미터 앞에는 깊은 낭떠러지가 그들을 삼킬 순간만을 기다리고 있었다.

슈텐첼은 눈을 뜨더니 다시 웃기 시작했다. 그의 눈동자에 광기가 소리치고 있었다. 입과 코에서는 피가 흘렀다. 그 사이 에미코가 노를 잡고 북쪽 강둑을 향해 뱃머리를 돌리려 안간힘을 쓰고 있었다. 하지만 강물은 무심하게도 원하는 대로 해 주지 않았다. 이제 절벽은 단 15미터 앞까지 다가왔다. 이제 물길을 거슬러 뗏목을 강둑까지 저어갈 수 없다는 건 불 보듯 뻔한 사실이었다. 흥분한 리젤이 발버둥을 쳤지만 묶어 놓은 밧줄 덕분에 다행히 물에 뛰어드는 것만큼은 막을 수 있었다. 뗏목은 이제 아래위로 출렁거리기까지 했다.

"망할! 지옥이 따로 없군!" 파린은 내면의 목소리를 들었다.

그는 성큼성큼 두 발짝을 걸어 말 쪽으로 갔다. 이제 남은 시간은 단 몇 초, 묶여 있는 말들을 다 풀어 줄 시간이 없었다. 둘러보니 동료들은 물가나 절벽 방향을 바라만 보고 있었다. 파린은 고삐 여섯 개를 손에 쥐고 단숨에 그것들을 끊어 버렸다. 말들은 이제 자유의 몸이었다. 이번에는 상앗대를 붙들고 앞으로 갔다. 양팔로 장대의 끝을 잡고 진행 방향으로 비스듬하게 힘껏 내리찍었다. 다행히 강물이 깊지 않은 곳이어서 장대는 바닥에 닿았다. 파린은 온 힘을 다해 버텼다. 폭포에서 채 5미터도 남지 않았을 때 가까스로 뗏목이 멈춰 섰다.

에미코가 그의 옆에서 소리쳤다. "돈너! 저쪽으로!" 그는 무장한 적이 보이지 않는 북쪽 강둑을 가리키며 돈너를 밀치고 엉덩이를 찰싹 때렸다. 돈너는 단번에 뗏목의 끝에서 물속으로 뛰어들었다.

"모두 나를 따라 하라! 그리고 말을 꼭 붙들어, 하지만 발굽에 채지 않도록 조심하라." 그가 외쳤다.

파린은 금세 에미코의 의도를 이해했다. 말들은 수영에 능했다. 땅 위에서 빨리 달릴 때처럼 물속에서도 힘차게 다리를 움직여 물살을 헤쳐 나갈 수 있었다. 에미코는 다른 말들이 본능적으로 돈너를 따를 것이라고 생각했던 것이었다.

정말로 다른 말들이 모두 물속으로 뛰어들더니 돈너를 따라 북쪽 강가로 헤엄치기 시작했다. 일행들도 물속으로 뛰어들었다. 이제 슈텐첼과 에미코 그리고 파린만이 뗏목 위에 남아 있었다. 파린의 등줄기에 땀이 흘렀다. 그는 아직도 상앗대로 강바닥을 짚고 버티는 중이었다. 장대는 점점 휘고 있었다. 버티는 파린의 근육도 파열될 것만 같았다.

"놔!" 에미코가 폭포보다 더 큰 목소리로 외쳤다. "**이제 헤엄친다, 당장**!"

슈텐첼은 뗏목 바닥 위를 이리저리 구르고 있었다. 그는 제정신이 아니었다. 높고 건조한 탁 소리와 함께 상앗대의 한가운데가 부러지며 몇 미터 앞으로 날아갔다. 갑자기 저항이 사라지는 바람에 파린은 비틀거리며 절벽 쪽으로 밀려갔고 뗏목 앞으로 떨어질 뻔했다. 에미코의 튼튼한 팔이 파린을 붙들고 옆으로 잡아당겨 물속에 빠뜨렸다. 파린은 허우적대다가 솟아 있는 평평한 바위를 붙잡고 기어 올라갔다. 물에 흠뻑 젖은 채 콜록거리며 미끄러운 바위 위에 엎드렸다. 쏴아 소리에 정신이 몽롱해졌다. 고개를 들었다. 그리고 그것을 보았다. 바다! 태어나서 처음으로 보는 바다였다. 그가 꿈꿔 왔던 것보다 훨씬 아름다운 광경이었다. 그렇게 고대했던 순간이 었건만 상상과는 전혀 다른 첫 만남이 되고 말았다. 느긋하게 맨발 로 밀려오는 파도를 느껴보고 싶었지만 현실 속 파린은 낭떠러지를 코앞에 두고 죽음의 위험을 무릅쓰고 있었다. 낭떠러지에서 불과 1~2미터 떨어진 바위에 대롱대롱 매달린 파린. 폭포 아래는 소용 돌이와 물거품이 포효하고 있었다. 절벽의 돌출암벽에 간신히 매달 린 파린은 마치 공중에 떠 있는 것 같은 기분이 들었다. 믿을 수 없 는 순간이었다.

미치광이처럼 킥킥 웃고 있는 슈텐첼을 태우고, 뗏목은 그의 옆 을 유유히 지나 비스듬히 기울었다가 마침내 물거품 속으로 수직 낙하했다.

할 수 있어요! 파린은 강가를 향해 헤엄치고 있는 에미코 쪽으로 신호를 보냈다. 사실 해내는 건 망상의 몫이었지만. 그는 곧바로 물 속으로 뛰어들어 특이한 동작으로 물살을 가르며 헤엄쳤다. 그리고 오히려 에미코보다 먼저 강가에 다다랐다. 그곳엔 벌써 다른 동료 들이 기다리고 있었다. 에미코와 그의 스콰이어가 살아 돌아왔다는 기쁨에 그들은 잠시나마 충격과 공포도 잊었다.

플라우디우스와 바랄돈은 말들을 진정시키고 있었다. 다행히 리 젤도 괜찮아 보였다.

파린은 흠뻑 젖은 채로 일어섰다. 에미코의 커다란 손이 그의 어깨를 두드렸다. "아슬아슬했어, 잘 했다. 네가 뗏목을 멈추지 않았다면 우린 지금쯤 저 아래에 있을 거야." 그의 검지가 낭떠러지를 가리켰다. "넌 내가 생각했던 것보다 훨씬 더 강하구나."

드로그단도 다가와서 말했다. "굉장해, 파린! 네 덕분에 시간을 벌수 있었어. 상앗대까지 부러뜨릴 정도의 힘이 어디서 나온 거야!"

"에이, 원래부터 금이 가 있었던 거겠죠." 파린이 대수롭지 않다는 듯 손을 저으며 말했다.

절벽 방향으로 몇 미터 앞에 헥토리안이 서 있었다. "강 건너편의 네코르인들이 사라졌습니다." 그는 아래쪽을 가리켰다. "그런데 폭포 아래에 대략 열 명쯤이 모여서 뗏목을 꺼내고 있어요. 우리가 아래로 떨어질 거라고 생각했겠죠. 죽은 채로. 그들이 지금 막 선장을 건져냈습니다."

"그건 우리가 언제 어떤 경로로 올지 저들이 사전에 알고 있었다는 뜻이군." 에미코가 으르렁거렸다. "그리고 나의 옛 친구 슈텐첼이 이 모반에 가담했고. 그는 뗏목이 폭포 아래로 떨어지게 될 걸이미 알고 있었어. 어떻게 그리도 무모할 수가 있었을까?" 그의 젖은 눈썹이 눈 위에 걸려 있었다. 덕분에 그 어느 때보다 화가 난 것처럼 보였다. "배신은 아마도 더 일찍 시작되었겠지. 슈투름바흐트 성에 스파이가 있는 게 분명해."

별 모양의 낙인! 파린은 생각에 잠겼다. 감히 부를 수 없는 존재의 음모가 또 한 명의 인간을 죽음으로 내몰았다. 폭포가 나타나기 직전까지 슈텐첼은 아주 평범한 사람처럼 보였었다.

"기사님, 슈텐첼의 팔에 표시가 있었어요. 카이문트와 고리안, 그리고 클레멘스에게 있었던 것과 같은 모양이었습니다." 파린이 작은 소리로 말했다.

에미코가 씁쓸한 표정을 지으며 말했다. "이제 더는 숨길 것도 없겠군. 남쪽으로부터 악령이 득세하며 두려움과 공포를 퍼뜨리고 있다. 그 악령은 인간에게 낙인을 찍은 뒤 마음대로 조종할 수 있는 능력이 있지. 모두 왼팔을 나에게 보여라."

"하지만 기사님!" 헥토리안이 인상을 쓰며 물었다. "무슨 낙인 말씀이신지요?"

"왼팔을 걷어라, 지금 당장!" 에미코가 명령했다.

먼저 파린이 자신의 팔을 내밀었다. 다른 이들은 아직 갑옷의 끈을 풀고 있었다.

"저를 믿지 못하신다는 뜻입니까?" 헥토리안이 격분해서 말했다. 그의 얼굴이 붉어졌다. 에미코 못지않게 자존심이 센 기사였다. 그의 스콰이어 바랄돈도 불쾌한 기색을 숨기지 못하고 있었다.

"그렇다면 그대들은 오늘 나와 함께 가지 못할 것이다." 에미코가 말했다. "잘 들어라. 악령의 힘은 그대들의 신의와 명예심보다 강하다."

헥토리안과 바랄돈은 내키지 않는 얼굴로 왼팔을 내보였다. 다른 이들도 마찬가지였다. 동료들의 팔에 낙인이 없는 것을 확인하고 파린은 안도의 한숨을 내쉬었다.

에미코의 표정도 한결 부드러워졌다. "미안하다. 하지만 달리 방법이 없었다. 슈텐첼이 순식간에 어떻게 변했는지 직접 보지 않았는가. 슈텐첼 말고도 망할 악령의 희생양은 이미 여럿이었다."

"그 악령을 잡기 위해서 저희가 여기까지 온 겁니까?" 드로그단이 물었다.

"먼저 악령을 찾아내야 해. 그러고 나면…" 그가 손을 비비며 말했다. "…그건 나중에 생각해 보자."

사내들은 불안한 얼굴로 고개를 끄덕였다. 서서히 자신들의 임무가 얼마나 무거운지 이제야 실감하는 모양이었다.

"먼저 지게스문트 성을 손에 넣는다. 불행히도 고리안에게도 낙인이 있었지. 그러니 그곳에서 무엇이 우리를 기다리고 있을지는 아무도 모르는 일이야. 사흘 뒤에 폐하의 군대가 우리를 도우러 올 것이다. 말들의 상태는 어떻지, 플라우디우스?" 에미코가 물었다.

플라우디우스가 찡그린 표정으로 끊어진 말고삐를 들어 보이며 말했다. "말들은 모두 괜찮습니다. 아마도 황급히 돈녀를 따르느라 고삐가 끊어진 것 같습니다." 그는 이렇게 말하면서도 믿을 수 없다는 듯이 고삐를 다시 들여다보았다.

"다행이네요!" 파린이 어정쩡하게 고개를 끄덕였다.

"제 말도 좀 볼게요." 그는 시선을 피할 심산으로 재빨리 피젤에게 갔다. 갈기만 빼고 이미 털은 다 말라 있었다. 반면 파린은 흠뻑 젖어 상의가 몸에 달라붙었다. 그는 옷을 벗어 양손으로 비틀어 짜 냈다. 그리고는 눈을 감고 마음속으로 속삭였다. "고마워 징글징글! 네가 우리 모두를 살렸어."

너랑 있으면 지루할 틈이 없군. 슈텐첼에게 낙인을 찍은 건 적들이 생각해 낸 신의 한 수였어. 뗏목이 서는 선착장은 벌텐 제국의 남과 북을 잇는, 전략적으로 아주 중요한 지점이야. 그 때문에 감히 부를 수 없는 존재는 어떤 중요한 인물들이 길을 떠나 여행 중인지 알 수 있게 되었던 거지. 이 강이 우리를 휩쓸어다 그의 손아귀에 고스란히 갖다 바칠 뻔했지 뭐야.

"죽은 채로였을까, 아니면? 먼저 기사님에게 낙인을 찍고 난 뒤 날 죽이려는 줄 알았는데…."

하, 에미코는 사나운 개야. 만만치가 않지. 그리고 악령이 깃든 스콰이어를 죽이는 것도 그리 간단한 문제가 아니지. 그까짓 폭포가 우릴 죽이지는 못했을 거야.

"그걸 어떻게 장담하냐? 어쨌든 기사님에게 감히 부를 수 없는 존재에 대해 알려야 해."

그 문제는 네가 알아서 해.

"기회를 봐서 적당한 때에 얘기해야겠어."

"스콰이어, 꿈이라도 꾸는 건가? 어서 여길 떠나야 해." 에미코가 명령했다. "다시 북쪽으로 돌아간다. 그리고 어떻게 다시 강을 건널

지 작전을 세워 보자."

파린은 고개를 끄덕였다. 그러고는 재빨리 절벽 끄트머리로 가서 아래를 내려다보았다. 십여 명의 네코르인들이 위를 올려다보다가 파린을 발견하고는 주먹질을 해 보였다.

적들은 저렇게 생겼구나. 좋아.

여관

북쪽으로 이동한 지 사흘이 지났다. 그들의 시야에 들어오는 풍경은 무성하게 자란 덤불과 작은 숲, 그리고 바위들만이 황량한 조합을 이루고 있었다. 인적이 드물어 사람은 거의 만나지 못했다. 하지만 아로스는 개의치 않았다. 오히려 여행의 매 순간을 즐기고 있었다. 키와 함께 있다는 사실이 큰 이유였다. 키는 아로스가 처음으로 소속감을 느끼게 된 어른이었다. 그와 함께 있으면 그녀는 왠지 세상의 속박을 훌훌 털어 버리는 기분을 느꼈다. 그는 때때로 어릿광대처럼 우스꽝스럽게 행동했지만 그러면서도 아로스의 이야기를 진지하게 들어주었다. 아로스는 그의 황당한 행동 때문에 웃는 일이 전에 없이 잦아졌다. 쥐들의 여왕이 이제 푼수데기 거위들의 여왕으로 변하고 있는 걸까.

"이제 거의 다 왔을 거야. 화가와 친구 아가씨는 곧 여관에 도착하게 되겠지." 키가 말했다. "여관은 해안에서 멀지 않은 절벽 위에 있어."

이른 오후, 경사진 박공지붕이 덮인 외딴집 한 채가 모습을 드러냈다. 밖에서 보기에 결코 손님을 끄는 모습은 아니었다. 벽은 수십 년간 한 번도 새로 칠하지 않은 것 같았고, 지붕도 낡을 대로 낡아 있었다. 근처에는 닭 몇 마리가 널빤지로 엉성하게 만든 닭장 주위를 돌아다니고 있었다. 아로스는 현관문 위 두 개의 쇠사슬에 매달린 간판을 신기한 듯 바라보았다.

"새로운 시작을 위하여." 키가 소리 내어 읽었다.

복잡한 심경으로 아로스가 주물 손잡이를 아래로 눌렀다. 기름칠이 잘 된 문은 안쪽을 향해 스르르 소리 없이 열렸다. 희미한 불빛에 적응하기까지는 조금 시간이 걸렸다. 입구 쪽의 갈색 유리창 때문에 실내는 어두컴컴했다. 육중한 떡갈나무 테이블엔 패이고 금간 세월의 흔적이 가득했다. 수백 년간 수천 명의 손님이 다녀간 흔적이었다.

"흠, 정말 이름대로네." 아로스가 중얼거렸다.

여기에서 새로운 건 아무것도 없었다. 아로스와 키라는 이름의 두 손님 말고는. 이 누추한 술집에 전성기가 있었다면 틀림없이 아주 오래전이었을 것이었다. 이틀 동안 날씨가 맑았는데도 실내는 축축한 기운과 곰팡내로 가득했다.

"저기요…." 아로스가 고개를 쭉 빼고 실내를 이리저리 둘러보았다. 대답은 들리지 않았다. 그녀는 키를 향해 뒤를 돌았다. "여긴 정말 우중충하다. 실내에 겨울을 꽁꽁 가둬 놨어. 문과 창문을 활짝 열어 환기라도 시키면 좋으련만." 그녀가 불평했다.

"화가는 친구 아가씨의 엄격한 기준을 존중해." 키가 문 근처에 놓인 테이블 쪽으로 다가가 의자에 철퍼덕 앉았다.

아로스는 경직된 자세로 키의 맞은편에 자리를 잡았다. "그래서? 어떻게 하겠다는 말이야?"

"친구가 다른 묵을 곳을 찾겠다고 하면 화가는 따라가겠다는 뜻이야."

"이 근방에서 이틀 거리 내에는 다른 숙소가 없다는 걸 너도 잘 알잖아."

키는 미소 띤 얼굴로 두 팔을 벌려 보였다. "그럼 여기가 이 근처에서 제일 훌륭한 숙소네. 그리고 제일 멋진 곳이고!"

그는 금세 행복해지는 법을 알았다. 참 행복한 사내였다. 가끔가다 이 남자의 뜬금없는 낙관주의가 그녀의 속을 뒤집어 놓았다. 그는 어떤 상황에서도 최상의 기분을 유지하는 법을 아는 것 같았다.

아로스는 인상을 찌푸리며 키를 보았다. "키, 어쩌다 한 번이라도 '젠장!' 하고 외치며 화를 낼 수는 없는 거야?"

키는 한참 동안 곰곰이 생각에 잠겼다가 확신한다는 듯 고개를 끄덕였다. "화가가 정말로 그러려고 하면 그럴 수는 있어." 그의 얼굴에 진지함이 묻어났다. "하지만 그런다고 해서 달라지는 게 뭐지? 이 술집 안은 어차피 겨울일 텐데."

"관둬!" 아로스가 날카롭게 말했다. 하지만 그건 놀이에 빠진 새끼 고양이들의 발길질처럼 장난 섞인 날카로움이었다. 아로스는 지금껏 한 인간을 이렇게까지 좋아해 본 적이 없었다.

시간이 흘렀다. 아무 일도 일어나지 않았다. 아로스는 양팔을 테이블에 올려 턱을 괴고 초조해하고 있었다. "왜 아무도 나오지 않는 거지?"

키는 아무렇지도 않다는 듯 느긋하기만 했다. "우리가 잡아당긴다고 풀이 더 빨리 자라지는 않아."

풀이라고? 키의 지혜에 적응하든지 더 질문하지 않는 것 이외에는 방법이 없을 것 같았다.

커튼이 열리고 주인 여자가 뒤쪽 창고에서 발을 끌며 나왔다. 테이블보다 더 늙고 주름진 여자였다. "주무시고 가실 건가요?" 그녀의 목소리는 깜짝 놀랄 만큼 우렁찼다. 귀가 어두워서인 것 같았다.

아로스는 손으로 입을 가리고 들릴 듯 말 듯 한 소리로 속삭였다. "키, 차라리 밖에서 자는 게 어때? 여기서 자다가 빈대가 옮을지도 몰라."

"이 녀석아, 우리 방은 모두 깨끗해."

우와! 십 리 밖의 소리도 들을 만큼 귀가 밝잖아. 어쨌든 내가 사내아이로 보인다니 다행이다. "먼저 방을 볼 수 있을까요?" 아로스가 물었다.

"일단 침대 하나를 준비하고 올게!" 노파는 비뚤게 달려 있는 문을 통해 뒤쪽으로 사라졌다가 이불 하나를 들고 다시 나오더니 좁은 계단으로 올라갔다.

아로스는 여전히 두 손으로 턱을 괸 채 손가락으로 가볍게 관자놀이를 두드렸다. 목공소에서 저지른 멍청한 실수를 다시 떠올리는 중이었다. "키, 있잖아. 네가 자꾸 나를 '친구 아가씨'라고 부르면 내가 여자인 걸 사람들이 알아챈다고."

329

"그럼 화가가 차라리 그냥 '아가씨'라고 불러 줄까?"

아로스는 입을 삐죽이며 키를 향해 눈을 흘겼다. "재미있기도 해라, 하하!"

"화가는 유머의 대가야."

키의 자화자찬에 아로스는 긴 한숨으로 답했다. 그들은 다시 본론으로 들어갔다. "이 주변에 걸어서 이틀 거리에 다른 여관이 없다면 여기가 우리가 찾으려던 곳이 분명해. 혹시 주인이 바뀐 건 아닐까?"

"친구 아가씨는… 아니 꼬마 친구는 붉은 수염 선장에 대해 뭐가 궁금한데?"

"내 생각에 나는 이 대양 너머의 다른 대륙에서 바르바로사를 타고 벨텐 제국으로 온 것 같아. 무슨 이유였을까?"

"화가는 과거에 대해 얘기하는 걸 별로 좋아하지 않아. 그보다는 미래가 더 중요하지."

"그럴 수도 있겠네, 그래도 난 내가 어디에서 왔는지 알고 싶어. 그리고 나의 출신은 나의 과거랑 상관이 있겠지."

키가 동의한다는 뜻으로 고개를 끄덕여 주었고 아로스는 한결 기분이 좋아졌다.

바로 그때 사내 셋이 시끄럽게 떠들어 대며 술집 안으로 들어섰다. 그들은 이미 손님 둘이 앉아 있는 것을 보고 잠시 놀라는 것 같았다. 아로스와 키가 앉아 있는 테이블 쪽으로 수염이 덥수룩하고 덩치 큰 사내가 걸어왔다. 오랫동안 감지 않은 듯 보이는 머리카락이 눈을 가리고 있었다. 그는 다리를 쩍 벌리고 키 앞에 서서 시비를 거는 사람처럼 그를 훑어보며 물었다. "헤, 여기서 우리 말고 다른 손님을 만나다니 정말 놀라운데. 넌 어디서 온 반쪽짜리냐?"

"안녕하세요, 저는 화가이고 제 이름은 키입니다."

"뭐라고? 치이?"

"아니, 키입니다!"

허풍쟁이 사내가 잠시 생각에 잠긴 듯 머리를 긁적이는 동안 다른 두 사내가 다가와 그의 양옆에 나란히 섰다. 마찬가지로 무례하게 보이는 그들이 주먹으로 테이블을 내리치며 말했다.

"아하! 화가라면 무슨 그림을 그리지?"

그들이 말하는 '화가'라는 단어는 마치 '얼간이'처럼 들렸다.

"삶을 그리지요." 키가 대답했다.

"아하, 그럼 너희는 어디서 왔지?" 그의 눈엔 불꽃처럼 의심이 타오르고 있었다.

"화가와 그의 꼬마 친구는 나벤슈타인에서 왔습니다."

"아하! 그런데 네 말투는 왜 그렇게 이상한 거야?" 사내가 거칠게 다그쳤다.

"그건 화가가 배움이 모자랐기 때문입니다."

"아하!"

그의 '아하'는 명백히 싸움을 걸고 있었다. 아로스는 작은 주먹을 꽉 쥐었다. 하지만 대체 뭘 할 수 있을까? 그녀는 말 궁둥이만큼이나 크고 털이 많은 사내들의 손을 바라보았다.

"나무꾼은 화가에게 더 궁금한 게 있나요?" 키가 무심하게 물었다.

"내가 나무꾼인 걸 어떻게 알았지?" 허풍쟁이는 어리둥절한 나머지 '아하'를 깜빡 잊었다. 하지만 그의 목소리는 한층 위협적으로 변했다.

"바지에 톱밥이 묻어 있고, 넓은 어깨와 팔의 단단한 근육, 그리고 손에 박힌 굳은살 때문이지요. 손님은 도끼를 잘 다루는 예술가라는 뜻입니다." 키가 부드러운 미소를 지으며 대답했다.

"그거 알아? 괴상한 네 녀석이 마음에 드는걸." 그가 친근하게 키의 어깨를 두드렸다. 사내 옆에서 키는 한층 더 작아 보였다.

옆에 서 있던 두 사내도 미소를 지어 보였다.

어안이 벙벙해진 아로스가 눈을 동그랗게 뜨고 남자들을 바라보았다. 마치 마법처럼 세 명의 나무꾼은 한순간에 선량하고 온화한 얼굴로 변해 있었다.

그들이 바로 옆 테이블에 앉았다.

"마라, 어디 있어?" 나무꾼 아하가 주인을 불렀다. "얼른 포도주를 가져오지 못해?"

다시 모습을 드러낸 주인이 웃으며 손님을 맞이했다. "어서 와, 블룸."

사내들은 벌떡 일어나서 반가운 얼굴로 노파를 끌어안으며 인사했다. 모두가 행복해 보였다. 마침내 아로스도 안심할 수 있었다.

이곳은 위험하지 않았다. 그녀의 판단이 틀렸었다. 맞은편에 앉은 키의 입꼬리가 올라갔다.

"어떻게 알았어?" 아로스가 작은 목소리로 물었다.

"뭘?" 키가 되물었다.

"난 저 사람이 주먹을 휘두르거나 우리를 공격할 거라고 생각했어."

"친구 아가씨는 어떻게 그런 생각을 했을까? 화가는 고단한 일과를 마친 나무꾼들이 휴식을 취하고, 목을 축이고, 저녁 시간을 즐기러 왔다고 생각했는데."

우와! 정말 구제 불능이야! 그녀는 못마땅한 표정으로 블룸이라는 이름의 아하와 그의 친구들을 곁눈질로 째려보았다. 그들은 큰 소리로 웃고 떠들며 커다란 포도주잔을 부딪치고 있었다. 이번에는 미간을 찌푸린 채로 키를 바라보았다. 그러자 조금 부끄러운 생각이 들었다. 물정을 모르는 사람은 누구였던가?

저녁 내내 키와 아로스는 물을, 사내들은 포도주를 마셨다. 나무꾼들은 이미 몇 통쯤 마셔 댄 것 같았지만 전혀 취한 사람들처럼 보이지 않았다. 흥겨운 분위기에 작은 술집은 평화로운 장소로 바뀌어 있었다. 사내 셋이 재주 많은 나무꾼의 노래를 합창하고 있었다. 그가 둥치에 기대기만 해도 나무가 쓰러진다는 노래였다.

"잘난 놈은 져 준다네, 잘난 놈은 져 준다네!" 후렴구가 큰 소리로 울려 퍼졌다. 노래가 끝나자 아로스가 그들에게 큰 소리로 물었다.

"혹시 이 근처에 또 다른 여관이 있어요?"

"아니, '새로운 시작을 위하여'가 이 해변에 있는 유일한 여관이야. 그리고 마라는 최고의 주인이지. 물론 빈 포도주잔을 채워 줄 때만 말이야!"

아로스는 블룸의 웃음소리가 너무 커서 그것만으로도 나무가 쓰러질 것 같다고 생각했다.

"알려줘서 고마워요."

아로스는 생각하고 또 생각했다. '제시간에'라는 이름의 여관은 어디 있는 걸까? 졸칸 대공이 그를 속인 걸까? 하지만 전혀 거짓부렁처럼 들리지 않았었는데.

"여기 얼마나 자주 오세요?" 아로스가 의자를 앞뒤로 흔들고 있는 나무꾼에게 물었다.

"무슨 질문이 그래? 우리야 늘 여기에 오지!" 그는 흥에 겨워 손바닥으로 책상을 두드리며 말했다. "내일만 빼고. 내일은 문을 닫거든. 우리 마라가 예뻐지려고 푹 자는 날이야."

셋은 그 농담이 재미있었는지 한껏 웃어 젖혔다. 마라도 함께 웃고 있었다.

그녀가 아로스에게 말했다. "오늘 여기서 숙박하면 내일 열 번째 종이 울리는 시간 전에는 떠나야 해. 그 시간에 문을 닫거든. 그래도 방을 보겠어?"

이곳의 친밀한 분위기에 아로스는 결심을 굳혔다. "여기서 자고 가자, 키."

키가 곧바로 대답했다. "좋아! 하룻밤 묵을 방 하나 주세요!" 키도 이곳이 마음에 든 모양이었다.

마라가 만족한 얼굴로 고개를 끄덕였다.

어느덧 밤이 깊었다. 두 개뿐인 다락방 객실은 좁은 계단을 통해 주점과 연결되어 있었다. 아로스와 키는 왼쪽 방으로 들어갔다. 아래층에서는 같은 노래가 네 번째인가 다섯 번째로 울려 퍼졌다.

"이게 정말 마지막이야." 블룸의 목소리가 들렸다.

"정말 마지막!" 다른 사내들이 메아리처럼 반복했다.

길고 긴 후렴구였다.

좁고 긴 방에는 짚으로 엮은 잠자리가 깔린 수수한 침대 두 개가 나란히 놓여 있었다. 바닥에는 오래된 카펫이 깔려 있었다. 아로스는 침대 머리맡의 창가로 갔다. 창문은 열리지 않았다.

두 손으로 얇은 양모 이불을 턱 아래까지 당겨보았다. 왜 그런지는 명확히 설명할 수 없었지만, 키와 함께일 때 하루는 훨씬 더 다채롭고 풍성했다. 키는 작고 연약해 보였지만 그녀에게 안정감을 주었다. 선을 향한 그의 확고한 믿음 때문일까? 아로스는 키가 절대로 자신처럼 끔찍한 일을 겪지 않기 바랐다. 지붕 아래, 제대로 된 침대에 누워서 잠을 청하는 건 정말로 기분 좋은 일이었다. 눈이 스르르 감겼다.

아침 식사는 검은 빵과 달걀 프라이였다. 아로스는 두 손으로 허겁지겁 빵을 밀어 넣었다. 벌써 두 조각째였다.

"겨울은 지났어." 키가 말했다.

"흠… 므어라구?" 아로스가 우물거리며 말했다.

"친구 아가씨가 꼭 겨울잠 직전의 곰처럼 먹고 있어서."

그녀는 전혀 개의치 않고 씹던 빵을 꿀꺽 삼켰다. "먹을 게 있을 때 달려들어 먹는 게 습관이 되어 버렸어. 전에는 그럴 기회가 자주 오지 않았거든." 그녀가 혼잣말처럼 중얼거렸다. "지금까지 하나도 건진 건 없지만, 그래도 같이 와 줘서 기뻐, 키."

"친구 아가씨는 여행을 떠나기 전보다 훨씬 더 많은 걸 알게 된 걸?" 키가 반론을 제기했다.

아로스는 그런 느낌을 받은 적이 전혀 없었다. "예를 들면?"

"이 주위에 아주 상냥한 나무꾼들이 일하는 일터가 있다는 것. 술집 주인의 이름이 마라라는 것. 깨끗한 잠자리와 달걀을 곁들인 아침 식사가 있다는 것. 화가는 아주 많은 예들을 나열할 수 있어."

"그리고 내가 이제 아무것도 모른다는 사실을 알게 되었다는 것도. 이제 어떻게 해야 하지?"

"봄이 우릴 기다리고 있어. 바다의 물방울보다 더 많은 초록빛들. 화가는 봄을 사랑해."

"넌 정말 구제 불능이야, 키."

구제 불능의 화가가 미소를 지으며 숙박비를 내고는 마라에게 작별 인사를 했다. 문밖에는 맑은 하늘이 그들을 기다리고 있었다. 목표도 없이 그들은 야생의 해변을 따라 계속해서 북쪽으로 걷기 시작했다. 여기엔 넓은 모래사장 따윈 없었다. 오로지 탑처럼 높은 바위 절벽뿐이었다. 그 아래로는 거친 암초들이 바다 수면 위로 비죽비죽 솟아 있었다. 바람이 쏴아 소리를 싣고 왔다.

아로스는 귀를 기울였다. "키, 들려? 저건 파도 소리가 아니야. 파도라기엔 너무 규칙적인 저 소리 말이야."

"폭포 소리야. 북쪽으로 조금만 더 가면 카바노 강이 바다와 만나는 곳이 있어."

아로스도 벨텐 제국에서 가장 큰 강의 이름을 알고 있었다. 하지만 한 번도 본 적은 없었다. "아, 그럼 한번 가 보고 싶어."

가파른 해안 절벽에 오르는 길은 험했다. 규칙적인 소음이 점점 커졌다. 마침내 오후 늦게 그들은 카바노 강이 바다로 합류하는 지점에 다다를 수 있었다. 그 놀라운 광경에 아로스는 숨이 멎는 것 같았다. 엄청난 양의 강물이 쉬지 않고 절벽을 향해 밀려들어 30미터 아래로 떨어져 내리고 있었다. 포효하는 강물. 물거품이 뺨에 달아오른 열기를 식혀 주었다. 아로스는 앞쪽으로 더 몸을 기울였다. 아래를 내려다보니 모래언덕 위에 통나무와 각목 몇 개가 보였다.

"자연은 웅장한 예술가야!" 키가 말했다.

아로스도 말없이 고개만 끄덕였다. 지금까지 그녀는 자연에 눈길을 줄 여유가 없었다. 그녀의 관심은 오로지 생존이었다. 그녀의 시선이 멀리 바다를 향했다. 불현듯 안 그래도 작은 자기 자신이 더 작게 느껴졌다. 수평선 저 너머에도 다른 세상이 있을까? 그리고 그녀는 정말로 그곳에서 왔을까?

꼬리에 꼬리를 무는 질문들. 그녀의 궁금증은 그렇게 쌓여 가고 있었다. 그중 가장 근본적인 질문은 바로 '이제 어떻게 해야 할까'였다. 노파의 어금니를 허리춤에서 꺼내 손에 꼭 쥐었다. 아무 일도 일어나지 않았다. 그래도 참을성을 가지고 기다렸다. 그래도 아무 일도 일어나지 않았다. 그제야 아로스는 한숨을 쉬며 다시 어금니를 집어넣었다.

아무려면 어때. 이곳의 아름다운 풍경만으로도 여행은 헛되지 않았다. 물론 이곳에 온 원래 목적은 전혀 다른 것이었지만. 그녀는 이제 죽고 없는 아름다운 졸칸을 생각했다. 추한 쇠사슬을 두른 개와 다른 모든 포주들과 함께 아름답게 생을 마감한 졸칸. 그리고 고아원 원장과 그람의 모습도 떠올랐다. 그러자 그녀의 몸속 어딘가에서 독기가 뿜어져 나오는 걸 느꼈다. 나쁜 기억이 뿜어내는 독기. 하지만 독기뿐이 아니었다. 또 다른 무언가가 그 기억 속에 출몰하고 있었다.

갑자기 그녀가 손바닥으로 이마를 쳤다. "이제야 생각이 났어. 오늘이 무슨 요일이지?"

"수요일이야." 키가 대답했다.

"맞아. 졸칸은 '제시간에' 여기에서 말을 타고 북서쪽으로 이틀 걸리는 거리, 인적 드문 해안가에 있는 여관을 찾으라고 했었어."

"그 얘긴 전에 벌써 했잖아."

"그다음에 '일주일의 한가운데에'라고 말했거든."

키는 영문을 모르겠다는 표정으로 아로스를 보았다. "수요일엔 문을 닫는다잖아."

"언제부터 술집이 문을 닫는 날이 있었지? 키, 부탁이야. 우리 다시 돌아가 보자."

"친구 아가씨가 원한다면."

저녁 무렵이 되어서야 멀찌감치 여관의 모습이 보였다. 싸구려 여관이 가까워질수록 아로스의 머릿속에 떠올랐던 깨달음은 점점 신빙성을 잃어만 갔다. 모든 건 어제와 같았다. 어제와 다른 것이라고는 실망감뿐이었다. 도대체 뭐가 달라졌을 거라고 기대했던 거지? 갈색 닭들도 어제와 마찬가지였다. 둘은 입구를 향해 걸어갔다.

아로스가 갑자기 멈춰 섰다.

"키이!!" 그녀가 날카로운 목소리로 그를 불렀다. 키는 어쩌다가 이런 이름을 가지게 되었을까? 아로스는 말없이 현관문 위에 걸린 간판을 가리켰다.

화가는 그녀가 가리키는 방향을 올려다보고는 손가락을 턱에 대고 생각에 잠겼다.

아로스가 다시 입을 열었다. "간판이 어제와 달라졌어. 뭐라고 써 있어?"

작은 남자는 처음엔 눈만 껌뻑이더니 잠시 후 이마에 깊은 주름이 잡혔다. "제. 시. 간. 에." 그는 눈을 동그랗게 뜨고 아로스를 빤히 바라보았다. 그렇게 눈을 동그랗게 뜨기가 그에게는 굉장한 예술 작품을 그리는 것보다 어려운 일이었지만.

"아하!" 아로스가 나무꾼 블룸처럼 말했다. "들어가 보자."

그녀는 대담하게 주물 손잡이를 아래로 내렸다. 삐걱 소리가 크게 들렸다. 어깨로 힘주어 밀자 간신히 문이 열렸다. 아로스가 키를 보았다. 키는 어깨를 으쓱해 보였다. 술집 내부는 어제와 똑같았다. 여긴 항상 같은 모습일까? 아로스는 안으로 들어가 어제와 같은 자리에 앉았다.

"**마라**?" 그녀가 밝은 목소리로 주인을 불렀다. 아무 대답도 없었고 아무도 나타나지 않았다.

"수수께끼로 가득한 여관이야." 키가 말했다.

"그리고 섬뜩함으로 가득한 곳이기도 해." 아로스가 덧붙였다. "뭔가가 이상해. 그런데 그게 뭘까?" 아로스는 결심한 듯 자리에서 일어났다. "뒤쪽을 보고 올게."

"친구 아가씨가 화가를 여기 혼자 남겨 두면 안 되지." 키도 일어섰다.

빙 둘러 투박한 바 안쪽으로 들어가니 포도주 통과 맥주 통들이 있었다. 그 뒤로 커튼이 쳐 있는 좁은 입구가 보였다. 아로스는 재빨리 커튼을 젖히고 안을 살펴보았다.

커다란 방은 찬장과 냄비, 조리 기구들과 아궁이가 있는 부엌이었다. 폭이 좁은 창문 하나가 한 줄기 빛을 끌어들이고 있었다. 멀리에 붉게 반짝이는 바다가 보였다. 일몰. 지평선에 네 개의 탑이 나타났다. 네 개의 돛이 달린 거대한 배였다. 틀림없어. 붉은 수염 선장과 바르바로사 호.

아로스가 들뜬 목소리로 키를 불렀다. "키, 저기 바다를 봐."

키가 달려와 창밖을 바라보았다. 그사이에 배는 사라지고 없었다.

그녀가 잘못 본 걸까?

한참 동안 둘은 그 자리에서 바다에 시선을 고정한 채 서 있었다. 하지만 특별한 건 아무것도 없었다.

"여기서 힌트가 될 만한 걸 좀 더 찾아보자." 아로스가 제안했다.

조리 도구 위에는 먼지가 수북하게 덮여 있었다. 벽에 걸린 두 개의 프라이팬 손잡이 사이에는 은빛 거미줄이 쳐 있었다.

아로스는 찡그린 표정으로 부엌의 상태를 뜯어보았다. "오늘 아침에 달걀 프라이와 검은 빵을 먹었어. 그런데 지금 이 모습은, 마라가 몇 개월 동안 한 번도 부엌에 들어오지 않은 것처럼 보이잖아." 소녀는 자기 목소리가 점점 기어들어 가는 걸 느꼈다.

키 작은 남자가 어깨를 으쓱해 보였다. "화가가 이해할 수 없는 게 한두 가지가 아니야. 하지만 화가는 겁내지 않아. 친구 아가씨도 마찬가지고."

벽에는 커다란 나무 대야가 걸려 있었고, 그 옆에 서랍이 달린 붙박이 찬장이 있었다. 찬장에는 포크와 나이프 등이 가득했고, 그 위에는 오래된 냄비들이 포개져 있었다. 역시 오랫동안 사용하지 않은 모습이었다.

"도저히 이해가 안 돼." 아로스가 속삭였다. 도망치고 싶은 마음이 굴뚝같았지만 그녀는 애써 대담하게 제안했다. "위층으로 올라가 방들을 둘러보자."

둘은 부엌을 빠져나와 계단을 올라갔다. 그리고 두 개의 다락방 문 앞에 멈춰 섰다. 별다른 생각 없이 아로스는 오른쪽 방문을 먼저 열었다. 방은 비어 있었다. 침대도, 작은 테이블도 없는, 그야말로 아무것도 없는 빈방이었다. 키가 잔뜩 긴장한 얼굴로 오늘 아침 잠에서 깨어났던 왼쪽 방의 방문을 열었다. 마찬가지로 방은 텅 비어 있었다. 마치 뻐꾸기 둥지처럼. 먼지와 거미줄을 빼고는 아무것도 없었다. 카펫도 사라지고 없었다. 그리고 방 한가운데에 밝은색 나무 재질의 오각형이 보였다. 창문 쪽으로 걸어가는 아로스의 발 아래 어두운 빛깔의 마룻바닥이 심하게 삐거덕거렸다. 바깥 풍경은 그대로였다.

"와아!" 아로스가 외마디 감탄사를 내뱉었다. 다른 어떤 말도 떠오르지 않았다.

"화가랑 친구 아가씨는 어서 여길 떠나는 게 좋지 않을까?" 키가 말했다.

이럴 줄 알았어. 지혜를 너무 배불리 먹은 탓에 그의 뱃속에 용기가 들어갈 자리는 없었던 게 분명했다.

"혹시 겁먹은 건 아니지?"

"아니야! 화가는 그저 신중하고 조심성이 있는 것뿐이라고."

"좋아, 그럼 우리 신중하고 조심성 있게 여기서 기다리자." 아로스는 불안했지만 이 여관의 비밀을 반드시 캐내고 싶었다. "여기엔 어떤 깊은 내막이 숨겨져 있어. 분명히 오늘 무슨 일이 일어나고 말 거라고."

키도 용감하게 고개를 끄덕였다. 둘은 다시 계단을 내려갔다.

아로스는 테이블에 난 금을 따라 검지 끝으로 선을 그었다. 그들은 저녁 내내 아무도 없는 술집에 앉아 있었다. 뭔가 있는 게 분명해. 깊은 의미. 너무 깊이 숨겨져 보이지 않는 의미. 아로스는 해적붉은 수염이 자꾸 마음에 걸렸다. 그는 불가사의한 이 허름한 술집과 더불어 어느새 아로스의 마음속을 휘젓고 있었다.

"뭘 좀 마셔야겠어." 아로스가 고개를 흔들며 말했다. "여기 있다가 목말라 죽겠다. 하지만 우리가 제대로 찾아온 게 틀림없어. 대체 언제, 누가 주문을 받으러 오는 거지?"

"조바심은 실력 없는 정원사의 주특기야." 키가 차분하게 말했다.

"난 조바심을 내는 게 아니라고!" 아로스가 조바심을 내며 발끈했다.

쳇, 들켜 버렸네!

그녀는 금이 간 테이블 위만 바라보고 있었다. "미안해. 난 여기 오면 우리를 도울 누군가를 만날 수 있을 거라고 생각했어."

아로스가 나지막하게 중얼거리며 복대를 열어 노파의 어금니를 손에 꼭 쥐었다. 어쩌면 어금니가 무언가를 알려줄지도 몰라.

말발굽 소리, 말 울음소리, 사람들의 목소리, 발걸음 소리. 이번에도 환상일까?

"사람들이 오고 있어." 키가 말했다.

이번엔 백일몽이 아니었다. 나무꾼들일까? 그럴 가능성은 없어 보였다. 나무꾼들이 말을 탈 리 없었고 수요일에는 이곳에 오지 않는다고 했다.

아로스는 서둘러 창가로 달려가서 무릎을 꿇고 앉아 바깥을 보았다. 말 여섯 마리, 여섯 명의 사내들. 모두가 무장한 채였다. 아로스는 한눈에 알아볼 수 있었다. 그들 중 둘은 스콰이어를 거느린 기사였다. 왕이 사는 성 앞에서 지체 높은 기사들과 멍청한 눈빛으로 방패를 들고 있는 스콰이어들을 본 게 한두 번이 아니었다.

부츠를 신은 사내 하나가 말에서 뛰어내리더니 문 쪽으로 다가와 주위를 탐색했다. 키가 크고 마른 체구, 곱슬곱슬한 머리카락, 불을 내뿜는 용이 그려진 튜니카. 그가 입을 굳게 다문 채 출입구 위에 걸린 간판을 올려다보았다.

"제시간에." 간판을 읽는 목소리가 들렸다. "기사님, 들어가서 주인에게 네코르인들에 대해 아는 게 있는지 물어볼까요?"

곱슬머리가 성큼성큼 걸어와 손잡이를 돌리고 문을 밀었다. 아로스는 황급히 문 쪽으로 고개를 돌렸다. 하지만 문은 열리지 않았다.

"문이 잠겨 있어요. 어찌해 볼 방법이 없네요." 밖에서 목소리가 들렸다.

"괜찮다, 스콰이어." 거대한 갈색 머리 사내가 큰 소리로 말했다. 블룸조차도 그 옆에 서면 가냘파 보일 것만 같았다. "어차피 여기서 지체할 시간이 없다. 계속 가야 해. 벌써 시간이 늦었으니까."

아로스는 눈이 동그래져서 화가를 바라보았다. 문에는 자물쇠도 없었다. 스콰이어는 왜 문을 열지 못했을까?

그녀는 다시 창문 밖을 보다가 소스라치게 놀랐다. 어두운 빛깔의 유리창 너머, 고작 몇 밀리미터 앞에 누군가가 유리창에 얼굴을 대고 안쪽을 들여다보고 있었다. 마치 그녀에게 입맞춤이라도 하려는 듯이. 하마터면 그녀는 의자에서 굴러떨어질 뻔했다.

방패 심부름꾼이 안을 들여다보며 말했다. "안에 누가 있는 것 같아요." 그리고는 손을 이마에 얹고 다시 한번 유리창에 얼굴을 가져다 댔다. 그의 코끝이 작은 동그라미를 만들었다. 달려오다가 닫힌 창문에 그대로 부딪힌 사람처럼 보였다. 검지로 창문을 똑똑 두드리며 그가 외쳤다. "안녕하세요! 저희는 여행객들이에요. 위험한 사람들이 아닙니다." 그리고 부드러운 미소를 지으며 말했다. "한 가지만 물어보고 싶습니다."

불빛이 희미한데도, 아니 어쩌면 희미해서 그런지 그의 치아는 그의 눈만큼이나 반짝거렸다. 아로스는 믿기지 않는 표정으로 그의 얼굴을 빤히 바라보았다. 어느새 태양은 지평선 너머로 사라졌지만 유리창으로 그의 환한 낯빛이 새어들고 있었다. 아로스는 느낄 수 있었다. 창문 너머의 사내는 그녀가 콩닥거리는 심장 소리를 들으며 벤치 위에 쥐죽은 듯 엎드려 있다는 사실을 분명 알고 있었다. 그의 눈은 확신으로 가득 차 있었다. 엄청난 힘이 그의 눈동자에서 불타오르고 있었다. 갑자기 누군가가 머리를 조여 오는 것 같았다.

이유는 설명할 수 없었지만 아로스는 그 젊은이가 위험한 인물임을 직감했다. 하지만 누구에게 위험한 인물일지는 느낌이 오지 않았다.

"저 사람이 우리가 여기에 있는 걸 알고 있어, 키." 아로스가 속삭였다. "그가… 우리 얘길 엿듣고 있어." 한편으로는 기이한 스콰이어가 두렵기도 했지만, 다른 한편으로는 그에게 자신의 절박한 처지를 털어놓고 싶은 충동을 느꼈다. 그녀는 당황하여 창문 쪽에서 시선을 거뒀다. 그녀 안에서 무슨 일이 일어나고 있는 걸까? 심지어는 키를 신뢰하기까지도 오랜 시간이 걸렸었다. 유리창을 사이에 두고 있었지만 저 젊은 녀석은 그녀의 마음을 움직였다. 그게 그의 위험한 점이었다. 아로스는 결심했다. 그를 좋아하지 않기로. "가 버려, 제발 가 버려!" 그녀가 속삭였다.

놀랍게도 다음 순간 스콰이어가 말했다. "흠, 아무래도 안에 아무도 없는 것 같아요." 그런 뒤 그가 어깨를 한 번 으쓱하고는 뒤를 돌아 자신의 말에게 다가갔다. 그리고 마침내 말에 올라탔다.

말을 탄 여섯 명의 사내들은 그곳을 떠났다. 그들이 사라지고 난후에도 한참 동안 아로스는 창밖을 바라보고 있었다. 기사와 또 다른 사내들, 그리고 기이한 스콰이어는 어떻게 이곳에 나타난 것일까?

기이한 경험이었다! 난 나 스스로가 무감각할 정도로 두려움이 없다고 믿었어, 아로스가 생각했다. 그런데 어디서 굴러왔는지 모르는 녀석이 창문 안을 엿보았고 나는 키와 함께 벌벌 떨고만 있었다니.

그녀는 아직도 어금니를 쥐고 있었다. 백일몽은 예기치 않게 갑자기 나타났고 매우 강력했다. 아주 잠깐이었지만 그녀는 너무 놀라 손톱으로 창틀을 할퀴었다. 아로스는 처음으로 자신이 본 것을 의심했다. 말도 안 돼! 그 일은 바로 이 불길한 술집에서 벌어졌다. 그녀는 크게 숨을 들이마셨다. 숨이 멎을 것 같았기 때문이었다.

미로

그들은 벌써 몇 시간째 말을 타고 남쪽으로 이동 중이었다. 폭포 근처에서 예기치 않게 네코르인들의 공격을 받는 바람에 하루 이상을 허비했다. 그 이후로는 더는 적들을 만나지 않았다. 에미코는 더욱 신중하게 무리를 이끌었다. 그는 부하들의 안전을 최우선으로 생각했다. 에미코의 예상대로라면 네코르인들은 해안을 따라 경로를 차단할 것이었다. 그래서 그들은 먼저 북쪽으로 몇 킬로미터를 가다가 카바노 강의 상류 방향으로 이동했다. 그곳에서 헤엄을 쳐 강을 건넌 뒤 주로 밤에만 이동했다. 기사는 이 지역의 모든 덤불과 나무와 바위를 속속들이 알고 있는 것 같았다. 하긴 이곳엔 덤불과 나무와 바위 말고는 아무것도 없었다. 작은 골짜기에 안전한 장소를 찾아 야영지를 만들고 먼저 에미코가 플라우디우스와 함께 보초를 섰다. 높고 평평한 바위 위에 오르면 저 멀리까지 혹시 모를 적들의 움직임을 살필 수 있었다. 다음 보초는 드로그단과 헥토리안 차례였다. 덕분에 파린은 몇 시간 눈을 붙일 수 있었다.

눈을 떴을 때 바랄돈이 깊은 생각에 잠겨 그를 보고 있었다. 파린은 시선을 피하는 대신 그를 똑바로 노려보았다.

바랄돈은 할 말이 있는 것 같았다. "폭포 앞에서 네 행동은… 뭐랄까… 정말 용감했어."

"네 말은 '내가 네 뒤를 엄호할게.'만큼 진심이야?" 파린이 곧장 쏘아붙였다.

바랄돈이 입을 꾹 다물었다가 말했다. "무예 시합 때 당연히 내 행동에 실망했을 거야. 너한테 딱 한 번만 말할게. 미안해."

투르겐손의 아들 바랄돈, 그에 대한 분노와 반감이 순식간에 떨어져 나갔다. 자신도 잘 이해할 수는 없었다. 조금 전까지 그에게 바랄돈은 믿을 구석이라고는 눈곱만큼도 없는 더러운 녀석이었다. 하지만 이제 파린은 그를 용서하려 하고 있었다. 아니, 그렇게 빨리는 안 돼. 매장꾼의 아들은 그렇게 쉽게 그의 마음의 짐을 덜어 주고 싶지는 않았다.

"그 얘기는 그만하기로 하자." 파린은 무뚝뚝하게 말한 뒤 입을 꾹 다물었다. 그리고 누운 채 등을 돌리고 짚으로 만든 거적을 덮었다.

오후 늦게 그들은 야영지를 떠나 동쪽을 향해 출발했다. 그리고 아무런 습격도 받지 않고 다시 인적 없는 해변에 이르렀다. 다만 이번엔 폭포에서 남쪽으로 몇 킬로미터 떨어진 지점이었다.

이른 저녁 바위뿐인 해안에 초라한 집 한 채가 나타났다. 경사진 박공지붕이 덮인 외딴집이었다.

"여관이야. 폐하가 왕위에 오르기도 전부터 여기 있었을 것 같은 분위기네." 파린 옆에서 말을 타고 가던 드로그단이 말했다.

말도, 사람도 보이지 않았다. 날씨가 좋은데도 출입문은 잠겨 있었다.

"장사가 안되는 게 분명해." 플라우디우스가 말했다.

에미코는 그때까지 한마디도 하지 않았다. 의심의 눈초리로 주위를 둘러보다가 긴장을 푸는 눈치였다.

파린은 에미코의 표정에서 안심해도 좋다는 신호를 읽고 말에서 뛰어내렸다. 왼쪽에는 닭 몇 마리가 오른쪽에는 빗물 통이, 그리고 정면에는 입구가 있었다.

그는 입을 꾹 다문 채 출입구 위쪽의 간판을 바라보다가 "제시간에" 하고 큰 소리로 읽었다. "기사님, 들어가서 주인에게 네코르인들에 대해 아는 게 있는지 물어볼까요?"

대답도 듣지 않고 파린은 주물 손잡이를 아래로 내렸다. 문은 열리지 않았다. 안쪽에서 잠긴 것 같았다.

"문이 잠겨 있어요. 어찌해 볼 방법이 없네요."

"괜찮다, 스콰이어!" 기사가 말했다. "어차피 여기서 지체할 시간이 없다. 계속 가야 해. 벌써 시간이 늦었으니까."

징글징글이 음흉한 목소리로 말했다. **술집 안에 두 명이 있어. 냄새가 나. 그들의 숨소리가 들려.**

파린은 호기심에 하나뿐인 창문에 얼굴을 가져다 댔다. 바깥이 실내보다 더 밝은 데다가 갈색 창문엔 먼지까지 뽀얗게 쌓여 있어 안쪽은 잘 보이지 않았다. 하지만 실루엣 하나가 아래로 움직이는 게 느껴졌다. 이상한 일이었다. 그는 손으로 저물어가는 햇빛을 가리고 한 번 더 가까이 얼굴을 가져갔다. 유리창에 코가 닿았다. 여러 번의 연습 끝에 이제 파린은 마음만 먹으면 곧바로 자신의 정신을 망상에게 내어 줄 수 있었다. 정말이었다! 이제 그도 들을 수 있었고 심지어 두 사람의 윤곽도 알아볼 수 있었다. 사내아이처럼 짧은 머리를 한 소녀와 키가 작은 남자. 소녀의 심장은 마치 쥐의 심장처럼 빠르게 뛰고 있었다. 왠지 모르지만 그녀는 파린을 두려워하고 있었다. 그러자 그녀에게 미안한 마음이 들었다.

그는 검지로 창문을 똑똑 두드리고는 "안녕하세요! 저희는 여행객들이에요. 위험한 사람들이 아닙니다." 하고 외쳤다. 그리고 부드러운 미소를 지으며 말했다. "한 가지만 물어보고 싶습니다."

짧은 머리 소녀는 함께 있는 남자에게 무언가를 속삭였다. 파린은 집중해서 귀를 기울였다.

"저 사람이 우리가 여기에 있는걸 알고 있어, 키." 소녀가 속삭였다. "그가⋯ 우리 얘길 듣고 있어."

어떻게 알았을까? 매장꾼의 아들은 의아했다.

이제 어떻게 해야 하지? 돌아보지 않아도 에미코가 등 뒤에서 초조해하고 있다는 걸 알 수 있었다.

"가 버려, 제발 가 버려!" 그녀가 속삭이는 소리가 들렸다.

그럼 할 수 없지, 파린이 생각했다. 누군가를 겁주거나 놀라게 하고 싶진 않았다. 그는 자신의 본능을 따랐다. "흠, 아무래도 안에 아무도 없는 것 같아요." 어깨를 한 번 으쓱하며 그가 뒤를 돌아 피젤의 등에 올라탔다.

에미코는 벌써 출발해 저만치 가고 있었다. 그는 소변보는 시간보다 오래 한 곳에 머무는 것을 좋아하지 않았다.

그들은 낡은 술집에서 멀어져 갔다. 달리는 내내, 소녀의 겁먹은 목소리가 파린의 귀에서 떠나지 않았다. 거기에 왜 둘이 갇혀 있는 걸까? 주인은 어딜 간 거지?

그는 허벅지에 힘을 줘 돈너 곁으로 말을 몰았다. "기사님, 아까 그 술집이 어쩐지 수상합니다."

양손으로 고삐를 쥐고 있던 기사는 오른손으로 턱을 긁적였다. "흠, 나도 지금 그 생각을 하고 있었어. 전에는 다른 이름이었던 것 같은데… 새로운 시작을 위하여! 그래, 그런 이름이었어. 흠, 완전히 문을 닫은 게 분명해." 그는 다시 고삐를 쥐었다. "하지만 이제 지게스문트 성과 그곳에서 우리가 수행할 임무에 집중하도록. 이 지역은 어딘지 모르게 수상쩍어."

희미한 달빛이 길을 비추고 있었다.

파린은 계속 생각하고 또 생각했다. 뭔가 중요한 걸 잊은 느낌. 삽과 곡괭이를 노파의 오두막에 두고 왔던 바로 그 날과 비슷한 느낌이 머릿속을 떠나지 않았다.

너무 그러지 마, 아무것도 까먹지 않았어. 빠진 것 없이 다 챙겼다고. 왜? 내가 다 챙겼으니까. 망상이 잘난 척을 했다.

"징글징글, 네 힘이 강하다는 건 알아. 하지만 생각하는 역할은 내 몫이 되어야 한다고 생각해." 파린이 머릿속으로 말했다.

나 웃어도 돼? 넌 쉬운 이름 하나도 하루만 지나면 까먹잖아.

"말도 안 돼!"

그래? 그럼 하우펜 마을의 독을 섞는 노파 이름이 뭐였더라?

"어… 어… '게'로 시작하는 이름이었는데."

내 이럴 줄 알았어, 망상이 낄낄거렸다. 그는 세상 모든 것에 대해 자기가 결국 옳아야 했다.

좀 더 노력해 봐, 생각이 날 거야. 난 널 믿어.

"생각났어!" 파린은 흥분한 나머지 큰소리로 외쳤다. "바로 그 이름이야!"

"너 왜 그래? 무슨 이름?" 곁에서 달리던 플라우디우스가 물었다.

"에… 그냥 혼자 생각하고 있던 게 입 밖으로 나왔네요." 파린이 대답했다.

망상이 집요하게 물고 늘어졌다. **당연히 그럴 만도 하지. 이름 하나 생각해 내는 데 온종일 걸렸으니. 그러니까 노파 이름이 뭐라고?**

이번에는 머릿속으로만 생각하는 걸 잊지 않았다. "노파의 이름은 아무래도 상관없어. 아까 그 술집 이름. '제시간에'였어. 내가 그걸 깜빡한 거야." 그가 고삐를 쥔 손을 퍼덕였다.

너 맛이 좀 간 것 같아.

"예언 말이야! 프레니아가 말한 예언을 생각해 봐."

자꾸 딴소리하지 말고. 내가 좀 도와주지. '게'는 일단 맞았어.

"뼈를 보는 사람을 제시간에 예언가와 만나게 하여라. 악령과 환영의 동맹만이 벨텐 제국을 지옥 불로부터 지켜낼 수 있다." 파린이 그녀의 말을 곱씹었다. "거기서 '제시간에'는 시간을 말하는 게 아니라 장소를 말하는 거였어. 아까 그 오래된 술집. 어떻게 생각해? 내가 수수께끼를 푼 것 같아." 파린이 말 등에서 허리를 꼿꼿하게 세우고 자신만만하게 머릿속으로 말했다.

망상은 한동안 아무 말도 없었다. **이제야 그 생각을 해낸 거야?**

이 빌어먹을 망상! "난 네가 '파린, 넌 정말 천재야!'라고 말할 줄 알았어. 어쨌건 예언가를 만나러 거기로 돌아가야겠어. 소녀랑 앉아 있던 키 작은 남자가 그 예언가인가 봐."

지금은 안 되지. 아니면 에미코한테 털어놓고 가려고?

앞서가던 에미코가 말을 멈췄다. 갈림길이었다. 세 갈래 길 한가운데에 이정표가 서 있었다. 벌레 먹은 낡은 세 개의 나무판 위에 쓰인 글씨가 달빛 아래 희미하게 보였다. 나벤슈타인, 지게스문트, 공동묘지. 이정표에 따르면 지게스문트는 남서쪽 방향이었다. 기사는 남동쪽으로 향했다.

"기사님, 방향이 틀렸어요. 저쪽이 지게스문트로 가는 길이에요." 헥토리안이 오른쪽을 가리키며 말했다.

"그쪽으로는 우리끼리만 가지 않겠다. 위험이 너무 커. 네코르인들의 군대가 잠복하고 있을지도 몰라. 우리가 나루터에 나타났었기 때문에 그들은 우리가 올 줄 미리 알고 있어. 그러니 먼저 폐하의 군대를 기다린다." 모두가 이해할 수 있도록 에미코가 설명했다.

기사님은 사려 깊고 지혜로워, 파린은 생각했다. 에미코는 신하들의 안전을 늘 중요하게 생각했다.

어느 숲에 이르자 에미코가 멈추라고 명령했다.

"내일 아침 동트기 전까지 여기서 기다린다. 어둠 속에서 숲으로 이동하는 건 너무 위험해. 말이 구덩이에 빠지거나 나뭇가지에 눈이 찔릴 수도 있으니까. 이 근처에 쉬어갈 만한 좋은 자리가 있다."

어휴, 지루해. 인간들은 밤만 되면 앞을 보지 못하는 게 문제라니까.

"그렇게 잘난 척을 하니까 말인데 넌 얼마나 빨리 달릴 수 있어?"

무슨 소리야?

"인간 치고 나는 발이 빠른 편이야. 내 말은 내가 너한테 내 정신을 맡긴다면 아까 그 여관까지 돌아가는 데 얼마나 걸리는지 물어보는 거야."

한 시간까지는 안 걸려.

"말도 안 되는 과장은 그만둬. 우린 말을 타고 두 시간이나 달려왔어. 설마 네가 말보다 두 배 빨리 달릴 수 있다고 말하는 건 아니지?"

허, 더 빠르지! 우린 지금까지 아주 편안하게 느릿느릿 왔잖아?

"그럼 다녀오자. 난 반드시 '제시간에'로 돌아가야 해. 예언을 잊지 마."

난 점쟁이의 헛소리 같은 건 신경 안 써.

"하지만 난 신경이 쓰여. 어쩔 거야? 도와줄 거지?"

걸어가는 건 너무너무 지겨워. 그래서는 아무도 안 죽는다고. 심지어 너 같은 녀석도. 근데 안 될걸? 에미코가 그걸 허락해 줄 것 같아?

"그건 나도 같은 생각이야. 그러니까 물어보지 않고 몰래 다녀오려고."

와우, 좋아! 진작에 그렇게 얘길 하지!

"모두가 잠들 때까지 기다렸다가 출발하는 거야. 첫 번째 보초 서는 시간이 끝나기 전에 돌아오면 돼."

드디어 너도 이성적인 말을 하네, 망상이 칭찬했다.

이로써 파린의 계획이 이성적이라는 데 최소한 두 명이 동의했다.

에미코는 조금 더 동쪽으로 무리를 이끌었다. 바위로 이루어진 협곡 지대 한가운데에 이르자 작은 동굴이 나타났다. 어둠과 바위의 보호를 받으며 그들은 잠자리를 마련했다. 첫 번째 보초는 드로그단과 바랄돈이었다. 그리고 두 번째는 에미코와 그의 스콰이어. 그 말은 파린이 반드시 제시간에 돌아와야 한다는 뜻이었다.

파린은 일행과 약간 떨어진 덤불 아래에 잠자리를 마련했다. 얼마 지나지 않아 플라우디우스의 코 고는 소리가 들렸다.

얼마나 조용히 움직일 수 있을까, 파린은 머릿속에서 속삭였다.

짝짓는 시기의 숫양만큼. 잔소리 말고 나한테 맡겨.

파린은 조심조심 기어 야영지를 벗어났다. 망상에게 자신을 맡기기 전에 파린은 한 번 더 뒤를 돌아보았다. 사방은 조용했고 아무도 그들이 빠져나오는 걸 눈치채지 못했다. 양심에 가책을 느꼈다. 에미코에게 말해야 했던 것 아닐까?

너무 늦었다. 이제 낭비할 시간은 없었다. 그는 달리기 시작했다. 망상의 말은 과장이 아니었다. 파린은 엄청난 속도로 달렸다. 어둠 속이었지만 믿을 수 없을 만큼 잘 보였다. 모든 것이 무채색으로 보이긴 했지만 대낮처럼 밝았다. 사냥을 나선 늑대의 눈에 비친 세상은 이런 모습이겠지. 질주하는 돈녀도 이렇게 볼까? 바람이 귓가를 스쳤다. 놀라운 속도였다. 너무 지쳐서 돌아오다가 쓰러지지 않기를.

한밤중의 숲은 얼마나 시끄러운지! 파린은 잠시 멈춰 넋을 놓고 귀를 기울였다. 사방에서 짐승이 기어가는 소리, 삐걱대는 소리, 그리고 부딪치는 소리가 들렸다. 덤불과 나무의 이파리들이 폭포처럼 쏴아 소리를 냈다. 사냥하는 올빼미의 날갯짓 소리까지 들을 수 있을 정도였다. 망상이 얼마나 그의 감각을 예민하게 만들 수 있는지 놀라웠다.

어디선가 싸우는 소리가 들렸다. 삶과 죽음을 가르는 싸움이었다. 사람들이 죽었다.

흐르는 강물처럼

아로스는 아직도 창문 아래 벤치에 무릎을 쪼그리고 앉은 채였다. 손은 얼음장처럼 차가웠고 제대로 숨을 쉴 수 없었다.

"그 스콰이어는 어딘지 이상해. 한편으로는 상냥하고 바른 사람처럼 보이지만 사악한 뭔가가 내면에서 날뛰고 있어." 온몸에 소름이 돋았다. 분명 통제되지 않는 힘과 공격성을 느낄 수 있었다. "그런데 왜 우릴 그냥 두고 갑자기 가 버린 걸까?"

"화가도 질문할 건 많지만 대답은 모르겠어."

"어서 여길 떠나야 해, 키." 아로스가 말했다. 얼굴만큼이나 창백한 목소리였다.

화가는 두 손을 가슴에 얹고 몸을 굽혔다. 동의하는 것처럼 보였다. 그런 후 그가 지체 없이 문을 열려고 했다. 하지만 소용없었다. 문은 열리지 않았다.

"말도 안 돼." 아로스가 놀라서 말했다.

키는 보란 듯이 온 힘을 다해 주물 손잡이를 흔들었다. 흔들거림이 바닥까지 전해질 정도였지만 문은 꼼짝도 하지 않았다.

"같이 해 보자."

이번에는 둘이 같이 손잡이를 아래로 당겨 보았지만 허사였다.

"이제 여기서 해결해야 할 일이 한 가지 더 늘었네." 아로스가 중얼거렸다.

이 으스스한 술집 안은 공기가 희박한 걸까? 숨쉬기가 불편했다. 아니면 반대일까? 그녀는 뭔가 이상한 기운이 느껴지지 않느냐고 묻기 위해 키를 보았다.

"차 한 잔 마실래?" 뒤쪽에서 목소리가 들렸다. 부드럽고 편안한 목소리였다. 목소리의 주인공은 위층에서 계단을 따라 내려오는 중이었다. 그게 누구인지 두 눈으로 확인할 필요는 없었다. 백일몽 속 허깨비에 그녀가 속고 있는 것이기만 바랐다. 어떻게 이런 일이?

곱슬곱슬한 머리, 값비싼 흰 천을 두른 한 남자가 그녀에게 다가왔다. 갈색으로 그을린 그의 얼굴에선 푸른 눈이 빛나고 있었다.

"이번에도 캐러웨이 차로 할래, 흙투성이 발 아로스? 아니면 이번엔 다른 차를 마실 텐가?"

마치 이 장소에서 미리 약속이라도 한 듯 소녀는 아무렇지도 않은 듯 대답했다. "졸칸 대공! 오늘은 하녀들 없이 계시네요. 직접 차를 끓이실 건가요?" 그녀는 자신이 두려워하는 모습을 들켜 졸칸을 기쁘게 하고 싶지 않았다.

그가 환하게 웃으며 대답했다. "넌 이미 내 집에서 처음 만났을 때부터 아주 강한 인상을 남겼지. 나벤슈타인 대성당에서 두 번째로 만났을 때도 마찬가지였고." 그는 혀를 차며 말했다. "성당을 별로 좋지 않은 별자리 밑에 지어서인지는 몰라도 내 눈엔 마치 별이 하늘에서 지붕으로 떨어진 것처럼 보이더구나."

"정말요?" 아로스가 물었다. "그리고 난 멍청하게도 그게 종탑이라고 생각했어요.”

"어쨌든 그 붕괴 사건에서 우리 둘의 공통점이 있군. 끔찍한 사건에서 유일하게 살아남았으니.” 졸칸은 정말로 기쁜 사람처럼 말했다.

아무 말도 없이 서 있던 키가 마침내 입을 열었다. “완상하오, 화가가 자란 곳에서 사람들이 나누는 저녁 인사예요. 화가의 이름은 키입니다.”

"그대의 이름도 이미 들었지. 멀리 다른 세계에서 왔다고.” 졸칸이 차가운 시선으로 키를 보았다.

술집 안에 정체 모를 긴장감이 점점 더 밀려들었다. 아로스는 이곳을 서서히 지배해 오는 어두운 힘을 느꼈다. 도대체 무엇일까. “대공, 이곳에 오면 붉은 수염을 만날 수 있다고 대공께서 말씀하셨잖아요.”

졸칸이 고개를 끄덕였다. “그 대신 내가 나타나지 않았느냐. 그 해적에게 널 인사시켜 주려고.”

이글거리는 눈으로 아로스가 그를 보았다. 왜 하필 그녀를 이곳으로 유인한 걸까? 왜 그녀는 저 빌어먹을 포주의 말 한마디에 속아 넘어갔을까?

"원하는 게 뭐죠, 졸칸 대공?” 아로스가 물었다.

"널 내 목적에 맞게 쓰는 것. 특별한 재능은 올바른 곳에 쓰여야겠지.”

"제가 올바르지 않은 곳에 있고 싶어 한다면?”

"그럼 우리에겐 공통점이 생기는 셈이지! 바로 문제가 있다는 것!" 그의 목소리가 처음으로 위협적으로 들렸다. "우린 술집에 와 있으니 좀 편안하게 앉아서 얘기할까?"

무슨 수를 써도 소용이 없었다. 아로스는 다시 게임을 시작해야 했다. 셋은 창가 앞 테이블에 앉았다. 이 상황에서 키는 별 도움이 되지 않았다. 나이를 가늠하기 힘든 얼굴의 남자가 생쥐처럼 이 게임을 엿보고만 있었다.

"아로스, 스승이 너한테 관심을 가지고 계셔."

"난 관심 없는데요?"

졸칸이 부드럽게 물었다. "그분이 누구인지 알기나 하니?"

그녀는 고개를 흔들었다.

"스승은 벨텐 제국의 진정한 통치자야. 어차피 곧 죽을 노년의 왕 그라쿠스보다 훨씬 더 큰 힘을 가졌지. 곧 스승의 시대가 밝을 거야. 그는 네코르인의 사교를 이끄는 분이시지."

"지금까지 내 모든 시간과 에너지를 정찰병들에게 잡히지 않기 위해, 그리고 생존하기 위해 썼어요. 스승이고 네코르인들이고 다 관심 없어요."

"이제는 관심을 가져야만 할걸. 미래는 그들의 것이고, 그러니 너의 미래도 마찬가지거든."

"내 미래는 내 거예요! 더 많이 알아내고 싶은 내 과거처럼. 돛이 네 개나 달린 큰 배에 대해 더 많이 알고 있죠?" 졸칸을 바라보는 아로스의 눈빛이 대답을 재촉하고 있었다.

졸칸은 흔들리지 않았다. "네가 우리 편이 된다면 네 과거에 대해 모든 걸 알게 될 거고 더는 도망치지 않아도 돼. 게다가 매일 캐러웨이 차를 마실 수도 있지." 그가 이를 드러내며 음흉하게 웃었다. 아로스는 그의 이를 몽땅 부러뜨리고 싶은 마음이 간절했다.

아로스의 호전적 기질이 잠에서 깨어났다. "난 당신을 조종하는 역겨운 살인마를 알고 있어요. 아니 '조종했던'이라고 하는 게 더 낫겠군요. 네코르인들에 대해 들은 적이 있어요. 그들이 마을 사람들을 습격하고, 성당을 불태우고 가담하지 않는 사람들을 죽인다는 걸. 당신에겐 잘 어울리지만 나에겐 아니야. 스승에게 전해요. 나한테 해볼 테면 어디 한번 해보라고."

"흠, 난 다른 대답을 기대했었는데."

"원래 인생은 실망의 연속이지요." 아로스는 최대한 어른스럽게 말하려 애썼다. "어떻게 성당에서 살아나왔는지 말해 줄 수 있어요?"

"악령이 어느 대공을 도왔지." 여태 듣고만 있던 키가 갑자기 나지막한 목소리로 말했다.

아하, 키도 거기에 있었던 거구나. 아로스가 그를 바라보았다. 악령이라고? 정말 악령이라고 말한 게 맞아?

나의 하루야. 이게 진심은 아니길 바라. 죽은 자가 은밀히 나타나질 않나, 그것도 모자라 이제는 악령이라니. 둘을 한꺼번에 보내면 나는 어떻게 해, 정말 말도 안 돼.

"악령에 대해 뭘 알고 있지?" 졸칸 대공이 김샌 표정으로 키를 바라보며 물었다.

"네코르인들의 우두머리가 악령이라고 하지요. 객실에 있는 악령의 문을 통하지 않았다면 대공이 어떻게 여기에 들어왔을까요?"

순간 졸칸이 움찔했다. 그 작은 움직임에도 대공의 공격성이 드러났다. "잘못된 쪽에 서기엔 너무 많이 알고 있군."

"당신이 바로 스승인 거죠?" 아로스가 말했다. 작은 거미가 등을 따라 기어가는 것처럼 소름이 돋았다. "검은 마법이 아니면 성당에서 살아나올 수 없었어."

"네 어두운 힘이 성당을 무너지게 한 것처럼." 그의 광대뼈가 도드라졌다.

"어두운 힘이 아니었어요. 멍청한 포주들이 스스로 성당을 무너뜨린 거예요. 그리고 설교대에 서 있던 그들의 우두머리에게도 큰 책임이 있죠." 두려움이 분노를 불러일으켰다. 분노유발자를 피해 도망치고 싶지 않았다.

졸칸의 입꼬리가 올라갔다. 웃는 걸까, 아니면 화가 난 걸까? 갑자기 뭔가 노란빛이 그의 푸른 눈동자에서 빛났다. 그녀가 착각한 걸까?

"그래, 악령이 날 살렸지. 일종의 초혼술을 써서 지붕의 탑이 나를 덮치기 전에 나를 다른 곳으로 소환한 거지. 감히 부를 수 없는 존재의 특별한 권능으로."

"감히 부를 수 없는 존재?" 키가 물었다.

"거기까지! 잘못된 쪽에 서는 사람들은 파리처럼 죽어야만 하지. 네가 그중 하나가 되겠구나. 널 살려 두는 건 너무 위험해, 흙투성이 발 아로스."

졸칸의 눈동자가 노랗게 변했다. 아로스는 숨이 막혀 왔다. 공기를 갈망하듯 입이 크게 벌어졌다. 이마에 흐른 땀이 두 눈을 찔렀다. 실내의 공기는 점점 짙어지고 끈적끈적해져 집요하고 끈질기게 그녀의 허파를 옥죄어 왔다. 숨쉬기가 힘들어지고 있었다.

전사 셋의 그림자가 벽에 나타났다. 저들은 또 어디서 나타난 걸까? 사방에서 검은 형상들이 테이블을 향해 다가오고 있었다. 얼굴 없는 형체의 손에 들린 검들은 날카로웠다. 피를 묻히기 위해 온 게 분명했다. 개자식 졸칸은 그저 느긋하게 앉아 승리를 만끽하려 하겠지.

아로스가 자리에서 벌떡 일어나 앉아 있던 의자를 두 손으로 쥐고 창문을 힘껏 내리쳤다. 소용없었다. 창문은 깨지지 않았다. 그림자들은 잠시 멈칫했다. 다시 한번 더, 더 힘껏 내리쳤다. 당황한 졸칸의 얼굴을 보니 지금 그녀는 제대로 하고 있는 게 분명했다. 유리창에 금이 갔다. 그림자들이 그녀에게 달려들었다. 마지막 시도. 챙소리와 함께 유리 파편이 밖으로 튀었다. 갑자기 밖에서 공기가 몰려들어 오자 칼을 든 검은 그림자들은 회오리바람처럼 소용돌이치며 먼지구름이 되어 사라졌다.

"제길!" 한순간 졸칸의 우아한 표정이 싹 가셨다. 짜증 섞인 그의 시선이 흘낏 문 쪽을 향했다.

키가 눈치를 채고 재빨리 움직였다. 한 손으로 문을 활짝 열어젖혔다. "얼른 여기서 나가!"

쥐들의 여왕도 재빨리 움직였다. 그녀는 테이블을 뛰어넘어 키를 지나 밖으로 나갔다. 키도 아로스의 뒤를 따랐다. 악령이 지배하는 여관에서, 그리고 악의 사신 졸칸에게서 벗어나야 해.

아로스와 키는 어두운 밤을 가르며 달렸다. 신선한 공기가 그렇게 고마울 수가 없었다. 졸칸이 뒤쫓지 않는다는 걸 확인한 뒤 다시 걸음을 늦췄다.

아로스는 지쳐서 키에게 안겼다. "정말 아슬아슬했어. 너까지 위험에 처하게 만들어서 정말 미안해."

"괜찮아. 친구 아가씨는 어떻게 창문을 깨야겠다는 생각을 했어?"

"환영을 봤어, 환영에서 본 대로 한 거야. 그때는 졸칸이 살아 있다는 사실을 믿을 수가 없었기 때문에 내가 착각한 거라고 생각했거든. 대체 무슨 일이 일어나고 있는 걸까?"

"화가도 모르겠어. 벨텐 제국의 절반이 친구 아가씨를 쫓고 있어."

"난 아무 일도 하지 않았어. 거의 아무 일도."

"쉿!" 키가 검지를 입에 가져간 뒤 가만히 귀를 기울였다. 그리고는 작은 목소리로 속삭였다. "근처에 사람이 있어."

둘은 수풀 뒤로 가서 쪼그리고 앉았다. 아로스는 눈을 동그랗게 뜨고 칠흑 같은 허공을 뚫어져라 응시했다. 소리는 들리지 않았다. 근처에서 움직임도 느껴지지 않았다.

나의 하루야, 넌 아까 떠났지만 날 시험하기 위해 네 동생 어둠을 보냈구나. 날 좀 쉽게 해 줘, 너무 피곤해.

다음 순간, 아로스는 다시 정신이 번쩍 들었다. 대여섯 명의 사내들이 그녀 주위를 빙 둘러섰다. 기사와 스콰이어들일까?

자세히 보니 분명 전에 본 그 사내들이 아니었다. 이들은 어두운 색깔의 두건을 썼고 얼굴은 창백했다. 어떻게 그렇게 빨리 그녀를 찾은 걸까?

"붙잡아서 묶어." 누군가가 말했다.

서너 명의 우악스러운 손이 그녀를 붙들어 잡아당겼다. 도망치려 했지만 허사였다. 달이 구름 뒤로 사라졌다. 사내들의 모습은 보이지 않았지만 냄새와 소리로 알 수 있었다. 그녀의 옆에 또 다른 움직임이 느껴졌다. 둔탁한 소리가 들리고 때리는 소리와 신음, 헐떡이는 숨소리가 들렸다. 여러 번의 퍽, 퍽, 퍽 소리가 배경음으로 들렸다. 그녀의 어깨 바로 아래를 쥐고 있던 사내의 손에 힘이 풀리더니 아로스를 놓아주었다.

달이 구름 밖으로 나왔다. 여전히 희미한 빛이었지만 그래도 조금 전에 비하면 많은 걸 볼 수 있었다. 처음에 아로스는 너무 놀라 숨 쉬는 것마저도 잊었다. 다음 순간 그녀의 경악은 찬탄으로 바뀌었다. 자신의 눈을 믿을 수가 없었다. 키가 빙글빙글 돌고 있었다. 그는 거의 땅과 수평이 되도록 몸을 공중에 띄운 채로 사내들의 턱을 발꿈치로 걷어차고 있었다. 이어서 오른쪽 다리로 다른 사내의 무릎을 걷어찼다. 상대가 고꾸라지는 순간, 키의 팔꿈치가 얼굴을 가격했다. 아로스가 한 번도 본 적이 없는, 마치 흐르는 물처럼 유연한 무술이었다. 상대방을 공격할 때 키의 움직임은 마치 춤을 추는 것 같았다. 그런 움직임으로 키는 엄청난 힘을 만들어 냈다. 작은 몸집에서 나올 법하지 않은 강력한 힘. 사내들도 같은 생각이겠지. 무릎의 반동을 이용하여, 팔을 굽힌 채로, 그는 손가락과 팔꿈치와 발뒤꿈치로 사내들을 때려눕혔다. 그러더니 어느새 다리를 넓게 벌리고 거반 앉은 자세를 취했다. 말 등에 올라탄 자세라고 해야 하나? 양 손바닥을 앞을 향해 뻗어 손가락으로 무언가를 할퀴려는 것 같은 해괴한 자세였다.

또 다른 세 명이 대기 중이었다. 그중 한 명이 정면에서 칼을 들고 공격해 왔지만 키는 마치 기다렸다는 듯이 부드러운 동작으로 공격을 피하고 반격에 들어갔다. 한 다리를 앞으로, 다른 다리는 굽힌 채로 껑충 뛰어오르면서 사내를 뒤에서 공격했다. 그리고 동시에 한 바퀴를 돌며 마지막 남은 두 명의 사내 몇 미터 앞에 착지했다. 그들 중 서투르게 칼을 휘두르던 오른쪽 사내를 상대하는 건 간단했다. 키는 마치 고양이가 앞발을 휘두르듯이 상대의 관자놀이를 잽싸게 두 번 공격했다. 사내는 그대로 쓰러졌다. 마지막 남은 사내가 키의 뒤에서 칼로 내려칠 기회를 잡았다.

"키이!" 아로스가 소리치려고 했지만 한발 늦었다.

벌써 위험을 알아챈 키는 뒤도 돌아보지 않고 두 팔을 들어 칼을 든 상대의 팔을 잡더니 엄청난 힘으로 그를 던져 버렸다. 사내는 그대로 날아가다 바위에 허리를 부딪쳤다. 소름 끼치는 비명이 울려 퍼졌다. 다시 고요함이 찾아왔다. 여섯 명의 사내가 말없이 바닥에 누워 있었다. 여섯 명의 무장한 군인에 맞선 맨몸의 화가.

"어서 도망쳐!" 아로스가 외쳤다. 더는 아무 말도 필요치 않았다.

한밤의 추격자들에게서 도망치려는 두 번째 시도였다. 많은 생각이 머릿속을 스치고 지나갔다. 작은 체구의 화가 키는 데이지 꽃 하나도 꺾지 못하는 것처럼 행동했지만, 사실은 맨손과 맨발만으로도 군인들을 때려눕히는 한 번도 본 적이 없는 무술의 대가였다. 이제 키에 대한 아로스의 신뢰는 무한에 가까웠다. 하긴 지금 키 말고 누굴 믿을 수 있을까마는?

아무래도 나를 쫓고 있는 낯선 사내들을 믿을 수는 없는 노릇이겠지, 아로스는 생각했다. 일 초라도 빨리 키와 함께 이 염병할 지역에서 멀리 벗어나고 싶었다. 우거진 숲속을 통과하여 남쪽으로 발걸음을 재촉하고 있을 때 갑자기 뒤에서 흐느끼는 소리가 들렸다.

"무슨 일이야, 키?"

"화가가 두 명을 죽였어. 목을 꺾고 허리를 부러뜨렸어." 그가 처절하게 흐느꼈다. "다른 방법이 없었어. 한꺼번에 여럿이 달려드는 바람에 관용을 베풀 여유가 없었어."

"키, 네가 우리 목숨을 구했어. 다른 방법이 없었다고."

"화가는 앞으론 절대로 사람을 죽이지 않겠다고 맹세했었어."

아로스는 할 말을 잃었다. 조금 전까지 위대한 무사였던 사내가 이제 자신의 용감한 행동 때문에 울고 있었다. 이 작은 화가는 신비로운 존재였다. 어쨌거나 그녀는 이제 다시 도망치는 신세였다. 그녀의 삶은 도주 그 자체였다. 도대체 무엇으로부터? 그저 잡히지 않기 위해? 악으로부터? 죽음으로부터? 도망칠 수 없는 것으로부터?

생각에 잠긴 그녀 앞에 덤불을 뚫고 갑자기 거대한 형체가 나타났다.

아로스는 그 자리에 멈춰 서서 괴물을 노려보았다. 처음에는 흐릿한 윤곽만 보였다. 하지만 자세히 보니 거의 2미터 크기에 노랗게 빛나는 눈! 아로스는 소스라치게 놀랐다. 그림자는 기다란 팔을 벌리고 그녀에게 점점 가까이 다가왔다. 움직임은 단호했고, 힘이 넘쳤다. 잠시 달빛이 비치며 아로스는 자신을 노리는 상대를 알아볼 수 있었다. 주둥이와 몸과 발톱, 이 모든 것이 피로 얼룩져 있었다.

그 어떤 악몽보다 끔찍해, 아로스는 생각했다. 이제 끝이야. 소리는 지르지 않겠어.

야수

싸우는 소리를 따라 숲속을 달렸다. 카바노 강의 물소리를 따라 뗏목이 나아가듯 그는 청각에 의지해 좁은 산길을 내달렸다. 피비린내가 코를 타고 들어왔다. 맛있는 냄새! 향기롭고, 짭짤한, 삶에 생동감을 주는 냄새.

"이건 좀 너무하는 거 아니야, 징글징글?" 악령에게 정신과 의지를 포함한 모든 걸 맡긴 게 잘한 결정이었을까 생각하며 파린이 물었다.

우린 시간이 별로 없어. 보초 설 시간에 맞춰 돌아가야 한다고. 그러니까 나한테 맡겨. 내 능력을 믿으라고. 마상 창 시합에서처럼.

"그래, 그런데 오늘처럼 야만적이고 지독한 기분은 처음이라 그래."

지금까지는 내 본성을 숨기고 네 능력에 맞추느라 그랬어. 오늘은 내가 어디까지 할 수 있는지 보자고.

"흠, 알았어."

그렇게 솔직히 털어놓은 뒤 망상은 더 빨리 내달리기 시작했다. 발아래는 나뭇가지와 돌들이 밟혔다. 파린은 또다시 악명 높은 '그래-좋아-사건'이 시작되는 건 아닐까 불안했다.

풍경이 스쳐 지나갔다. 한 번도 느껴 보지 못한 육식에 대한 갈망에 사로잡혔다. 날고기에 대한 갈망. 매장꾼의 아들은 이때까지 밤에 배고픔을 느껴 본 적이 없었다. 그는 으르렁거리며 머리를 흔들었다. 싸우는 소리가 바람에 꺼진 촛불처럼 갑자기 사라져 버렸다. 하지만 개의치 않았다. 대신 인간의 체취가 길을 인도했다.

10미터 앞쪽 바닥에서 웅얼거리는 소리가 들렸다. "어떻게 이럴 수가 있지? 어떻게 이럴 수가 있어?"

이제 후각뿐만 아니라 시각을 통해서도 상황을 파악할 수 있었다. 사내 여섯 명이 바닥에 누워 있었는데 그중 한 명만이 움직이고 있었다. 나머지 다섯은 죽었거나 기절한 상태였다. 불꽃이 그려진 어두운 색상의 옷. 그들이 네코르인임을 알려 주는 확실한 단서였다. 고통에 몸부림치느라 사내는 아직 파린이 다가오는 것을 눈치채지 못했다. 인제 어쩌지?

죽이자. 망상이 제안했다. 파린은 그렇게 말하며 입술을 핥았다. **그러면 네코르인 여섯 명이 줄어드는 거야.**

파린의 정신이 짙은 안개 속에서처럼 간신히 존재를 드러내며 외쳤다. "징글징글! 그건 너무해. 죽이진 않을 거야. 대신 적에 대해서 더 자세히 알아야 하니 직접 한번 물어보자. 그저 잘못된 길로 인도된 사람들일 수도 있잖아."

잘못된 길로 인도되었다고? 망상이 처음 들어보는 거친 말투로 되물었다. **여기서 잘못된 길로 인도된 건 나 하나뿐이야. 매장꾼 녀석이 만날 더러운 일은 나한테 맡긴다고! 대체 몇 번이나 내가 그놈의 볼기짝을 구해 줘야 하는 거지? 그런데 좀 재미있어질 만하면 그 녀석이 내 앞을**

가로막아. 물어보는 것쯤은 나도 할 수 있어.

듣고 보니 망상의 말도 일리가 있었다. "저들이 공격하지 않으면 죽이지 마, 약속할 거지?"

대체 날 뭐로 보는 거야?

"흠, 좋아. 그럼 네가 알아서 해."

파린은 신이 난 듯 으르렁대며 성큼성큼 서너 걸음 만에 그들에게 다가갔다. 칠흑 같은 어둠이었지만 세세하게 알아볼 수 있었다. 두 명은 숨을 쉬지 않았다. 그들에게서 죽음의 냄새가 났다. 한 명은 아직 살아 있었지만 눈을 뜬 채 밤하늘만 응시하고 있었다. 움직일 수 없는 게 분명했다. 입술이나 눈동자마저도. 다른 두 명은 의식을 잃고 쓰러져 있었다. 그리고 마지막 한 명은 두 팔로 땅을 딛고 힘겹게 몸을 일으키는 중이었다.

그제야 사내는 거대한 검은 그림자를 발견했다. 그의 두 눈은 벌린 입만큼이나 커졌다. "**안 돼, 안 돼!** 늑대 인간이야!" 그가 와들와들 떨며 말했다.

파린은 깜짝 놀라 뒤를 돌아보려다가 그의 말을 이해했다.

"**넌 어차피 죽을 목숨이야!**" 그가 쩌렁쩌렁한 목소리로 사내에게 외쳤다. 에미코보다도 우렁차고 낮은 목소리였다. "**여기서 무슨 일이 일어난 거지?**"

"사, 살려 주세요. 시키는 건 뭐든지 하겠습니다." 그의 온몸이 떨리고 있었다.

"누가 너희들을 이 지경으로 만들었느냐?"

"우, 우리는 어떤 여자아이랑 그 애와 같이 있는 남자를 잡으러 왔습니다. 거의 붙잡은 순간 그들이 반격했습니다."

"너희 여섯이 사내 하나와 여자아이를 상대로 싸웠는데 이 지경이 됐다고? 지금 죽고 싶어서 나를 놀리는 거야?" 늑대 인간의 커다란 앞 발이 올라갔다. 아니, 이건 손이었지!

"그 사내… 그 사내가…" 적은 다급하게 사정하듯 외쳤다.

"그 사내가 어땠다는 거지? 네 몸을 갈가리 찢어 줘야 말하려느냐?"

파린이 그의 멱살을 잡고 한 손으로 높이 들어 흔들어 대자 사내 는 아까보다 더 심하게 몸을 떨었다.

"아… 아, 아니, 마, 말할게요. 그 사내는 한 번도 보지 못한 무술 로 우리를 공격했습니다. 도저히 이길 수가 없었어요."

"무슨 소리야? 그가 검객이라도 된다는 거야?"

"그, 그는 무기는 하나도 들고 있지 않았습니다. 손과 발만으로 우릴 공격했는데… 아주 작고 번개처럼 빨랐어요. 그, 그러니까 검 을 휘둘러 파리를 잡는 것만큼이나 불가능한 싸움이었습니다."

"너희 여섯이 파리 한 마리를 상대로 졌다는 거지?"

"정말이에요. 제발 믿어 주세요."

"그 여자아이는 뭘 했지?"

"그냥 보고만 있었어요."

"머리가 사내아이처럼 짧았어?"

"네, 맞아요, 맞습니다." 그는 드디어 '맞아요'라는 말을 할 수 있어서 진심으로 기쁜 것 같았다.

파린이 잡은 멱살을 놓아주자 사내는 밀가루 포대처럼 털썩 바닥에 떨어졌다.

"그들을 잡아 오라고 시킨 게 누구지?"

"우리들의 대장 몰레스가 스승에게 받은 명령이었습니다." 그는 죽은 사내들 가운데 한 명을 가리켰다. 몸이 굽은 채 널브러져 있는 시체였다. 파린은 야수처럼 펄쩍 뛰어 그에게 다가간 뒤 팔꿈치 아래의 보호대를 풀었다. 감히 부를 수 없는 존재의 표식이 달빛에 반짝이고 있었다.

망상의 질문이 진짜로 큰 도움이 되었네, 파린이 생각했다. 징글징글이 정말로 잘 해냈어.

파린은 두려움에 가득 찬 눈으로 자신의 눈치를 살피는 네코르인을 다시 한번 내려다보았다. **"너한테도 저런 낙인이 있어?"**

사내는 움찔하며 자기도 모르게 왼쪽 팔을 등 뒤로 숨겼다. "아니, 아닙니다."

파린은 한 손으로 그의 팔을 잡고 다른 한 손으로 그의 가죽 보호대를 싸구려 리넨이라도 되는 것처럼 순식간에 찢어 버렸다. 별 모양 낙인이 드러났다. 화가 난 파린의 주둥이가 사납게 위로 올라갔다. 쳇, 파린이 어지러운 심경으로 생각했다. 아니, 그건 입술이야.

사내는 마치 얼어붙은 것처럼 미동도 없이 파린을 보다가 기어들어 가는 소리로 물었다. "도대체 누구십니까?"

"한 번만 더 거짓말을 하면 저 찢어진 보호대 가죽처럼 네 몸을 찢어 발겨 버릴 테다. 스승은 지금 어디 있지?"

"그, 그건 나도 모릅니다."

그들 뒤에서 뭔가가 움직였다.

"하지만 넌 스승이 누구인지는 분명히 알고 있겠지?"

"미, 미안합니다. 선택받은 몇 명만이 스승이 누구인지 알고 있습니다."

"거짓말! 너에게 낙인이 있어! 넌 분명히 그를 만났어."

"아… 아니, 아닙니다. 그건 경배 의식 때 일어난 일입니다. 다른 열아홉 명과 함께 사원에서 주는 물약을 받아 마신 후 정신을 잃었습니다. 다시 깨어나 보니 모두의 팔에 낙인이 찍혀 있었습니다."

파린은 뒤쪽에서 길게 숨을 들이마시는 소리를 들었다. 누군가 힘을 모으는 소리였다.

망상은 사내를 심문하느라 다른 사내가 깨어나서 자신을 공격하는 것도 느끼지 못하는 걸까? 그는 여전히 뒤를 돌아볼 생각은 하지 않고 험악한 얼굴로 발밑의 네코르인을 내려다보고 있었다.

그때 검이 위에서 그를 공격해 왔다. 파린은 순식간에 고양이처럼 몸을 피했다. 검은 허공을 갈랐다. 아니 허공은 아니었다. 망상의 취조를 받던 사내의 머리가 두 동강 나 버렸기 때문이다. 정확하게 좌우대칭은 아니었지만 어차피 불쌍하게 죽은 사내가 그런 걸 신경 쓸 리 만무했다. 파린의 오른손이 기습 공격한 자의 목덜미를 낚아채더니 단숨에 잡아 뽑아 버렸다. 상대는 즉사했고 분수처럼 피가 솟구쳤다.

"질문 끝." 망상이 말했다.

파린이 한숨을 쉬었다. "그래 맞아. 이제 다 끝났어. 이제 취조할 사람도 없잖아." 그는 입을 꾹 다물고 시체들과 자신의 몸을 번갈아 살펴보았다. "이게 뭐야, 완전히 엉망진창이 되어 버렸어."

불평만 할 일은 아닌 것 같은데? 우리가 알아낸 것도 많잖아.

"그 사원에 대해 더 들어보고 싶었는데. 특히 그 사원이 어디에 있는지."

같은 편의 칼에 맞아 그렇게 죽을지 누가 알았겠어? 망상이 슬픈 목소리로 말했다.

"진심이야? 일부러 그렇게 될 때까지 기다린 건 아니고?"

파린은 자신의 맹수 같던 날카로운 눈이 올빼미처럼 동그랗게 변하는 걸 느꼈다.

오, 아니지. 내가 그렇게 음흉하다고 생각하는 거야? 가슴에 손을 얹고 생각해 봐. 하느님께 맹세. 난 죄가 없다니까.

"너 진짜 사악하다."

아주 오랜만에 듣는 칭찬이야.

"얼른 여기서 떠나야 해. 시간이 별로 없어. 여관에서 본 그 작은 사내랑 여자아이를 꼭 찾아야겠어. 그렇게 멀리 가진 못했을 거야.

한번 찾아보자."

파린은 다시 달리기 시작했다. 숨이 멎을 만큼 빠른 속도로 풀숲을 헤치며 나아갔다. 전설 속에 등장하는 무시무시한 요괴 인간처럼 등을 구부린 채 그는 캄캄한 밤 숲속을 헤매 다녔다. 그러던 중 갑자기 두 발과 두 손이 모두 땅바닥에 닿더니 지면에 코를 들이대고 킁킁거리기 시작했다. 그리고 먹잇감의 냄새를 맡은 짐승처럼 헥헥 소리를 냈다. 먹잇감? 헥헥 소리? 대체 그에게 무슨 일이 일어나고 있는 걸까? 인간의 냄새가 점점 더 짙게 풍겨 오고 있었다. 바위를 뛰어넘자 드디어 그들이 보였다. 돌을 던지면 닿을 만한 거리에. 덤불 사이로 달려가는 작은 두 인간의 뒷모습이 보였다. 파린은 그들의 측면으로 빙 돌아 덤불을 지나고 옆쪽으로 두 번 점프해 그들 앞에 섰다.

둘은 놀라서 눈을 동그랗게 뜨고 그 자리에 멈춰 섰다. 키가 작은 사내는 희한한 동작을 취했다. 한쪽 엉덩이를 앞으로 향하게 한 뒤 앞쪽 다리를 굽히고, 뒤쪽 다리를 똑바로 편 뒤 발로 단단히 땅을 디뎠다. 그리고 한쪽 팔은 앞으로 다른 팔은 비스듬히 뒤쪽으로 뻗었다. 마치 슈투름바흐트 성의 옷걸이 같은 자세였다. 이 사내가 여섯 명의 네코르인들을 제압한 게 사실일까?

아주 잠시 그들은 꼼짝 않고 서로를 바라보며 그 자리에 서 있었다.

파린이 처음으로 소리쳤다. "얘기 좀 하지."

소녀가 들릴 듯 말 듯 한 작은 목소리로 말했다. "키, 괴물이 말을 해."

"친구 아가씨는 내 뒤로 와, 어서." 작은 사내가 말했다.

파린이 머릿속으로 말했다. "징글징글, 내가 이럴 줄 알았어. 온몸에 피칠을 하고 험악하게 인상을 쓰니까 우리가 사람처럼 안 보이나 봐."

그래서 뭐? 쟤들도 뭐 그렇게 출중한 외모는 아니야.

파린이 다시 큰 소리로 말했다. "겁낼 것 없어! 너희는 '제시간에'라는 술집에서 나왔지. 창문으로 너희를 봤어."

"뭐? 그게 너였어?" 소녀는 믿을 수 없다는 듯이 고개를 갸우뚱했다. 그리고 만약에 대비해서 두 걸음 뒤로 물러섰다.

"조금 전에 네코르인들과 싸우다가 이렇게 됐어. 이 피도 그때 묻은 거고."

파린이 멋쩍게 이를 드러냈다.

"뾰족한 송곳니는 없어." 소녀가 안심한 듯 말했다. "넌 누구지?"

매장꾼의 아들은 최대한 정신을 집중해 자신의 통제력을 회복했다. "내 이름은 파린이야. 기사님의 스콰이어지. 우리 일행은 여섯 명이야. 너도 창문 너머로 봤으니까 알 거야."

"스콰이어가 무슨 일로 화가랑 그 친구 아가씨를 찾아왔지요?"

쟤 지금 누구 얘길 하는 거야?

"난 예언가를 찾고 있어. 전해 내려오는 이야기에 따르면 그 여관에서 어떤 예언가를 만날 거라고 했거든."

소녀는 놀라울 정도로 금세 평정심을 찾았다. "그럼 행운을 빌어. 하지만 아무래도 잘못 짚은 것 같아. 그런데 도대체 왜 우리를 쫓아온 거지?"

"너희가 그 예언가에 대해 알고 있을지도 모르니까." 파린은 작은 사내를 보며 말했다. "왠지 특별한 분처럼 보이시는군요. 혹시 예언가가 아니신지요?"

"아닙니다. 저는 그냥 별 볼 일 없는 화가일 뿐이에요." 그가 대답했다. "화가의 이름은 키입니다. 그리고 친구 아가씨는 아로스고요."

"우리는 아는 게 없어. 인제 그만 가 줘." 소녀가 말했다.

정말 대담한 꼬마였다. "이렇게 위험한 곳에서 뭘 하고 있는 거지? 너희가 네코르인들과 싸워 그들을 제압하다니 놀라워. 하지만 다음번에도 그럴 수 있을까? 단둘이서?"

"그게 너랑 무슨 상관이야?" 아로스가 가슴 앞에 팔짱을 끼며 당돌하게 물었다.

"우리를 의심하는 것 충분히 이해해. 나와 동료들은 네코르인들과 싸우고 있어. 상황을 바로잡기 위해서지. 우리의 임무에 도움이 될 만한 어떤 정보든지 말해 주면 고맙겠어."

소녀의 따가운 시선이 파린의 피부 여기저기를 꿰뚫는 것 같았다. 머쓱해진 파린은 소매로 입 주변을 닦았다. 온통 피범벅이었다.

이런 꼴이라니 누구라도 그를 믿을 만하게 생각할 리 없었다.

"예언가를 만나면 뭘 어떻게 할 건데?" 소녀가 갑자기 물었다. 그녀의 시선이 파린을 제압했다.

적절한 때에 적절한 질문을 받는다면 정직하게 대답해야 해, 파린이 생각했다. "어느 치료사가 예언에 대해 말해 줬어. '뼈를 보는 사람을 제시간에 예언가와 만나게 하여라. 악령과 환영의 동맹만이 벨텐 제국을 지옥 불로부터 지켜낼 수 있다.'가 그 예언이래."

소녀는 파린의 말을 이해하지 못한 것처럼 보였고 아무런 반응도 하지 않았다. 그러나 곧 방어적인 태도로 바뀌며 눈동자에 희미한 불꽃이 일었다. 아주 잠깐이었지만 파린은 놓치지 않았다. 미동도 없이 서 있었지만 그녀의 내면에선 분명 무언가가 꿈틀거리고 있었다. 감정, 생각, 또는 이해? 그게 무엇이건 상관이 없었다. 파린은 눈을 가늘게 뜨고 그녀를 바라보고 있었다.

자, 어서 말해 줘, 그가 생각했다. 제발 도와줘!

매장꾼의 아들은 아로스라는 이름의 소녀에게 온 신경을 집중하느라 사방에서 사람들이 다가오고 있는 걸 그제야 뒤늦게 알아차렸다.

이 인적 없는 산속에서 장터보다 더 많은 일이 일어나고 있어, 이 생각과 함께 파린은 화가 치밀어 올랐다.

하필 이럴 때에 불청객이라니. 엉겁결에 칼을 잡았지만 그는 자신이 단 한 번도 그 칼로 삶과 죽음을 가르는 진짜 싸움을 해 본 적이 없다는 사실을 깨달았다.

"세상에, 천만다행이에요. 기사님, 파린이 맞아요." 드로그단이 외치는 소리가 들렸다.

잠시 후 에미코가 나무 뒤에서 모습을 드러냈다. 네 명의 일행은 재빨리 칼을 빼 들었다. 헥토리안만 보이지 않았다. 그들이 불안한 얼굴로 파린을 바라보았다. "설마 다친 거야?" 플라우디우스가 그의 얼굴을 보고 깜짝 놀라서 물었다.

"아니에요. 제 피가 아니에요."

넷은 심각한 표정으로 키 작은 사내와 소녀를 노려보았다.

"둘은 모두 친구예요." 파린이 말했다.

"무기를 내려놓아라." 에미코가 말했다.

"화가와 그 친구 아가씨는 무장을 하지 않았습니다."

에미코는 의심의 눈초리로 둘을 훑어보았다. "무기 없이 이 지역을 돌아다니고 있다고?"

작은 사내는 고개를 끄덕였다.

"여긴 너무 위험해, 우린 야영지로 돌아간다." 기사가 명령했다. "게다가 헥토리안과 말들을 너무 오랫동안 내버려 둔 것 같아 걱정스럽구나."

파린의 머릿속에 불길한 시나리오가 그려졌다. 비록 짧은 순간 겪어봤지만 파린이 보기에 겁도 없고 제멋대로인 아로스라는 소녀에게 절체절명의 위험이 닥칠 것만 같았다.

"우리도 따라가자." 갑자기 소녀가 아무렇지도 않다는 듯이 말했다.

"친구 아가씨가 원한다면." 작고 기이한 사내가 대답했다.

그들은 함께 길을 떠났다.

에미코는 파린을 심하게 꾸짖었다. "**스콰이어!** 우린 지금 적진에 와 있다. 뗏목 사건을 겪었으면 그 정도는 이해했을 텐데! 너의 그 분별없는 행동 때문에 네코르인들이 우리의 움직임을 알아차리게 될 수도 있어. 네 멍청한 행동이 우리 모두를 위험에 빠뜨렸단 말이다. 그런데 그것도 모자랐는가?" 에미코는 깊은 곳의 분노를 삭이는 듯 잠시 멈췄다가 말을 이었다. "최악은, 어떻게 나를 기만할 수 있지? 도둑처럼 살금살금 야영지를 빠져나가? 그따위로 규율을 무시하는 태도는 묵인할 수 없다. 이번 여행이 끝날 때까지만 참겠다. 하지만 너는 이제 내 스콰이어가 아니니 그렇게 알도록!"

벨텐 제국이 무너진 느낌이 들었다. 에미코의 말은 진심일까? 화가 풀리면 용서해 주지 않을까? 아니면 이제 정말 끝일까?

"하지만 기사님…. 그건 예언 때문이었습니다. 저는 부정한 행동을 하려던 것이 아니라…"

지금 분위기에서 에미코는 그 어떤 입방정도 반역 행위로 해석하는 것 같았다. "예언? 용서를 구할 생각은 없는가? 네가 우리 모두를 위험에 빠뜨린 사실에 대해서?"

"기사님, 무슨 예언이길래 그러는지 한번 들어나 보시지요." 고맙게도 드로그단이 기가 꺾인 파린의 편이 되어 주려고 애쓰고 있었다. 잠은 완전히 달아나 버렸다. 어차피 곧 해가 뜰 시간이었다. 셋은 다른 일행들에게서 조금 떨어진 곳에 있었다. 헥토리안과 바랄돈은 다시 보초를 서기 시작했다. 기이한 사내와 소녀는 작은 동굴에 들어가 휴식을 취하는 중이었다. 플라우디우스는 그들을 감시하도록 배치되었다.

기사의 얼굴이 분노로 일그러졌다. 눈썹은 떨리고 있었다. 사형집행인이 죄인에게 다가가듯 그가 파린에게 다가왔다. "그럼 어디 말해 보아라! 누가 그런 멍청한 소리를 해 댔지?"

"그건… 점술가 프레니아였습니다."

에미코가 한숨을 쉬며 말했다. "그걸 물은 내가 바보군. 그 여자도 마찬가지로 성으로 돌아가는 즉시 쫓아낸다."

파린은 어떻게 해야 할지 알 수가 없었다. 자신의 운명이 원망스러웠다. 정말로 기사의 신뢰를 잃을 만큼 그렇게 큰 잘못을 저지른 걸까?

"그 예언이 뭐였는데?" 드로그단이 용기를 내어 물었다.

파린은 기어들어 가는 목소리로 중얼거렸다. "뼈를 보는 사람을 제시간에 예언가와 만나게 하여라. 악령과 환영의 동맹만이 벨텐 제국을 지옥 불로부터 지켜낼 수 있다."

"너는 그 정도 분별력도 없는 것이냐? 누가 들어도 멍청한 소리라는 게 명백하지 않은가? 악령은 끔찍한 우리의 적인데 어떻게 악령이 예언가와 함께 벨텐 제국을 구한단 말이야?"

악령이 감히 부를 수 없는 존재가 아닌 망상을 뜻한다는 사실을 에미코에게 어떻게 설명할 수 있을까?

에미코의 추궁은 계속되었다. "게다가 예언가라고? 그래서 네가 거기까지 가서 찾은 게 겨우 사내아이로 변장한 계집아이랑 아무 무기도 없이 마실이나 나온 사내인 게냐?"

"그 작은 사내가 맨손으로 네코르인 여섯을 물리쳤습니다." 파린이 말했다.

"네 눈으로 직접 보았느냐?" 에미코가 물었다.

"아니요, 하지만 그 직후에 제가 그곳에 도착하였습니다. 그들 중 둘은 벌써 죽어 있었고 넷은 크게 다쳐 더 싸울 수 없는 상태였습니다. 소녀도 키 작은 사내도 뭔가 특별한 점이 있는 게 분명합니다."

"말도 안 되는 소리. 변명은 그만둬!"

일탈 행동으로 인해 그에 대한 신뢰가 이미 땅에 떨어진 상태라는 걸 파린도 인정하지 않을 수 없었다. "저도 이해하기 힘들지만 저 놀라운 무사가 예언가인 것 같습니다."

"그 땅꼬마가? 스콰이어! 이제 네가 제정신인지 의심스럽구나. 널 묶어 두기라도 해야 정신이 들겠나?"

"그래도 네코르인들에 대해 알게 된 사실이 있습니다. 낙인을 찍는 의식이 행해지는 사원이 있다고 합니다." 파린은 네코르인에게 들은 사실을 에미코와 드로그단에게 털어놓았다.

"그럼 네가 새로 사귄 친구들을 데려와 추궁해 봐야겠구나." 기사가 말했다. "그들의 팔에 낙인이 있는지 확인해 보았는가?"

"아닙니다, 하지만 그럴 가능성은 희박합니다. 그들은 네코르인들의 공격을 받았어요."

에미코는 호통을 치며 씩씩거렸다. "'그럴 가능성' 따위는 믿지 않는다. 나도 네가 몰래 자취를 감추는 일 따위가 일어날 가능성은 희박하다고 생각했으니까."

그들이 작은 동굴에 갔을 때 기이한 사내와 소녀는 돌에 기대어 앉아 있었다. 둘은 기진맥진한 것처럼 보였다.

"왼팔을 걷어라!" 에미코가 명령했다.

아로스가 놀란 얼굴로 물었다. "왜?"

제 말에 토를 다는 것은 에미코가 절대로 용납 못 하는 것 중 하나였다. 게다가 지금 같은 기분에는 더더욱. "질문은 받지 않는다. 내 말에 복종하라. 지금 당장!"

무례하고 삐딱한 시선으로 아로스는 셔츠의 소매를 올렸다. 뒤이어 작은 사내도 마찬가지로 팔을 걷었다. 낙인이 없는 것을 확인하자 파린도 비로소 안심이 되었다.

"너희는 어디에서 왔는가?" 에미코가 내뱉었다.

"시궁창에서." 아로스가 똑같은 말투로 대답했다.

"여기서 뭘 하려는 거지?"

"우리가 너희들 포로라도 되는 거야? 아니면 우리한테 원하는 게 뭐야?"

파린은 입을 꾹 다물었다. 소녀에게 경외심이나 예의 따위는 애당초 기대하기 힘들었다.

에미코가 흥분하여 소리쳤다. "나는 폐하의 기사다. 예를 갖춰라. 그렇지 않으면 너를 벌하겠다. 파렴치한 언행은 용서할 수 없어."

소녀는 여전히 무심한 표정으로 에미코를 무시하고 파린에게 말했다. "이 사람의 부하라면 너도 별 볼 일 없을 것 같은데."

이제 기사님이 저 아이를 때려죽일지도 몰라, 파린은 생각했다.

그때 작은 사내가 일어났다. 그의 키는 앉아 있을 때와 별로 다르지 않았다. "기사님께서는 관용을 배우셔야 합니다. 화가와 그의 친구 아가씨는 오늘 밤에 두 번이나 습격을 받았고, 두 번이나 거의 죽을 뻔했습니다."

그는 에미코의 분노를 자신에게 돌리는 데 성공했다. "내 멍청한 옛 스콰이어가 네가 예언가일 수도 있다고 생각한다. 안타깝게도 나는 웃을 수조차 없을 만큼 화가 나 있다."

"화가는 그저 화가일 뿐입니다."

"그럼 아로스는?" 파린이 물었다.

"이 발칙한 코흘리개가? 말도 안 되는 소리 집어치우고 넌 그 입을 다물라!" 기사가 호통을 쳤다.

"내가 예언가라고?" 소녀가 가녀린 어깨를 으쓱해 보였다. "아닐 이유는 없지. 그럴지도 몰라."

"푸, 너도 마찬가지로 제정신이 아니구나." 기사의 목소리는 분노에 휩싸여 있었다. "자, 그럼 나한테 미래에 일어날 일을 말해 보지 그래, 깜찍한 아가씨. 복잡하게 끌고 갈 것 없다. 이제 곧 날이 밝고 있어. 오늘 무슨 일이 일어나지?" 그렇지 않아도 각지고 날카로운 그의 표정이 조롱 담긴 험악한 표정으로 바뀌었다.

"원한다면 보여 줄게!" 아로스도 눈을 번쩍이며 발끈했다. 그리고 눈을 감고는 꽃을 찾는 벌처럼 웅 소리를 냈다. 모두의 눈이 그녀를 주시하고 있었다. 갑자기 고요가 찾아왔다. 웅 소리가 멈췄다.

화난 에미코의 얼굴이 붉으락푸르락했다. 끓어오르는 화산처럼. 그리고 그 화산이 마침내 폭발하려던 찰나 아로스가 눈을 떴다. 그녀의 눈동자는 마치 유리처럼 맑았다.

"기사님, 저 아이의 눈을 보세요!" 플라우디우스가 놀라서 소리쳤다.

"그래서? 연극일 뿐이야. 더 그럴듯한 건 없나? 어서 예언을 시작해." 에미코가 소리쳤다.

"또옹! 똥이 마려워!" 아로스는 고개를 끄덕이기까지 하며 힘주어 말했다.

한참 동안 아무도 아무 소리도 내지 않았다.

다시 말을 꺼낸 건 드로그단이었다. "저 아이는 정말로 미래를 보는군요, 굉장해!" 그는 웃음을 참느라 큭큭거리며 몸까지 흔들었다. "죄송합니다. 웃으려고 한 건 아닌데…" 그리고는 재빨리 손으로 입을 가리고는 힘겹게 자신의 발끝에 시선을 모았다. 플라우디우스도 갑자기 몸을 돌리더니 괴상한 소리를 내며 온 힘을 다해 웃음을 참았다.

다시 고요가 찾아왔다.

파린은 당황한 얼굴로 아로스만 바라보고 있었다. 그녀의 천진난만한 표정이 놀라울 따름이었다. 어떻게 저런 꼬마가 성난 기사 앞에서 저렇게 무례하게 굴 수 있단 말인가? 에미코의 얼굴은 지금막 소녀의 머리를 장검으로 내리칠지 아니면 양손 검으로 내리칠지 생각하는 중이라고 말하고 있었다.

그래도 아로스는 조금도 주눅 들지 않았다. 당당하게 가슴 앞에 팔짱을 낀 채로 고개를 빳빳하게 들고 있을 뿐이었다.

마치 당장 에미코에게 혓바닥이라도 내밀 기세였다. 파린은 전전긍긍할 뿐 어찌할 바를 몰랐다. 도대체 내가 누굴 데려온 거지? 괴짜 소녀의 등장은 파린이 에미코의 명령을 어길 수밖에 없었던 긴급하고 타당한 이유가 있었다는 걸 입증하는 것과는 거리가 멀었다.

하지만 놀랍게도 에미코가 침착하게 상황을 정리했다. "이제 이아이가 어떤 아이인지 알겠구나." 그리고는 파린에게 그 어느 때보다 부드럽게 말했다. "하우펜 마을의 파린, 이 어처구니없는 사건이 뭘 의미하는지 아는가? 멍청한 예언 따위를 말하는 너도 이 아이에 조금도 뒤지지 않는다는 사실이다.”

"이제 수풀로 가도 돼?” 아로스가 자기하고는 아무 상관 없는 일이라는 듯이 물었다.

믿음

아로스도 자기 안에서 무슨 일이 일어나는지 알 수 없었다. 다섯 명의 부하를 거느린 불만투성이 기사는 끔찍한 인물의 전형이었다. 무슨 권리로 그가 타인의 목숨을 좌지우지한단 말인가? 강자의 권리? 어릴 때부터 싸움하는 법을 배웠기 때문에? 더 귀하게 태어난 권리? 어릴 때부터 자신의 조상들이 그래왔듯이 왕의 엉덩이만 졸졸 따라다녔기 때문에?

하지만 에미코라는 이름의 기사에게는 나벤슈타인에서 엮이게 된 다른 힘 있는 자들과는 분명한 차이점이 있었다. 인정하고 싶지는 않았지만. 그는 졸칸 대공이나 쇠사슬을 두른 개, 또는 대주교와 달랐다. 무엇이 다른지 정확히 말할 수는 없었다. 아로스는 그게 무엇인지 알아내리라 결심했다.

눈을 가늘게 뜨고 기사가 크고 사나운 말의 재갈을 어떻게 다루는지 관찰했다. 통나무처럼 단단하고 힘이 센, 전형적인 기사의 말이었다. 보통 말이었다면 금속 갑옷까지 입고 있는 저런 거구의 무게를 감당하지 못했겠지. 키 옆에 있으면 에미코는 거인처럼 보였다. 아로스는 사실 거인을 좋아했다. 사랑에 빠진 멍청한 거인이 피를 흘리며 불쌍하게 죽어 가는 고아원 원장의 이야기 때문이었다.

그녀는 자리에서 일어서 엉덩이에 묻은 모래를 털어 냈다. 그러고는 한 치의 망설임도 없이 기사에게 다가갔다. 시간의 어금니를 왼손에 쥐고.

그는 막 안장의 띠를 점검하느라 아로스에게 눈길도 주지 않고 무뚝뚝하게 투덜댔다. "또 뭔데?"

"기사님, 기사님은 왜 손수 말을 돌보는 거지? 그럼 스콰이어는 왜 필요해?"

"그 앤 이제 내 스콰이어가 아니다."

"왜?"

"세상엔 내가 애들보다도 더 끔찍하게 싫어하는 게 있지." 그는 여전히 아로스에게 눈길 한 번 주지 않은 채 말했다.

"그래?" 아로스는 잠자코 기다리기만 했다. 에미코가 대답할 거라는 확신이 있었다.

"바로 왜냐고 묻는 아이들이야."

"기사님이 대답해 주면 아이들은 더 이상 왜냐고 묻지 않을 텐데?"

"아이들이 내 앞에서 꺼져 줘도 마찬가지겠지."

와, 무슨 이런 기분 나쁜 인간이 있담. 내가 그렇게 만만하게 물러나 줄 리가 없지, 아로스는 생각했다.

"얘기가 계속 겉돌고 있어." 그녀는 갑자기 어린애의 목소리로 물었다. "기사님, 그런데 왜 스콰이어를 쫓아내려고 해?" 칼을 휘두를 때까지 계속 물어볼 거야. 아니면 대답을 하든가.

그도 같은 낌새를 알아차린 것 같았다. 그나마 이번엔 말에서 시선을 돌려 밝은 갈색 눈동자로 아로스를 바라보았다. "너무나 명령에 불복종하고 너무나 반항적이야. 게다가 나한테 뭔가를 숨기고 있다. 근데 그게 너랑 무슨 상관이지? 인제 그만 저리 가거라!"

"난 누가 하라는 일은 잘 안 하는 편이야." 아로스가 목소리를 낮춰 말했다.

기사의 눈이 커졌다. 명령 불복종과 반항이라면 질색인 그였다. "넌 몇 살이지?" 그는 계속해서 자신의 말만 쳐다보며 물었다.

"열네 살쯤. 정확히는 나도 몰라."

기사는 안장의 띠를 조이며 말했다. "너도 곧 어른이라 불릴 나이가 되겠군. 아주 많은 나이가 되진 않을 것 같다만."

"예언가를 찾는다면서. 내가 방금 그 예언가를 찾은 것 같은데?" 아로스가 짓궂은 미소를 지으며 말했다.

에미코는 각진 턱을 긁적이며 다시 아로스를 바라보았다.

다시 노발대발하겠군, 아로스는 생각했다.

"이리로 와!" 그가 짧게 명령했다.

날 때리려는 걸까? 아로스는 못 믿겠다는 표정으로 그 자리에 꼼짝 않고 서 있었다. 어른들과의 거리는 멀면 멀수록 안전했다.

"나한테 겁을 먹은 거야 아니면 내 말이 무서운 거야?" 기사가 물었다.

"동물은 하나도 무섭지 않아. 다리 두 개 달린 동물한테만 겁이 나지. 왜 내가 가까이 가야 해?"

"그놈의 왜, 왜!" 에미코가 아로스의 말을 반복하며 그녀의 눈을 똑바로 바라보았다. "내 말 돈너가 널 어떻게 생각하는지 보려고 그래. 내 말은 나보다 인간을 더 잘 알아보거든."

독선적인 버럭쟁이 기사는 아로스를 골려 주거나, 아니면 이미 으름장을 놓은 대로 혼을 내주고 싶은 게 분명했다.

하지만 첫발을 내디딘 사람은 두 번째 걸음도 회피하면 안 되는 법. 비겁함은 흙투성이 발 아로스에게 어울리지 않았다. 그녀는 결심한 듯 기사 옆에 서서 오른손 손바닥을 돈너의 입 아래에 가져다 댔다. "미안하지만 지금은 너한테 줄 게 아무것도 없어, 돈너. 다음엔 뭘 좀 가져올게." 아로스가 말을 다독였다. 돈너는 귀를 쫑긋 세우고 머리를 아래로 내린 뒤 입으로 아로스의 손바닥을 탐색했다. 그리고 커다란 갈색 눈으로 평화롭게 아로스를 바라보았다.

기사의 표정만으로는 그가 지금 무슨 생각을 하고 있는지 알기 힘들었다. 잠시 너무나 다른 두 사람이 그 자리에 나란히 서 있었다. 둘의 시선이 얽혔다.

"이제 방해하지 말고 가거라." 에미코가 무뚝뚝하게 내뱉었다. 그러고는 그녀의 자그마한 어깨에 그의 커다란 손을 얹었다. 말투와는 달리 부드럽게, 아니 거의 부드럽게라고 해야 하나.

그와의 접촉과 함께 그것이 시작되었다. 갑자기 번개가 번쩍이고 현기증을 느꼈다. 아로스는 눈이 부셔 두 눈을 꼭 감았다. 눈을 감았는데도 우윳빛 호수 속에서 눈을 뜬 것처럼 앞이 부옇게 보였다.

선착장에서 쇠사슬을 두른 개가 그녀를 붙들었던 그 날처럼.

    찰나였지만 아로스는 깊은 우물을 들여다보듯 에미코의 내면을 볼 수 있었다. 부하들에 대한 무거운 책임감과 염려가 느껴졌다. 남겨두고 온 북쪽 성 사람들에 대한 걱정의 무게도 다르지 않았다. 심지어는 왕에게조차 충성심을 가지고 있었는데 과거 사건의 그늘에 가려져 있을 뿐이었다. 이 사내에게는 부하들의 안전이 가장 중요한 판단의 기준이었다. 졸칸 대공과의 결정적인 차이가 바로 그 점에 있었다. 졸칸은 언제나 자기 자신을 최우선으로 생각했다. 그리고 두 번째로 중요하게 생각하는 것도 자기 자신이었다. 이제 확신할 수 있었다. 에미코는 일관성 있는 사람이었다. 타인에게 엄격하긴 했지만 자기 자신에 대한 엄격함만큼은 아니었다. 그는 늘 옳은 일을 하기 위해 최선을 다했다. 그 노력이 항상 성공적이지는 않았지만 그건 어차피 누구에게나 마찬가지였다. 그가 죽인 사람들의 모습이 아로스의 머릿속에서 가물거리며 스쳐 갔다. 그가 그 기억들을 떨쳐내지 못했기 때문이었다. 그중에서는 스콰이어처럼 보이는 청년도 있었다. 소녀는 기사가 양심에 가책을 느낀다는 걸 어렴풋이 알 수 있었다. 하지만 그보다는 그가 목숨을 구해 주거나 다른 방법으로 선행을 베풀어서 고마움을 느끼는 사람들이 훨씬 더 많았다. 지금 그를 모시는 스콰이어와의 관계는 좀 특이한 데가 있어서, 여러 종류의 감정이 치열하게 싸움을 벌이는 중이었다. 불신과 애정, 자랑스러움과 실망, 기대와 절망.

안개는 사라졌다. 그녀는 천천히 그곳을 떠났다. 혼란스러운 마음으로 뒤를 돌아보았다. 어디로 가려고 했었지? 그리고 손에 들고 있는 이 어금니는 뭐였지? 한순간 기억이 되살아났다. 그녀는 키와 함께 인적 드문 지역을 떠다니고 있었고 어금니는 노파의 것이었다. 조금 전까지 그녀는 기사에 대해 더 많이 알아보려고 했다. 그런데 벌써부터 그가 마음에 들기 시작했다는 사실이 믿기 힘들었다. 소리나 질러 대는 잔소리꾼이 좋아진 걸까? 하지만 그녀가 군말 없이 이들의 일행이 되기로 한 데는 또 다른 이유가 있었다. 스콰이어 파린! 그에게는 자신이 모시는 기사와 마찬가지로 어딘가 특별한 구석이 있었다. 오늘 아침 그는 지옥을 지키는 개처럼 노란 눈으로 그녀 앞에 나타났었다. 그러더니 예언가 이야기를 꺼냈다. 인생에서 두 번째로 뼈를 보는 사람 이야기를 들었다. 아로스는 왼손을 펼쳐 어금니를 바라보았다.

할머니의 어금니. 할머니가 말했었죠. '뼈를 보는 사람을 찾아라.' 라고요.

그동안 잊고 지낸 노파의 말이 떠올랐다. 이곳에서 드디어 제대로 된 단서를 찾은 것 같았다. 아니면 단서가 제대로 된 장소에 있는 걸지도. 모든 게 기이한 스콰이어를 중심으로 돌아가고 있었다. 방패 심부름꾼은 방패 속에 대체 무슨 꿍꿍이속을 감추고 있는 걸까?

* * *

"드로그단, 기사님 말이 진심이었을까요? 정말로 스콰이어를 새로 구하실까요?" 파린이 절망하며 물었다. 그들은 동굴 위쪽 바위에 나란히 앉아서 보초를 서고 있었다.

"글쎄, 그건 아무도 모르지. 그런데 몹시 화가 나신 건 사실이야. 그렇게 말도 없이 빠져나가면 어떻게 하니. 최종 결정은 앞으로 우리의 임무가 끝날 때까지 네가 어떻게 행동하느냐에 달려 있지 않을까?" 그는 어깨를 으쓱이며 말을 이었다. "한 번 더 기회를 주실 수도 있겠지만 너무 기대는 말아라."

"젠장. 모두를 위험에 빠지게 할 생각은 없었어요. 그리고 그렇게 곧바로, 그것도 넷이서 우르르 저를 찾으러 올 줄은 몰랐어요."

"기사님은 네가 사라진 걸 알고 제정신이 아니셨어. 그렇게 걱정하는 건 본 적이 거의 없었지."

"저를 발견했을 때는 그렇게 보이지 않았는데요."

"트집쟁이 기사님이 어떤 분이신지는 너도 잘 알잖니. 기사님은 일이 계획대로 진행되지 않는 걸 용납하지 못하셔."

파린은 입을 굳게 다물었다. 그 생각은 이제 그만하고 싶었다. "드로그단, 그 여자애에 대해서 어떻게 생각해요?"

"오, 그 꼬맹이는 보통이 아니야. 그 아이의 골때리는 예언 놀이 때문에 웃다가 오줌을 쌀 뻔했다니까. 플라우디우스도 완전히 쓰

396

러지기 직전이었어." 그는 또다시 웃음을 참지 못하고 킥킥거렸다. "다만… 그러고 나서 기사님의 기분이 상해서 우리까지 쫓겨날 뻔한 게 문제였지."

"쳇, 둘에게는 재미있었겠지만, 저는 별로였어요. 한편으로는 아로스한테 화가 났어요. 오히려 상황을 더 심각하게 만들어 버렸으니까. 그런데 다른 한편으로는… 그 아이는 용감한 데다가 자기 생각대로 움직여요. 여러 가지 면에서 이해할 수 없는 아이예요." 파린은 저도 모르게 미소를 짓고 있었다.

드로그단은 고개를 끄덕였다. "맞아, 그 아이는 주눅 드는 법이 없어."

깊은 한숨을 쉬며 파린이 말했다. "기사님께 제가 쓸모 있다는 사실을 보일 기회가 한 번 더 있었으면 좋겠어요."

"파린, 잘 들어." 드로그단이 진지한 눈빛으로 파린을 똑바로 바라보았다. "넌 내 친구야. 그리고 난 네가 굉장한 녀석이라고 생각해. 네가 에미코 기사님의 스콰이어이건 아니건 상관없이 말이야. 그러니까 너무 한탄하거나 기죽지 마. 어쩌면 우리는 저 아이한테서 그런 점을 배워야 할지도 모르겠구나."

"흠. 고마워요, 드로그단."

"악령에 대해서 했던 얘기 말인데…" 드로그단이 대답했다.

파린은 깜짝 놀랐다. 징글징글이 떠올랐기 때문이었다. "무슨 말이에요?" 그가 가느다란 목소리로 물었다.

바로 그때 아로스가 그들에게 다가왔다. 남자아이의 옷, 짧은 머리, 뾰족한 코와 가느다란 입술이 독특한 분위기를 풍겼다. 예쁘다고는 할 수 없었지만 못생기지도 않은, 뭐라고 해야 할까… 적당한 단어가 떠오르지 않았다. 걸음걸이도 독특했다. 보폭이 유난히 좁은 데다 마치 네발 달린 작은 짐승처럼 재빠른 종종걸음이었다. 그녀는 그들이 있는 바위 위로 놀라울 만큼 가볍게 기어올라 왔다.

인사도 없이 그녀가 곧바로 말했다. "궁금한 게 있어!"

파린은 약간 어리둥절한 표정으로 아로스를 보았다.

빙 돌려 말하는 법이 없구나, 파린은 생각했다. 사실은 그 점에서 아로스와 에미코는 통하는 데가 있었다.

"그게 뭔데?"

"네가 뼈를 보는 사람에 대해 말했었잖아. 그게 누구고 뭘 하는 사람이야?"

"그게 왜 궁금한데?" 파린이 물었다.

"그놈의 왜, 왜!" 그녀가 기사를 흉내 내며 말했다. "내가 먼저 물어봤으니까 네가 먼저 대답해." 그녀는 허리에 양손을 올리고 당돌하게 말했다.

드로그단이 재미있다는 듯 실실 웃자 파린은 기분이 더 상했다. 그래서 지고 싶지 않았다. 매장꾼의 아들이 아로스를 뚫어져라 바라보았다. 하지만 곧 더 좋은 생각이 떠올랐는지 마음을 고쳐먹고 대답했다. "벌써 너랑 네 친구에게 말했잖아. 많은 것들의 중심에 예언이 있어. '뼈를 보는 사람을 제시간에 예언가와 만나게 하여라. 악령과 환영의 동맹만이 벨텐 제국을 지옥 불로부터 지켜낼 수 있다.'"

아로스가 눈을 부라렸다. 어린 여자애가 어찌 저리도 눈알을 굴려 댈 수 있는지 믿기지가 않았다. "그 얘긴 이미 들었잖아. 내 질문에 대답은 할 거야? 다시 한번 반복할게. 누가 뼈를 보는 사람인지 알고 있어?"

화가 치밀어 올랐다. 맙소사, 이 아이는 정말 버르장머리가 없구나.

히죽거리던 드로그단의 입이 카바노 강보다 더 넓게 벌어졌다. 그리고는 억지로 웃음을 참으려 고개를 쳐들고 이쪽저쪽을 둘러보았다. 물론 보초로서 임무를 열심히 수행하느라 저러는 거겠지.

"조금이라도 상냥하게 굴어 준다면 좋겠는데." 파린이 팔짱을 끼며 말했다.

그러자 아로스는 오른발을 구르며 말했다. "쳇! 이 높은 데까지 기어올라 와서 덜떨어진 방패 심부름꾼이라도 알아들을 만한 단순한 질문을 하고 있건만, 넌 대답은 안 하고 오히려 나한테 멍청한 질문을 던졌어. 그리고는 어젯밤에 했던 똑같은 헛소리를 지껄이고, 내가 알고 싶어 하는 질문에 대해서는 한마디도 하지 않았어. 게다가 압권은 오히려 네가 날 비난했다는 사실. 그런 사람하고는 한 마디도 섞지 않겠어."

그녀는 뒤를 돌아 다시 바위를 기어 내려가더니 뒤도 한 번 돌아보지 않고 작은 동굴 속으로 사라졌다.

파린은 어처구니가 없어 그녀의 꽁무니만 멍하니 바라보았다. "하지만⋯." 혼잣말도 말문이 막혀 나오지 않았다.

드로그단이 참았던 웃음을 터뜨리며 말했다. "넌 여자들이랑 대화하는 재주가 있어. 내가 인정할게."

"하지만⋯ 저 애는 정말로 제정신이 아니에요."

"그래도 분명히 이유가 있어서 왔던 거야. 네가 한 말에 대해 더 알고 싶어서. 그러니까, 널 도우려고 했던 거지."

중요한 건, 똑똑한 드로그단이 한발 늦게 똑똑한 가르침을 주었다는 사실이었다. 파린은 양손을 얼굴에 대고 비볐다. 얼굴에는 아직도 피와 때가 남아 있었다. 어젯밤을 뜬눈으로 지새운 데다가, 에미코는 그 어느 때보다 가장 심하게 파린에게 화가 나 있는 상태였고, 더구나 근처에는 네코르인들이 득실거리며 끊임없이 목숨을 노리며 있었다. 이 상황에서 소녀의 예민한 기분까지 맞춰 줄 여력이 있겠는가? 제발 에미코가 그녀를 쫓아내 버리기를.

"징글징글, 지금은 멍청한 말장난 따위는 듣고 싶지 않아." 파린은 애꿎은 망상에게 짜증을 부렸다.

망상은 그가 바라는 대로 잠자코 있었다. 어쩌면 단잠을 자고 있는지도 모르지. 그는 가끔 징글징글이 부러웠다.

* * *

구두닦이는 한번 해 볼 수도 있을지도 몰라. 건방진 구두닦이라고 욕은 좀 먹겠지만. 아, 아니지. 그마저도 힘들 거야. 기사가 그를 아예 쫓아내 버릴 거니까.

에미코와 다섯 명의 부하들은 대체 뭘 하러 여기에 온 걸까? 에 잇, 그게 나랑 무슨 상관이람. 나의 하루야, 대체 왜 내 주변에 멍청한 사내들이 우글거리게 만들었니?

동굴 입구에서 키가 괴상한 동작으로 몸을 사방으로 뻗으며 스트레칭을 하고 있었다.

"친구 아가씨 머리 위에 연기가 자욱하네." 특이한 인사였다.

키마저도 그녀의 화를 돋우려는 걸까? 아니, 그러지 마, 키. 그녀는 자라처럼 고개를 움츠리고 크게 한숨을 내쉬었다. "지금은 괜찮아졌어."

심호흡의 효과인지 세상은 금세 달라 보였다. 아로스가 곰곰이 생각하다가 물었다. "기사를 조금 더 따라다녀 보는 거 어떻게 생각해? 내 느낌엔 그게 옳은 선택인 것 같아서."

"친구 아가씨가 원한다면, 그리고 기사가 허락해 준다면 화가가 반대할 이유가 없지."

당장 기사에게 달려가서 물어보고 싶은 마음이 굴뚝같았다. 아로스는 키 작은 사내를 잠시 바라보았다. 불현듯 고마운 마음이 들었

401

다. 쥐들의 여왕에게 감상은 어울리지 않았다. 하지만 아로스는 머뭇거리다가 글썽이는 눈물을 간신히 참으며 말했다. "고마워, 키. 그냥 전부 다 고마워."

키는 두 손을 턱 아래에 모으고 가볍게 몸을 굽혔다. 아마도 '그렇게 말해 주니 나도 기뻐.'라고 말하는 것처럼 보였다.

어느덧 강렬한 햇살에 피부가 따끔거렸다. 완벽한 봄날이었다. 기사는 야영지를 떠나며 부하들을 한 자리에 불러 모았다.

"숲을 통과하여 남서쪽으로부터 지게스문트 성으로 접근해 간다. 폐하의 약속대로라면 그곳에 도착하기 전 군인 백 명을 만나게 될 것이다. 그러면 우리는 든든한 지원군과 함께 무난히 입성할 수 있을 것이다. 지게스문트 성에서 네코르인들의 갑작스러운 습격을 받는 일은 없어야 한다."

아로스가 폴짝 뛰어나와 말했다. "기사님, 우리도 같이 가고 싶어요. 부탁드려요. 성에 도착할 때까지 우릴 보호해 주세요."

그녀는 얌전하게 존댓말까지 쓰며 말했다.

에미코는 당황한 얼굴이었다. "우리랑 같이 움직이겠다고? 너희는 말도 없잖아."

"숲을 지나갈 거잖아요. 숲속에선 거의 말을 끌고 가야 할 거예요. 나머지 구간에서는 우린 둘 다 작고 가벼우니까 뒤에 태워 주세요."

멍청이 스콰이어도 어이없다는 표정으로 소녀를 흘겨보았다. 드로그단은 이번에도 씩 웃고 있었다. 그는 늘 웃는 얼굴이었다. 아마 잠잘 때도 저렇게 웃고 있을 거야.

"우린 위험한 임무를 수행해야 해. 너희는 아무런 도움이 되지 않아." 기사가 불평했다.

"뭐가 위험한데요?" 아로스가 깜짝 놀라 손을 입으로 가져가며 물었다.

"여긴 곳곳에 네코르인들이 돌아다니고 있어. 그들은 사람의 목숨을 하찮게 여기지."

"그런데 작은 여자아이랑 무기도 없는 사내를 이 위험한 곳에 혼자 두고 간다고요?" 그녀가 눈을 깜빡이며 물었다.

기사는 아무 말도 하지 않고 넓고 각진 턱만 긁적였다. 파린은 침착해지려고 애쓰며 기사를 바라보았다. 드로그단만이 싱글벙글 웃고 있었다.

"넌 내 말을 타라." 에미코가 마침내 결정을 내렸다. "돈너는 너를 좋아하니까. 헥토리안, 그대가 키를 태우라."

굉장해! 쫓겨난 스콰이어의 표정에 놀라움이 역력했다. 전혀 예상치 못한 결정이었다.

벨텐 제국 성주의 조신한 딸처럼 아로스는 허리를 굽혀 인사했다. "인자하신 기사님, 황송하옵니다."

어이쿠, 쥐들의 여왕은 중심을 잃고 거의 자빠질 뻔했다.

"성에 도착하는 대로 너희는 너희 갈 길을 가도록. 알겠는가?" 에미코가 분명히 말했다.

그때 가서야 아무래도 좋았다. 그때까지 많은 일이 일어날 거야. 그렇지 않으면 키와 함께 잽싸게 떠나면 되고. 일단 쥐들의 여왕은 원하는 걸 얻었다.

지게스문트

"징글징글, 믿을 수가 없어. 에미코 기사님이 저 애의 연기에 속고, 게다가 이젠 지게스문트로 데려가기까지 하다니."

말을 타고 깊은 숲속을 지나는 건 여간 어려운 일이 아니었다. 아래로 늘어진 나뭇가지들 때문에 결국 숲속 구간의 절반 이상은 고삐를 쥐고 말을 끌고 가야 했다.

"이리와 피젤." 지금 이 구간에서는 파린뿐만 아니라 모두가 말에서 내려야 했다. 사실 모두는 아니었다. 파린은 화난 얼굴로 돈녀의 고삐를 쥐고 가는 에미코 쪽을 보았다. 아로스는 왕처럼 안장 위에 앉아 가끔씩 돈녀의 목 뒤로 고개만 살짝 숙여 나뭇가지를 피하는 게 아닌가? 저 아이가 한두 살만 나이가 더 많았더라면 에미코의 입에서 벌써 여러 번 사형시키라는 명령이 떨어지고도 남았을 것이었다.

질투라도 나는 거야? 이때다 싶었는지 망상이 파린의 속을 긁어 댔다. 상처 난 데 소금이라도 뿌리려는 걸까.

"제길 말도 안 돼! 아니야! 그냥 이해가 안 되는 것뿐이라고. 저 아이는 뻔뻔하고 예의 없고 무례하잖아."

뻔뻔하거나 예의 없거나 무례하거나. 다 같은 말을 뭘 그렇게 길게 하고 그래?

"아니, 저 아인 한 가지 표현으로는 부족하다고." 파린이 발끈했다. "아예 저 아이를 스콰이어로 쓰시기라도 하려나 봐."

무예 시합이랑 마상 창 시합만큼은 너보다 낫다고 내가 장담하지.

"꼭 그렇게 내 아픈 상처를 말을 타고 꾹꾹 밟아야 직성이 풀려?"

뭐라고? 지금 말을 타고 있는 사람은 한 명뿐인데? 망상이 까르르 웃었다.

그만두자. 이런 기분으로는 망상을 상대로 백전백패였다. 그러니 그냥 입을 닫고 아무 생각도 하지 않는 게 나았다. 아무 생각도 하지 않는 건 왜 이렇게 힘든 일일까?

이른 오후에 숲을 벗어나자 초원 지대가 나타났다. 헥토리안이 묵묵히 먼 곳을 가리켰다. 그의 시선을 따라가 보니 저 멀리 수평선에 먼지구름이 보였다.

"적일까 친구일까, 그게 문제군." 에미코가 말했다. "모두 숲으로 돌아간다. 나 혼자 가서 탐색하고 오겠다. 폐하께서 우리를 지원하기 위해 보낸 병사들이라면 좋을 텐데."

"기사님, 저도 함께 가게 해 주십시오." 파린이 용기를 내어 시도해 보았다.

대답은 짧고 분명했다. "안 돼!"

기사는 아로스를 말에서 내리게 한 뒤 말 등에 올라탔다. "헥토리안, 그대가 나를 대신해 모두의 안전을 책임진다."

에미코는 곧바로 먼지구름을 향해 내달렸다.

파린은 점점 작아져 어느새 점이 되어 사라지려고 하는 에미코의 뒷모습을 우울한 마음으로 바라보다가 다시 숲으로 돌아가 말들을 묶었다. 헥토리안은 플라우디우스와 바랄돈에게 보초를 서게 한 후 자신은 앞쪽 언덕으로 올라가서 먼지구름을 관찰했다.

파린은 곁눈질로 아로스를 관찰했다. 그녀는 키와 함께 나무 그늘에서 편안하게 쉬고 있는 중이었다.

자존심을 내려놓고 둘이 있는 쪽으로 가야 할까? 미안할 일을 한 적은 없었다. 미안해해야 할 사람은 오히려 아로스였다. 파린은 더 고민하지 않기로 했다. 어차피 아무런 도움이 안 되는 아이였다. 그의 내면에서 어떤 목소리가 '유치한 시새움은 집어치워!'라고 속삭이고 있었다. 분명 망상의 목소리는 아니었다. 쳇, 가끔은 순진함이 이성을 이기도록 내버려 두는 것도 좋아.

그는 일어서서 손으로 햇빛을 가리며 남쪽을 바라보았다. 에미코의 모습은 이제 보이지 않았고 먼지구름의 크기는 거의 그대로였다.

내가 한 번 볼게. 망상이 말했다.

파린은 한숨을 쉬며 자신의 의지와 정신을 망상에게 맡겼다. 믿을 수가 없었다. 정오의 햇빛이 눈 부신데도 확연히 알아볼 수 있었다. 그는 안도했다. 먼지구름의 정체는 보병 부대였다. 군인들의 가슴엔 왕의 문장인 검은색과 노란색 매의 그림이 그려져 있었다. 백 명의 군인들이 발을 맞추며 에미코를 향해 걸어오고 있었다.

"다행이다. 폐하가 보낸 군대였어." 그가 중얼거렸다.

"그걸 네가 어떻게 알아? 저렇게 멀리 떨어져 있는데."

파린은 깜짝 놀랐다. 아로스가 몰래 다가온 걸까? 아니나 다를까, 어느새 그녀가 옆에서 말을 걸고 있었다. 하지만 이 아이랑 얘기할 생각은 전혀 없었는데.

"나, 나는… 에… 그러니까 나는…"

"말더듬이라고?" 그녀가 거들었다.

정말이지 망상만큼이나 이상한 소녀였다. 파린은 군인들을 볼 수 있다는 걸 설명할 방법이 없었다.

망상이 한숨을 쉬었다. '벌레, 그렇게 촌놈처럼 웅얼거리지 좀 마.'라고 말하는 것 같았다. 내가 대신 얘기할까?

제발 그것만은, 파린은 얼른 정신을 차리고 망상을 머릿속 깊숙이 밀어냈다.

"난 눈이 아주 좋거든." 어떻게든 설명을 하려고 애써 보았다.

"그래서 밤중엔 노랗게 빛이 나는 거고." 소녀가 덧붙였다. 그러고는 그의 옆에 서서 남쪽을 노려보았다. "난 여기서는 아무것도 안 보이는데?" 그녀가 도발하듯 파린에게 물었다. "네 정체가 뭐야?"

"늑대 인간. 밤에는 피에 굶주린 야수로 변하지. 그래서 그렇게 온몸에 피가 묻어 있었던 거야." 파린이 부드럽게 미소를 지으며 말했다.

"거짓말. 분명 뭔가 다른 이유가 있어. 무슨 비밀이 있지? 너도 알고, 나도 알고, 에미코도 알고 있어."

파린의 이마 주름이 깊이 파였고 입술은 오므라졌다. 그가 아로스를 응시했다. 그녀의 왼손은 무언가를 움켜쥔 듯이 주먹을 꼭 쥐고 있었다.

"누구나 비밀은 한 가지쯤 있는 거 아니야?" 그가 기어들어 가는 목소리로 말했다.

"맞아, 하지만 너 같은 비밀은 아니지."

"그게 대체 너랑 무슨 상관인데?" 파린은 아로스가 눈앞에 있는 게 불편했다. 그녀는 파린을 불안하게 만들고 있었다.

"난 비밀을 찾고 있어." 아로스가 대뜸 말했다. 그녀의 목소리엔 숲속에서 자란 버섯처럼 야생의 냄새가 풍겼다. "예를 들어… 내 출생의 비밀 같은 것."

"넌 네가 어디서 어떻게 태어났는지 모른단 말이야?" 파린이 물었다. 화제를 전환할 기회가 생겨서 다행이었다.

"갓난아기였을 때 나벤슈타인 고아원 앞에서 발견됐대. 근데 우린 지금 너에 관한 얘기를 하려던 참이었어."

우리라고? 참으로 집요한 아이였다. 화제 전환 실패.

"난 하우펜에서 왔어." 파린이 말했다. 위험할 것 없는 얘기를 해야 했다.

"하우펜은 더미란 뜻인데 무슨 더미에서 왔다는 거야?"

"에… 그러니까 그건 벨텐 제국 서쪽에 있는 작은 마을 이름이야."

"그런데 어쩌다가 스콰이어가 됐지?"

"기사님이 어느 날 갑자기 나를 납…, 에, 그러니까 불렀어."

"네 싸움 실력이 그렇게 좋아?"

"에, 아니 그건 아니야."

"그럼 네 시력이 너무 좋아서구나." 그녀가 비웃듯이 말했다.

"에, 아니 그건 아니야."

아로스가 식식거리며 말했다. "하우펜 마을에서 온 파린, 네가 도무지 이해가 안 돼. 넌 꼭 미끌거리며 빠져나가는 미꾸라지 같아. 나한테 잠깐만 네 손을 줘 봐."

파린은 반사적으로 자신의 두 손을 겨드랑이 아래로 숨겼다.

아로스는 오른손으로 제 이마를 찰싹 때리며 말했다. "난 항상 귀여운 여동생이 있었으면 좋겠다고 생각했는데. 넌 어때?" 그녀는 친한 척하며 파린을 바라보았다.

"먼저 네 왼손에 쥐고 있는걸 보여 줘 봐."

그때 마침 헥토리안의 목소리가 들렸다. "모두 모여! 에미코 기사님이 우리를 부르고 있다. 먼지구름은 폐하의 군대인 게 분명해. 바로 출발한다."

파린은 다행이라고 생각하며 자리에서 일어났다. 궁지에 몰린 순간에 헥토리안의 명령이 그를 구했다. "어서 가야 해." 파린이 말했다.

표정의 변화도 없었고 입술을 움직이지도 않았지만 아로스는 눈으로 말하고 있었다. '비겁한 녀석!'

잠깐만, 넌 벨텐 제국의 왕 그라쿠스와도, 기사이자 영주인 에미코하

410

고도 마주 앉아 이야기를 나눴던 몸이야. 그런데 저 아이 앞에선 왜 그렇게 움츠러드는 거야?

파린은 대답하지 않았다. 무슨 대답을 할 수 있겠는가?

"지게스문트 성까지는 얼마 남지 않았어. 우리의 새로운 보금자리가 어떨지 기대가 되는군." 플라우디우스가 기뻐하며 말했다. 아로스가 이제는 드로그단과 함께 말에 타고 있었기 때문에 파린은 일부러 그들과 멀찌감치 떨어져서 갔다.

"나한테도 새 보금자리가 될지는 아직 확실하지 않네요." 파린이 말했다. "기회가 있으면 기사님께 말씀드려 보려고요."

"흠, 나도 같은 생각이다. 기사님이 널 계속 스콰이어로 쓰셔야 할 텐데. 나도 잘 말씀드려 볼게. 내 말이 도움이 될지는 모르겠다만."

"고마워요, 플라우디우스."

그들은 군인들이 있는 곳에 다다랐다. 에미코는 무리를 이끄는 대장과 함께 서 있었다. 갑옷 위에 입은 그의 노란 제복이 태양처럼 빛났다.

"이쪽은 토발트 대장이다. 폐하께서 우리를 도우라고 보내 주셨어."

구릿빛으로 그을린 피부, 호감 가는 인상에 면갑이 없는 투구를 쓴 토발트가 그들에게 우호적인 눈빛을 보냈다. "에미코 기사님, 이번 임무에 기사님을 도울 수 있게 되어 영광입니다. 그라쿠스 폐하께서 그리하도록 친히 명하셨습니다. 남부의 평화는 중요한 임무입

411

니다. 우리는 오늘 지게스문트 성으로 입성할 것입니다. 명령을 내려 주십시오."

파린은 늠름한 위용이 넘치는 군인들을 넋을 잃고 바라보았다. 그들은 경량 갑옷을 입고 부클리예와 단검을 들고 있었는데, 모두 서른 살이 넘는 경험이 많은 전사들처럼 보였다.

"고맙네. 그대의 병사들을 너무 오랫동안 햇빛 아래 세워 두면 안 되지. 지게스문트 성으로 출발한다!"

소규모 군대가 움직이기 시작했다. 파린의 일행은 말에서 내려 고삐를 끌었다.

토발트는 에미코의 부하들을 가리켰다. "도보로 약 두 시간이면 성에 도착할 것입니다. 서로를 소개할 만큼의 시간은 충분히 있을 것 같네요. 제가 아는 얼굴도 한 명 있군요. 아이헨그룬트 성에서 오신 헥토리안 기사님, 다시 만나게 되니 반갑습니다."

"영광입니다, 토발트 장군." 헥토리안도 반갑게 인사했다.

에미코는 나머지 부하들을 소개했다. "여긴 우리의 손님인 아로스와 키." 그의 손가락이 오른쪽으로 움직였다. "그리고 여긴 헥토리안의 스콰이어인 바랄돈과 나의 부하 플라우디우스, 드로그단, 파린이네."

장군은 한 명 한 명에게 상냥한 미소를 보냈다. 파린은 가슴이 저려 오는 걸 느꼈다. 바랄돈은 스콰이어였지만 그는 아니었다.

고개를 숙인 채 걷고 있는데도 자신을 향한 아로스의 시선이 느꺼졌다. 내가 실망한 걸 눈치챘을까? 그녀는 파린을 비겁한 녀석이라고 했다. 그건 그래도 최대한 돌려 말한 것일지도 몰랐다. 실제로는 헤진 걸레만도 못한 놈으로 보였을 테니까.

초저녁 무렵 수평선에 탑 세 개가 나타났다. 날렵하고 높은 흰색 회벽이 햇빛을 받아 반짝였다. 멀리서만 봐도 회색빛 상자 같은 슈투름바흐트 성과는 확연히 다른 분위기를 풍겼다.

에미코와 헥토리안은 말을 몰아 앞쪽으로 나서 근처에 적들이 나타나지 않는지 살폈다. 다행히 적의 움직임은 없었다. 네코르인들은 어디에 있는 걸까?

호기심 때문에 파린은 스스로에 대한 실망도 잠시 잊고 있었다. 거대한 성문이 보였다. 성 앞에는 성호도 도개교도 없었고 높이가 10미터나 되는 성문은 강철로 단단히 덧대져 있었다. 그 위로는 1미터 간격으로 총안이 있는 넓은 통로가 지나고 있었다. 저곳이라면 언제든지 공격해 오는 적들을 향해 퍼부을 무기들을 가득 쌓아 둘 수 있을 것 같았다. 위에는 벌써 사람들이 몰려 있었다. 마중 나온 사람들은 최소 스무 명은 되었고, 그중에는 여자들도 있었다. 그도 그럴 것이 성으로 접근하는 군대는 벌써 몇 시간 전부터 보초병들의 눈에 띄었을 것이었다.

그중 한 여인의 얼굴이 낯익었다. 그녀의 검은 옷이 결정적인 힌트를 주었다. 마가레타 폰 지게스문트, 고리안 대공의 미망인. 카이문트의 시신을 수습하러 온 일행들 가운데서 그녀를 보았었다. 파린은 그녀에게 연민을 느꼈다. 어찌 되었든 아들과 남편을 거의 동시에 잃었으니까.

군인들이 성문 앞에 섰다. 아래에서는 위를, 위에서는 아래를 보고 있었다.

에미코가 앞으로 나아갔다. "마가레타 대공 부인. 빙 둘러 말하지 않는 것을 용서해 주십시오. 저는 지게스문트 성을 접수하기 위해 이곳에 왔습니다. 부인의 슬픔을 고려하여 그 이유에 대한 설명은 삼가도록 하겠습니다."

"에미코 기사님, 제 남편 고리안이 도박을 했다는 것도, 그대에게 선택의 여지가 없었다는 것도 잘 알고 있습니다. 그대의 요구는 정당합니다. 그 밖에도 폐하의 특사가 이미 기사님께 성을 넘겨 주라는 폐하의 뜻을 전하였습니다."

"그렇다면 문을 열어 주십시오. 부인을 보호해 드리고 신분에 맞게 대우해 드릴 것을 약속합니다."

"이미 기사님에 관해 들었고, 따라서 기사님께서 명망 있는 분이시며 기사님의 말이라면 신뢰할 수 있다는 사실을 알고 있습니다." 그녀가 단호하게 손을 들었다. "**문을 열라! 새로운 성주님을 기쁘게 맞이하라!**"

커다란 끼익 소리와 함께 양쪽 성문이 움직이기 시작했다. 문은 천천히 열렸다. 문을 여는 데만 해도 양쪽에 각각 장정 세 명씩이 필요했다. 문이 완전히 열리기까지는 한참이 걸렸다. 신뢰의 상징인 열린 문을 통해 그들은 여섯 명씩 줄지어 입성할 수 있었다.

파린은 지난 며칠 동안 여러 번 지금 이 순간을 머릿속에 그려 보았고, 그때마다 늘 격렬한 저항을 예상하곤 했었다. 하지만 다행히도 모든 일이 순조롭게 진행되고 있었다. 물론 환호는 아니었지만 그래도 지게스문트 가문은 부족함이 없는 예를 갖춰 그들을 맞이하고 있었다.

맨 먼저 에미코가 돈너를 끌고 성문을 통과했다. 그 뒤를 토발트와 삼분의 일쯤 되는 그의 병사들이 따랐다. 에미코의 부하들은 세 번째 그룹이었다. 그들 가운데는 아로스와 키도 포함되어 있었다. 마지막으로 나머지 군인들이 뒤를 이었다.

거대한 성의 안뜰은 이들 모두를 수용하고도 남았다. 신하들이 양쪽으로 늘어서 무릎을 굽히며 에미코 일행에게 인사했다.

마가레타 대공 부인도 직접 내려와 새로운 성주를 맞이했다. 토발트는 문지기 중 한 명에게 농담을 건넸다. 그도 큰 충돌 없이 성의 소유권이 넘어가서 기쁜 듯했다.

아로스는 파린 옆에 딱 붙어서 주의 깊게 사방을 둘러보고 있었다. 소녀는 언제나처럼 예민하고 조심스러웠다. 마음이 좀체 진정되지 않는지 그녀는 돌 조각상처럼 뻣뻣하게 굳어 있었고, 두 눈만 반짝였다.

"감사합니다, 대공 부인." 토발트가 검은 부인의 손에 공손하게 입을 맞추었다. 그는 텅 빈 총안 쪽을 가리키며 말했다. "저의 병사들을 성벽에 배치하겠습니다. 이교도의 습격을 받고 싶지는 않으니까요."

"네코르인들 말씀이신가요? 그들은 벌써 며칠 동안 한 번도 나타나지 않았습니다, 장군." 대공 부인이 확인해 주었다.

파린은 다시 한번 아로스 쪽으로 시선을 돌렸다. 저 제멋대로인 아이의 어떤 점이 그렇게 그의 마음을 끌어당기는 걸까? 그녀는 키의 팔을 꼬집은 후 귓속말로 무언가를 속삭이고 있었다. 입술만 움직일 뿐 얼굴은 흰 침대보처럼 생기가 하나도 없었다. 표정도 감정도 없는 얼굴.

"문을 닫아라." 마가레타 폰 지게스문트가 외쳤다.

드로그단과 플라우디우스도 수월하게 입성할 수 있게 되어 기쁜 모양이었다. 사내 여섯 명이 다시 힘겹게 문을 닫기 시작했다. 키와 아로스는 거대한 문의 구조를 호기심 어린 눈으로 바라보고 있었다. 아로스가 놀란 눈으로 양쪽에 세 개씩 달린 강철 경첩을 가리켰다. 경첩 하나의 크기가 거의 그녀의 몸집만 했다. 그녀는 여전히 창백한 얼굴로 키에게 뭔가를 속삭이고 있었다. 무슨 일이지?

"징글징글, 나 좀 도와줘. 저 아이가 지금 무슨 얘길 하고 있어?" 파린이 정신을 떠올리며 말했다.

주변이 너무 시끄러워서 쉽지 않을 거야. 한쪽 귀를 저쪽으로 한번 돌려 봐.

파린은 망상이 시키는 대로 했다. 처음엔 흥분한 사람들의 흥분

416

한 목소리들이 머릿속에 크게 울렸지만 파린은 마침내 체로 걸러내
듯 서서히 아로스의 속삭이는 목소리를 들을 수 있었다.

"키, 내가 봤어. 끔찍한 일이야. 지금 당장 여기서 빠져나가야 해.
문은 곧 닫힐 거고 사람들에게 알리기엔 너무 늦었어."

뭐라고? 온몸에 소름이 돋았다. 무슨 얘기지?

여기저기를 두리번거렸지만 사방은 평화롭고 유쾌하기만 했다.
'내가 봤어.'라고 아로스가 말했다. 뭘? 미래를? 혹시 아로스가 예언
가? 그럴 리가 없잖아. 저 아이가 제정신이 아니라는 또 다른 증거
일 뿐. 하지만 불안했다. 파린은 병사 두 명 사이를 뚫고 아로스 쪽
으로 갔다. 무슨 뜻인지 물어봐야 해.

이제 양쪽 문 사이의 열린 틈은 1미터에 불과했다. 아로스와 키는
여전히 그 자리에 서 있었다. 이제 네 걸음만 가면 그녀가 있었다.

"셋에 뛰는 거야, 키." 아로스의 목소리가 들렸다. "하나, 둘, 셋."

그들이 달리기 시작했다. 상상하기 힘든 놀라운 속도였다. 둘은
문틈을 향해 내달렸다. 성문이 완전히 닫히기 직전, 먼저 아로스가,
그리고 바로 뒤를 이어 키가 빠져나갔다.

"멈춰!" 병사 둘이 이제 손가락 넓이만큼 좁아진 문틈 사이로 그
들에게 외쳤다.

"그냥 가게 내버려 두어라. 저들은 중요치 않으니까." 뒤쪽에서
대공 부인의 목소리가 들렸다. "성문을 잠가."

어서 성벽 위로 올라가. 망상이 명령조로 말했다. 한 번도 들어본

적 없는 말투였다.

파린은 본능적으로 총안 뒤편 통로로 향하는 가파른 계단을 올라갔다. 성벽 통로 위에 다다르자 키와 아로스가 바위 뒤로 사라지는 것이 보였다. 입술이 바짝 말랐다. 뒤를 돌아보니 성의 안뜰이 내려다보였다.

에미코가 당황하여 묻고 있었다. "무슨 일이지? 누가 성 밖으로 나갔어?"

"키랑 아로스입니다." 드로그단이 바로 옆에서 대답했다.

대공 부인은 그들에 관해 한마디 언급조차 하지 않았다. "지게스문트 성을 안내해 드리게 되어 영광입니다." 그녀가 에미코에게 정중하게 말했다.

예민해진 감각으로 내려다보니 모든 게 보이고 들릴 뿐 아니라 사람들의 땀 냄새까지도 맡을 수 있게 되었다. 드로그단은 영웅다운 미소로 긴 검은 머리 하녀에게 윙크를 보내고 있었다.

플라우디우스는 바랄돈에게 작은 목소리로 속삭였다. "어휴 배고파. 곧 제대로 된 저녁 식사가 있겠지?"

기사님은? 파린은 느낄 수 있었다. 에미코도 대공 부인의 지나친 친절에 이상한 낌새를 챈 게 분명했다.

마가레타 폰 지게스문트는 목소리를 높였다. "마구간 하인들은 말들을 돌보라. 맨 먼저 새로운 성주님의 말부터 챙기도록." 그녀가 미소를 지으며 말했다. "정말 멋진 말이네요, 에미코."

"대공 부인, 제 말은 제가 직접 마구간으로 데려가도록 하겠습니다. 돈너는 낯선 사람이 가까이 오면 금방 예민해집니다." 에미코가 말했다.

"그러실 필요 없습니다, 기사님." 그녀가 이해심 가득한 미소를 지으며 말했다. "저의 하인들은 말을 다루는 법을 잘 알고 있으니까요."

군인들은 서서히 성안으로 흩어지고 있었다. 파린은 여전히 성곽 위에 홀로 있었다. 계속해서 같은 생각이 머릿속에서 요동쳤다. 아로스는 무엇을 보았을까? 무엇이 그녀를 그런 공포에 몰아넣었을까? 아니면 그저 단순한 상상 때문이었을까?

망상은 침묵하고 있었지만 파린은 망상이 고도의 집중력을 발휘하고 있음을 알 수 있었다. 파린도 최선을 다해 수상한 점을 찾으려고 애썼다. 하지만 무엇이 잘못된 건지 알 수가 없었다.

겉으로 보기에 에미코는 태연했지만 파린의 날선 감각은 그가 극도로 긴장하고 있다는 걸 놓치지 않았다. 마구간 하인 둘이 에미코에게 다가와 돈너를 데려가려고 했다. 돈너는 불안해하며 경중경중 뛰기 시작했다.

대공 부인이 고개를 한 번 끄덕이자 왕의 군인 중 한 명이 제 자리에서 빙그르르 돌았다. 그리고 양손 검을 머리 위로 들어 올리더니 마치 소를 도살하는 망나니처럼 힘차게 돈너의 목에 칼을 내리쳤다. 반대쪽에 있던 에미코가 곧바로 검을 빼 들었지만 한발 늦고 말았다. 사방에서 억센 팔들이 그를 붙들고 그를 말에서 떼어 놓은 뒤 바닥에 내동댕이쳤다. 돈너는 높이 뛰어오르며 앞발을 허공에서 버둥거렸다. 피가 사방으로 흩뿌려졌다. 상처는 너무 깊었다. 가망이 없었다. 다시 네 다리로 바닥을 짚었다. 그리고 앞다리가 꺾였다. 마구간 하인들이 어느새 창을 집어 들어 말의 가슴을 찔렀다. 말의 육중한 몸이 돌바닥 위로 떨어졌다. 돈너가 죽었다.

대공 부인의 목소리는 여전히 상냥했지만 그녀의 얼굴엔 증오가 서려 있었다. "존경하는 기사님, 지게스문트 성의 중요한 손님으로서 기사님은 이 성을 영원히 떠나실 수 없습니다. 정말로 제가 싸워 보지도 않고 순순히 모든 걸 넘겨 드릴 거라 믿으셨나요? 제 자식의 죽음에 대한 보답으로? 아니면 저 검은 야수와 함께 내 남편을 살해한 보답으로?"

그녀는 토발트 쪽을 향했다. "모두 묶어라. 반항하는 자는 누구든 죽인다. 우린 에미코와 그의 스콰이어를 생포하기만 하면 돼."

함정이다! 물통에 독을 섞는 속임수를 썼을 때부터, 네코르인과 지게스문트 가문이 그 어떤 비열한 배신도 마다하지 않는다는 걸 절대 잊지 말았어야 했다.

"대공 부인의 명을 받들라! 어서 저들을 체포하라!" 토발트가 군사들에게 명했다.

군인들은 단검을 꺼냈다. 동료들의 당황한 얼굴을 보자 매장꾼의 아들은 팔다리가 부러지는 듯한 고통을 느꼈다. 헥토리안이 검을 빼 들었다. 사방에서 칼날이 그의 몸을 파고들었다.

에미코가 울부짖었다. "**안 돼**! 싸워선 안 돼!"

한 남자가 반대편 통로에서 파린을 향해 다가오고 있었다. 또 다른 군인 두 명이 계단을 올라오고 있었다.

다섯 명과 백 명의 싸움. 아니, 네 명과 아흔여덟 명의 싸움. 헥토리안은 피를 흘리며 쓰러져 있었다. 그리고 쓰러지기 전 두 명의 적을 죽였다.

"**싸움은 안 돼**!" 다시 에미코가 목청이 찢어져라 외쳤다.

플라우디우스와 드로그단, 그리고 바랄돈은 저항하지 않았다.

그러는 동안 군인 세 명이 거의 파린의 코앞까지 다가왔다.

싸우지 마. 하지만 뛰어내려야 해. 망상이 말했다. **자, 준비됐지?**

뛰어내리라고? 파린은 총안의 구멍으로 아래를 내려다보았다. 돌바닥까지 족히 8미터는 되어 보였다.

지금이야.

파린이 망설였다. "다리가 부러질 거야. 그리고 발도."

뛰어내리라니까. 징글징글이 킬킬대며 웃었다. **이거 어디서 본 듯한 장면이네.**

데자뷔 따위는 이 순간 필요치 않았다. 통로 쪽에서 무서운 속도로 달려오던 사내가 단검을 빼 들었다. 다른 두 명은 이제 겨우 10미터 앞에 있었다.

나한테 맡겨.

어차피 아로스를 엿들을 때부터 망상에게 정신을 맡기고 있었다. 파린이 재빨리 몸을 피하자 적의 칼이 허공을 향해 날아갔다. 파린은 곧바로 그의 팔을 낚아채 내팽개쳤다. 우아한 포물선이 그려졌다. 그는 성벽 밖으로 날아가며 팔을 허우적대다가 머리를 땅에 곤두박질쳤다.

망상이 말했다. 쟤는 착지가 엉망이었어. 크고 동그란 쪽으로 착지하면 안 되지. 우린 더 잘 해 보는 거야. 네 몸의 반대쪽 끝에 달린 거 두 개. 거기로 착지하는 거라고.

병사 두 명이 달려오고 있었다. 칼날이 번쩍였다.

파린은 오래 망설이지 않았다. 그가 마침내 뛰어내렸다.

절망

성을 빠져나온 키와 아로스가 있는 힘껏 달리고 있었다. 도망쳐, 일단 무조건 여기서 도망쳐야 해. 지게스문트 성은 죽음의 성이었다. 아로스는 어금니를 쥐고 미래를 보았다. 피비린내 나는 반역의 현장을. 무방비 상태인 말의 도살. 기사 헥토리안의 죽음. 일행 중 셋은 목에 밧줄을 두르고 있었다. 다음 차례는 아마도 그들이 될 것이다. 그녀는 여전히 환영을 떠올리며 몸을 떨고 있었다. 그런데도 모든 건 평화롭게만 보였다. 그녀는 내달리며 뒤를 보았다. 문은 잠겼고 그들을 쫓는 이는 없었다. 그들에겐 성안에서 벌어지는 살육의 축제가 우선이었을 테니까.

"기다려 키." 아로스가 콜록대며 외쳤다.

어느 바위 뒤에서 그들은 달리기를 멈췄다. 복잡한 감정을 느끼며 아로스는 성 쪽을 관찰했다. 새 동행들과 친해지려는 순간 다시 모든 것이 물거품이 되어 버렸다.

오른쪽 성벽에 누군가의 모습이 보였다. 자세히 보니 고집불통 스콰이어였다. 파린은 대체 저 위에서 뭘 하는 거지? 그때 그가 몸을 돌려 그녀 쪽을 한 번 쳐다보더니 다시 고개를 돌려 성의 안뜰을 내려다보았다.

잠시 후 군인 하나가 칼을 들고 파린을 향해 달려오는 게 보였다. 칼날이 성벽 위에서 번쩍였다. 다음 순간, 그녀는 자신의 눈을 믿을 수가 없었다. 병사가 성벽 아래로 떨어졌다, 아니, 그건 떨어지는 게 아니었다. 2미터쯤 허공을 날아올랐다가 머리부터 바닥을 향해 곤두박질쳤다.

"키." 아로스가 다시 날카롭게 소리쳤다. "너도 봤어?"

키는 고개를 끄덕였다. "군인을 저렇게 날려 버리려면 남자는 힘이 아주 세야 해."

이번에는 파린 옆으로 두 명의 병사가 보였다. 인제 어쩌지? 그녀는 입술을 물었다. 스콰이어는 성벽 위로 뛰어오르더니 마치 1미터 아래 지푸라기 깔린 바닥으로 뛰어내리듯 몸을 날렸다.

"아야야!" 파린이 땅에 떨어지는 순간 아로스의 입에서 저절로 비명이 새어 나왔다. 파린은 무릎을 굽히고 양발로 동시에 착지했다. 그리고 떨어지는 순간 몸을 앞으로 굴려 충격을 분산시켰다.

"다시는 일어나지 못할 거야." 아로스가 작은 소리로 말하고 시선을 떨어뜨렸다.

"누구 말이야?" 키가 물었다.

아로스가 놀라서 고개를 들어보니 파린은 멀쩡해 보였고, 엄청난 속도로 그들을 향해 달려오고 있었다.

"스콰이어는 한 마리 토끼 같아." 키가 말했다.

"벼룩이라고 하는 게 나을 것 같은데?" 아로스가 덧붙였다.

그들은 바위 위에 서서 파린에게 손짓을 했다. 파린은 숨도 헐떡이지 않고 순식간에 그들에게 도착했다. 혹시 그의 눈동자가 다시 노란 빛으로 변해 버린 건 아닐까?

파린의 눈에는 눈물이 흐르고 있었지만 침착한 얼굴이었다. "배반이야! 그들이…" 그는 차마 말을 잇지 못했다.

"…헥토리안을 찔러 죽였어. 에미코 기사님의 말 돈너도." 아로스가 작은 목소리로 말을 이었다. "군인들이 우릴 속였어. 그들은 네코르인들이야."

파린의 얼굴이 달아올랐다. "맞아. 그런데 어떻게 알았지, 아로스? 너희는 어떻게 제때에 도망칠 수 있었던 거야?"

의심하고 있는 걸까? 아니, 그는 절망에 빠져 도움을 요청하고 있었다. 아로스는 고개를 들고 파린의 눈을 똑바로 보았다. "내가 예언가야."

얼음으로 만든 거울처럼 파린의 시선이 반사되었다. "내가 뼈를 보는 사람이야!"

아로스가 고개를 끄덕였다. 파린도 이젠 비밀을 숨길 때가 아니라는 걸 이해한 듯했다.

"나는 화가." 키가 말했다.

"이제 모든 게 밝혀졌으니 이제 우리가 어떻게 도울 수 있을지부터 생각해 보자." 파린이 말했다. "아로스, 또 뭘 봤지?"

"저들이 네 일행들을 오늘 성안에서 교수형에 처할 거야. 에미코만 빼고 모두다. 에미코는 어떤 의식에 데려갈 거야. 그게 정확히 어떤 의식인지는 이해하지 못했어."

파린은 입을 굳게 다물고 두 손으로 주먹을 불끈 쥐었다. "나에 대해서는 뭘 봤어?"

아로스는 어깨를 으쓱했다. "아무것도. 넌 벌써 사라졌으니까. 넌 성벽 위로 올라가 뛰어내렸으니 그럴 만도 하지. 그렇게 높은 곳에서 다치지도 않고. 어떻게 그게 가능했지?"

"나중에 설명해 줄게, 지금은 날 믿어 줘! 지금은 동료들 걱정 때문에 그럴 여유가 없어. 그들이 죽는 건 확실해?"

"내 환영은 바뀔 수 있어. 벌써 나 스스로 미래를 바꾼 적이 있었거든." 아로스가 말했다.

"그렇다면 그들을 구하기 위해 무슨 일이든 하겠어." 그가 바위 위로 뛰어올랐다. "그러려면 먼저 성으로 돌아가야 해."

아로스는 솔직히 털어놓은 걸 후회했다. "어떻게 하려고? 병사들이 철통같이 지키고 있어. 우선은 해가 떨어질 때까지 기다려야 해. 그렇지 않으면 멀리서도 네가 가까이 오는 게 보일 테니까."

"그러면 이미 늦어! 그러니까 방법은 단 한 가지뿐이야. 내 발로 걸어 들어가겠어!"

아로스는 걱정스러운 얼굴로 파린을 보았다. "그건 자살행위야. 저들은 옳다구나 너를 붙잡아 네 친구들과 같이 목을 매달 거야. 내가 들은 게 맞는다면 네코르인들은 증오심으로 가득 차 있어. 그들은 자비를 모르는 자들이라고."

"곧 알게 되겠지. 이교도들이 노리는 건 나야. 그 배후엔 엄청난 힘이 있어. 난 그 힘에 맞서야 해. 성으로 돌아갈게."

아로스는 놀란 눈으로 파린을 응시했다. 그는 아로스가 알던 파린이 아니었다. 몇 시간 전까지만 해도 의기소침한 고집쟁이처럼 행동하더니 지금 그는 자신이 모시는 기사만큼이나 단호하고 용감해 보였다.

"뼈를 보는 파린." 아로스가 말했다. "우린 네 싸움에 별 도움을 줄 수 없어. 키와 내가 군인 백 명을 상대로 뭘 할 수 있겠어? 하지만 어쩌면 내 환영이 도움이 될지도 모르지."

그녀는 허리띠에 매달린 주머니에서 어금니를 꺼냈다. "손을 내밀어 봐." 그녀가 파린에게 말했다.

* * *

파린의 내면엔 갖가지 감정들이 뒤섞여 빠르게 오고 갔다. 그중에서도 동료들이 잘못될지도 모른다는 두려움이 가장 컸다. 지금 그는 아로스 옆에 앉아 있었고, 그녀는 오늘 들어 두 번째로 손을 내밀라고 말하고 있었다. 이번에는 망설일 이유가 없었다. 그는 아로스의 작은 손을 잡았다. 그의 손가락은 소녀의 것보다 거의 두 배쯤 길었다. 마침내 아로스가 두 눈을 감았다.

이번에도 벌이 윙윙거리는 소리를 낸다면 난 그대로 미쳐 버릴 거야, 파린은 생각했다.

한참 동안 아무 일도 일어나지 않았다. 마침내 그녀가 눈을 떴다. 그녀의 눈이 점점 커졌다. 두 눈이 곧 빠져나올 것 같았다.

"무슨 일이야? 괜찮은 거야?" 파린이 물었다.

키도 걱정스러운 눈으로 그녀를 바라보고 있었다.

마치 뜨거운 솥단지에 데기라도 한 것처럼 그녀는 얼른 손을 잡아 뺐다. "네 안에… 네 안에 뭐가 있는 거야? 전에 한 번도 느껴 보지도, 본 적도 없는 게 네 안에 있어. 넌 누구지?" 그녀가 불안한 듯 주위를 두리번거렸다. 마치 긴 잠에서 깨어나기라도 한 것처럼.

"나중에 다 얘기해 줄게. 지금은 먼저 내 친구들을 구해야 해. 날 도와줄 수 있어?" 파린이 물었다.

"어떤 친구? 나한테 뭘 원하는 거야?" 그녀는 셔츠 소매로 이마에 흐르는 식은땀을 닦았다.

키가 걱정스러운 얼굴로 그녀를 관찰했다. "친구 아가씨가 고통스러워하고 있어. 미래를 볼 때마다 과거의 한 조각이 사라지거든."

소녀의 눈은 제 것이 아닌 다른 사람의 눈처럼 보였다.

갈수록 태산이네, 파린이 생각했다.

아로스는 두 손으로 얼굴을 감싸 쥐었다. 다시 손을 내리자 그녀의 눈은 다시 예전과 같아졌다.

"이, 이제 다 생각이 나는 것 같아, 파린. 네 안에 무슨 일이 일어나고 있는지 잘 모르겠어. 하지만… 나는…" 그녀가 마른 침을 삼켰다. "…널 죽게 내버려 두지 않을 거야."

"그게 무슨 말이야?"

아로스가 눈을 크게 뜨고 말했다. "너와 네 안에 있는 뭔가가 동료들의 운명을 바꿀 수 있을지는 모르겠어. 하지만 네가 시도하지 않는다면 그들은 분명 죽게 될 거야. 지금 막 그들의 목에 밧줄이 걸렸어."

"그만하면 됐어. 더는 시간이 없어." 파린은 검과 허리춤의 주머니를 풀었다. "이걸 잘 지켜 줘. 다시 돌아올게."

"우리도 그러길 바랄게, 뼈를 보는 파린. 내 환영은 더 많은 걸 보여 주었지만 너무나도 뒤죽박죽이어서 이해하지 못하겠어. 아무튼 환영이 이렇게 말했어. 속도가 견고함을 이길지니. 도움이 올 때까지 참고 기다리라."

파린은 목숨을 걸고 달렸다. 망상이 그를 도왔다. 성문 앞에 도착하기도 전에 그는 큰소리로 외쳤다. **"내가 여기에 있다! 문을 열라! 투항할 테니 내 친구들을 풀어 줘!"**

성벽 위의 사내들이 손가락으로 그를 가리켰다. 잠시 후 마가레타 폰 지게스문트가 성문 위에 나타나 놀란 표정으로 그를 내려다보았다. 뒤이어 낯익은 얼굴이 그녀 옆에 섰다. 까마귀가 해골처럼 기괴하게 웃고 있었다. 그가 대공 부인에게 무언가를 속삭였다.

"징글징글, 저 자식이 뭐라고 말하는 거지?"

파린은 정신을 집중하고 귀를 기울였다. 검은 사내의 독특한 목소리가 들렸다. "굉장하군요. 에미코의 방패잡이가 제 발로 걸어오다니. 큰 문제가 해결되었네요. 이번엔 절대로 놓치면 안 됩니다. 자비로운 부인." 자비로운 부인은 절대 자비를 베풀어서는 안 된다는 말 같았다.

"돌아온 걸 환영하네, 스콰이어." 자비로운 부인이 허리를 굽혀 아래를 내려다보며 전혀 자비롭지 않은 목소리로 말했다. "투항하겠다고?"

"플라우디우스와 드로그단과 바랄돈을 놓아준다면. 그리고 말들도 함께." 에미코를 석방하라는 요구는 들어주지 않을 게 분명했다.

대공 부인만이 자신의 목소리를 들을 수 있다고 착각한 까마귀가 낮은 목소리로 속삭였다. "말도 안 됩니다."

검은 부인이 어깨를 으쓱하며 말했다. "좋아, 그자들은 중요하지 않으니까. 너의 제안을 받아들이겠다."

"당신이 약속을 지킬 거라고 어떻게 믿을 수 있지?"

"그런 건 없어. 그냥 그러길 바라고 날 믿는 수밖에."

아하, 그렇구나! 안타깝게도 그녀의 말이 맞았다.

"알겠다! 당신의 말을 믿지!"

"문을 열라!" 대공 부인이 명령했다.

한참이 지나서야 양쪽 성문이 다시 움직이기 시작했다. 문이 어느 정도 열리자 파린은 성안으로 들어갔다.

까마귀의 창백하고 비열한 웃음이 맨 먼저 파린을 맞이했다. 뒤이어 네 명의 군인들이 그를 덮쳤다. 그들은 파린의 몸을 수색한 뒤 오른팔을 등 뒤로 꺾고 안뜰로 끌고 갔다.

그곳은 여전히 사람들로 가득했다. 드로그단과 플라우디우스, 그리고 바랄돈은 모두 목에 밧줄을 감고 교수대 아래에 서 있었다. 에미코는 그 맞은편 의자에 앉아 있었다. 사형 집행을 편안하게 감상할 수 있는 특별한 자리였다.

대공 부인은 망설이지 않고 곧바로 대답했어, 그녀에게 맡기는 수밖에, 파린은 생각했다.

벌써 목을 매달린 시체처럼 창백한 동료들의 얼굴이 그를 괴롭혔다. 그들은 등 뒤에 손이 묶인 채 의자 위에서 간신히 중심을 잡고 있었다. 그 광경을 본 파린의 눈에 눈물이 맺혔다. 그들의 유일한 잘못이라고는 잘못된 시간에 잘못된 장소에 나타난 것뿐이었다.

"내 동료들을 풀어 주시지요." 파린이 요구했다.

대공 부인은 여전히 꼼짝을 않고 있었다.

"징글징글, 저들이 약속을 지키지 않으면 어떻게 해야 하지?"

빨리도 생각났네. 그럼 재미없지.

"밧줄을 풀어라." 마가레타가 명령했다.

안도감이 몰려왔다.

하지만 까마귀는 영 탐탁지 않은 얼굴이었다. "기다리시오!" 그가 앙상하고 기괴한 얼굴을 대공 부인 쪽으로 돌렸다. "정말로 저자가 원하는 걸 들어주시려는 건 아니겠지요?"

그녀의 긴 속눈썹 아래로 경멸의 눈빛이 스쳤다. "아니, 그렇게 하려는 게 맞아요. 내 남편이 한 일들을 모두 좋아한 건 아니지만 그래도 그는 제1기사였어요." 그녀가 주먹을 쥐며 말했다. "물론 그 대에게 명예 따위는 낯선 단어에 불과하다는 걸 알아요. 하지만 나는 이 성에서 아직 남아 있는 명예를 지키고 있지요. 내가 한 약속은 지킵니다. 그러니 세 명은 풀어주겠습니다. 그대는 에미코와 그의 스콰이어를 얻었어요. 다른 세 명은 중요하지 않다고 그대 입으로 직접 말씀하지 않으셨습니까?"

까마귀의 창백한 얼굴에 잠시 초록빛이 감돌았다. 하지만 그는 아무 말도 하지 않았다. 사내 둘이 플라우디우스와 드로그단, 그리고 바랄돈의 목에 감긴 밧줄을 풀었다.

"저들에게 말을 돌려주어라. 물론 무기는 없이 보낸다."

"파린, 대체… 대체 무슨 짓을 한 거야?" 드로그단이 발판에서 뛰어내리며 쉰 목소리로 말했다.

바랄돈은 자신의 발만 내려다보고 있었다. 그는 바들바들 떨기만 할 뿐, 그 어떤 감정 표현도 불가능한 상태였다. 플라우디우스는 말없이 자신의 아랫입술을 깨물었다.

군인들이 파린의 동료들을 우악스럽게 밀어냈다.

"제 말도 이들과 함께 보내 주십시오." 파린이 말했다.

대공 부인은 정신 나간 놈이라는 듯이 파린의 얼굴을 보았다. "네 말을 살려 달라고 부탁하는 게냐?"

"예, 그저 말 한 마리에 불과하지 않습니까?"

"좋아, 그렇게 하지." 그녀가 고개를 끄덕였다.

"부인의 자비로운 행동에 대해 반드시 스승께 해명해야 할 것입니다." 까마귀가 쉰 소리를 냈다.

"친히 나타나시기만 한다면 그렇게 하지요. 하지만 맨 먼저 이 모든 일의 중심에 있는 스콰이어를, 그다음으로 에미코를 보여 드릴 것입니다."

에미코는 여태껏 한마디도 하지 않았다. 그제야 그의 입에 재갈이 물려 있는 게 보였다. 그의 눈동자는 바늘구멍처럼 작아 보였다. 그의 마음이 이미 지옥을 겪었음을, 그리고 마지막 몇 분 동안은 겪은 고통의 강도가 상상을 초월하는 정도였음을 파린도 느낄 수 있었다. 분명 혀를 깨물고 싶을 만큼 자기 자신에게 질책을 퍼부었으리라. 그러던 중 다행히 부하들 가운데 셋은 풀려나게 되었지만.

동료들은 자신들이 타고 온 말과 함께 성문 쪽으로 끌려갔다. 피젤도 함께였다. 드로그단의 얼굴에서 극도의 공포와 고통, 그리고 안도와 놀라움이 한꺼번에 느껴졌다. 그는 고개를 돌려 파린과 에미코를 바라보았다. "기사님, 저는…"

"얼른 가요!" 파린이 드로그단의 말을 끊었다.

셋은 어느새 문밖으로 나갔다. 두 명의 사내가 말 두 마리씩을 끌고 그들의 뒤를 따라 나갔다. 이제 곧 저들을 영영 볼 수 없게 될 것이었다.

무슨 생각으로 우리를 이 지경으로 몰아넣은 거야? 이번에도 네 영혼이 그렇게 행동하도록 시킨 거야, 친구?

두렵고 당황스러운 가운데도 파린의 머릿속 안개가 걷히고 있었다. 망상이 방금 나를 '친구'라고 부른 거야?

잘못 들었어. 성으로 되돌아온 것보다 멍청한 짓은 이 세상에 없어.

대공 부인이 큰소리로 외쳤다. "오늘은 사형이 집행되지 않을 것이다." 그러고는 까마귀를 향해 말했다. "저 둘은 이제 당신 것입니다."

"위로가 되는군요. 얼마나 큰 위로가 되는지 모르실 겁니다." 그의 손짓 몇 번에 군인들이 파린을 에미코 쪽으로 데려갔다. 그의 밝은 갈색 눈동자가 어느 때보다 창백했다. 지게스문트에 입성한 첫날 이런 일이 벌어지리라고는 상상도 하지 못했다. 그의 손은 등 뒤로 결박되어 있었고 두 발은 쇠사슬로 묶여 있었다. 몇몇 병사들은 불꽃 그림이 있는 검은 옷을 입었고 다른 이들은 밋밋한 무채색 상의를 입고 있었다. 그라쿠스 왕의 문장은 어디에도 보이지 않았다. 이따위 우스꽝스러운 연극에 속다니! 그들은 모두 평범한 사람들처럼 보였다. 네코르인들이 어딘지 더 음울하고, 더 핏기없는 모습일 거라는 파린의 막연한 상상은 빗나갔다.

"스승이 이쪽으로 오고 계신다. 친히 너희를 손봐 주시려." 까마귀가 증오로 가득 찬 목소리로 말했다. "이자들을 감옥에 가두고 쇠사슬로 묶어라. 에미코를 그의 스콰이어와 함께 붉은 지하 감옥으로! 둘을 같은 방에 가둬야 한다." 야비한 웃음소리가 뒤따랐다.

434

좋은 소식이 아니었다. 팔이 심하게 아파 왔다. 군인들이 무자비하게 그의 팔을 꺾어 두었기 때문이었다. 그들이 파린을 무섭게 노려보았다. 성벽에서 추락해 죽은 동료 때문인 것 같았다. 팔을 묶은 사슬이 살갗을 베고 자존심도 베었다. 그는 계속해서 정신을 집중하고 도망칠 방법을 찾았지만 속수무책이었다. 지금 같은 상황에서 뭘 할 수 있을까? 쇠사슬에 묶인 채, 거의 백 명이나 되는 네코르인들에게 둘러싸여 있는데! 에미코의 얼굴은 여전히 무표정했지만 그의 눈은 감정을 숨기지 못했다. 거기엔 분노어린 고통과 고통스러운 분노가 서려 있었다.

그들을 끌고 가는 여섯 명의 군인 중에는 토발트 장군도 있었다. 배반의 대가. 그나마 그들은 에미코의 입에 물린 재갈을 풀어 주었다. 잘 손질된 무기와 갑옷으로 무장한 위험한 적들. 파린과 에미코에게 그들은 단순한 적 그 이상이었다. 그들은 승자였으니까.

한 사내가 그의 등을 걷어찼다. 하마터면 슈투름바흐트 성의 카타콤으로 내려가는 계단만큼이나 거친 돌계단에서 굴러떨어질 뻔했다. 에미코는 이제 자신이 주인인 성에 갇힐 것이었다. 기다란 통로에 횃불이라고는 단 하나뿐이었다. 토발트는 한쪽에 꽂혀 있던 횃불들 가운데 한 개를 집어 들어 불을 붙였다. 쇠창살 문 앞에서 그들은 오른쪽으로 꺾어졌다. 다른 방들로 향하는 복도가 나타났다. 마침내 그들은 칠이 벗겨진 어느 문 앞에 멈춰 섰다. 붉은 감옥. 그들의 새 보금자리였다. 궤짝 손잡이를 연상시키는 손잡이가 달려 있었다. 토발트가 문을 열었다. 감옥 안에는 더러운 짚이 깔려 있었다. 밝은 횃불에 수갑이 달린 쇠사슬과 돌에 박힌 고리가 반짝였다. 군인들은 조심스럽게 수갑을 에미코의 팔목과 발목에 채웠다. 손목에 찬 수갑의 사슬은 벽에 박힌 두 개의 고리를 통과하여 천장을 가로지르는 대들보 위로 연결되어 있었다. 토발트는 조심스럽게 쇠사슬을 자물쇠로 채웠다. 그러고는 검은빛 열쇠를 빼 높이 치켜들었다. "열쇠는 하나뿐이지. 이건 내가 보관하고 있겠다." 그는 열쇠를 주머니에 넣어 허리춤에 찼다. 그러고 나서 쇠사슬을 끌어당겨 에미코의 팔을 V자 형태가 되도록 들어 올린 뒤 고정했다. 이제 에미코는 간신히 발끝만 땅에 닿은 채 서 있었다. 파린도 반대쪽 벽에 똑같은 방식으로 묶였다. 이번에는 토발트가 아닌 다른 병사가 임무를 맡았다. 그를 묶은 쇠사슬을 자물쇠로 잠그는 데도 같은 종류의 열쇠가 사용되었다.

　에미코가 한마디도 하지 않았으므로 파린도 침묵했다. 그는 입을 굳게 다문 채 대주교와 까마귀의 대화를 곱씹어 보고 있었다. 계획대로라면 그들은 먼저 에미코에게 낙인을 찍은 뒤 파린을 죽여 악령을 에미코의 몸속에 넣으려고 할 것이다. 파린이 죽으면 망상이 다시 팬던트 형태로 물질화될 것이다. 팬던트가 죽어 버린 그의 가슴 위에 모습을 나타내기까지는 얼마나 걸릴까? 파린은 끔찍한 상상을 얼른 떨쳐 버렸다. 지금은 어떻게 하면 살아남을 수 있을지 궁리해야 할 때였다. 어쩌면 망상에게 좋은 생각이 있을지도 몰라.

"끝났습니다!" 군인이 말하고는 토발트에게 열쇠를 건넸다. 토발트는 횃불을 들고 조심스럽게 쇠사슬과 자물쇠와 손발을 묶은 수갑을 점검했다.

마침내 그가 만족한 듯 고개를 끄덕였다. "손님들을 잘 모셨으니 스승께 적당한 보상을 받을 수 있을 것이다."

사내들은 감옥을 떠나며 하나뿐이던 횃불도 들고 갔다. 요란한 소리와 함께 문이 닫히고 빗장 두 개가 채워졌다. 배신자들의 손에 허망하게 감옥에 갇히다니. 이제 둘은 칠흑 같은 어둠 속에 서 있었다. 아니, 정확히 말하자면 매달려 있었다.

에미코의 낮은 목소리가 침묵을 깼다. "파린, 어째서 스스로 돌아왔지? 도저히 이해할 수가 없구나."

"기사님, 성 밖에서는 동료들을 구할 수가 없었습니다."

코웃음 소리가 들렸다. "드로그단과 플라우디우스와 바랄돈을 구하는 데는 성공했구나. 그러니 네가 나를 따라 목숨을 버리는 게 아무 의미도 없는 건 아니겠구나."

"이제 기사님을 도울 방법이 있을 겁니다."

씁쓸한 웃음소리가 울려 퍼졌다. "나랑 여기서 수다나 떨면서? 대체 정신이 있는 게냐? 너는 완전히 미쳤구나! 네가 성벽에서 뛰어내릴 때 허리가 부러지지 않은 것만으로도 벌써 기적이었어." 그는 잠시 쉬었다가 말을 이었다. "그들은 우리를 매달아 잔인하게 죽이며 즐길 거야. 그런 운명을 너 스스로 택한 거야. 하지만 나는 너를 탓하지 않는다. 다 내 잘못이니까." 이제 그가 작은 소리로 중얼거렸다. "내가 순진하게 토발트의 위장 전술에 속아 넘어가 버렸어. 내가 너희들을 이곳으로 데려왔고 내 친구 헥토리안을 죽게 했다." 그의 목소리는 더는 애달프지 않았고 판사처럼 냉정했다. 그건 그가 더 가혹하게 자신을 원망하고 있다는 뜻이었다.

파린은 무슨 말을 해야 할지 몰라 잠자코 있었다.

"너한테… 미안하구나." 에미코가 말했다.

한동안 침묵이 흘렀다. 검은 공기, 검은 고요가 그들을 에워싸고 있었다. 잠시 후 에미코가 절망적으로 쇠사슬을 흔들어 댔다. 철컹거리는 쇳소리에 파린은 소름이 돋았다.

에미코는 한숨을 쉬며 의미 없는 시도를 중단했다. "소용없어. 단단하게 묶여 있어. 우리의 적은 노련한 놈들이야. 저들이 우리를 풀어 주지 않는 한 절대로 여길 빠져나갈 수 없어. 이런 자세로 세 시간 후면 고통은 참을 수 없을 정도가 될 거야. 열 시간 후면 기절하여 고통을 잊게 되지. 그게 지금 우리가 처한 현실이다, 스콰이어."

둘은 어둠 속에서 침묵했다. 파린은 벌써 쥐가 날 것만 같았다. 온몸의 체중을 발끝에 싣고 있는 자세는 두 팔이 공중에 매달린 것만큼이나 참기 힘들었다. 온몸의 근육들이 뭍에 올라와 숨을 헐떡이는 물고기처럼 아우성치고 있었다.

운명

"용기가 다 차지하고 있어서 스콰이어의 머릿속엔 판단력이 들어갈 자리가 없어." 파린이 지게스문트 성으로 달려가는 것을 보며 키가 말했다.

이제 파린은 성문 앞에 서 있었다. 그리고 위에서 내려다보는 누군가와 대화를 주고받았다. 거대한 성문이 열렸다. 그리고 그는 정말로 그 안으로 들어갔다. 파린은 적들의 성안으로 사라졌다.

아로스는 복잡한 심경으로 그의 뒷모습을 바라보았다. 치아가 반듯한 곱슬머리 청년은 끝없이 용감하거나, 끝없이 아둔한 게 틀림없었다. 어쩌면 둘 다일지도 몰라. 제 발로 네코르인들의 소굴로 들어가다니. 가만히 있으면 동료들이 교수형에 처해질 거라는 그녀의 예언이 그를 죽음으로 내몬 것은 아닐까? 자신이 본 환영 때문에 아로스 스스로 위험에 처한다면 그건 혼자만의 문제였다. 하지만 환영 때문에 다른 사람을 잘못된 길로 유도하는 건 옳은 일이 아니었다. 그 다른 사람이 파린일지라도, 아무리 그가 평범한 사람이 아니라 해도 달라지는 건 없었다. 그녀는 그의 내면을 들여다보았었다. 보잘것없는 스콰이어의 내면에는 한 번도 본 적이 없는 힘, 길들지 않은, 그리고 길들일 수도 없는 힘, 격렬하고 광적인 어떤 기운이 날뛰고 있었다. 어쩌면 그 힘 때문에 그가 불가능한 일을 해내는 것일 수도 있었다. 하지만 그 힘이 그를 파괴할지도 몰랐다. 걱정은 또 있었다. 마지막 환영을 본 뒤 그녀는 아무것도 기억해 낼 수가 없었다. 심지어 자신의 이름마저도. 에미코와 대화를 나눈 뒤에도 잠시 그런 적이 있었다. 하지만 지게스문트 성안에서, 그리고 특히 파린의 내면을 들여다본 이후로 그녀는 훨씬 오랫동안 완전히 방향을 잃은 상태를 경험했다. 어금니를 너무 자주 사용하지 말아야겠어. 어금니가 내 머릿속에 무슨 일이 일으키는지 알 수 없으니까.

아로스는 두 팔로 턱을 괴고 바위 위에 엎드린 채 성의 동태를 살피고 있었다. 문은 아직 열려 있었다. 더 멀리 도망쳐야 하는 거 아닐까? 아니, 그녀의 환영대로라면 네코르인들은 그녀에게 관심이 없었다. 총안 너머에 병사들이 경계 태세를 갖추고 있었고, 때때로 명령을 내리는 누군가의 목소리가 바람에 실려 그들 쪽으로 왔다.

아로스는 잔뜩 긴장하여 고개를 들었다. 사내 셋이 밖으로 나오고 있었다. 그들의 뒤엔 네 마리의 말이 따라 나왔다. 드로그단과 플라우디우스, 그리고 스콰이어 바랄돈이었다. 깜짝 놀라 키를 보았다. 키는 뒤를 돌아 아로스를 보았다. 그의 얼굴은 평소와 다르지 않았다. 어쩌면 진짜 예언가는 키가 아닐까? 무슨 일이 일어나든지 그의 얼굴은 미리 알고 있었다는 듯 평온하기만 했다. 그녀가 갑자기 두 팔을 벌리고 하늘을 난다 해도 키는 지금과 똑같은 표정을 지을 것만 같았다.

사내들이 말에 올랐다. 남은 한 마리 말의 고삐는 뚱뚱한 사내의 손에 들려 있었다. 그들이 달려오기 시작했다. 최대한 빨리 성에서 도망치고 싶은 사람들처럼. 아로스는 잠시 기다렸다가 바위 위에 올라서서 손짓을 했다. 드로그단이 손가락으로 그녀가 서 있는 쪽을 가리켰다. 그들이 아로스와 키를 향해 달려왔다.

"어떻게 됐어?" 그녀가 물었다.

"헥토리안이 죽었어. 에미코와 파린은 지금 막 감옥으로 끌려갔고. 우리는 죽기 직전에 풀려났어. 우리를 교수형에 처하려고 했는데, 갑자기 파린이 돌아와서 우리를 살려 주는 대가로 그들 손아귀에 들어갔어." 그의 눈에 눈물이 맺혔다.

"저들이 기사님을 찔렀어." 바랄돈이 말했다. 그는 온몸을 부들부들 떨며 목을 만졌다. 아직도 목에 걸렸던 밧줄의 느낌이 남아 있는 듯했다.

"이제 어떻게 하지?" 아로스가 물었다.

이마에 식은땀을 흘리며 플라우디우스가 대답했다. "우리가 할 수 있는 건 아무것도 없어. 우린 다섯 명이고 상대는 빈틈없이 견고한 성과 군인 백 명이야. 우리를 내보내 준 것만 해도 기적이야. 아…, 무슨 말을 해야 할지 정말 모르겠어."

셋은 혼란스러운 가운데 같은 생각을 하고 있었다. 마침내 입을 연 사람은 바랄돈이었다. "파린이 돌아와서 우리를 위해 목숨을 걸었어. 어떻게 그럴 수가 있지? 나… 나라면 절대로 그렇게 하지 못했을 거야."

"아마 우리 중에 누구도 그러지 못했겠지." 드로그단이 말했다.

"말을 타고 나벤슈타인까지 죽을힘을 다해 달린다 해도, 폐하께 도움을 요청하기까지는 최소 이틀이 걸려. 공성퇴와 캐터펄트까지 준비하려면 일주일이 필요하고."

아무도 입을 여는 이가 없었다.

"말을 탄 군인들이 벌써 이리로 오고 있고, 자정쯤이면 도착할 거야." 아로스가 침묵을 깨고 말했다.

드로그단이 깜짝 놀라 아로스를 보았다. "기병대가 오고 있다고? 그걸 어떻게 알아?"

"나는 알아!"

플라우디우스가 버럭 화를 냈다. "네 예언 말하는 거야? 농담 따먹기나 하고 있기에 지금 상황은 굉장히 심각하다고."

"남동쪽으로 말을 타고 달려. 그러면 그들을 만날 수 있을 거야." 아로스가 어깨를 으쓱하며 말했다.

드로그단이 귓불을 만지며 말했다. "남동쪽은 나벤슈타인 방향이야. 우리가 가려던 길도 어차피 그쪽이고. 여기, 파린의 말을 지켜줘. 이름은 피젤이야. 음, 그러니까 원래 이름은 리젤이지만…. 어쩐지 파린도 네가 맡아주길 원할 것 같단 생각이 드는구나."

"이 아이 말이 맞다고 해도, 그래서 정말로 폐하의 군대가 도착한다 해도 에미코와 파린을 돕기엔 너무 늦어요. 네코르인들은 분명히 둘을 인질로 사용할 거고 성이 공격받는 즉시 그들을 죽일 거예요." 바랄돈이 힘없이 말했다.

드로그단이 고개를 끄덕였다. "성을 함락하기까지는 최소 며칠, 길게는 몇 주까지 걸릴 거야. 먼저 성문부터 부숴야 하니까."

"기사님과 파린이 우리의 도움 없이 해내야 할지도 몰라." 플라우디우스가 힘없이 고개를 숙였다. 에미코와 파린을 살아서 다시 만날 가능성은 거의 없다고, 그는 몸으로 말하고 있었다.

"그럼 잘 있어! 우린 이제 나벤슈타인으로 출발한다." 드로그단이 팔을 들어 인사했다. "네 말대로 도중에 군대를 만나게 된다면 정말 좋겠구나."

아로스가 지나가는 말처럼 덧붙였다. "군인들과 서둘러 돌아와야 해. 자정까지는 이곳에 도착해야 희망이 있어."

드로그단이 출발하려던 동작을 멈추고 한숨을 쉬며 아로스에게 말했다. "꼬마야, 잘 들어. 넌 지금 네가 무슨 소리를 하는지도 모르고 있어."

아로스는 잠자코 있었다. "더 말해 봐야 소용없어, 키! 우리가 이들과 함께 가서 폐하와 직접 얘기하는 게 좋겠어. 폐하께서 직접 군대를 이끌고 오시니까."

"그라쿠스 왕 말하는 거야?" 드로그단은 제정신이냐는 듯한 표정으로 아로스를 보았다.

"그럼 누구? 내가 아는 폐하는 그라쿠스 한 분뿐이야."

"정말로 폐하가 직접 길을 떠났다고 생각하는 건 아니지? 폐하라면 이제 제대로 말을 타실 수도 없다고."

"친구 아가씨에겐 눈이 하나 더 있습니다." 키가 설명했다.

플라우디우스는 더 참지 못하고 화를 냈다. "그래, 그럼 난 불알이 세 개다. 이런 잡담이나 하고 있을 시간이 없다고."

"폐하께서 오실 거야, 이…!" 아로스는 꾹 참고 '뚱보야!'라는 마지막 단어를 삼켰다.

"하! 네 말이 맞다 해도 폐하께서 어디서 굴러온지도 모르는 어린애의 말을 믿으실까?" 드로그단이 화를 내며 말했다.

"응, 믿으실 거야! 그러니까 우리도 함께 간다고."

키가 부드러운 손길로 리젤의 목덜미를 두드렸다. "화가는 말이 좋아요. 다음번엔 이 말을 그려야겠어요."

키의 말은 제대로 된 해결책과는 거리가 멀었지만, 신기하게도 모두의 흥분을 조금씩 가라앉히는 역할을 했다.

"키랑 나한테도 말이 생겼어. 곧 파린에게 리젤을 돌려줄 수 있게 되기를. 그의 주머니가 달린 허리띠와 검도." 아로스는 단호하게 고삐를 쥐었다. "가자, 키. 우리 둘이 함께 타도 파린보다 무겁지는 않을 거야."

둘은 피젤의 등에 올라탔다. 아로스가 뒤에 앉아 양팔로 키의 몸을 꼭 잡았다. 드로그단은 어쩔 수 없이 고개를 끄덕이며 동의했다. 이제 그들은 모두 함께 달리기 시작했다. 태양이 지평선 아래로 넘어가고 있었다. 회색빛 어둠이 서서히 벨텐 제국을 덮어 가고 있었다. 여전히 모든 것은 절망적이기만 했다.

"군대를 만난다면 친구 아가씨는 어떻게 하려는 거지?" 키가 물었다.

"폐하와 얘기할 거야. 옳은 선택을 할 사람은 폐하뿐이니까."

키는 고개를 끄덕였다. 세상에 단 한 명일지라도 그녀를 믿어 주는 사람이 있었다. 아로스는 키를 끌어안은 두 팔에 더 힘을 주었다. 키는 언제나 그녀를 믿어 주는 사람이었다.

한 시간가량 말을 달렸을 때 드로그단이 일행을 멈춰 세우더니 말에서 내렸다. 아로스와 키도 말에서 뛰어내렸다. 잠시 후 땅의 울림이 느껴졌다. 그리고 저 멀리서 들려오는 소리. 수백 마리의 말이 질주하는 말발굽 소리. 드로그단이 아로스를 향해 믿을 수 없다는 듯한 시선을 보냈다.

왕의 기병이 그들을 향해 달려오고 있었다. 말을 탄 병사들의 숫자는 엄청났다. 몇몇은 금속 갑옷을 입었고, 모두가 무장하고 있음을 어둠 속에서도 알아볼 수 있었다. 드로그단은 머리 위로 손을 들어 그들에게 신호를 보냈다. 곧 군인 여럿이 달려와 검을 빼 들고 큰 소리로 말했다. "정체를 밝혀라."

"제 이름은 드로그단이고, 슈투름바흐트 성에서 병기를 담당하는 총책임자입니다. 저희 성의 성주 에미코 기사님은 슈타인드라헨 성 출신이며 발단 그라쿠스 폐하의 기사님이십니다. 이들은 제가 보증

445

하는 제 일행들입니다."

수척한 얼굴에 뾰족하게 수염을 기른 노인이 다가왔다. 말을 타고 달리는 게 불편했는지 약간 삐딱한 자세였고 허리가 아픈 듯 보였다.

"대장, 그만하면 되었네. 내가 아는 얼굴이야. 에미코의 부하 중 한 명이지."

드로그단은 곧바로 무릎을 꿇었다. "페… 폐하. 황공하옵니다."

뚱보 플라우디우스도 곧바로 말에서 뛰어내려 무릎을 꿇었고, 바랄돈도 재빨리 그들을 따랐다. 둘은 동시에 머리를 숙이고 복종 어린 말투로 뭔가를 웅얼거렸다.

"아, 나의 종손도 함께 있었군." 노인이 바랄돈을 보고 말했다.

그러니까 그는 그라쿠스 왕이었다.

정말로 꼬부랑 할아버지네, 아로스가 생각했다.

키는 아무렇지도 않은 얼굴로 그대로 말 위에 앉아 벨텐 제국의 통치자에게 미소를 보냈다.

그라쿠스가 화가를 보고 말했다. "여기 아는 얼굴이 또 있군! 그대가 얼마 전 왕비의 초상화를 그려 주었지. 최소 20년은 더 젊어 보이게 말이야."

"많아도 5년 정도 젊게 그렸을 뿐입니다. 폐하는 아름다운 왕비님을 두셨습니다." 키가 대답했다.

그라쿠스는 키 작은 사내가 자신 앞에서 굽실대지 않아도 전혀 개의치 않는 듯 보였다. 왕은 약간 몸을 앞으로 숙여 아로스를 보았다. "마지막 일행은 누구지?" 그는 잠시 눈을 깜박이고는 재차 물었다. "부디 관용을 베풀어 주시오. 마지막 일행인 숙녀 분은 누구이신지요?"

마지막 일행은 오랫동안 망설이지 않았다. "나벤슈타인의 흙투성이 발 아로스입니다. 쥐들의 여왕이라고도 부릅니다."

"여왕?" 그는 잠시 이마를 찌푸렸지만 이내 다시 옅은 미소를 지으며 물었다. "아로스, 아로스? 어디선가 들어본 이름인데."

"폐하의 정찰병들이 벌써 몇 주째 100실링의 현상금을 걸고 저를 찾고 있습니다."

"뭐라고?" 드로그단이 자기도 모르게 소리쳤다.

"흥미롭구나!" 그라쿠스가 말했다. "벌써 현상금이 200실링이 되었다는 소문을 들었지. 나중에 더 자세한 이야기를 듣고 싶구나."

"자세한 설명을 드릴 시간이 없습니다. 서두르면 오늘 밤 안에 성을 공략할 수 있습니다." 아로스가 말했다.

"공략이라고? 적을 포위할 무기도 없이 그게 어떻게 가능하다는 말이지?" 그라쿠스가 물었다.

"송구하옵니다, 폐하. 아직 아무것도 모를 어린애일 뿐입니다." 드로그단이 어떻게든 무마해 보려고 애를 썼다.

늙은 왕은 깊은 생각에 잠긴 표정으로 소녀를 바라보았다. 그러더니 간신히 허리를 펴고 말했다. "어찌 되었건 서둘러야 하는 건 맞아. 에미코에게 도움을 약속했으니. 내가 보낸 군대가 네코르인들의 습격을 받아 전멸했다는 소식을 들었다. 악마를 추종하는 자들이 우리의 갑옷과 무기를 빼앗아 에미코를 속였지. 여러 가지 이유로 더는 참을 수가 없어 지게스문트 성으로 달려가던 중이었다. 그곳에 도착한 후 공성 무기를 갖춘 부대를 출격시킬지 결정할 참이었다. 우선은 왕으로서의 내 권위로 문제를 해결할 수 있기를 바라야지. 마가레타 대공 부인은 멍청한 여자가 아니니까. 그대들은 나를 따르라. 더 많은 이야기는 가는 길에 하도록 하지."

마침내 드로그단과 플라우디우스와 바랄돈이 자리에서 일어나 말에 올랐다. 그리고 모두 함께 지게스문트 성으로 향했다.

쇠사슬

파린은 이를 악물고 팔과 발에 전해지는 고통을 잊으려고 애썼다.

"징글징글?" 파린이 자신의 내면을 향해 외쳤다.

응, 여기 정말 편안하고 좋은데.

그래도 망상이 곧바로 대답해 줘서 다행이었다. "네 도움이 필요해. 그 어느 때보다도 절실히."

왜 하나도 놀랍지가 않은지 나도 모르겠네. 그냥 계획이 있다고 말해.

"계획? 지금 이 순간 계획은 이대로 고통스럽게 죽는 것뿐이야." 처절했지만 인정하는 수밖에. "난… 난 그냥 너만 믿을게."

한 번도 못 들어본 말투인데? 어디 한번 쇠사슬을 살펴보자고.

파린은 그 어느 때보다 기꺼이 자신의 정신을 허공에 떠오르게 했다. 그러자 악령의 존재가 점점 강해지는 것을 느꼈다. 하지만 여전히 아무것도 보이지 않았다. 이제 그는 성에 사는 유령처럼 쇠사슬을 흔들며 철그렁 소리를 내고 있었다. 그는 쇠사슬을 오른쪽으로, 왼쪽으로, 그리고 위로 아래로 잡아당겼다. 하지만 모든 시도는 실패였다.

튼튼하기도 해라!

"소용없어." 반대쪽에서 에미코의 목소리가 들렸다. "고리들은 돌에 깊이 박혀 있어. 그리고 쇠사슬은 코끼리라도 묶어 놓을 수 있을 만큼 튼튼하지."

절망이 희망을 몰아냈다. 이 깊고 어두운 감옥에 갇혀 아무것도 할 수 없다는 깊은 좌절감에 파린의 눈에는 눈물이 흘렀다. "이건 악몽이야. 희망은 없을까?" 그가 생각했다.

'희망이 없다'는 단어는 악령의 세계에는 없는 말이지. 머리가 달려 있는 동안은 고개를 똑바로 들어. 네코르인들이 점점 나를 화나게 하고 있어.

"징글징글, 우리가 뭘 할 수 있지? 분명히 여기서 빠져나갈 길이 있을 거 아냐?"

겁내지 마, 널 죽게 내버려 두지는 않을 테니까.

늘 하던 대로의, 건방지고, 멍청한, 악령다운 낄낄거림이 뒤따르지만 않았더라면 망상의 위로가 좀 더 고마웠을 텐데.

네 정신을 완전히 나한테 한번 넘기려고 해 봐. 너 자신을 완전히 버려 보라고.

"평소엔 내가 그렇게 하지 않는다는 거야?"

아니, 넌 항상 파린이라는 벌레 일부를 붙들고 있어. 그래서 지금까지는 내가 마음껏 나를 발산하지 못한 거라고.

"마음껏 발산하지 못했다고? 흠, 지금까지 네 눈부신 활약을 생각해 보면…"

지금 토론하려는 거야, 시도해 보려는 거야, 아니면 계속 매달려 있고 싶어?

"네가 그렇게 묻는다면…"

장담은 못 해. 특히 네 근육과 뼈가 끊어지고 부서질 수도 있으니까.

"뭐라고?"

악령의 힘으로도 쉽지 않은 일이야. 인간의 몸은 정말 예민하거든. 모기 한테 물리기만 해도 곧바로 피가 날 정도니까.

"흠, 어쩐지 '이제 그냥 뛰어내려'처럼 들리는데."

전혀 아니올시다.

"그래 좋아!" 이게 그의 인생에서 마지막 '그래-좋아'가 된다면 얼마든지.

파린은 자신이 망상을 전적으로 신뢰한다는 사실에 놀랐다. 쉽지 않았지만 어차피 다른 방법이 없었기 때문에 그는 악령에게 모든 걸 다 맡겨 버렸다. 지금 이 순간 망상과 파린 둘 사이에는 경계선이 허물어진 느낌이었다.

칠흑 같은 어둠에도 어슴푸레 윤곽이 드러나기 시작했다. 마침내 반대쪽 벽에 매달린 에미코의 형체를 알아볼 수 있게 되었다. 파린은 고개를 들고 다시 한번 팔에 묶인 쇠사슬을 잡아당겨 보았다.

다시 철컹 소리가 들리자 에미코가 말했다. "스콰이어, 소용없어. 이젠 기적이 일어나길 바라는 수밖에."

그 순간 인간의 능력을 초월하는 어마어마한 힘이 오른손 쇠사슬을 벽에 고정한 고리를 뽑아 버렸다.

"그 고리는 불로 달구지 않으면 끊을 수 없을 만큼 단단해." 기사가 말했다.

다음 순간 인간의 능력을 초월하는 어마어마한 힘이 왼쪽 고리를 뽑아 버렸다.

"쓸데없는 힘 낭비는 그만두어라." 기사가 다시 충고했다.

쇠사슬이 바닥에 떨어지는 철컹 소리가 들렸다. 파린은 사납게 으르렁대며 수갑의 죔쇠를 열어젖혀 벗어 버렸다.

그제야 에미코도 파린이 정말로 무언가를 해냈다는 사실을 눈치챈 것 같았다.

그가 긴장한 목소리로 물었다. "뭐, 뭘 하고 있는 거지?"

파린은 발목 수갑의 죔쇠를 단숨에 열어젖혀 버렸다.

아직 쇠사슬이 거치적거렸다. 그는 4개의 고리로 된 쇠사슬을 쥐고 팔이 아파져 올 때까지 힘껏 잡아당겼다. 다른 부분도 마찬가지였다. 그러나 악령의 힘으로도 쇠사슬은 끊어지지 않았다.

"스콰이어, 젠장! 내가 물으면 대답하라. 지금 무슨 일이 일어나고 있는 거지?"

에미코의 욕설이 저 멀리서 파린의 정신을 자꾸만 불러들이려 했다. 하지만 파린은 아랑곳하지 않고 탈출 방법에 온 정신을 집중했다. "징글징글, 쇠사슬에 가장 약한 고리가 있을 거야. 아니면 자물쇠를 살펴봐. 뾰족한 돌기를 지렛대로 사용해 봐."

악령은 뭐라 표현할 수 없는 괴상망측한 소리로 대답을 대신했다. 상상력을 동원해 들으면 '좋은 생각이야'처럼 들리기도 했다.

그리고 뾰족한 돌기를 쐐기처럼 손에 쥐고 엄청난 힘으로 자물쇠의 고리에 힘을 가했다. 자물쇠가 망가졌다. 쇠사슬은 풀리고 이제 그는 자유였다.

"스콰이어!" 놀란 에미코의 목소리가 들렸다. 그는 어둠 속에서도 눈을 동그랗게 뜨고 있었다.

파린은 대답하지 않았다. 징글징글도 아무 말이 없었다.

인제 어쩌지? 그는 먼저 감옥 문을 연 다음 에미코를 풀어 주기로 했다. 안쪽에도 손잡이가 있었다. 그는 손잡이를 잡고 있는 힘을 다해 흔들어 댔다. 그러나 쇠를 덧댄 문을 여는 건 불가능하다는 사실을 금세 깨달았다. 육중한 빗장은 반대쪽에서만 열 수 있었다.

야수처럼 으르렁거리며 그가 생각했다. 그냥 어깨로 들이받아 버릴까? 아니야, 그러면 뼈나 척추가 부러질지도 몰라.

그냥 예의 바르게 노크라도?

그는 주먹을 쥐고 망치질을 하듯 문을 힘껏 두드렸다. 망치질은 너무 약한 표현이었다. 그는 주먹을 이용하여 마치 공성퇴처럼 세차게 문을 두드렸다. 두꺼운 나무문이 흔들렸다. 엄청난 소리가 감옥 안을 가득 채웠다. 마치 지구의 종말을 알리는 북소리 같았다. 붐! 붐!

그는 잠시 동작을 멈추고 귀를 기울였다.

사방은 조용했다.

에미코가 나지막이 탄성을 질렀다. "결박을 푼 건가? 대체 어떻게… 파린, 아무것도 보이지 않아. 무슨 일이 일어나고 있는 거지?"

밖에서 소리가 들렸다. 육중한 문을 통해 징이 박힌 군화를 신은 병사들이 돌바닥을 철컥철컥 걸어오는 소리가 들렸다. 소리는 점점 커지고 있었다.

"뭔가 잘못됐어. 둘 중 하나가 쇠사슬을 푼 게 분명해. 칼을 뽑고 준비하라." 귀에 익은 목소리가 밖에서 들렸다.

첫 번째 빗장이 풀렸다. 그리고 두 번째. 이윽고 문이 안으로 열렸다. 파린은 문 뒤에 서 있었다. 횃불이 감옥 안으로 으르렁거리며 들어왔다. 벽에 반사한 번쩍이는 불빛에 파린은 눈이 부셔 앞을 볼 수 없었다. 그가 눈을 지그시 감았다. 사내 여럿이 단도를 손에 들고 안으로 들어왔다.

맨 앞줄의 사내들이 깜짝 놀라 빈 벽을 가리키며 소리쳤다. **"뭐지?" "어디로…"**

바로 그때, 엄청난 힘으로 파린이 문을 닫았다. 두 명의 병사가 짐을 잔뜩 실은 우마차에 깔리듯 그 자리에 쓰러졌다. 파린은 재빨리 횃불을 들고 있는 군인의 손목을 움켜쥐었다. 직접 확인하기 위해서 온 토발트 장군이었다. 파린은 순식간에 그의 팔을 잡고 나사를 조이듯 가차 없이 돌렸다. 끔찍한 소리가 났다. 반역자의 비명이 감옥 안에 메아리쳤다. 횃불이 바닥에 떨어지자 파린은 그대로 발로 밟아 불을 꺼 버렸다. 짙은 어둠이 사내들을 덮쳤다. 그중 하나는 끔찍한 고통에 바닥에 엎드려 쓸모없어진 팔을 붙들고 있었다.

아직 두 명이 남아 있었다.

"도와줘!" 그중 한 명이 소리쳤다.

"여기야!" 다른 한 명이 소리쳤다.

파린은 그들의 실루엣을 볼 수 있었고 그들이 얼마나 절망하고 있는지 냄새로 알 수 있었다. 장님들 가운데 외눈박이라고나 할까.

정확히 두 번, 그는 어둠 속에서 허공을 향해 칼을 휘두르는 병사들의 머리를 향해 주먹을 날렸다. 사내들이 쓰러졌다. 병사들은 모두 아무렇게나 바닥에 널브러져 있었다.

토발트는 쓰러져서도 고래고래 소리를 질렀다. **"포로들이 도망친다! 도와줘!"**

화가 난 파린이 그를 향해 주먹을 날렸다. 가죽 투구를 쓰고 있는데도 끔찍한 소리가 났다.

또다시 군화 소리가 가까워져 오고 있었다. 두 사내가 한 손에는 흔들리는 횃불을, 다른 한 손에는 단검을 들고 감옥 안으로 들어왔다. 먼저 들어온 병사는 바닥에 쓰러진 병사에 발이 걸려 넘어졌다. 파린의 주먹이 허공을 갈랐다. 두 번째 병사는 박치기로 공격했다. 파린의 이마가 병사의 콧등을 강타했다. 다시 뼈 부러지는 소리가 났다. 분노가 커질수록 파린의 힘과 속도도 점점 세지고 빨라졌다. 병사의 머리는 망치로 얻어맞은 수박처럼 박살이 났다. 파린의 이마는 적들의 피와 자신의 피로 뒤범벅이 되었다. 찢어진 상처에서 피가 흘러 눈으로 들어갔다. 바닥에 떨어진 횃불 두 개가 괴기스러운 그림자를 만들었다. 피의 장막 위에서 펼쳐지는 잔혹한 그림자극은 아직 끝나지 않았다. 파린의 그림자가 칼을 들고 달려드는 마지막 네코르인을 향했다. 파린이 옆으로 몸을 피하자 상대의 검이 허공을 휘둘렀다. 파린은 나무를 뽑아내듯 두 손으로 사내를 움켜쥐더니 위쪽으로 세차게 치켜들었다. 병사의 머리가 천장을 들이박았다. 매장꾼 아들의 얼굴로 핏방울이 떨어졌다. 파린은 죽은 고깃덩이를 바닥에 던졌다. 횃불 하나가 꺼졌다. 다른 하나는 감옥 안의 끔찍한 광경을 음울하게 비추고 있었다. 피와 다른 체액들이 끈적끈적 바닥을 적셨다. 일곱 명의 군인이 사방에 널브러져 있었고 그중 둘은 아직 숨을 쉬고 있었다.

파린의 가슴이 빠른 속도로 올라갔다 내려가기를 반복했다. 가쁜 호흡은 한참 뒤에야 진정이 됐다. 그는 눈으로 흘러드는 피를 닦아냈다. 이마가 아팠고 손목은 곧 파열될 듯 부어 있었다. 그는 입술을 굳게 다물고 고개를 들어 에미코를 보았다. 기사는 완전히 다른 사람처럼 낯설어 보였다. 그의 눈동자는 퀭하니 뚫린 시커먼 구멍처럼 보였고, 입술은 무언가에 물어뜯긴 듯 터져 있었으며 얼굴은 처절하게 일그러져 있었다.

"이제 풀어 줄게!" 파린이 야수처럼 으르렁거렸다. 다음 동작은 전광석화 같았다. 한 손으로 머리가 으깨어진 토발트의 시신을 들어 올리고 다른 한 손으로 허리띠를 더듬어 열쇠를 꺼냈다. 마침내 에미코의 손발을 묶었던 족쇄가 풀렸다.

"자유다아아!" 야수가 소리 질렀다.

기사는 놀라운 절제력을 발휘하며 스콰이어의 기이한 행동을 지켜보고 있었다. 그의 입에서는 단 한마디도 흘러나오지 않았다. 마침내 쇠사슬이 풀리자 기사는 관절 주위를 비벼도 보고 몸의 곳곳을 시험 삼아 움직여 보았다. 그리고 낮은 신음을 내며 단검과 횃불을 집어 들었다. 아주 잠깐 그의 시선이 살육의 현장을 살폈다. 그리고는 고리가 뽑힌 벽에 횃불을 비춰 보았다. 그러는 동안 그의 얼굴은 다시 반쯤 사람의 모습으로 돌아와 있었다.

"갑옷을 골라서 입어. 투구는 선택의 여지가 별로 없군." 그가 속삭이듯 말했다. "대부분 피범벅이야." 그는 허리를 굽혀 시체들 가운데 하나를 골라 투구와 갑옷을 벗긴 뒤 그것을 입었다. 파린도 그를 따랐다. 가죽 갑옷은 팔이 좁아 다소 불편했고 투구는 귀를 눌렀다.

"가자!" 마치 산책이라도 나서는 사람처럼 에미코가 아무렇지도 않게 말했다.

그들은 문을 나서자마자 왼쪽으로 걷기 시작했다. 갈림길에서 에미코는 위로 향하는 통로를 택했다. 지하 감옥에서 도망치려면 그게 최선일 것 같았다.

거기까지는 아무도 마주치지 않았다. 이번엔 교차로 형태의 갈림길이 나타났다. 어디로 가야 할까? 에미코는 오래 생각하지 않았다. 두 번 오른쪽으로 그리고 계속해서 위로. 발걸음 소리가 들렸다. 군인 둘이 그들 앞에 나타났다. 에미코는 횃불을 위쪽으로 들었다. 뭘 하려는 걸까? 바로 자기 얼굴을 비추지 않기 위한 행동이었다.

"재에서 재로!" 네코르인이 인사하며 자신의 횃불을 에미코의 코 앞으로 가져갔다. 그건 그의 실수였다. 기사는 단숨에 단검을 그의 심장에 꽂았다. 그와 거의 동시에 팔꿈치로 다른 병사의 관자놀이를 강타한 뒤 곧바로 목을 베었다. 파린은 자신의 기사 에미코가 싸우는 모습을 처음으로 보게 되었다. 어떤 면에서 그의 솜씨는 망상에 거의 뒤지지 않았다.

이제 그들은 돌을 깎아 만든 계단을 올랐다. 여긴 확실히 그들이 들어온 입구가 아니었다. 문 하나가 길을 가로막고 있었다. 다행히 문은 쉽게 열렸다. 신선한 밤공기가 파린의 코를 간질였다. 그들이 도착한 곳은 남쪽 총안으로 연결되는 탑이었다. 에미코는 주위를 한번 둘러보고 정확한 위치를 파악했다. 약 20미터 거리에 보초병들이 무리 지어 있었다. 다행히도 이곳은 어둠 때문에 그림자뿐이었다. 횃불이 없는 건 불빛이 병사들의 밤눈을 어둡게 만들기 때문이었다. 에미코는 앞으로 몸을 숙여 아래쪽을 바라보았다. 왼쪽에서 소리가 들렸다. 정찰대가 이쪽으로 막 방향을 틀고 있었다.

좁은 흉갑 안에서 심장이 마구 날뛰는 게 느껴졌다. 파린은 아직도 정신 일부를 악령에게 내어 준 채였다. 사내들이 점점 다가오고 있었다. 온몸이 잔뜩 긴장했다.

"재에서 재로." 에미코가 보석상만큼이나 상냥하게 인사했다.

"재에서 재로." 그들의 무뚝뚝한 인사가 돌아왔다. 세 명의 사내는 그들을 지나쳐 갔다. 에미코는 이제 왼쪽으로 돌아 성벽 통로를 따라 몇 걸음을 갔다. 그곳에 나무통이 세 개 있는 벽감이 나타났다. 나무통 위에는 밧줄이 올려 있었다. 에미코는 재빨리 커다랗게 고리를 묶어 돌출부에 걸고 밧줄을 아래로 던졌다. "빨리, 먼저 내려가!" 그가 속삭였다.

"절대로 안 됩니다. 기사님이 먼저 내려가십시오." 파린도 속삭이며 대답했다.

"토론할 시간이 없다. 명령은 내가 한다. 내려가."

"안됩니다! 저는 최후의 순간에 뛰어내릴 수 있어요. 먼저 가십시오. 제가 따르겠습니다." 파린 내면의 망상이 으르렁댔다.

에미코가 파린을 노려보았다. 창백하고 피로 얼룩진, 단호하고 호전적인 얼굴이 결국은 의지를 꺾었다. 기사는 총안을 통과하여 두 손으로 밧줄을 붙잡고 바깥쪽 성벽에 매달렸다. 두 발로 벽을 디디며 그는 조금씩, 조금씩 아래로 내려갔다. 파린은 마치 보초를 서고 있는 것처럼 그 자리에 서 있었다. 헛것이 보였다. 저 멀리에 수풀 지대의 절반이 움직이고 있었다. 그는 깜짝 놀라 오른쪽 건너편에 서 있는 보초병을 바라보았다. 하지만 그는 이상한 점을 발견하지 못한 듯했다.

너는 항상 네가 저들보다 훨씬 잘 볼 수 있다는 사실을 잊는단 말이야…. 에… 그러니까 내가 훨씬 더 잘 볼 수 있다는 사실 말이야.

아하, 그렇구나.

도움이 올 때까지 참고 기다리라는 아로스의 예언이 문득 떠올랐다. 파린은 움직이는 수풀 지대를 더 자세히 바라보았다. 확실했다. 거대한 기병 부대의 무리가 성을 향해 달려오고 있었다.

에미코는 성벽 아래에 다다랐고 파린이 내려오기 쉽게 줄을 팽팽하게 당겼다. 하지만 파린은 내려가지 않았다. 파린이 꾸물거리는 통에 아마도 기사는 몹시 화가 났을 것이다. 적들에게 들키면 안 되니 이유를 물을 수도 없었다. 파린은 다시 저 멀리 수풀 쪽을 바라보았다. 군대는 성큼 가까워졌다. 기병 부대. 그라쿠스 왕의 기병 부대였다. 말을 탄 기병 부대로는 공성전에 필요한 장비가 없으므로 성을 함락할 수 없을 것이었다.

속도가 견고함을 이길 것이라 했겠다?

파린은 이제야 아로스의 예언을 이해할 것 같았다.

성문. 성문을 열어야 해!

그는 성벽에 걸려 있는 밧줄의 고리를 얼른 빼낸 뒤 에미코가 있는 아래로 던졌다. 지금 내려가지 않을 거라는 명확한 신호였다. 아래쪽에서 아주 작은 목소리가 들려왔다. 에미코의 욕설이었다.

사다리 하나가 성의 안뜰로 내려져 있었다. 그는 재빨리 아래로 내려갔다. 거대한 성문의 윤곽이 보이기 시작했다.

"징글징글, 우리가 할 수 있을까? 양쪽 중 한 개를 밀어서 열 수 있을까?"

나한테 다시는 그 질문 하지 마.

"뭘? 우리가 성문을 열 수 있을지?"

한숨 소리. **아니, '징글징글, 우리가 할 수 있을까?' 그거 말이야.**

네코르인들은 오늘 자신들의 성이 매우 안전하다고 느꼈는지 위기 시에 성문을 이중으로 보호하는 역할을 하는 가로대를 준비해 놓지 않았다. 그러니 빗장 두 개만 풀면 돼. 대체 왜 성문을 이렇게 말도 안 되게 크게 만들었을까? 파린은 입술을 굳게 다물고 다시 한번 악령에게 자신의 정신을 맡겼다. 시간이 별로 없었다. 군대가 쳐들어오는 걸 보초병들도 곧 눈치챌 것이고, 성문의 빗장이 풀리기 시작하면 큰 소리가 날 게 뻔하니 들키는 건 시간문제였다. 그러니 너무 일찍 시작해서도 안 되었다.

파린은 바짝 긴장하고 귀를 기울였다. 수많은 말의 발굽 소리가 들렸다. 시작을 알리는 신호였다! 그는 첫 번째 빗장을 잡았다. 육중한 쇳덩이는 대들보만큼이나 두꺼웠다. 힘을 모았다가 단숨에 열기 시작했다. 예민한 청각을 가진 파린에게는 귀를 찢는 소리였다. 다른 사람들에게도 소리가 이렇게 크게 들릴까? 상관없어! 아래쪽 빗장은 어딘가에 걸려 첫 번째 빗장만큼 쉽게 열리지 않았다. 두 번 만에 아래쪽 빗장도 열렸다.

바로 그때 사방에서 병사들이 외치기 시작했다.

"저기 누가 성문 앞에 있다."

"적군이 쳐들어오고 있다!" 고함 소리는 위쪽에서 들렸다.

고요했던 성이 다시 살아났다.

파린은 온 힘을 다해 왼쪽 성문을 열었다. 바닥을 디딘 그의 발이 땅을 파고들었다. 성문은 아주 조금씩 열리고 있었다. 육중한 나무문은 전투마 백 마리의 무게쯤 되었다. 최소 열 명의 군인들이 계단과 사다리를 타고 내려오고 있었다. 제일 빠른 두 명이 거의 성문 앞에 다다랐다.

하지만 파린을 붙잡는 대신 왼쪽의 사내가 당황하며 멈춰 섰다. "하, 한 명뿐이야. 혼자서는 절대로 성문을 열 수 없는데. 이건 분명 마법이야."

병사가 머뭇거린 덕분에 파린은 성문을 완전히 열 수 있었다. 폐하의 군대는 아직 멀리에 있는 걸까? 어떻게 해야 네코르인들이 다시 성문을 닫지 못하게 만들 수 있지? 아니면 차라리 얼른 도망쳐야 할까? 아무도 그를 붙잡지는 못할 테니까. 그는 숨을 헐떡이며 사방에서 달려오는 적들을 마주 보고 서 있었다.

흠, 좋은 생각이 아니야. 나한테도 이건 너무 많다고. 얼른 도망치자.

하지만 파린은 결정권을 빼앗기고 말았다. 에미코가 문밖에서 네코르인을 향해 돌진하고 있었다. 그의 단검은 놀랍도록 가볍게 허공을 가르며 소용돌이쳤다. 적군 세 명이 벌써 바닥에 쓰러졌다. 하지만 곧바로 다른 병사들이 달려들었다. 제아무리 에미코라 해도 오래 버티지 못할 게 뻔했다. 바로 그때 웅장한 말발굽 소리가 뒤에서 들렸다. 파린이 옆으로 몸을 피하니 순식간에 말을 탄 기병 둘이 나란히 성안으로 돌진했다. 그제야 파린은 투구와 흉갑을 벗어야겠다고 생각했다. 잘못하면 아군의 공격을 받을 수도 있으니까.

말을 탄 두 명의 무사가 성문 쪽으로 달려오는 네코르인들을 거침없이 무찔렀다. 진짜였다. 말로만 듣던 왕의 기마병들이었다! 점점 더 많은 기병이 성안으로 몰려들었다. 성문 안뜰이 꽉 차자 뒤따라오던 병사들은 말에서 내려 성문 안으로 걸어 들어왔다. 그들은 에미코를 둘러싸고 보호했다. 지친 기사는 무릎을 꿇으며 주저앉아 왕의 군대에 적들을 맡겼다.

정신을 차리고 보니 이제 남은 네코르인 병사는 대략 50에서 60명쯤. 이제 그들은 엄청난 숫자의 기병 부대를 막아 낼 가망이 없었다. 파린도 드디어 안도의 한숨을 쉬었다.

해명

온몸에 통증을 느끼며 힘겹게 성 밖으로 빠져나왔다. 징글징글조차 힘의 한계에 다다른 것 같았다.

전혀 아니거든. 악령이 악령답게 투덜거렸다. **드디어 우리 좀 재미있게 놀지 않았어?**

"제발 다시는 재미있는 일 따위는 안 생기면 좋겠다." 파린이 생각했다.

성문에서 50미터쯤 걸어 나와 파린은 그대로 바닥에 쓰러졌다. 가쁜 숨을 몰아쉬며 간신히 근처 바위로 기어가 등을 기대고 앉았다. 온몸의 뼈들이 골절상을 입은 듯 아팠다. 커다란 그림자가 가까이 오더니 조용히 그의 옆에 앉았다.

한참 동안 둘은 말이 없었다. 마침내 에미코가 입을 열었다. "너는 지금까지 내가 데리고 있던 스콰이어 중에 가장 제멋대로야."

그래도 기사님이 나를 스콰이어라고 불렀어, 파린이 생각했다.

"그리고 내가 겪어 본 가장 훌륭한 스콰이어기도 하고." 에미코가 덧붙였다.

무슨 뜻이지? 망상도 함께 귀를 기울였다.

에미코가 말했다. "너희가 내 목숨을 구했어. 드로그단과 플라우디우스, 바랄돈의 목숨도. 그리고 나의 성 슈투름바흐트도."

"너희요?" 파린의 목소리가 잠겨 있었다.

"악령과 너 말이야."

지칠 대로 지친 파린이 조용히 고개만 끄덕였다.

그들은 한참 동안 왕의 병사들이 성을 접수하는 광경을 바라보고 있었다.

"네가 진작 비밀을 털어놓았더라면 좋았을 텐데." 이상하게도 에미코의 말은 원망처럼 들리지 않았다.

파린은 숨을 한 번 크게 들이마시고 말했다. "아버님의 일로 악령에 대한 기사님의 증오가 너무 커서 말씀드릴 자신이 없었어요. 저는… 기사님의 복수의 희생양이 되고 싶지 않았습니다."

"흠! 악령이 게룬다의 몸에서 곧바로 너에게 옮겨갔나?"

"악령은 펜던트 속에 있었어요. 제가 그걸 목에 걸었고요. 나중에는 불 속에 던져 버렸는데, 그때부터 악령에게서 벗어날 수 없게 되어 버렸습니다."

나에 대해서 좀 더 좋게 얘기해 줄 수는 없는 거야?

"그런데도 너는 악에 빠지지 않고 파린으로 계속 남았다?" 기사는 믿지 못하는 눈치였다.

"악령이 기사님 생각처럼 그렇게 악한 건 아니에요. 그러니까… 그냥 조금 징글징글하고 야비한 정도라고 해야 할까요?"

쳇, 아주 고맙다.

"대답하라! 너는 악령의 지배를 받는 건가, 아니면 너 자신을 스스로 제어하는가?"

465

"악령은 제가 정신을 넘겨 줄 때에만 활동할 수 있습니다. 그러니 제 몸의 주인은 오로지 저 자신입니다. 제 안의 악령은 네코르인의 악령과는 아무 상관도 없어요."

기사는 턱을 긁적이며 말했다. "그러니까 내 친구 슈텐첼에게 그랬듯이 인간에게 낙인을 찍은 뒤 마음대로 조종하는 또 다른 악령이 있다는 거지?"

"그렇습니다. 그가 진짜 악마예요." 파린이 말했다.

"그럼 너의 악령은 천사라도 된단 말이냐?" 에미코가 여전히 회의적인 말투로 물었다.

파린은 에미코의 눈을 똑바로 바라보았다. 어둠 속에서 그의 눈동자만 반짝이고 있었다. "기사님이 어떻게 부르시건 그건 제 안에 있습니다. 중요한 건 마상 창 시합에서 기사님을 구한 것도, 감옥에서 기사님을 꺼내드린 것도 바로 그 악령이라는 사실입니다."

무거운 성문을 열었고, 성벽에서 뛰어내렸고 폭포 직전에 뗏목을 세웠고, 또…

"그래, 알았어." 머릿속 망상의 말을 끊고는 파린이 기사에게 말했다. "분명 천사는 아니지만… 그는 사실… 영웅이에요. 예, 그렇습니다."

조금만 더 크게 말해 줄래? 네 목소리가 너무 작아서 잘 안 들려.

잠시 침묵이 흐르고 에미코가 다시 물었다. "악령이 너에게 계룬다를 죽인 범인이 누구인지 말해 주었나?"

466

"에엠…, 아닙니다."

"그러니까 너 스스로 알아낸 사실이라는 거지?"

"에엠…, 그렇습니다."

"카이문트의 죽음에 대해 알아낸 건 누구지?"

"그건 저였습니다."

"여우만큼이나 노련한 그라쿠스 폐하의 마음을 처음 만난 자리에서 사로잡은 건?"

"흠!" 대체 기사님은 지금 무슨 생각이신 거지?

에미코가 흥분한 목소리로 물었다. "마지막 질문이다, 하우펜 마을에서 온 파린. 누가 지게스문트 성으로 돌아가서 동료들과 너를 맞바꾸는 거래를 했지?"

오호! 그 말도 안 되는 생각은 벌레 혼자 한 거야. 내가 그런 멍청한 생각을 했을 리가 없잖아?

"그것도… 역시 저였습니다."

"그렇다면 너 자신을 실제보다 과소평가하는 건 인제 그만둬, 스콰이어."

에미코는 파린의 어깨에 팔을 얹고 끌어당겨 꽉 안았다. 아주 잠시. 그리고 다시 아무 일도 없었다는 듯이 그의 옆에 앉았다.

하지만 파린의 감격은 이루 말할 수 없었다. 자기도 모르게 침을 꿀꺽 삼켰다. 기사님이! 아주 짧은 순간이었지만 그건 지금껏 상상조차 해 보지 못한 순간이었다.

"누가 또 너의 비밀을 알고 있지?" 다시 원래의 모습으로 돌아온 에미코가 날카롭게 물었다.

"아무도 모릅니다." 그는 잠시 곰곰이 생각해 보았다. "그러니까, 아로스와 프레니아가 눈치를 채긴 했지만, 정확히는 몰라요."

"그렇다면 앞으로도 이 사실은 비밀로 하는 게 좋겠어. 자세한 얘기는 나중에 하고. 난 악령을 완전히 믿을 수가 없어. 내 아버지의 일을 생각해 보거라." 에미코는 자리에서 일어나 정면을 응시했다. "내가 제대로 보고 있는 건가? 저 뒤쪽에 말에 제대로 앉아 있지도 못하는 노인은 폐하와 너무도 닮았구나."

"그러네요."

에미코는 빠른 걸음으로 그라쿠스에게 걸어갔다. 여섯 명의 말을 탄 군인이 왕의 곁을 지키고 있었다.

파린은 그대로 앉아 있었다. 적어도 앞으로 사흘 동안은 이대로 일어나지 못할 것 같았다.

그라쿠스가 에미코에게 인사했다. "에미코, 무사해서 다행이네. 나는 그대에게 성을 주고, 그대의 성으로 들어가라는 간단한 임무를 준 것뿐인데." 그가 팔을 흔들며 말했다. "여길 한번 보게. 그대는 대체 뭐 하려고 늘 이렇게 일을 크게 벌이는가?"

"폐하께서 저에게 가짜 군인들을 보내셨으니까요."

멀리 떨어져 있어도 파린은 둘의 대화를 잘 이해할 수 있었다.

"그대의 스콰이어는 저기서 뭘 하고 있는가?"

"휴식을 취하고 있습니다, 폐하."

"그의 용감한 행동에 대해 들었네."

"그가 제 목숨을 구했습니다."

"지나치게 정의로운 행동도 어쩐지 미심쩍어⋯."

에미코가 단언했다. "제가 보증합니다."

"⋯내가 직접 만나 얘기해 보지 않았다면 아마 그렇게 생각했을 거야. 그러니까 왕의 말을 중간에 끊지 말게."

"그렇습니다. 파린은⋯ 흥미로운 녀석입니다."

장군 한 명이 말을 타고 달려왔다. "폐하, 이제 성의 소유권을 완전히 인계받았습니다. 마가레타 대공 부인께서 기쁜 마음으로 폐하께 인사를 드리겠다고 합니다."

"그 점은 나도 확신하네. 나벤슈타인의 왕궁 법정에서 그녀의 해명을 들어보지. 그대의 신하 셋을 풀어 주지 않았다면 바로 여기서 목을 매달았겠지만. 어쨌든 그녀는 우리의 적 네코르인과 협력했으니까⋯." 그라쿠스가 날카롭게 장군을 향해 물었다. "대공 부인보다 중요한 건 까마귀이다. 성 어딘가에 있는 게 분명해. 그를 찾았는가?"

"지금까지는 흔적을 찾지 못했습니다. 지금 성 아래의 통로를 샅샅이 뒤지는 중입니다. 지하 감옥 안에 시신 여러 구를 발견했습니다만 그중 몇 명은 신원을 확인할 수 없는 상태였습니다. 다만 입고 있는 복장으로 보아 까마귀는 아닌 것 같습니다."

매장꾼의 아들은 더는 알고 싶지 않았다. 몰려오는 피로에 그는 그대로 잠이 들어 버렸다.

"어이, 스콰이어! 이제 좀 일어나 봐!"

소녀의 목소리, 어깨에 닿은 소녀의 손길이 파린을 깨웠다. 그는 성 한구석 들것에 실린 채 누워 있었다. 양쪽에는 다른 부상병들이 누워 있었다. 온몸이 동강 난 것처럼 쑤셔 왔다.

위에서 갑자기 갸름한 얼굴이 나타났다. "이 끔찍한 꼴 좀 봐." 아로스가 말했다.

"고마워." 파린이 왼팔을 들어 보려다가 "아야!" 하는 비명만 질렀다.

"와, 엄살 좀 그만 부려. 네가 5번 회초리에 맞으면 어떨지 꼭 한번 보고 싶다."

대체 이 정신 나간 아이는 무슨 소리를 하고 있는 걸까? 천천히 그의 머릿속에 어젯밤에 있었던 일들이 떠올랐다. 꼬마가 예언가였어. 믿기 힘들었지만 그녀가 직접 증명해 보였었다.

"아로스, 넌 대공 부인이 내 동료들의 목을 매달 거라는 것도, 기병 부대가 올 거라는 것도 알고 있었어."

"그게 뭐? 너에 비하면 내가 한 일은 별것 아니었어. 일어나서 좀 씻어. 온통 피범벅에, 이 때 좀 봐." 그녀는 인상을 찌푸리며 한숨을 내뱉었다. 나의 하루야, 내가 이런 말을 하게 될 줄은 상상도 못 했어.

파린은 누운 채 삐딱한 시선으로 아로스를 주시했다. 환상이 머리에는 별 도움이 안 되는 모양이야.

아야, 보기만 해도 아파.

파린은 가까스로 몸을 일으켰다. "까마귀를 찾았대?"

"그 목소리가 괴상한 시커먼 남자 말이야? 아니, 아직 찾고 있어. 그래도 네 동료들은 다 무사히 성안에 있어. 드로그단, 플라우디우스, 그리고 바랄돈도. 하나같이 내 마음엔 아주 안 들지만. 아무도 내 말을 안 믿더라고."

"그럼 내 말을 믿어 줘. 다들 좋은 사람들이야." 파린이 단호하게 말했다.

"이제 네가 일어났으니까 드디어 물어볼 수 있겠다."

"'이제 네가 나를 깨웠으니까'라는 뜻이겠지?"

"그게 그거지. 그러니까 나는…" 그녀가 망설이며 물었다. "…그러니까 나 피젤을 타고 나가 봐도 돼? 그냥 성 주위만 한 바퀴 돌게."

매장꾼의 아들은 이 이상한 여자아이를 도저히 이해할 수 없었다. 겨우 그걸 물어보려고?

"그럼, 당연하지. 피젤은 잘 있는 거지?"

아로스의 얼굴이 밝아졌다. "응. 더할 나위 없이. 리젤이 날 좋아해. 그리고 네 허리띠랑 주머니, 그리고 칼도 내가 잘 보관하고 있어."

"흠, 그럼 잘 다녀와. 그리고 내가 없는 동안 피젤을 잘 돌봐 줘서 고마워."

아로스는 대답도 없이 사라졌다. 모든 일이 이렇게 간단하기만 하다면!

한참 후에야 파린은 마침내 일어설 수 있었다. 당황스러울 만큼 다리가 후들거렸다.

언제나처럼 벙글벙글 웃으며 드로그단이 파린을 향해 걸어오고 있었다. "아, 우리의 영웅. 이 끔찍한 꼴 좀 봐!"

아하, 그렇구나!

"목욕통. 어디 있어요?" 파린은 말할 기운도 없어 최대한 짧게 물었다. 공기도 시간도 아낄 겸.

"다친 건 아니지?"

"심한 부상은 아니에요. 손가락만 몇 개 부러진 것 같아요." 부어 오른 오른손가락 마디를 보며 그가 말했다. 그중에서도 검지는 전혀 구부릴 수가 없었다.

드로그단은 대장간 근처에 있는 둥근 목욕통까지 파린을 몇 걸음 부축해 주었다. 목욕물의 향기가 났다.

"의원을 데려와서 다친 손을 봐 달라고 하자."

"드로그단, 부탁이 있어요. 새 옷 좀 가져다줄 수 있어요?"

"그럼, 물론이지. 내 생명의 은인에게 세 가지 부탁을 들어줄 거야. 아직 두 개 남았어."

"고마워요."

"오늘 저녁에 회의가 있을 거야. 폐하께서도 참석하실 거란다. 그런데 우리도 거기에 초대받았어. 플라우디우스, 바랄돈, 그리고 너랑 나."

"와! 아로스는요?"

"걘 아니고."

파린은 그 생각은 나중에 하기로 마음먹었다.

인생에서 가장 긴 목욕을 마치고 난 뒤 그의 피부는 딴 지 석 달열흘쯤 된 사과처럼 쪼글쪼글해졌다. 왕의 의원 중 한 명이 손가락에 붕대를 감아 주었다. 그러고 나자 하인이 빈 침대 네 개가 있는침실로 그를 안내했다. 맨몸에 리넨 수건만 두른 채 파린은 제일 가까운 침대에 쓰러져 다시 깊은 잠에 빠졌다.

하인이 와서 식당으로 가야 할 시간이라고 말하며 그를 깨웠다.잠자리 옆에는 깨끗한 옷이 놓여 있었다. 튜니카의 가슴 부분에는왕의 문장이 있었다. 파린은 손바닥으로 수놓인 문장을 조심스럽게쓰다듬었다.

"나리, 저를 따라와 주십시오." 하인이 말했다.

파린은 그를 따랐다. 천천히, 그리고 조심스럽게. 그의 몸이 허락하는 것은 딱 거기까지였다. 끝없이 반복해야만 할 것 같은 한 걸음, 한 걸음을 내디딘 끝에 그는 마침내 식당에 도착했다. 그곳엔 이미 열 명이 넘는 사람들이 모여 있었다. 테이블의 상석에는 그라쿠스 왕의 모습이 보였고, 창가 쪽에는 장군 몇 명이 횟대 위에 얼어붙은 닭들처럼 허리를 꼿꼿이 세우고 앉아 있었다. 그들의 건너편에는 에미코와 플라우디우스, 드로그단, 그리고 바랄돈이 있었다. 기사 옆자리는 아직 비어 있었다. 파린이 빈자리에 앉았다. 모두의 시선이 그를 향하고 있었지만 다행히도 너무 피곤한 나머지 얼굴이 붉어질 겨를도 없었다.

파린의 인사도, 지각에 대한 해명도 듣지 않고 왕은 곧바로 심각한 표정으로 말문을 열었다. "아직 우리에겐 할 일이 많이 남아 있다. 네코르인들은 단 한 번의 전투에 패했을 뿐, 그들을 정복하려면 아직 멀었지. 그들의 스승이라는 자는 여전히 위세를 떨치고 있고. 사탄을 숭배하는 무리의 우두머리는 도대체 누구일까? 그의 정체조차 모른다는 게 우리에겐 가장 치명적인 약점이지. 포로들을 취조하여 더 많은 정보를 얻어야 한다. 특히 우리의 적들과 결탁한 악령에 대해서도. 마가레타 대공 부인은 내가 직접 심문하겠노라." 고령의 나이였지만 왕의 눈에는 투지가 빛났다. 그는 포도주잔을 들고 에미코를 보았다. "하지만 우선은 그대가 이곳 지게스문트에 성공적으로 입성한 것을 축하하네."

모두가 소리 높여 축배를 들고 포도주를 마셨다.

에미코가 일어섰다. "우리는 값비싼 대가를 치렀습니다. 안타깝게 목숨을 잃은 아이헨그룬트 성의 기사, 나의 친구 헥토리안을 추모합니다."

사내들은 조용히 다시 한 모금을 마셨다.

그라쿠스 왕이 다시 말을 이었다. "나는 그대의 용기와 실력을 높이 평가하네. 그대는 기적처럼 지하 감옥에서 탈출하여 목숨을 구했고, 그대의 스콰이어와 함께 성문을 열어 우리가 성안으로 진입할 수 있게 했지. 그렇지 않았다면 한밤중에 성을 공략하는 건 불가능했다네. 내가 그대였다면 곧바로 밧줄을 타고 성을 탈출했을 텐데."

"폐하를 정중하게 맞이하고 싶었습니다." 에미코가 말했다.

"내 신하들 가운데 가장 힘센 세 명이 힘을 합쳐 간신히 문을 다시 닫을 수 있었지." 왕의 발언은 질문에 가까웠다.

"인간이 죽음의 위협 앞에서 얼마나 큰 힘을 발휘할 수 있는지 저도 놀라울 따름입니다. 저희는 온 힘을 다하였습니다." 에미코가 입술에 침도 안 바르고 거짓말을 했다.

언제나 그렇듯 진실을 밝힐 수 없는 순간이 있었다.

"그대들의 특별한 용기를 잊지 않겠네." 그라쿠스가 에미코를 응시하며 말했다. "그대의 스콰이어에게 어떤 상을 내릴 것인가?"

에미코가 파린에게 고개를 돌려 물었다. "스콰이어 파린, 원하는 것이 있는가?"

"사실은 없습니다, 그러니까…" 그때 갑자기 떠오르는 것이 있었다.

"'사실은'이라는 말은 전혀 필요 없는 단어다."

"엠… 예, 그러면…"

"어서 말하라!" 에미코의 불호령이 떨어졌다.

"말이요. 새 말이 있었으면 좋겠습니다."

"뭐? 리젤이 별로 쓸 만하지 않다는 뜻인가?" 기사가 의아해하며 물었다.

"아니, 아닙니다. 그런 게 아니라 리젤을 아로스에게 선물하고 싶어서요." 파린이 고개를 숙였다. 멍청하기 그지없는 소리를 또 하고야 말았군!

그라쿠스 왕이 갑자기 몇 년은 젊어 보이는 표정으로 말했다. "에미코, 그대는 정말로 놀라운 젊은이를 스콰이어로 두었군. 자기 자신이 아니라 다른 사람을 위한 청을 하다니. 지난 몇 년간 이처럼 기존의 도덕관념을 뒤엎는 발언은 들어본 적이 없네. 아로스라는 그 아이는 지금 어디에 있지?"

"폐하께서 그 천방지축을 아시는지요?" 에미코가 눈썹을 치켜뜨며 물었다. "드로그단이 말하길, 나벤슈타인의 정찰병들이 큰 현상금을 걸고 그 아이를 쫓고 있다고 하던데요."

"그렇다네, 200실링이 걸려 있지. 하지만 그건 나벤슈타인에서만 그렇지. 여기서는 아닐세." 그라쿠스의 주름진 입술이 미소를 짓고 있었다. "그대의 스콰이어가 그런 선물을 하려는 걸 보면 내 생각에 그 아이는 최소 1000실링의 가치가 있다네. 게다가 그 아이가 나의 군대를 독려하여 우리가 제시간에 이 성에 도착하는 데 공을 세웠지. 그대의 입성을 도울 수 있도록 말이야."

"그 아이는 꼭 맞는 때에 꼭 맞는 행동을 할 수 있는 뛰어난 직감을 가지고 있습니다." 파린이 말했다. 어쩐지 그가 겪은 예언 이야기를 해서는 안 될 것 같은 느낌이 들었다.

"너에게 새 말을 상으로 줄 것이다." 에미코가 슬픈 표정을 지으며 덧붙였다. "그리고 이제 나도 새 말이 필요하겠군."

일단은 그렇게 곤란한 주제에서 벗어날 수 있었다. 바랄돈은 지금껏 한마디도 하지 않았다. 그는 마치 달에서 온 외계인을 보듯 파린을 물끄러미 바라보기만 했다.

아니, 얘는 달이 아니고 하우펜에서 왔는데. 달 뒤에 있는 구닥다리 마을 하우펜 말이야.

아, 그렇지. 징글징글도 초대받았었어. 진짜 영웅.

"망상, 이번엔 너를 위해서야!" 파린이 자신의 내면을 향해 큰 소리로 생각했다. 그리고 잔을 들어 포도주 한 모금을 마셨다.

벌레, 그럼 나는 너를 위해서!

매장꾼의 아들은 지난 몇 시간 동안 에미코의 털털한 모습을 새롭게 경험했다. 그를 처음 보는 사람이라면 어쩌면 그가 아주 싹싹한 사람이라고 생각할지도 모를 정도였다. 축배의 잔을 드는 그의 모습은 다정해 보이기까지 했다. "지난 며칠간 일어난 사건들은 부하들의 충성심과 그들에 대한 나의 깊은 신뢰를 다시 한번 확인시켜 주었습니다." 그러면서 그는 파린에게 각별한 눈빛을 보내고는 포도주잔을 높이 들어 좌중에 건배를 제의했다.

이런 특별한 순간을 파린은 오랫동안 잊을 수 없을 것 같았다. 그가 정말로 자신이 모시는 기사와 동료들의 인정을 받게 되다니. 게다가 왕까지도 그를 인정하고 있었다. 이 모든 건 물론 누가 봐도 징글징글의 어마어마한 도움 덕분이었다. 파린은 행복감에 취했다. 이제부터는 에미코에게 거짓말을 할 필요도 연극을 할 필요도 없었다. 이제는 그도 파린의 비밀을 알게 되었고 그럴 수밖에 없었던 그의 입장을 받아들였다. 그러니 이제부터는 악령을 쫓는 일을 그만둘 것이었다.

"슈타인드라헨 성을 위하여, 반더팔켄 성을 위하여, 그라쿠스 폐하를 위하여!" 에미코가 잔을 높이 들었다. 포도주가 뿌려질 만큼 힘차게. 바로 그때, 그의 튜니카 소매가 잠시 올라갔다. 희미하기는 했지만 파린은 그것을 분명히 보았다. 에미코의 팔에 그것이 있었다. 거꾸로 서 있는 별과 중앙의 불꽃 그림이.

—《매장꾼의 아들 2》 끝—

《매장꾼의 아들 3》에서
파린과 아로스의 이야기가 계속됩니다.

《매장꾼의 아들》 시리즈 총 4권

저자: 샘 포이어바흐(Sam Feuerbach)

깊이 있는 유머감각과 신들린 언어 연주로 사랑받는 작가이다.
그의 이야기는 복선과 굴곡, 역설을 버무린 변화무쌍한 변주로 독자
의 상상력을 자극한다.
아마존 독일소설 부문 #1 베스트셀러
총 50,000 이상의 리뷰 4.7/5
《매장꾼의 아들》한 작품만 해도 20,000개의 폭풍 리뷰가 달릴 만큼
열광적인 팬들의 지지를 받고 있으며 작가 지망생들이 본받고 싶어
하는 작가 1위로 손꼽히고 있다.

2018년 《매장꾼의 아들》로 베스트 오디오북 대상,
2020년에는 스카우츠 상(Skoutz Award)을 수상하였다.

역자: 이희승

서울대학교에서 금속공예와 조소를, 독일 드레스덴 조형예술대학에
서 조소를 공부했다. 독일 타우누스 자락에 정착해 살고 있다. 옮긴
책으로는 《거짓에 관한 진실》, 《모차르트》, 《세상을 바꾸는 뉴파워,
녹색소비》, 《마르크스》, 《가끔은 남자도 울고 싶다》 등이 있다.